2009 年度湖南师范大学出版基金资助出版

湖南省社科基金课题"18 世纪英国小说研究"
（编号 05ZC21）

湖南省教育厅课题"英国早期现实主义小说研究"
（编号 06ZC23）

（李维屏主持）教育部人文社会科学研究 2003
年度博士点基金项目"英国小说人物史研究"

高校社科文库
University Social Science Series

教育部高等学校
社会科学发展研究中心

汇集高校哲学社会科学优秀原创学术成果
搭建高校哲学社会科学学术著作出版平台
探索高校哲学社会科学专著出版的新模式
扩大高校哲学社会科学科研成果的影响力

人性的推求：18世纪英国小说研究

曹 波/著

An Exploration of Human Nature: Studies of 18th Century English Novels

光明日报出版社

图书在版编目（CIP）数据

人性的推求：18世纪英国小说研究 ／ 曹波著．－－北京：
光明日报出版社，2009.10（2024.6 重印）
（高校社科文库）
ISBN 978－7－5112－0437－0

Ⅰ.①人… Ⅱ.①曹… Ⅲ.①小说—文学研究—英国—18 世纪
Ⅳ.①I561.074

中国版本图书馆 CIP 数据核字（2009）第 187426 号

人性的推求：18 世纪英国小说研究
RENXING DE TUIQIU：18 SHIJI YINGGUO XIAOSHUO YANJIU

著　　者：曹　波	
责任编辑：田　苗	责任校对：张　戈　马桂英
封面设计：小宝工作室	责任印制：曹　净

出版发行：光明日报出版社

地　　址：北京市西城区永安路 106 号，100050

电　　话：010-63169890（咨询），010-63131930（邮购）

传　　真：010-63131930

网　　址：http：//book. gmw. cn

E－mail：gmrbcbs@ gmw. cn

法律顾问：北京市兰台律师事务所龚柳方律师

印　　刷：三河市华东印刷有限公司

装　　订：三河市华东印刷有限公司

本书如有破损、缺页、装订错误，请与本社联系调换，电话：010-63131930

开　　本：165mm×230mm

字　　数：285 千字　　　　　印　　张：16

版　　次：2009 年 11 月第 1 版　　印　　次：2024 年 6 月第 2 次印刷

书　　号：ISBN 978－7－5112－0437－0－01

定　　价：69.00 元

"This literary traditionalism was first and most fully challenged by the novel, whose primary criterion was truth to individual experience——individual experience which is always unique and therefore new."

——Ian Watt, *The Rise of the Novel*, Penguin Books, 1981, p. 13.

"这种文学上的传统主义第一次而且最全面地遭到了小说的挑战。当时，小说的基本准则是忠实于个人经验——总是独特因而新鲜的个人经验。"

——伊恩·瓦特，《小说的兴起》，企鹅版，1981年，第13页。

"The provision, then, which we have here made is no other than *Human Nature*. ……a cook will have sooner gone through all the several species of animal and vegetable food in the world, than an author will be able to exhaust so extensive a subject."

——H. Fielding, *The History of Tom Jones, A Foundling*, London: Wordsworth Classics, 1999, p. 7 ~ 8.

"这里替读者准备的食品不是别的，乃是人性。……一位作家要想将人性这么广阔的一个题材写尽，比一位厨师把世界上各种肉类和蔬菜都做成菜肴还困难得多。"

——［英］亨利·菲尔丁著，萧乾、李从弼译，《弃儿汤姆·琼斯的历史》，北京：人民文学出版社，1994年，第9~10页。

序

　　18世纪英国小说研究在我国已有较长的历史。早在上世纪五六十年代，李赋宁和陈嘉等学术前辈便有相关文论问世。随着改革开放的到来和对外文化交流的发展，我国学者对18世纪英国小说给予高度的重视，研究成果层出不穷。不少著作和文论在学术上颇有建树，与国外同行的水平几乎不相上下，其中最出色的当属中国社科院黄梅研究员的学术成果。事实上，向来崇尚执着与创新的中国学者不仅能以独特的视角来探讨18世纪英国小说的诸多深层次问题，而且在专业和学术上已经变得相当成熟，并完全能与外国同行展开平等的、全方位的对话与交流了。

　　曹波博士撰写的《人性的推求：18世纪英国小说研究》一书为我国的18世纪英国小说研究起到了推波助澜的作用。作为曹波获得博士学位之后的一项重要学术成果，这部著作既包含了他近几年的学术兴趣，也体现了他对18世纪英国小说的深刻思辨，其间不时闪烁着智慧的火花。这部著作有两个明显的特点。首先，这是一部全面系统地阐述18世纪英国小说演变过程与艺术特征的断代史作，充分揭示了这一时期英国小说的概貌和样式，能使读者一书在手，18世纪英国小说尽收眼底。其次，这部学术著作以人性为主题，从经济、政治、道德、文化和情感等层面来探讨小说人物的性格特征。作者以中国学者特有的目光深度考察了18世纪英国的民族文化心理。今天，当"以人为本"成为文明世界的一种基本理念时，当个人受到前所未有的尊重并有效地成为现代社会的主体时，对人性的推求无疑是当代文学批评难以回避的课题。显然，曹波博士的研究不仅具有实践意义和理论价值，而且也反映了一位年轻学者对经典文学中折射出的人性的关注与反思。

　　18世纪的英国小说呈现出一片繁荣的景象，并且成为英国文学遗产中极其重要的组成部分。它的顽强崛起既出人意料，又在情理之中。今天，重新回顾 18 世纪英国小说的发展轨迹时，我们不难发现以下三个显著特征：

一、现实主义在小说创作中开始占据主导地位。当英国社会处于急剧变化与转型之际，作家和读者的审美意识均发生了明显的变化。昔日的宗教寓言和骑士小说已不再走俏，因为当时的读者似乎更渴望了解现实生活，并希望小说的故事是真实的。

二、18 世纪的优秀小说大都体现了追求表现个人主义的创作倾向。小说家们纷纷抛弃了以往的罗曼司和寓言小说留下的创作模式，将创作视线转向了"现世的"（secular）生活，追求表现个人"世俗的经验"（profane experience）。18 世纪的小说热衷于反映凡夫俗子在生活中的沉浮与荣辱，并有意将个人的行为从神圣的世界中剥离，从而使个人主义堂而皇之地取代了以往的英雄主义和理想主义。显然，18 世纪小说在将个人经验作为最终的现实加以描写的同时，构建了一种新型的现世神话。这无疑是它备受青睐的关键所在。

三、18 世纪英国小说在体裁和艺术形式上均体现了多元化的倾向。这一时期的小说不仅充分反映了作家的个性与才华，而且已经成为作家开拓创新的实验场。虽然小说家们不谋而合地崇尚现实主义和个人主义，但他们在题材选择和表现形式上却存在明显的分歧，这便导致了小说体裁和艺术形式的多元化。18 世纪的英国小说种类繁多，样式层出不穷，手法精彩纷呈，如笛福的个人传记小说、斯威夫特的讽刺游记小说、理查逊的书信体小说、菲尔丁的史诗型喜剧小说和斯特恩的实验小说等等。毋庸置疑，体裁和艺术形式的多元化是 18 世纪小说全面崛起和广为流传的重要原因。

推求人性是对文学主体的研究，也是对历史上人的性格特征、道德观念和生存意识的反思。有道是，文学即人学。小说不仅是社会中错综复杂的人性和人际关系的缩影，而且也是作家探讨人的话语权力、社会角色和主体意识的重要场所。通常，小说家笔下的人物真实地反映了人在特定的时间与空间内的生存意识，折射出耐人寻味的世道人心和人间情怀。作为国民意识和民族文化的微型载体，小说在刻画人性方面与诗歌和戏剧相比不仅具有明显的优势，而且的确有其独到之处。

本书是曹波博士对 18 世纪英国小说人物性格与形象的全面盘点，也是他对当时英国的道德风尚和价值体系的人文思考。书中不乏作者的精辟论断和真知灼见。如果说，18 世纪英国小说使我们深入了解了各种人物的性格、境遇和命运，那么曹波的研究则为我国的文学批评提供了一种新的选择，有助于我们从小说中观照人性，从人性的推求中观照小说。

李维屏

2009 年 6 月

于上海外国语大学

CONTENTS 目　录

绪　论

　　探讨英国小说的起源、崛起和流变之前，有必要澄清一下"小说"一词的历史和定义。一般认为，古代英语小说可以上溯到中世纪以前的叙事诗歌和英雄传奇，其发展步伐与古代汉语小说的历史基本同步，① 而现代意义上的英语"小说"则起源于 17 世纪下半叶至 18 世纪上半叶，但当时的小说奠基人尚缺乏明确的自我意识，没有清晰地觉察到自己实际上在创造一种新的而且更加灵活的文类（genre），一种能与荷马时代的史诗和文艺复兴时期的戏剧并驾齐驱、能反映更广阔的社会画面的散文体裁——因为理论的反思总是滞后的。因此，隐约察觉到自己的作品与先期的"罗曼司"（romance）既有微妙的相似性又有明显的差异性，最初的散文作家就多把自己的作品称作"新罗曼司"或"个人历史"（personal history）之类，仿佛他们只知道在人文主义和民主精神的感召下，自己正在将文艺创作的焦点从神祇和贵族"英雄"（hero）放低到中产阶级大众（而非真正意义上的普通大众）——当然，这一转折离现代主义文学中的"反英雄"（anti-hero）相距甚远，但毕竟巩固了文学从神学到人学的发展趋势，因而是一种不容质疑的历史性贡献。于是，在各类小说风起云涌数十年之后，或者说"直到 18 世纪末、19 世纪初，"② 英语小说才被确切地用"novel"一词来加以指称和归纳，其文学上的贡献才以语言的形式记载下来。

　　英语中的"novel"一词本意是"新奇的，"仿佛 18 世纪末的英国文坛陡

① 中国古典小说萌芽于先秦时期（小说、小道），发展于两汉魏晋南北朝（短书、笔记小说），成熟于唐宋时期（传奇、话本小说），在明清时期达到顶峰，并初步具备了现代小说的基本形式（长篇白话小说）。而中国现代小说起始于维新运动时期，当时梁启超等人倡导"小说界革命"，使小说理论面目一新，小说地位也空前提高，大有跃升为"大说"或"大道"之势。
② 殷企平、高奋、童燕萍，《英国小说批评史》，上海：上海外语教育出版社，2001 年，第 14 页。

然间发现，散文体叙事作品已经发展成与诗歌和戏剧不相上下又充满奇异特质的文类了，故称之为"新奇"的作品。论述个人主义、现实主义与小说兴起的关系时，伊恩·瓦特（Ian Watt）也指出，"小说是一种文化的合乎逻辑的文学工具……它给予了独创性、新颖性以前所未有的重视，它也因此而定名。"① 可见，从词源学的角度而言，这一定义包含了命名者对新兴文类的肯定和赞赏，然而汉语中"小说"的命名则似乎充满了哲人对这一文类的鄙夷。"小说"一词最早见于战国时期的《庄子·外物》："夫揭竿累……其于得大鱼难矣；饰小说以干县令，其于大达亦远矣。"庄子善用比兴，说"靠修饰琐屑的言论来追求盛名，与追求玄妙的大道相比，可谓差之万里。"在他看来，"琐屑之言，非道术所在"，故为"浅识之道"，谓之"小说"，字里行间透露出哲学上的傲气。东汉时期，论家们沿用了诸子百家的遗训，桓谭就在《新论》中说，"若其小说家，合丛残小语，近取譬论，以作短书，治身理家，有可观之辞。"就是说"小说"只是"治身理家"的"短书"，而不是治国安邦的"大道"。甚至班固也在《汉书·艺文志》中写道："小说家者流，盖出于稗官。街谈巷语，道听途说者之所造也。"这是中国古代文艺史家对小说所做的最权威的界定，其行而上的习性和居高临下的神气溢于言表。直到戊戌维新时期，"小说"才在危机四伏的中国争得"正史之根"的地位。可见，就定义者的态度和读者反应而言，用"小说"一词来翻译"novel"并不恰当。

"小说"一词所指甚广，五花八门的叙事散文皆可泛泛地称作"小说"，但是"它们仅有一个共同属性——用散文创作的长篇虚构作品。"② 除了界定小说的文体和篇幅外，这一权威的归纳还触及到了小说的本质——虚构性。小说捕捉人物的生活经验，通过艺术的虚构将其提炼为典型人物，从而反映特定环境中某些群体的生活状况的本质。但是，这一归纳不够全面，遗忘了"小说"的叙事属性，因为从整体上来说，"小说"都是借叙事来展现现实和阐明思想的。因此，就形式而言，"小说"大体上可以定义为"散文体长篇叙事作品"，这一定义全面体现了"小说"的三重属性——其"散文体"属性使之区别于韵律诗和无韵诗体（blank verse）戏剧，其篇幅的长度使之不同于短篇故

---

① 伊恩·瓦特著，高原、董红钧译，《小说的兴起》，北京：生活·读书·新知三联书店，1992年，第6页。

② Abrams, M. H., *A Glossary of Literary Terms*, Beijing: Foreign Language Teaching and Research Press, Thomson Learning, 2004, p. 190.

事（story）和中篇小说（novelette），其叙事性又使之有别于抒情诗歌（lyric）和散文。如果说前两重属性是从形式上进行分类的结果，在小说批评中是不言自明的，那么第三重属性就是从内容上加以鉴别的成果，是小说评述的焦点所在。也就是说，就内容而言，"小说"是通过描写环境、叙述故事和塑造人物来反映现实的一种文学体裁，是以人物刻画为中心、以故事叙述和环境描写为手段的一种文艺形式，它包含了人物形象、故事情节和生活环境三大要素。

相对于其它文类而言，"小说"可以呈现错综复杂的情节，刻画性格各异的人物，展现光怪陆离的环境，这是"小说"叙事属性的一贯体现和功用。其三大要素中，人物刻画是至关重要的——诚如老舍先生在"如何写小说"的讲座中所言，"人物是必不可少的，没有人便没有事，也就没有了小说……创造人物是小说家的第一项任务。"既然如此，本书研究的重心就放在 18 世纪英国小说中的人物形象（人性的推求）上——研究领域虽不新潮，本书作者却自信能做到"旧瓶装新酒"，让"老一辈"和"80 后"都觉得愈久弥香。当然，又如老舍先生所言，"人与事总是分不开的"，故事情节和社会环境也在本书的探讨范围内——这两个要素是"小说"叙事属性和人物存在的必然要求。换言之，本书评述的焦点离不开在故事情节和社会环境中显现的人物性格，以及叙事的方式与背后的动力——作者的叙事艺术和创作思想。因此，本书作者特别注重对"小说"进行以人物（人性）分析为重心的综合性研究——对 18 世纪英国小说的研究不应该是片面的"新批评"或"传记式批评"，而应该是突出人物分析和背后的动力、兼顾文本情节和内外环境的批评，一种灵活的、解释力更强的阐释。

在 18 世纪，小说在中国尚未摆脱"街谈巷语"的尴尬境地，在英国也没有上升为艺术的门类，从纷繁复杂的社会生活中放逐出来，在象牙塔的孤僻中产生强烈的自我意识。也就是说，在约翰逊博士（Samuel Johnson）放弃权贵的庇护，宣布成立自己的"文人俱乐部"（Literary Club）之前，英国的小说作者大多还不是靠笔杆子挣面包的职业作家，而是在社会生活中沉浮的业余写手。笛福是泛舟商海的老手，直到年届花甲因投机买卖破产才奋笔疾书；斯威夫特长期混迹于诡诈的政坛，靠政客的小恩小惠糊口；理查逊是给国会印刷政治册子的业主，直到应邀编印《模范尺牍》时才文思泉涌；菲尔丁先是由剧院走向法庭，靠法官的俸禄养家；斯特恩谋取了神职后才过上安稳的日子，靠自我炒作成了社交场合的文坛红人；只有公子哥儿华尔浦尔可以借老子的权势，心无旁骛地沉浸在古朴阴森的幽境……毕竟，这些小说先驱都不是爱尔兰的贵夫人格里高利（Lady Gregory）或美国的富婆斯泰恩（Gertrude Stein），继承了巨额遗产就可以无忧无虑地从事"文字革命"（乔伊斯语）；相反，他们大都要谋取优厚的差事才能安生立命，才有闲暇著书立说。就文学的渊源而言，小说先驱的非职业化或业余性却是一桩幸事——他们没有脱离社会生活的主流，而是各怀目的地积极参与；作为参与的手段和成果，他们的小说集中反映了18世纪英国社会的发展状况，真正扮演了"正史之根"的角色。由此，托了文学"模仿论"（mimesis）的福，本书将社会环境列入探讨范围，也是情理之中的事儿。

在18世纪之前，叙事文学（包括古典文学和文艺复兴时期的文学）的情节"就是以过去的历史或传说为其基础的，作家处理情节的优劣也主要是按照一种正统的文学观念来加以评判的"，① 这种"正统的文学观念"就是古典主义。即使在18世纪，叙事文学在一定程度上仍然受到"［新的］正统的文学观念"——新古典主义——的禁锢，约翰逊和柏蒲（Alexander Pope）的文坛霸主地位，以及英国小说在世纪末才得以命名为"novel"这一事实，都是这种文学现象的反映。然而，也就是在18世纪，"文学上的传统主义第一次遭到了小说的全面挑战，"由于新的个人经验的涌现以及个人主义和现实主义的兴起，"小说的基本标准"开始转变为"忠实于个人经验——总是独特因而新奇的个人经验"，② 小说的情节"与先前文学形式之间"也呈现出"一个重大的差异：笛福和理查逊是在我们［英国］文学史上最早的其情节并非取自神话、历史、传说或先前的文学作品的大作家。"③ 换言之，18世纪的小说先驱大体上不再向古典文学谋取题材，而是"用个人经验取代集体的传统作为现实的最权威的仲裁者"，创造出各式各样虽然缺乏"形式常规"却"新奇"

① 伊恩·瓦特著，高原、董红钧译，《小说的兴起》，北京：生活·读书·新知三联书店，1992年，第6页。

② 伊恩·瓦特著，高原、董红钧译，《小说的兴起》，北京：生活·读书·新知三联书店，1992年，第6页。书中"小说的基本标准对个人经验而言是真实的"这一译文是错误的。瓦特的原文是："This literary traditionalism was first and most fully challenged by the novel, whose primary criterion was truth to individual experience——individual experience which is always unique and therefore new." 见 Ian Watt, *The Rise of the Novel*, Penguin Books, 1981, p. 13. 因译著仍有生涩和错误之处，为准确起见，本书有时只能参照原著，由笔者自己译出，力求严谨、达意。

③ 同1，第6~7页。

（novel）或"富于独创性的"（original）情节。① 可以说，称得上小说先驱的18 世纪作家都是新情节或题材的新类型的开创者，其创新在 18 世纪英国小说专论中是不应回避的——其实，故事情节是小说作为叙事作品的自然产物，无论创作的年代，都是不可回避的。因而，虽然重心不在情节的创新性，本书也必须对英国小说先驱推出的情节进行分类探讨，彰显其"新颖性"或"独创性"。

兴许是巧合，本书重在人性探索或者人物分析——根据传统定义选定的措辞显得有些老土，恐怕只合"老一辈"的口味——的研究思路同黄梅研究员的力作是一脉相承的。在《推敲'自我'：小说在 18 世纪的英国》一书中，黄梅赞成伊恩·瓦特的"个人主义"观点，认为"笛福、理查逊和菲尔丁等人的作品确实最早并最典型地代表了现代小说的主要问题意识……——即对现代'个人'的关注"，② 并断言说，"18 世纪英国小说就'自我'问题展开的反复推敲和切磋，实质上就是构建所谓'现代主体'的过程，"③ 因此黄梅又坦言道，她"将着重讨论小说中虚构人物的自我塑造，以及作者和他/她所代表的社会势力如何通过这种人物形象参与更广泛的文化对话，从而影响受众的自我塑造。"④ 其实，她所论及的"自我"、"主体"和"个人"就是对人性或小说人物所作的心理学和社会学界定，是从伊恩·瓦特的历史社会学观点迈向现代心理学观点的文字标识，其准确而"与时俱进"的"挂牌"也正是本书具体阐释人物形象或人性推求时要努力实践又有所突破的。有了这两座专论18 世纪英国小说的里程碑，本书选定的"主攻"方向也就明确无误，而且有了充足、有效的"助攻"，有了和"80 后"也来个"亲密接触"的话语媒介。当然，创新就是兴盛，重复就是灭亡，本书要"突破"的不是"18 世纪英国小说对'自我'或个体经验的史无前例的关怀"，⑤ 而是 18 世纪英国小说人物的基本类型、人性特征、承载的价值观和对 19 世纪甚至 20 世纪小说人物和人性推求的预示。

伊恩·瓦特的经典和黄梅的力作是无法回避和难以超越的，但是存在就是

---

① 伊恩·瓦特著，高原、董红钧译，《小说的兴起》，北京：生活·读书·新知三联书店，1992年，第 6~7 页。

② 黄梅，《推敲'自我'：小说在 18 世纪的英国》，北京：生活·读书·新知三联书店，2003年，第 7 页。

③ 同 2，第 9 页。

④ 同 2，第 8 页。

⑤ 同 2，第 9 页。

不同，本书的构架和某些观点力争"新奇"——与其说是为了迎合"80 后"的新口味，不如说是为了能配得上"novel"这一赞美之词。《小说的兴起》的副标题"笛福、理查逊、菲尔丁研究"就清楚地表明，历史社会学不太适用于斯威夫特、斯特恩等其他小说先驱的研究，因而瓦特似乎并不承认斯威夫特讽刺小说的创新性，对斯特恩的叙述游戏及其跟 20 世纪后现代小说的类似性也语焉不详，为本书留下了可以填补的空白。黄梅的力作对 18 世纪英国小说大家的作品分别进行了细致而深入的探讨，其视野之开阔、论述之精当、规模之宏大都是鄙人难以企及的。然而，拙著既没有按时间顺序对英国小说的先驱逐个评点，也无意充当"系统的 18 世纪英国小说史"，① 而是以 18 世纪英国小说的发展态势为构架，阐明各类小说的精神特质及其与后来小说的隐在关联，彰显小说人物背后的人性观，同时又挖掘出一条若隐若现的英国小说发展的脉络。当然，这种线索在黄梅的力作中已有隐射：分析了 17 世纪下半叶的文学分野后，黄梅指出，"复辟时代［的］文化与先前的传统有所断裂，却与其后的 18 世纪一脉相通。"②

本书力图摈弃单一的传统批评模式，采用（后）现代批评理论对 18 世纪英国小说进行具体而又宏观的系统研究，拉开时间距离审视早期英国小说的成形过程与演化规律。20 世纪下半叶，国内的相关批评多受历史唯物主义的约束，推崇《英国文学的伟大传统》所采用的单一批评模式，不能对文学自身的发展规律进行科学阐释。本著作从本体出发，既涉及文学与意识形态和经济基础的客观规律，又采用比较新颖的（后）现代批评范式，对早期英国小说进行具有一定理论高度的系统研究，避免了新批评、马克思主义等单一理论可能造成的狭隘性。本书的基本框架就是基于瓦特所忽视的另一类小说，基于黄梅所论的文学的"断裂"。果真如此，站在国内、国外两座里程碑的跟前，笔者便有所不同，便被感知，便存在了。

20 世纪 70、80 年代，国内对英国小说的研究主要集中在 18 世纪的早期现实主义和 19 世纪的经典现实主义两个阶段，而且观点、角度比较陈旧，多采用单一的历史唯物主义方法论对故事背景、小说情节、人物形象、作者意图等进行传统的解读，尚不能在更高的层次对蕴涵在小说中的结构性因素进行挖

① 黄梅，《推敲'自我'：小说在 18 世纪的英国》，北京：生活·读书·新知三联书店，2003 年，第 11 页。
② 同 1，第 21 页。

掘和阐释，为世纪之交的经典重读留下了许多空白。20 世纪 90 年代，相关研究开始有所突破，如李维屏在《外国文学评论》和《外国语》上发表文章，对斯特恩在《项狄传》中标新立异的叙事艺术进行了评述，但我国学者整体上还未完全脱离传统的论述方式，不能就 18 世纪英国小说发展的两条隐含线索进行更为深入的理论阐释。21 世纪初，相关研究有了重大突破，标志就是黄梅研究员在三联书店推出了《推敲自我：小说在 18 世纪的英国》。这本厚实的专著在 18 世纪英国小说的发展线索、文本解读、文化阐释和理论述评等方面做出了突破性贡献，是国内相关领域的扛鼎之作。而国外相关领域的经典之作是伊恩·瓦特的《小说的兴起》，该书细致而深刻地研究了 18 世纪英国社会现状与作者意图、文本内容的复杂关系，是深入了解早期英国小说的必读书籍。

在把握国内外研究现状的基础上，本书对隐含在文本中的早期英国小说发展成形（结构）和演化蜕变（解构）的线索进行细致和系统的研究，明确指出早期现实主义小说的发展方向，及其与 19 世纪经典现实主义小说和 20 世纪中叶"后现代"主义小说的远亲关系。本书首先从盛行于 18 世纪的理性主义、道德改良运动和新古典主义的角度出发，以主体的社会性和稳定性为历史线索，对英国早期现实主义小说的成形过程进行详尽的论述，挖掘出同类小说演进的哲学基础（主体性）、必然规律（结构化）及其与先期宗教故事和 19 世纪经典现实主义小说的内在联系。这类小说主要包括笛福、理查逊和菲尔丁的作品，它们体现了早期现实主义小说兴起、演变和成形的轨迹，具有主体稳定的理性主义共同特征，是经典现实主义小说的直接源头。

首先，英国小说兴起的标志性作品是笛福的传记体商业冒险小说，这些小说描述的主要是以资本原始积累为最终目标的资本家主体。在海外殖民如火如荼的奥古斯都时代，这类主体虽然有晚年悔过的行为或一颗"分裂的心"，但其道德意识远没有危及其自身的稳定性，是商业理性时代的产物。随后，在道德改良运动中，擅长描述女性心理的理查逊以鸿篇巨制奠定了书信体言情小说的基础，刻画了英国小说中最早具有心理深度的女性主体。在婚姻道德和人格独立的矛盾中，这类主体经历了阶级之战、性别之战和家族之战的洗礼，体现出从商业道德迈向精神自由的发展趋势。在 18 世纪中叶，受到新古典主义浸润的菲尔丁将小说定义为"散文体喜剧史诗"，对现实主义小说的形式做出了理论概括，标志着英国小说的正式成形。他的作品以描述"自然人性"见长，是对理查逊人性观的反拨，在"人性"与理性的冲突中表现纷繁复杂的"世相全景"。在上述小说家的作品中，终极意义始终在场，理性作为结构原则从未受到真正的质疑，或者说，这类小说及其发展脉络体现了主体的稳定性和小说的结构化过程，形成了 18 世纪英国小说的主流。

但是，主体的稳定性和理性主义并不是 18 世纪英国所有重要小说的突出特征，与之相背而行的是对理性的怀疑、主体的异化、解构主义的萌芽、情感主义的盛行，小说结构在标新立异的叙事游戏中的解体，以及哥特小说、"蓝袜子"小说等非正统类型的兴起。这些"解构"现象主要体现在斯威夫特的游记讽刺小说和斯特恩的情感主义小说中。对此，本书尝试着从反理性主义、异化和解构主义等"后现代"理论的角度，对这些特立独行的小说进行系统的重新解读，挖掘出早期英国小说发展的第二条脉络，打破 18 世纪经典作品阐释的僵局，为经典重读开辟新的途径。

首先，对斯威夫特及其作品，国内的评论多集中在其愤世嫉俗的人格特征和深刻入里的讽刺艺术，忽略了斯威夫特作为理性主义盛行时期第一个理性怀疑论者的地位，以及格列佛作为英国小说史上第一个典型的异化人物的事实。实际上，在"状写人物性格不是讽刺小说的首要关注"的表象下，[1] 作者表现了格列佛由自以为是的理性人类向野胡异化的过程，并对所谓人类文明进行了无情的嘲讽和解构，称得上是英国文学史上第一个坚定的解构主义者。其次，对斯特恩标新立异的小说及创作意图，国内评论界持游戏性和后现代性两派观点，有作者意图决定文本意义的嫌疑和故意拔高、生拉硬扯的做作，忽视了情感主义思潮对文学理性主义的影响，或者叙事游戏在小说叙事结构刚刚成形时的开拓性意义。无论作者是否在有意识地进行叙事艺术的革新，他玩世不恭的叙事游戏客观上不仅体现了对理性主义的怀疑，而且显示了对刚刚成形的叙事传统的大胆解构。此后，小华尔浦尔在恐怖的怀古情绪中展开了对当代现实的间接批判，其对情感和想象的注重对于理性主义、其超自然因素对于现实主义都具有颠覆功能。而"蓝袜子"的崛起则对长期以来的男权主义和女性的失声无疑具有后结构主义功能。总的说来，斯威夫特、斯特恩及世纪末的小说具有反理性主义和解构主义的倾向，开辟了早期英国小说发展的第二条道路，或者说预示着"后现代"小说在遥远未来的诞生。

---

① 黄梅，《推敲'自我'：小说在 18 世纪的英国》，北京：生活·读书·新知三联书店，2003年，第112页。

　　综观整个 18 世纪，英国小说在成形的过程中就显示出两种发展倾向，孕育了 19 世纪的经典现实主义小说或启发了 20 世纪的"后现代"小说。本质上，这两种倾向是理性主义意识形态和反理性主义思潮在小说中的反映，可以简要地概括为结构和解构这两种趋势。只有在系统的文本分析的基础上，从新颖的角度对文本背后的意识形态进行深入研究，才能把握 18 世纪英国小说发展的两条脉络及其与 19 世纪和 20 世纪英国小说的微妙联系。

第一章

英国小说的成长

在英国文学史上，最先兴起的是口传民族"史诗"（epic）和诗歌体"传奇"（legend），到文艺复兴时期，戏剧又异军突起，成为文学的主流，而小说这一新兴体裁的崛起则是 18 世纪的事儿了。在伊恩·瓦特看来，"文学上的传统主义［在 18 世纪］第一次遭到了小说的全面挑战"。①　果真如此，要和"新奇"的英国小说来个"亲密接触"，看看它到底对哪些文学常规提出了挑战，就有必要事先查查小说的"族谱"，回顾一下"文学上的传统主义"究竟是如何形成和传承的。

第一节　远亲与近亲

英国小说的远亲是欧陆叙事文学。同叙事诗歌和戏剧一样，英国小说的源头在国外似乎也可以追溯到古希腊、古罗马的神话传说。因为英伦群岛毕竟属于欧洲文化圈，长期接受大陆文化的洗礼，而且除了给欧洲各国的现代文学提供取之不尽的典故，那些故事本质上就是虚构的散文叙事作品，内容上和现代小说的显著区别仅仅在于故事的主角多是住在奥林匹亚山上的神灵，而不是在下界的"名利场"上忙碌的芸芸众生。

此后，吟游诗人荷马（Homer，公元前 9 世纪）让故事的主角纡尊降贵，贬低为半神半人，叙述了特洛伊战争的磅礴气势和奥德塞（尤利西斯）战后返乡的曲折经历，于是他的吟唱就具有了小说内容的三大要素，即（高大的）人物形象、（生动曲折的）故事情节和（波澜壮阔的）社会环境。而且，荷马还"采用了许多鲜明的形象和生动的比喻来塑造人物，并采用了追述、倒叙、

①　伊恩·瓦特著，高原、董红钧译，《小说的兴起》，北京：生活·读书·新知三联书店，1992年，第6页。

回忆和穿插的手法来叙述故事情节",展示了娴熟的人物塑造艺术和叙事技巧,因此可以说"荷马史诗《伊利亚特》(*Iliad*)和《奥德赛》(*Odyssey*)无疑是英国小说的先导",① 甚至可以说,倘若采用了散文体,荷马史诗就是两部古典主义的小说了。在中世纪,这些叙事作品通过传教士、游侠、海员和商人传入英国,成为市井百姓茶余饭后的谈资,有助于培育小说生长的土壤和潜在的小说读者。

国外更直接的源头无疑是中世纪欧洲大陆的"传奇"文学(即"罗曼司"romance)。这些描述贵族骑士的冒险经历、尤其是英雄救美的惊险历程的故事,无疑具有散文叙事文学的一切必要要素,而且比山上、天上的神话传说更贴近下界(贵族们的)现实生活,因此虽然属于古典文学,却也暗含了促进文学从神学向人学转变的革命"因子",为英国早期的叙事散文作家提供了必要的艺术参照。

其中,对英国小说的萌芽影响较大的是意大利的"故事集"(novella),这些"散文体的短篇故事"大都描写骑士的浪漫历险、宫廷的绯闻丑事以及百姓的市井生活;② 既然是故事集,其人物也就"形形色色,既有游侠骑士和贵族爵士,又有荡妇和恶棍",③ 比神话传说更能反映广泛的社会生活,因而具有更浓厚的现实主义色彩。这其中,影响最大的又当数薄伽丘(Giovanni Boccaccio,1313~1375)的《十日谈》(*Decomeron*,1348),该故事集收录了十名青年在十天里讲述的一百个故事,题材分别取自神话典故、历史事件和民间传说,又影射意大利当时的现实生活,是一部在当时显得十分"前卫"的人文主义杰作。该故事集对英国诗歌之父和小说先驱、在意大利任外交使节的乔叟(Geoffrey Chaucer,1340~1400)产生了深刻影响,是中世纪英国最伟大的作品《坎特伯雷故事集》(*The Canterbury Tales*,1387~1400)的前辈"近亲"。

稍晚,法国的传奇文学也对英国小说的萌芽起到了"催生"的作用。讽刺作家拉伯雷(Francois Rabelais,1494?~1553)创作的《巨人传》(*Gargantua*,1534)通过两位巨人(国王和王子)的传奇经历,对中世纪的经院哲学

① 侯维瑞、李维屏著,《英国小说史》,南京:译林出版社,2005年,第20~21页。

② Abrams, M. H., *A Glossary of Literary Terms*, Beijing: Foreign Language Teaching and Research Press, Thomson Learning, 2004, p. 190. 中世纪意大利的"novella"不是指现代的"中篇小说,"而是指"短篇故事集,"其字面原意是"有些新奇的事物"(a little new thing),同"novel"的原意类似。

③ 同1,第22页。

和宗教迷信进行了嘲讽，其人文主义思想、讽刺的笔调和狂欢化的叙事在英国引起了强烈的反响，为英国的散文叙事摆出了一个经典的"造型"，其艺术魅力迄今依然经久不衰。同时，16 世纪在西班牙兴起的"流浪汉故事"（picaresque story）也影响了英国叙事文学的走向。① 这种幽默的故事采用以主角为中心的插曲连缀的情节模式，通常意在"弄瘟浪漫主义或理想主义的虚构形式"，② 是（后）现代戏仿（parody）作品的先例。塞万提斯（Miguel de Cervantes，1547～1616）就刻意按照当时已是落日黄花的骑士罗曼司和流浪汉故事的模式进行创作，在理想主义幻觉和现实生活之间的反差中显现讽刺的讥锋，他的"伪流浪汉叙事作品"（quasi-picturesque narrative）《堂·吉诃德》（Don Quixote，1605）就以这样的方式讽刺了骑士制度的荒唐和传奇文学的危害，是"单部最重要的现代小说的祖先"。③

在这股强劲的大陆"季风"的吹拂下，英国的"大学才子"纳什尔（Thomas Nashe，1567～1601）"与时俱进"，以一部《不幸的旅行者》（The Unfortunate Traveler，1594）在英国开一代风气；即使在一个半世纪之后，这股"流浪汉"季风的影响力在现代小说的奠基之作《鲁滨逊漂流记》和《汤姆·琼斯》当中依然显而易见。

海外"季风"毕竟不是本土小说的直接源头。英国小说的近亲是盎格鲁—撒克逊的叙事诗与僧侣文学。在不列颠群岛，凯尔特人（公元前定居）和盎格鲁—撒克逊人（5～6 世纪定居）的口传故事才是最终源头。当时在部落首领的宴会上，吟游诗人伴着竖琴吟诵神灵的传说和先人的业绩，"展示了远古时期叙事文学的形式、内容、风格以及它们所讴歌的理想和精神。"④ 在那些口传故事中，对叙事文学的发展影响最深远的莫过于盎格鲁—撒克逊民族的长篇史诗《贝奥武甫》（Beowulf，约 8 世纪），这部伟大的英雄传奇虽然"结构比较松散"，但情节"扣人心弦，充满了强烈的戏剧效果"，而且比较充分地刻画了民族英雄的"性格发展"，在内容上具有"日后崛起的英国小说的基

---

① Abrams，M. H.，*A Glossary of Literary Terms*，Beijing：Foreign Language Teaching and Research Press，Thomson Learning，2004，p. 191. 该书还采用了"流浪汉叙事"（the picaresque narrative）和"流浪汉虚构作品"（picaresque fiction）两种说法，笔者颇为赞同，因为这样比较尊重历史事实——现代意义上的"小说"（novel）是两个世纪之后的事儿，在此不宜混为一谈。

② Ibid，p. 191.

③ Ibid，p. 191.

④ 侯维瑞、李维屏著，《英国小说史》，南京：译林出版社，2005 年，第 24 页。

本特征"，① 可以说是英国本土"生产"的第一部诗歌体的古典主义小说。

此外，除了一些有关普通百姓的人生经历和情感纠葛的民间故事外，这段时期的重要叙事作品还有《浪游者》（*Widsith*，约 7 世纪）和《提奥的哀歌》（*The Laments of Deor*，约 8 世纪），这两部作品分别以平静或哀伤的语气叙述了吟游诗人的艺术生涯或坎坷经历，前者就像是吟游诗人的一组"流浪汉故事"，而后者简直就是盎格鲁—撒克逊版的《离骚》。这两部作品都没有以民族英雄的丰功伟绩为题材，但并不表明文艺创作在人物选择方面的转向，因为它们和《贝奥武甫》同属一个时期，而且吟游诗人多是受部落首领庇护的，本身就属于特权阶层，跟"反英雄"（anti-hero）相去甚远。

随着基督教和《圣经》于 6 世纪末传入英国，以创世神话和基督传教故事为基础的僧侣文学逐渐传播开来，在湮灭繁杂的多神教神话的过程中，也将叙事文学纳入到了宗教意识形态的麾下，成为盎格鲁—撒克逊时期和民间的口传故事并驾齐驱的叙事文学。代表人物凯德蒙（Caedmon，约 630~680）是英国文学史上第一位有据可查的诗人。他采用盎格鲁—撒克逊语改写了《圣经》中的许多故事，如《创世记》、《但以理书》、《出埃及记》等，又讲究故事的连贯性、情节的趣味性和形象的生动性，在英伦群岛既开了外国文学本土化（或曰翻译文学）的先河，又为英国"文学上的传统主义"——向古典文学借鉴题材的普遍行为，如密尔顿的史诗创作——指明了新的去向。作为宗教作家，他的创作自然也蒙上了神奇的色彩——据说他创作的灵感是在"梦幻"（vision）中降临的，和十个世纪后班扬（Bunyan）笔下的叙事者经常"梦见"基督徒类似。僧侣文学的另一位代表是同样披上了神秘色彩的基涅武甫（Cynewulf，约 750~约 825），他没有满足于改写《圣经》故事，而是另行创作了一系列宗教叙事诗，如《埃琳娜》、《使徒们的命运》、《基督升天》等，这些诗叙述基督教圣徒在各地传教和殉道的故事，较一个半世纪前凯德蒙的宗教故事更贴近现实生活，似有将故事主角从奥林匹亚山上拉下来的势头，可谓是僧侣文学中的《新约》。

无论是本土的口传故事，还是基督教带来的舶来品，盎格鲁—撒克逊时期的那些叙事文学（以及中世纪末期的长篇叙事诗歌）共同构成了英国小说最初的直接渊源。尽管多数是诗歌体，那些作品却具有极强的叙事性，既刻画了鲜明的人物形象，也体现了故事的结构特征，为稍后兴起的散文体长篇叙事文

---

① 侯维瑞、李维屏著，《英国小说史》，南京：译林出版社，2005 年，第 26 页。

学提供了原始的经验和最初的模式。

第二节　胚胎：中世纪的叙事文学

如果说因为体裁的原因，盎格鲁—撒克逊时期的口传故事和僧侣文学只能算作英国小说的近亲，那么中世纪（约 5 世纪末 ~ 15 世纪初）本土的散文叙事文学就是英国小说的胚胎了。毕竟，"对英国小说的发展产生直接影响的则是［叙事性］散文作品。"①

受到形式的严格制约，诗歌这一古老的体裁对表现日趋复杂的社会生活已经略显力不从心，而形式自由、内容更贴近普通大众的叙事散文逐步兴起，成为小说成形前的过渡型文体，这是社会进化的必然产物和文学发展的客观规律。早期散文作家比德（Bede，673 ~ 735）的《英吉利人教会史》（*Ecclesiastical History of the English Nation*，731）是一部散文体的拉丁文记事著作，也一直是英国古代史的重要卷宗。而艾尔弗雷德大王（Alfred the Great，849 ~ 899）则"最早提倡用盎格鲁—撒克逊本族语言来改写和翻译早先优秀的诗歌和拉丁文作品"，被尊称为"英国散文之父"。他参与并督促编写的《盎格鲁—撒克逊编年史》（*Anglo-Saxon Chronicle*，891 ~ 1154）记录了公元伊始到 12 世纪中叶的重要历史事件，是"英国文学史上规模最大、编写历史最长的散文著作之一，对英国散文风格的形成与发展产生了重要的影响。"② 他们撰写或主编的作品虽然算不上是叙事散文，却是后世历史文学取材的宝库，可谓开了记事文学的风气。12 世纪时，本族语作家就开始普遍采用散文体裁来改写神话故事和民间传说；到 15 世纪，随着卡克斯顿（William Caxton，1422？ ~ 1491）将印刷术引入英伦群岛，长篇叙事文学的传播和大规模读者群的培育成为现实，而新兴的叙事散文和"老牌"的叙事诗歌并驾齐驱也成为可能。③

中世纪散文体叙事文学的代表作则是马洛礼（Thomas Malory，1405 ~ 1471）的 21 卷本《亚瑟王之死》（*Le Morte d'Arthur*，1469），这部散文体的英雄传奇是英国文学史上最早的长篇叙事散文作品。作者对先前大量残缺、杂

---

① 侯维瑞、李维屏著，《英国小说史》，南京：译林出版社，2005 年，第 30 页。
② 同 1，第 31 页。
③ 在中世纪的英国，诗歌仍然占有主导地位，长篇叙事诗《农夫皮尔斯》和《坎特伯雷故事集》在中世纪英国文学史上的地位就是明证，但散文和戏剧也在迅速成长。本节重在探讨叙事散文对小说萌芽的影响，故未细说中世纪叙事诗歌的与小说的渊源，其基本关系在上一节已有大致论述。

乱的素材进行了必要的梳理和改写，使故事情节显得完整、清晰，环环紧扣，这样，整部作品在艺术形式上已经与现代小说十分接近，甚至可以说具备了英国小说的雏形。和爱尔兰诗人金塞拉（Thomas Kinsella，1928～）根据多种手稿译出的《夺牛记》（*The Tain*，1969）类似，① 该作品以亚瑟王的传奇人生和丰功伟绩为线索，将众多插曲连缀起来，场面宏大，情节曲折，引人入胜。它刻画了主角亚瑟王的高大形象，以及王后、魔术师和圆桌骑士等形形色色的贵族形象，而且描绘了较为广阔的社会图景和丰富的生活内容，完整地展现了小说作为"散文体长篇叙事作品"的要素和特征。因而，倘若不是因为其人物的骑士身份、故事的"传奇"色彩和环境的中世纪背景，它简直可以说就"是英国文学中［的］第一部……小说"。② 它"代表了中世纪英国散文文学的最高成就，同时也向世人展示了英国小说史上的第一道曙光"。③

当然，叙事诗对小说成形的影响也是不可忽视的，这一点从中世纪叙事诗的代表作可以看出。除了诗歌体裁，乔叟的《坎特伯雷故事集》可以说完全具备了小说的基本要素。"总引"部分介绍了这次"故事会"的缘起，而且单个故事前面往往还有一段引子，使得故事之间呈现一种因果联系，整体上形成一个清晰的情节和叙事结构。除了最显赫的皇亲国戚和最卑贱的下里巴人，其他三教九流的人物都在"故事会"中依次登场，在"总引"和各自的故事中将自己的性格和形象展现得一览无余，构建了一个广阔的人物画廊。这些人物来自社会的各个阶层，他们的故事比较全面地反映了当时英国社会的状况，形成一幅完整的社会图景，和三个世纪后的《汤姆·琼斯》一样具有"史诗"般的地位。而且，作者还开发了英格兰南部方言作为母语的表现力，"促使这种方言成为公认的文学语言和英格兰的标准语言"。因此该"故事集"对于早期现代英语和但丁的《神曲》对于意大利方言一样，也是一部文学语言的奠基之作，而作者就是"用英语创作的第一位英国伟大诗人"。④

乔叟的人文主义思想和现实主义手法，使他的创作及英国文学开始摆脱中世纪的骑士传奇和宗教文学，迈上现实主义的道路，进一步促进了文学从宗教

① 该作品以爱尔兰民族英雄库丘林的丰功伟绩为线索，是爱尔兰最伟大的英雄传奇。参见金塞拉英译，曹波汉译，《夺牛记》，长沙：湖南教育出版社，2008年4月。

② 侯维瑞、李维屏著，《英国小说史》，南京：译林出版社，2005年，第33页。

③ 同2，第34页。

④ ［英国］杰弗里·乔叟著，黄杲炘译，《坎特伯雷故事》，南京：译林出版社，1999年，"译者前言"，第7页。该译本为诗歌体，可谓形神兼备。

的神性"堕落"到世俗的人性的伟大变革。这部英国文学史上最早的现实主义巨著可以说是中世纪英国文学的集大成之作，进一步为文艺复兴时期叙事文学的发展铺平了道路。此外，中世纪的优秀叙事诗还有威廉·朗兰（William Langland，1332 ~ 1400）的寓言故事《农夫皮尔斯》（*Piers the Plowman*，1362 ~ 1392）。

中世纪后期的散文体及诗歌体叙事作品从历史上的贵族生活（而不是神话传说或宗教故事）取材，处在文学从神学到人学转变的中间阶段，或者说处在"文学上的传统主义"形成的关键时期，而且就形式而言已经很接近"小说"了，因此英国古典小说的成形可谓指日可待。

第三节　雏形：16 世纪的传奇与小说

随着散文的普及和文艺复兴运动的兴起，英国小说的雏形终于在 16 世纪末的通俗小说中显现。一方面，古典主义作家带着浓厚的崇古情结回到古代文化中寻找创作的灵感，采用近代英语翻译和改写经典作品；另一方面，人文精神的传播、科学理性的奠基、地理大发现和海外历险也促生了冒险故事、游记、传记、随笔等散文形式以及戏剧（本质上都是叙事作品），培育了早期小说作者的创作倾向和普通受众的阅读爱好。在这风云变换的年代，叙事文学的主角不再是中世纪的骑士，而是现实生活中的贵族、新兴中产阶级或流氓恶棍，语言有的流于华丽，显露出宫廷诗歌（当时那些作家多数首先是诗人）或雕琢的贵族文学的痕迹，有的倾向于口语化，通俗而生动，而叙事文学本身界于传统的骑士传奇和以普通大众甚至以反英雄为主角的通俗小说之间，因此文艺复兴时期也是传奇与通俗小说争奇斗妍的时期。① 当时的作家中，对英国小说的成形做出了不可磨灭的贡献的，是一批从牛津和剑桥毕业的"大学才子"（University Wits）。

约翰·黎里（John Lyly，约 1554 ~ 1606）的贡献在于，他"创作了英国文学史上第一本通俗喜剧小说"② ——《尤弗伊斯：对才智的剖析》（*Eu-*

---

① 《英国小说史》一书有时候认为，这个时期的小说是"通俗小说"（第40页），而《英国文艺复兴时期文学史》一书则认为，是"传奇小说"（第37页）。本书从小说的演变过程出发，把文艺复兴时期的小说当作是一种过渡类型，故称之为"通俗传奇"。

② 侯维瑞、李维屏著，《英国小说史》，南京：译林出版社，2005 年，第38页。对"大学才子"的小说创作的细致探讨是该书的重要贡献，可以说填补了国内英国文学史研究的空白。

phues: the Anatomy of Wit，1578）。该作品是一部描述理想的绅士风范与形象的说教小说，与一个半世纪后理查逊的《格兰狄森爵士》类似。它以两位年轻绅士和一位女士的恋爱关系为主线，同时插入大量的人物对话和往来书信，甚至插入一篇批评牛津大学教育制度的论文，虽然说不上是后现代作家的"杂烩"作品，但较为生动地反映了当时英国中上层社会的生活风貌。在一定程度上，该小说及续集《尤弗伊斯和他的英国》（*Euphues and his England*，1580）"突破了先前传奇文学和罗曼司固有的［叙事］模式"，"开了英国现实主义小说的先河"①。其意义不仅在于再次确立了继《亚瑟王之死》以来沉默了一个多世纪的英国散文体叙事文学的地位，而且还在于其开创的"尤弗伊斯文体"（euphuism）——经常叠用头韵、比喻和意象，像宫廷诗歌或中国六朝的骈文一样典雅华丽，充满在语音、词汇、句法等多层次对仗的警句和格言，与平易的口语体相对——与叙事主题比较吻合，说明到 16 世纪下半叶"英语作为文学语言的地位已经确立"，② 客观上巩固了乔叟开创的文学语言的传统。

菲利普·锡德尼（Philip Sidney，1554~1586）"是当时唯一投身于散文体虚构文学创作的杰出作家"。③ 他的《阿卡狄亚》（*Arcadia*，1590）是"18 世纪之前发表的英国最重要、最富于独创性的散文体虚构作品"，④ 或者说是英国文学史上第一部"田园传奇"（pastoral romance）。受三世纪希腊传奇小说《阿斯奥匹卡》（*Aethiopica*）的影响，该小说仍然带有浓郁的传奇色彩，主要表现宫廷逸事，很少涉及市井百姓的现实生活，同时又作为意大利同名小说及葡萄牙田园小说《戴安娜》（*Diana Enamorada*）的"粉丝"作品，处处洋溢着田园文学清新、甜美的气息。该小说生动地描绘了两位王子的爱情冒险故事，也深刻地揭示了统治阶级的人格危机和道德沦丧，不仅充满了惊险的打斗场面，而且还弥漫着浓厚的田园风情。同时，该小说"也是一部政治寓言小

———————

① 侯维瑞、李维屏著，《英国小说史》，南京：译林出版社，2005 年，第 41 页。

② 王佐良、何其莘著，《英国文艺复兴时期文学史》，北京：外语教学与研究出版社，2006 年，第 37 页。该著作虽然承认黎里的两部小说"当中不乏文学实验的成分"，但都是"失败的小说"，因为"尤弗伊斯文体""真正说出的意思不多"，只能吸引"一部分贵妇小姐"和公子哥儿，而且迟缓了小说的叙事节奏。

③ Neil, S. Diana, *A Short History of the English Novel*, London: Jarrolds Publishers, 1951, p. 18.

④ Abrams, M. H., General Editor, *The Norton Anthology of English Literature*, 4th Edition, Vol. 1, London: Norton, 1979, p. 480.

说"。① 其寓意在于向人们揭示：宫廷品德的败坏会导致国家危在旦夕。就创作意图而言，该小说与同时代的斯宾塞（Edmund Spenser, 1552？~1599）叙事诗《仙后》（*The Faeire Queene*, 1589~1596）及莎士比亚的许多历史剧可谓不谋而合。就语言而言，作者同样讲究文辞的绮丽和繁复，虽然其"风格不是完美的，但是合适的，……［因为］一种简约的风格完全装不下那种内容，……他的修饰可以称为'功能性'的"。② 锡德尼的文体也显露出传奇文学的特征，但毕竟比黎里的"尤弗伊斯文体"棋高一着，表明当时的小说作家开始具有了"修辞为内容服务"的自觉意识。③

罗伯特·格林（Robert Greene, 1558~1592）的"小册子"也采用了"尤弗伊斯文体"。但迥然不同的是，这些"小册子"大都以社会底层的平民百姓为人物，"描绘了他们的喜怒哀乐和丑行陋习"，有些还"揭露了社会上的流氓习气和欺诈行经……真实地暴露了伊丽莎白时代一派繁荣景象背后的阴暗面"。④ 可见，这些"小册子"多数属于过渡型的"通俗传奇"。如果说黎里的繁华文体大体上与贵族传奇相吻合，那么格林的模仿就与下里巴人的通俗故事之间存在明显的沟壑和反讽，与一个半世纪后菲尔丁在《汤姆·琼斯》中频繁运用庄重文体戏讽骑士传奇的陈腐类似。其中，《潘朵斯托》（*Pandosto*, 1588）是一部贵族传奇，既刻画了波希米亚国王的形象，也描绘了时下流行的种种骗术；《梅纳风》（*Menaphon*, 1589）描绘了卑微的牧羊人梅纳风和王妃塞弗斯蒂娅之间的恋情，是一部通俗传奇，因为洋溢着田园气息和诗歌的情韵，再版时更名为《格林的阿卡狄亚》（1599）；《诈骗术》（*Conny - catching*, 1591~1592）则"不厌其烦地描述了英国社会形形色色的骗子的欺诈行径，对当时的社会阴暗面作了深刻的暴露"，其"创作意图不仅在于揭露社会的丑恶现象，而且在于传达一种道德启示"。⑤ 格林的"小册子"大都反映了伊丽莎白时代普遍存在的犯罪问题，因为他"将自己视为淳朴的百姓反对恶棍的斗士"。⑥ 这充分说明，他是"小说家笛福的先驱"，⑦ 或者说他的主

---

① 侯维瑞、李维屏著，《英国小说史》，南京：译林出版社，2005 年，第 45 页。

② 王佐良、何其莘著，《英国文艺复兴时期文学史》，北京：外语教学与研究出版社，2006 年，第 38 页。

③ 同 2，第 38 页。

④ 同 1，第 47 页。

⑤ 同 1，第 49 页。

⑥ Neil, S. Dianna, *A Short History of the English Novel*, London：Jarrolds Publishers, 1951, p. 21.

⑦ Holliday, Carl, *English Fiction*, New York：the Century Co. , 1912, p. 159.

人公就是 18 世纪的罗克桑娜、杰克上校和 19 世纪伦敦黑窟贼首的前辈。

　　纺织工出生的托马斯·迪罗尼（Thomas Deloney，约 1543～1600）则"有意放弃锡德尼小说中的理想世界和格林小说中的流氓世界，而是将创作视线集中在以商人和手工业者为主的新兴资产阶级身上，不仅生动地描绘了这个阶级的责任感、工作热情、致富心理和冒险精神，而且还真实地揭示了原始资本的积累过程"。① 因此"迪罗尼为一种本土小说做出了贡献，那种小说标志着纪实现实主义的起步。"② 他的第一部小说《纽伯利的杰克，英国著名而杰出的布商》（Jack of Newbury, the Famous and Worthy Clothier of England，1597）叙述了一名织工在市场经济的竞争中闯荡和发迹的故事，是一部描写英国资本主义萌芽和原始资本积累过程的纪实小说，字里行间充满了对逐渐壮大的新兴资产阶级的肯定。这部小说"最接近近代小说的形式"，③ 是"英国文学史上第一部全面反映手工业者在资本积累过程中发家致富的现实主义小说"。④ 第二部散文作品《高贵的手艺》（The Gentle Craft，1597～98）是一部反映手工业者奋斗历程的故事集，主要叙述了不同时期的鞋匠怎样凭借"高贵的手艺"在激烈的竞争中发家致富，成为鞋铺掌柜甚至当选伦敦市长的故事，字里行间（甚至标题中）都洋溢着对新兴资产阶级意识形态——劳动是财富的依据，劳动致富无上光荣——的赞赏，可以说是《鲁滨逊漂流记》的思想前辈。第三部小说《雷丁的托马斯》（Thomas of Reading，1597～1598）描述了六个布商的处世态度和生活方式，及其因实业成就获得亨利一世青睐的过程。无论叙述内容、思想主题还是语言风格（从宫闱落到了市井，读来明白晓畅），这三部小说都体现了新兴资产阶级的心声，是资产阶级经济活动的热情参与者笛福的铺路石。

　　"大学才子"中，最崇尚现实主义的是托马斯·纳什尔（Thomas Nashe，1567～1601）。最初，他创作的是一系列反映社会局势、宗教斗争和日常生活的论战册子，但其中也有不少对人物形象和趣事逸闻的描绘，这为他的小说创作奠定了基础。其代表作《不幸的旅人，或杰克·威尔顿的生活》（The Unfortunate Traveler, or the Life of Jack Wilton，1594）生动地叙述了亨利八世的侍从的冒险经历，是一部带有现实主义色彩的冒险小说，或者说是"英国第一

---

① 侯维瑞、李维屏著，《英国小说史》，南京：译林出版社，2005 年，第 50 页。

② Neil, S. Dianna, *A Short History of the English Novel*, London: Jarrolds Publishers, 1951, p. 25.

③ 王佐良、何其莘著，《英国文艺复兴时期文学史》，北京：外语教学与研究出版社，2006 年，第 39 页。

④ 同 1，第 51 页。

部流浪汉小说"。① 主角既不是一个亚瑟王式的古代骑士，也不是阿卡狄亚式的田园情人，而是一个有血有肉的当代流浪汉，一个在历险中心潮起伏的普通人。情节自始至终围绕主人公展开：以英国军队围攻图尔尼城时威尔顿临阵逃脱开局，以他改邪归正、回到战场告终，前后反差强烈，充分展示了他的性格发展，使他类似于现代小说中的"圆形人物"。叙事既没有完全遵循时间顺序，也没有完全拘泥于事实，而是"将历史的事实和虚构的事件交织一体，生动地揭示了 16 世纪英国乃至整个欧洲大陆的社会现实"。② 因此，就情节而言，可以说是 18 世纪《汤姆·琼斯》和 19 世纪《瑭·璜》的祖先。此外，小说的语言平易朴实，流畅自然，与浮华的"尤弗伊斯文体"恰成对照，和迪罗尼一道使文学语言愈来愈贴近普通大众的现实生活，为 18 世纪英国小说的语言风格树立了范例。

当然，在人物形象、性格刻画、情节安排和语言风格等方面，文艺复兴时期的英国小说还不够成熟，但毕竟标志着英国小说的诞生。这段时期（尤其是 16 世纪）不仅是贵族传奇和通俗小说并存的时代，也是英国小说开始脱离大陆传统独立成长的时代。在这思潮迭起的时代，"大学才子"们视野各异，多角度、多风格地展现了"时代的风采"：黎里描述的是传统贵族的生活方式，锡德尼创作的是充满浪漫色彩的田园传奇，格林揭示的是社会的阴暗面和犯罪行径，迪罗尼欣赏的是原始资本积累时期手工业者的商业道德和发迹过程，而纳什尔热衷的是流浪汉的异域见闻和冒险经历。从宫廷、贵族到新兴中产阶级，到恶棍和下里巴人，这些小说比较完整地展示了文艺复兴时期英国的社会图景，也指明了小说在人物刻画和环境描写方面的发展方向。

同时，16 世纪的传奇和通俗小说也喜剧性地指明了文学语言的发展方向。作为贵族文学的遗产和抒情诗歌的残留，"尤弗伊斯文体"华丽、繁琐，注重语言的形式美，轻视语言承载的思想。例如：

曰：否，此大不然也，盖唯心所指则变物之性。日照粪壤，不损其明；钻石入火，不损其坚；水有蟾蜍，不染其毒；鹡鹨接鳄吻，不为所吞；贤者不涉逷想，不动绮思。冬青笋出榉林；薛荔罩笼磐石；柔茵能当利刃，此非物之常乎？（周珏良译）③

---

① 王佐良、何其莘著，《英国文艺复兴时期文学史》，北京：外语教学与研究出版社，2006 年，第 39 页。

② 侯维瑞、李维屏著，《英国小说史》，南京：译林出版社，2005 年，第 55 页。

③ 同 1，第 37 页。

文字的对仗，比兴的反复，意象的堆砌，排比的运用，可谓花团锦簇，都只为了说明一个道理："唯心所指则变物之性。"抒情性胜过叙事性，"只见作者停下步来顾影自怜，有文字游戏，却无叙事的开展"。① 因此，"尤弗伊斯文体"虽然红极一时，却终究只是贵族少妇、宫廷遗老和经院学者的把玩之物，如六朝骈文一样昙花一现。

正如到了现代，文绉绉的中国文言文已不合时宜一样，随着传统贵族的失势和中产阶级的崛起，装饰文体在日益民主的时代也将失去读者大众，取而代之的是贴近大众生活的平易文体。例如：

店老板和老板娘看他这样心情，私下商量起来。男的说：不知道怎么办。我看不如就此罢手，最好不同他纠缠。

她说：什么，男人，你害怕了？你已经干掉了好多个，轮到他却萎缩了？然后，她让他看柯尔存在她那里的金子，说：不要这钱不叫人心理难受么？该死的老家伙，他再活下去又有什么用处？他有的太多了，我们有的太少了。别说了，丈夫，动手吧，那样这钱就是我们的了。

于是就照她的坏主意办了。他们在房门外听了一会，知道他已熟睡。一切都平安（他们说），他们就向厨房跑去。他们的仆人都已上床。他们把铁栓抽出，床倒了，那人落进了一锅滚烫的开水。②
语言朴实、生动，对话如闻其声；叙事简练、明了，行动迅捷利落，和"尤弗伊斯文体"形成鲜明对照。"从叙事艺术说，［该作品］比《尤弗伊斯》、《阿卡迪亚》进了一大步，而语言也从宫闱落到了伦敦市井，已经有点儿笛福的味道了。"③

可见，在题材、人物、环境和语言等各个方面，"文学上的传统主义"在16 世纪就开始面临"小说的挑战"了。小说的兴起已经隐约可见。

第四节　成长：17 世纪的特写与小说

17 世纪初，作为文艺复兴的恩泽，英国的散文发展迅速，五花八门的小册子和随笔广为流传，培育了更大的散文作家群和读者群。其中，哲学家弗兰

① 王佐良、何其莘著，《英国文艺复兴时期文学史》，北京：外语教学与研究出版社，2006 年，第 37 页。

② 同 1，第 39~40 页。

③ 同 1，第 40 页。

西斯·培根（Francis Bacon，1561～1626）的哲理散文简洁明快，意蕴深远，对散文语言的风格产生了重要影响。而《钦定本圣经》（*The Authorized Version of the Bible*，1611）——即《詹姆斯王圣经》（*The King James Bible*）——的出版不仅是宗教改革的"标志性成果"，也是英语及英语文学对拉丁文与拉丁文《圣经》的胜利。该译本采用了与宗教的庄重相宜相衬的古雅英语，本身就是一部文学性著作。就语言而言，"《钦定本》影响了英语散文的节奏、句法以至风格，更不必说大量的个别辞藻了。"① 自此，"希伯来化"的"圣经体"风格（普遍使用单音节基本词汇和连串的平行独立短句）历代不衰，为众多英国散文作家沿用，如班扬、笛福、斯威夫特、勃特勒、萧伯纳、毛姆等，形成了一种措辞朴实的悠久传统。就文学而言，该译本为后续作家提供了取之不竭的题材、插曲、警句和典故，如班扬和弥尔顿的代表作就是显著的例子，至于零星引用的例子则不胜枚举。

《钦定本圣经》对于英国文化及文学的影响难以估量，诚如《天演论》的作者赫胥黎（Thomas Henry Huxley，1825～1895）所说：

请考虑这个伟大的历史事实：三百年来，这部书已被编织进了英国历史上最好最高尚的部分，成为不列颠的国家史诗，从极北到极南的贵人和小民都熟悉它，一如但丁与塔索一度为意大利人所共知；它是用最高尚最纯洁的英文写成的，充满了纯粹文学形式的诸多奇美；最后，它使得从未离开过村子的老百姓也知道有别的国家和别的文化的存在，知道有一个伟大的过去，一直伸展到世界上最古老的文化的最远点。②

不妨说，"也许除了莎士比亚"，③ 17 世纪英国文学中对后世文学（尤其是小说）影响最大的就是《钦定本圣经》。

17 世纪上半叶的英国文学仍笼罩在戏剧的光晕中，小说出现了短暂的沉寂。托马斯·戴克（Thomas Deckker，约 1570～1632）"继承了格林和迪罗尼的现实主义传统，以更加暗淡的画面展示了英国社会的冷酷现实"。④ 但这种早期的"批判现实主义"未及兴起，就被盛极一时的"性格特写"（character 或 character - writing）淹没。作为人文主义的余泽，文艺复兴时期对人的"放

---

① 杨周翰，《十七世纪英国文学》，北京：北京大学出版社，1985 年，第 49 页。
② 王佐良、何其莘著，《英国文艺复兴时期文学史》，北京：外语教学与研究出版社，2006 年，第 264 页。
③ 同1，第 14 页。
④ 侯维瑞、李维屏著，《英国小说史》，南京：译林出版社，2005 年，第 59 页。

肆"关注（如培根所说，"人是一个小宇宙，是世界的……模型"①）演变成了 17 世纪对性格的"亲密接触"，戏剧人物的顾影自怜（如哈姆雷特感叹道，"人是多么了不起的一件作品"）被散文作家对世俗众相的描绘取代，于是简洁明快的人物素描应运而生。"英国的塞内加"约瑟夫·霍尔（Joseph Hall，1574～1656）的《善与恶的性格》（*Character of Virtues and Vice*，1608）是英国第一部重要的性格特写，② 而托马斯·欧佛伯利（Thomas Overbury，1581～1613）的《众生相》（*Characters*，1614）则是英国性格特写的"标志性成果"。该特写集（原作共 21 篇）轰动一时，到 1622 年第 10 版时已收入戏剧家韦伯斯特（John Webster，约 1580～约 1625）的特写 32 篇，小说家戴克（Thomas Dekker）的特写 6 篇，以及诗人约翰·多恩（John Donne，1571～1631）的特写和散文各 1 篇。此外，主教约翰·厄尔（John Earle，1601～1665）的《小宇宙志》（*Microcosmographie*，1628）共收录了特写 54 篇，对牛津学者及普通众生的形象进行了细致的摹写。

　　其中，出身富贵的欧佛伯利坚持"分解"内容，"突出奇诡，黑白分明"，讽刺"温和"的创作原则。③ 在《宫廷侍臣》（A Courtier）一文中，他将学识浅薄却装模做样的侍臣刻画得入木三分：

　　……他最可靠的标志是，只有在王公的周围才找得到他。他的身上散发着香气，他的脑筋大都用在衣服是否得体上。他认识的都是名士。他的聪明才智像金盏花一样，随着太阳而开，故十点之前他通常是不起床的。他对字眼有些把握，对意义不甚了了；对吐音有些把握，对用词不甚了了。机会是他的小爱神，他只有一张求爱的处方。他总是反复无常，只赞扬漂亮，只尊崇财富，其他什么都不喜欢。他谈话的素材是新闻，他对人对事的品评犹如一颗炮弹，火力视火药的多寡而定。在宫廷之外他不存在，就像鱼儿出水，一呼气就会死掉。他的运行和方位都没有规律，但他一定在高空运行，反射着更高物体的光芒。④

---

① J. A. Cuddon, *A Dictionary of Literary Terms*, London: Andre Deutsch, 1979, p. 111.

② Boris Ford ed., *The Pelican Guide to English Literature*, Vol. 3, "from Donne to Marvell", England: Penguin Books, 1956, p. 71. 塞内加（Lucius Annacus Seneca, 4 B. C. –65 A. D）是古罗马哲学家和剧作家。

③ 杨周翰，《十七世纪英国文学》，北京：北京大学出版社，1985 年，第 52 页。

④ 此段译文综合了杨周翰和杨理达的译文。分别见杨周翰，《十七世纪英国文学》，北京：北京大学出版社，1985 年，第 54 页；杨理达，"论 17 世纪的性格特写和散文人物，"李维屏主编，《英美文学论丛 5》，上海：上海外国语大学，2006 年，第 68 页。

这段特写与《哈姆雷特》和本·琼生（Ben Jonson，1572～1637）的《人人扫兴》（*Every Man in His Humor*，1598）对侍臣的评价异曲同工，将宫廷侍臣金玉其表、狐假虎威、纵情淫乐的寄生虫形象描绘得简练又栩栩如生。不过，这种"趋向抽象概括"的特写更接近杂文，① 而不是叙事文学。

性格特写的"真正传人"是约翰·厄尔。他把性格要素分解开来，着重描述人物心理及其成因，因此"通常认为，他笔下的人物描写得最为出色。"② 而且，他还时常将人物置于特定的场景，并对场景进行拟人化的描摹，创造了一种人物刻画与环境描写结合的地方特写。例如他对伦敦圣保罗大街的描绘：

……此处由一堆石块及人群构成，又是语言的大杂烩；教堂塔楼若非圣所，则再像巴别不过。喧闹之声，一如蜂鸣，嗡嗡作怪响，杂以"舌步声"及脚步声。又似经久不息的吼声或高声细语。各种谈论的大交易所，各种事务无不在此推动、进行。……一切发明皆在此倾出，不少钱袋亦被掏空。其中的庙宇，其最好的标志乃是：它是窃贼的避难所，在人堆里偷窃比在旷野里尤为安全，也是捉贼人隐身的灌木丛。……有人将此处当作餐前的序言，走一遭，提提胃口；节俭的人则以此处为便饭馆，吃一顿便宜饭。③

虽然每个特征都是孤立的，氛围却整齐一致，时常显现出 18 世纪风俗画（genre painting）的意境。这种完整的袖珍肖像具有相对的独立性，为后世小说家的环境描写充当了开路先锋。

17 世纪英国特有的"性格特写"通常与情节剥离，只按单一的品质或概念来描写，旨在影射特定群体的显著特征，因此特写中的人物大多性格单一，形象平瘪，属于小说家福斯特（E. M. Foster，1879～1970）所定义的"扁形人物"。虽然如此，"性格特写"在当时的英国还是颇受青睐，是一种入时的文学类型，在知识界拥有不少的"粉丝"。到 17 世纪末、18 世纪初，理查德·斯梯尔（Richard Steele，1672～1729）、约瑟夫·艾迪生（Joseph Addison，1672～1719）和塞缪尔·约翰逊（Samuel Johnson，1709～1784）等散文名家依然兴趣不减，还"向前推进了一步，使人物拥有具体的姓名……成为具体的人。"④ 到 19 世纪，这类平面肖像虽不多见，却也在狄更斯的《波兹素描》（*Sketches by Boz*，1836）、萨克雷的《势利者集》（*The Book of Snobs*，1848）、

---

① 杨周翰，《十七世纪英国文学》，北京：北京大学出版社，1985 年，第 55 页。
② J. A. Cuddon, *A Dictionary of Literary Terms*, London：Andre Deutsch, 1979, p. 112.
③ 同 1，第 62～63 页。
④ 同 2，p. 112.

艾略特的《泰奥弗拉斯托斯之类的印象》（*Impressions of Theophrastus Such*，1879）等作品中"风采依旧"。毕竟，早期"扁形人物"是"圆形人物"诞生的必然前奏，而"性格特写"也为小说中人物刻画艺术的发展铺平了道路。

和小说人物演变的总规律相似，在"奥古斯都"时期（1680~1750），对小说的成形至关重要的不是"与宫廷和贵族社会有密切关系的上层文化"，而是"充斥坊间或经常出现在普通人家……［的］形形色色的宗教作品"，① 是盎格鲁—撒克逊时期以来的僧侣文学。这种"下层"文学的代表，或者说"17世纪后半叶最伟大的散文作家"，② 无疑是出身平寒的清教徒约翰·班扬（John Bunyan，1628~1688）。对于这位只接受过小学启蒙教育的无证传教士，《圣经》、《祷告书》及妻子过门时带来的两本宗教书籍成了他"全部文化知识和思想的来源"。③ 在自省、传教、论争和囚禁过程中，这位"'天堂大学'造就的奇才"写成了一系列语言平实的宗教册子和寓言小说，④ 无意中成了英国小说承上启下的"大腕"，实现了"不仅补锅、补水壶，还想要补灵魂"的梦想。⑤

班扬的《败德先生传》（*The Life and Death of Mr. Badman*，1680）是一部对话形式的寓言，由"聪明人"先生讲述新近死去的奸商"败德"先生的一生，而"包打听"先生则扮演听众和评论者的角色。该故事讽刺了王朝复辟时期社会的腐败与堕落，尤其是大资产阶级和传统贵族的恶劣行径，体现了明显的恶有恶报的说教意图，具有"批判现实主义"小说的特点。如果说该作品是一部以日常生活为题材的讽刺小说，那么《圣战》（*The Holy War*，1682）就是一部以基督徒历程和英国教会史为核心的宗教寓言。故事的框架与弥尔顿的史诗《失乐园》类似：狄亚波勒斯（魔鬼）从沙岱王（上帝）手里夺取了"曼叟尔城"（Mansoul，人类灵魂），艾玛纽尔王子（耶稣）率军救援，历经数次易手终于收复失地。故事的寓意显而易见：人类灵魂里善与恶的斗争经久不息，但终究邪不压正。在19世纪的文艺批评家麦考莱（T. B. Macaulay，

① 黄梅，《推敲'自我'：小说在18世纪的英国》，北京：生活·读书·新知三联书店，2003年，第14、18页。该著作对17世纪下半叶英国文学的分野进行了合理的论述，指明"自中世纪以来，西方所说的'文学'基本就是神学阐述、论战、讲道词、个人信仰体验记录等等宗教著述。"

② 阿克尼斯特著，戴镏龄等译，《英国文学史纲》，北京：人民文学出版社，1980年，第168页。

③ 刘意青主编，《英国18世纪文学史》，北京：外语教学与研究出版社，2006年，第9页。

④ 同3，第10页。

⑤ ［美］安妮特·T·鲁宾斯坦著，陈安全等译，《英国文学的伟大传统》（上），上海：上海译文出版社，1998年241页。

1800～1859）看来，该故事是英国第二部最伟大的宗教寓言故事。

当然，这第一部就是班扬的代表作《天路历程》（*The Pilgrim's Progress*，1678，1684）。如果说《失乐园》的情节止于人类的始祖被逐出伊甸园，那么《天路历程》的故事则始于人类的后代力图通过赎罪回到上帝身边，与《复乐园》堪称异曲同工。故事一开始，叙事者就说道：

> 当我穿行在这世上的旷野，一个洞穴挡住了我的去路。我在洞穴里躺下，昏沉入睡。当我睡熟了的时候，做了一个梦。

> 看呢，我梦见一个人衣衫褴褛，站在洞穴的边上，背对自家的房屋，手里拿着一本书，背上捆绑着沉重的包袱。我注视着他，只见他打开那本书，在那里读起来。读着读着，他潸然泪下，接着浑身颤抖；又过了一会儿，他不能自持地发出一声凄厉的呼喊："我该怎么办？"①

褴褛的衣裳和沉重的包袱代表着人类的罪过，是基督教原罪观念的外化，因此，基督徒坎坷的"天路历程"就是一场精神的苦旅。

故事开宗明义：通过对主人公去天国寻求救赎的艰难旅程的描写，向读者宣扬正统的基督教赎罪思想，达到教民从善、以"恐惧"和"怜悯"来"净化"社会的目的。结局自在情理之中：

> 就在他这样直抒胸臆的时候，他的脸色开始变化，他那强健的躯体开始弯曲。他说道："带我走吧，我要到你那里去！"话音刚落，他就从送行的人们眼前消失了。

> 这时，一个激动人心的辉煌场面出现了，只见成群结队的骏马和战车塞满了天河的对岸，歌手们在嘹亮的号角和风笛声以及悠扬的琴声中引吭高歌，欢迎这队天路行客们终于结束了征程，荣归天府。

> ……

> 由于他们的积极努力和美好见证，在他们所住的那个地方，有一段时间教会曾经不断扩大，信仰基督教的人数也不断增加。②

只要虔诚悔罪、献身救赎，基督徒自会重获主恩，基督教亦会兴旺发达。由于其宗教劝戒的意图及经典的文艺形式，"除了《圣经》以外，这本书的读者无疑比任何一本书都多"。③ 也就是说，"由于采用了老百姓的简单朴实的词汇、

---

① ［英］约翰·班扬 原著，王汉川 译注，济南：山东画报出版社，2002 年，第 19～22 页。

② 同 1，第 469 页。

③ ［美］安妮特·T·鲁宾斯坦著，陈安全等译，《英国文学的伟大传统》（上），上海：上海译文出版社，1998 年，第 257 页。

浅显易懂的象征手法和《圣经》式简洁刚劲的语言，对于普通民众来说，《天路历程》一书极具亲和力，成为许多普通人家里《圣经》之外的第一必备书。"① 这是班扬创作的成功，也是广受读者接受的喜剧。

然而，"大家所熟悉的这一个故事的框架只体现了该书真正价值的一小部分"，② 因为《天路历程》不只是一部宗教寓言，它还具有浓厚的现实主义色彩。在主人公的精神历程中，作者还对 17 世纪英国的腐败风气和混乱局势进行了抨击，家喻户晓的就是"名利场"一节：

……过了不久，他们就看见前面有一个市镇，叫做"浮华镇。"市里有个商业区叫做浮华市场。那里人声鼎沸，终年不散。他之所以叫做浮华镇，是因为它所坐落的那个市镇比浮华世界还要轻浮，还因为那儿买卖交易的东西，没有一件是货真价实的。如同哲人所说："所要来的都是虚空。"

……那个市场上卖的都是这么一些货色：有房屋、田产、行业、职位、荣誉、升迁、头衔、国土、王国、欲望、乐趣，以及所有与享乐有关的东西，诸如娼妓、鸨母、妇人、丈夫、儿女、奴仆、生命、鲜血、肉体、灵魂、金银、珍珠、宝石等等，难以记数。

除此之外，在浮华市场上随时都可以看见变戏法的、尔虞我诈的、讨价还价的人，以及赌徒、白痴、优伶、流氓、无赖和各种打架斗殴、游手好闲之辈。

在这儿，偷窃、谋杀、通奸、发伪誓、作假见证等丑恶现象也是司空见惯，令人发指。③

在这淋漓尽致的描绘中，作者冷静地鞭挞了不择手段地沽名钓誉、追逐金钱、丧尽人伦的社会风气。由此，作品的现实性和批判性可见一斑。

此外，《天路历程》"也是 18 世纪之前艺术上最成熟的一部［英国］小说"。④ 作者沿用了中世纪以来托梦达意的文学传统，但又于梦境影射现实，将二者交织一体，构成一个亦真亦幻的虚构世界。除了副标题"以梦境的形式表现"明确无误地指明了作品的艺术特征，叙事者还不时采用"现在我梦

---

① 黄梅，《推敲'自我'：小说在 18 世纪的英国》，北京：生活·读书·新知三联书店，2003 年，第 21 页。

② ［美］安妮特·T·鲁宾斯坦著，陈安全等译，《英国文学的伟大传统》（上），上海：上海译文出版社，1998 年，第 256 页。

③ ［英］约翰·班扬 原著，王汉川 译注，济南：山东画报出版社，2002 年，第 134～136 页。

④ 侯维瑞、李维屏著，《英国小说史》，南京：译林出版社，2005 年，第 62 页。

见"、"然后我梦见"等插入语，强化作品的梦幻色彩和梦幻与现实的对立关系。作者刻画的人物都是寓言里代表品质、信仰及性格的类型人物，带有浓厚的时代及宗教色彩，虽无个性，却能将宗教观念之间的斗争外化出来，变成生动的形象，因此无论人名还是地名都由抽象词汇组成。此外，作者还沿用了《圣经》简洁、朴实的语言风格，细节描写生动活泼，人物塑造鲜明具体，使作品能在教民心中产生亲和力。

总而言之，"英国小说最重要的先驱《天路历程》在文学上的伟大影响，在于它描写了丰富多彩的具体场面，栩栩如生的人物［形象］和大量生动的［个人］经历。作者逼真地刻画了主人公和为数众多的次要人物，表现出非凡的心理洞察力。……贯穿全书始终的快速叙述节奏和独特的寓意方式……［也会令人］惊异不已。"① 可以说，这部宗教寓言是一部文化的集大成之作，"代表了英国早期小说的最高成就"。②

其实，17 世纪英国文学的分野并不那么泾渭分明。英国历史上第一位女小说家阿弗拉·班恩（Afra Behn，1640～1689）就"在上层社会和宫廷中交游颇广"，是"复辟的斯图亚特王朝的拥护者"。③ 她深受"17 世纪的英国人、特别是保皇派当中风行一时"的"英雄传奇"的影响，而她的代表作《奥鲁诺克，又名王奴的历史》（*Oroonoko, or the History of the Royal Slave*，1688）也以王储为主角，似乎完全"属于'英雄传奇'，继承了罗曼司故事的传统。"④ 然而，这位职业女作家一度负债入狱，和"地下"文学的代表班扬有过类似的经历；为了谋生她才提笔写作，似乎自身就横跨文化的"上层"和"下层"，将二元对立的现象融为了一体。正如副标题中的矛盾修辞（"王奴"）所表明，她笔下的主角也并非传统意义上的贵族，而是被贩卖到美洲殖民地当奴隶的西非黑人国家的王子，一位集高贵血统和奴隶身份于一身的生存"错位"（dislocated）的新型主角。

虽然该小说是围绕"贵族的主题"展开的，人物形象也是"遵照罗曼司的传统构思的"，然而和作者身份的混杂性类似，"与生俱来的高贵本性"与

① ［美］安妮特·T·鲁宾斯坦著，陈安全等译，《英国文学的伟大传统》（上），上海：上海译文出版社，1998 年，第 256 页。

② 侯维瑞、李维屏著，《英国小说史》，南京：译林出版社，2005 年，第 64 页。

③ 黄梅，《推敲'自我'：小说在 18 世纪的英国》，北京：生活·读书·新知三联书店，2003 年，第 21 页。

④ 同上，第 22 页。班恩同年还发表了小说《美丽的薄情女郎》（*The Fair Jilt*，1688）。

殖民浪潮赋予的依从地位，使得奥鲁诺克王储的形象成了"矛盾性的集合体"，成了"在老故事框架中出现的新时代的新人物"，① 成了笛福的小说人物彻底脱离宫廷之前的绝唱。由于本身文化的多重性和身份的混杂性，奥鲁诺克在与他人的关系中也总是处于两难和矛盾的境地。身为非洲黑人，他却乐意和欧洲人认为颇有教养的人士交往；做了英属殖民地的奴隶，他却对殖民主义者的最高代表（查理一世）的倒台表示同情；蒙受了欧洲文化的熏陶，他却时常对残酷的殖民统治进行抨击；遇见同为奴隶的昔日属下，他却难以跨越阶级的鸿沟；面对奴隶同胞的叩头膜拜，他却感到惴惴不安。在种种"情景反讽"（situational irony）中，"王奴"这一术语暗示的身份矛盾性得到了充分的展现。

同样，"戏剧化的叙事者"（dramatized narrator，即作为故事人物的叙事者）也"具有多重的社会身份和多重的主体立场。"② 首先，她是拥有黑奴的白人殖民者，毫不犹豫地和殖民地的英国有产者称兄道弟，以"我们"论之，和"他们"（非洲黑奴及印第安人）对立。目睹了黑奴的悲惨遭遇后，她似乎有所"成长，"几番要和以前的"我们"划清界线：对白人殖民者的欺诈和恶毒表示愤慨，又对受难的王储深表同情和敬意，仿佛因为女性的压抑和共同的高贵身份就成了奥鲁诺克的同盟，应该以"我们"相称。看到奥鲁诺克不凡的谈吐、勇敢的精神和诚实的品格，她不禁把他当作理想中的英雄，自然就站在了他所代表的黑人群体的一边，从而淡化了自己对白人（男性）与生俱来的心理认同（identification）。听到黑奴揭竿而起的消息，她又说"我们女人"惊恐万状，生怕被黑人杀个寸草不留，似乎男性白人殖民者已经打入另册，成了与"我们"对立的"他们"。心理认同没有固定的依据，总是在种族、阶级、性别和品格之间滑行，这就是叙事者身份和立场的混杂性。

除了有意无意地流连于自己的情感活动（这是女性作家的特点，在小说家们产生创作的自觉意识之前是极其难得的），这位叙事者还对地域环境抱有异乎寻常的兴趣，十分注重对环境的描写和氛围的营造。小说一开篇，她就交代了故事发生的具体地点和环境，在两页多长的单子里详尽地描叙了土著人的奇风异俗，仿佛初来咋到的好奇者瞪着双眼一路看去。而关于自己和奥鲁诺克

① 黄梅，《推敲'自我'：小说在18世纪的英国》，北京：生活·读书·新知三联书店，2003年，第23页。

② 同1，第25页。

等人的冒险活动，叙事者竟用超过全书内容的八分之一的篇幅来讲述，而且讲得津津有味，仿佛笛福笔下的罗克桑娜（Roxanna）不思忏悔，竟在新门监狱里也将自己偷窃的故事讲得意趣盎然。虽然有些离题，叙事者却刻意要突出小说的异国情调。对游离于故事之外的地理环境的兴趣，既体现了作者的个人癖好，也超越了传统叙事的套路，暗示了海外殖民文学（如随后出版的《鲁滨逊漂流记》和《格列佛游记》）的悄然兴起。此外，小说中还掺入了不少类似学术论文的章节，表明作者对诸如宗教之类的抽象问题的反省，仿佛该小说就是英国文学史上第一部哲理小说。

不难想象，整部小说的叙述必定是多声部的。这位女性故事人物兼叙事者既对黑奴怀有真切的同情，同时又在使用种族和阶级地位带来的便利，还饶有兴味地观察黑奴的人生悲剧，把他们的悲剧当作日后的谈资和创作的素材。她是白人殖民者安抚和欺骗黑奴的工具，客观上起到了胁从的作用；面对黑人针对全体白人的起义，她一面惊恐万状，一面却不无同情，认为为首的奥鲁诺克应该得到宽恕和充分的发言权。身为女性，她却乐于冒险，热衷政治，颇有男性化的特征。在海外殖民的风潮中，非洲王储变成了带着欧洲文明标签的奴隶"恺撒"（正如笛福笔下的"野蛮人"成了"星期五"），在欧洲名不见经传的"小女子"却变成了显赫一时的"大主人"。在戏剧性的生存"错位"中，在文化的"飞散"和矛盾的重叠中，叙事者的三重身份（叙事者、故事人物、女性）得以显现，成为这部"复调"小说的基础，也成为17世纪末众多女性"追随者"的《圣经》。①

无论作品的题材、人物的形象，还是叙事者的声音，"文学上的传统主义"在17世纪末已经明显动摇了。真正意义上的小说的诞生指日可待。

---

① 黄梅，《推敲'自我'：小说在18世纪的英国》，北京：生活·读书·新知三联书店，2003年，第34页。黄梅对该小说中女性的声音及随后女作家群的兴起进行了细致的分析，并借用吴尔夫的话说，"所有女人都应该在阿芙拉·贝恩的墓上撒下鲜花。"

第二章

英国小说的崛起

经过叙事文学几个世纪的积淀，小说的成形已经呼之欲出。"小说的崛起和发展是 18 世纪英国文学的主要成就"，① 这就成了不争的事实。

虽然"18 世纪出版的最大的图书门类"仍然是"宗教书籍"，但是以小说为代表的"世俗文学"迅速兴起，而且世俗作家（如笛福和理查逊）长于"寓教于乐"，常常"把宗教的和世俗的兴趣结合到一起……将其道德的和宗教的目的引入流行的以世俗内容为主的虚构故事的领域，获得了引人注目的成功"。②到 1886 年，小说的出版数量终于超过了宗教读物，彻底改写了英国"文学"的性质，③ 因此小说的崛起可以说是一场"文学"本质的革命。

无论是"历史"、"秘史"或"传记"、"生平"，还是"罗曼司"、"回忆录"、"沉浮录"或"历险记"、"漫游记"，④ 这五花八门的名称本身就是 18 世纪英国小说崛起的永恒的语言标记。但是，如同中国的"短书"一样，崛起之初的英国小说遭遇了漫长的尴尬。

第一节　小说的尴尬

在 18 世纪"崇古"思潮的压制下，与历史悠久的英雄史诗和骑士传奇相比，新兴的小说摈弃了"崇高"（the sublime）的主题，转而以中下层社会的世俗生活为题材，似乎天生就低人一等，因而长期遭受传统主义者的鄙视。而

---

① 侯维瑞、李维屏著，《英国小说史》，南京：译林出版社，2005 年，第 72 页。

② 伊恩·P·瓦特著，高原、董红钧译，《小说的兴起》，北京：生活·读书·新知三联书店，1992 年，第 48 页。

③ 中世纪以来，西方所谓的"文学"基本上就是指僧侣文学或宗教文学，因此小说的崛起是革命性的。

④ Hunter, J. Paul, "The Novel and Social \ Cultural History," *The Cambridge Companion to the Eighteenth Century Novel*, Richetti, John, edited, Shanghai：Shanghai Foreign Language Education Press, 2002, p. 9.

且，宗教文学因为政治意识形态的功用比较明显，历来受到教会和朝廷的庇护，在英国文坛一直居于统治地位，自然而然地把新兴的"世俗"小说打入"另类"，归于"边缘化"的文学门类。受这两种"权威"因素的制约，新兴小说面临的尴尬局面就不可避免。因此，《天路历程》无论怎样"广为流传，在批评界获得好评，在学术界得到赞誉却是后来的事情。"① 即使到 18 世纪末，"天路客"（基督徒）还是一个"受人蔑视的名字"，甚至文艺思想家伯克（Edmund Burke，1729 ~ 1797）也鄙夷道，"要贬低一本书"，只要说它"与《天路历程》的文体一样。"② 可以说，虽然在史诗、罗曼司和宗教文学的夹缝中"打拼"了一个多世纪，小说的地位依然卑微，小说的名称也未及统一。

到 18 世纪下半叶，文坛霸主约翰逊虽然对《天路历程》爱不释手，但对"世俗"小说似乎也缺乏信心。他以长者的姿态"语重心长"地警示说，人们要提防小说毒害社会，因为小说不似"行为指南"那样切合实际，又不像宗教读物那样循循善诱，而读者又是一帮"年轻者、无知者和闲散者"，③ 仿佛小说就是"懒散"的代名词，读小说就会浪费时光，而读者也都是闲散无聊的懵懂少年。在公众阅读趣味的卫道士眼里，中下层多数年轻人涉世未深，又很少接受正统教育（古典主义的熏陶或正规的大学教育），阅读小说只会让他们毫无意义地"消磨时光"，在实际事务中不思进取，甚至在闲散和愉悦中废弃基督的教义，成为"邪恶的工具"。④ 因此，阅读"世俗"小说和新兴资产阶级的实用主义观点以及教会的向心意愿是背道而驰的，于是崛起之初的小说在道德上早已"声名狼藉"，遭遇尴尬也在情理之中。

此外，妇女地位和角色的变化也和小说的兴衰息息相关。一方面，小说"正变成一种主要的女性消遣物"。⑤ 由于阶级的便利和家庭的特点，上流社会的女性"手里有着更充裕的时间"，而且"尤其热衷于写信"和虚构故事有一种天生的亲近，而中产阶级的女性"几乎没有可能参加男人的活动，"同时

---

① ［美］安妮特·T·鲁宾斯坦著，陈安全等译，《英国文学的伟大传统》（上），上海：上海译文出版社，1998 年，第 257 页。

② 同 1，第 257 页。

③ Hunter, J. Paul, "The Novel and Social \ Cultural History," *The Cambridge Companion to the Eighteenth Century Novel*, Richetti, John, edited, Shanghai：Shanghai Foreign Language Education Press, 2002, p. 20.

④ Ibid, p. 21.

⑤ 伊恩·P·瓦特著，高原、董红钧译，《小说的兴起》，北京：生活·读书·新知三联书店，1992 年，第 42 ~ 43 页。

"绝大多数生活必需品都已由机器制造，可以在商店和市场中买到"，因而她们也"有了充分的闲暇时间，这些闲暇通常都被博览群书占用了"。① 这些物质生活无忧无滤的女性都"不用考虑厨房问题"，可以长久地"盘桓于……作为唯一消遣的文学天地之中"，② 于是，小说作为通俗文学就成了女性读者的至爱，并随着这一弱势群体一道成长。另一方面，"从乔叟的时代起，[中上层社会]妇女的地位急剧下降"，到18世纪时"实质上已经变成了性欲的对象……一种喜爱华丽服装的动物"，③ 于是在强势群体的心目中，小说作为女性的消遣读物便自然有些"堕落"，和古典史诗、英雄传奇等"崇高"的文学门类不太入流。因此，虽然早期的小说作家多为男性，小说本身也一度是男性中心主义的受害者，在成长过程中遭遇尴尬也是必然的。但是，正是在小说的尴尬中，女性意识才得以觉醒，女性作家才得以涌现，这是小说兴起的又一种革命性。

在新古典主义、宗教文学、实用主义和男性中心主义的夹缝中，即使频繁地改头换面，自称是"历史"、"传记"、"忏悔录"、"沉思录"等等，即使一再强调自身的真实性，又融入了道德说教和社会改良的主题，小说作为世俗文学仍然不免尴尬的境地，小说读者在传统文学读者的面前也不免低声下气，羞愧难当。这种局面直到18世纪末才有所改观。在《诺桑觉寺》（*Northanger Abbey*，1818）当中，简·奥斯丁终于敢借人物之口大声疾呼：

我不愿意和一般小说家一样，学他们那种卑鄙而愚蠢的作法，他们自己是写小说的，却轻蔑、非难小说，结果和自己的最大仇敌串通一气，用最难听的话来蔑视这些作品；他们还从来不准自己作品里的女主角看小说，如果她偶尔拿起一册的话，也必须是怀着憎恶的心情来翻翻那索然无味的篇章。……让评论家闲疯了的时候去辱骂那些流露着丰富的想象的作品吧；让他们用那些目前充斥报刊的陈词滥调去歪曲每本新书吧！……虽然无论什么文艺形式都不能像我们的作品这样，给人多方面而且真实的乐趣，可是没有任何一种作品曾经遭受过如此的诽谤。由于自傲、无知和风气使然，我们的敌人多得几乎和我们的朋友相等。有人把英国史缩写得只剩百分之九，有人把弥尔顿、蒲柏和普赖尔

① 伊恩·P·瓦特著，高原、董红钧译，《小说的兴起》，北京：生活·读书·新知三联书店，1992年，第42页。

② 同1，第43页。

③ ［美］安妮特·T·鲁宾斯坦著，陈安全等译，《英国文学的伟大传统》（上），上海：上海译文出版社，1998年，第293页。

的几行诗，《旁观者》里的一篇杂文，以及斯泰恩作品里［的］某一种［肆无
忌惮的文字游戏］，拼凑成集出版了，于是大家便去颂扬他们的才干，可是小
说家的才能却几乎可以说普遍为人所蔑视，小说家的劳动受到轻视，同时他们
这种需要天才、智慧和艺术趣味的工作也得不到大家的尊重。"我不是小说
迷。我轻易不看小说。别认为我常看小说。这只配写在小说里。"这是大家口
头上常说的。"你看什么呐，××小姐？""噢！只是一本小说！"这个姑娘回
答的时候假装不感兴趣，或是一时很惭愧地放下书本。……总之，她看的不过
是一本流露最伟大的智慧的作品，作者在作品里发表了他对世态人情的最深刻
的见解，绝顶微妙地刻画了各种人物的性格，并且非常生动地流露出俏皮而诙
谐的意识，作者把这些都用最精练的语言表达给世人。①

　　奥斯丁的满腹牢骚真实地记录了 18 世纪小说面临的尴尬。长期以来，即
使"流露着丰富的想象……给人多方面而且真实的乐趣"，小说仍然遭受了莫
大的"诽谤"，小说作家也"普遍为人所蔑视"，他们的"天才、智慧和艺术
趣味……也得不到大家的尊重。"面对"崇高"的传统文学，即使是小说作家
本身也都自惭形秽，免不了拿自己的作品发难，以示向古典文学看齐；甚至在
自己的作品中，他们也流露出对小说的鄙夷，不敢对现行的"风气"稍有违
背；既然男性沙文主义将不入流的小说打入了"无用"文学和"垃圾读物"
的地牢，② 他们就有责任禁止笔下的女性翻阅那些"索然无味的篇章"，于是
就常常出现"看小说……只配写在小说里"这样荒诞的口头禅，以及让人发
现自己在看小说就觉得羞愧难当这样尴尬的情景。可见，"简·奥斯丁的这段
话表明，在上流社会普遍开始阅读小说以后很久，社会风气仍然没有改变。人
们还是瞧不起小说，认为小说只适合妇女和小商人阅读。"③

　　当然，在不带传统偏见的有识之士看来，小说发表了"最深刻的见解"，
刻画了最多样的"性格"，使用了"最精练的语言"，实际上比那些七拼八凑
的非小说读物"崇高"多了。不过，这种普遍而坦诚的承认却是 19 世纪初的
事了。"直到 1814 年［司各特］匿名发表《威佛利》之后一段时间，小说作

---

　　① ［美］安妮特·T·鲁宾斯坦著，陈安全等译，《英国文学的伟大传统》（上），上海：上海译
文出版社，1998 年，第 450 ~ 51 页。笔者对译文做了修订。

　　② Hunter, J. Paul, "The Novel and Social \ Cultural History," *The Cambridge Companion to the Eigh-
teenth Century Novel*, Richetti, John, edited, Shanghai: Shanghai Foreign Language Education Press, 2002,
p. 21 ~ 23.

　　③ 同1，第451页。

为一种文学形式才真正得到承认",① 作者才不再匿名,自傲的男性作家才不再耻于小说创作。小说的崛起就是小说命运的逆转,这种逆转和多样化的历史语境息息相关。

第二节 历史的语境

在 20 世纪上半叶,18 世纪英国小说的研究陷入低谷,部分原因在于文学研究当中长期以来的反历史主义。然而,随着 20 世纪 70 年代新历史主义思潮的兴起,人们"对文本的历史维度、18 世纪文本的社会环境与历史以及历史主义本身"的兴趣与日俱增。② 这种复兴证明了 18 世纪英国小说的存在价值,同时也指明相关研究不能脱离当时文本存在的语境。根据"文学历史主义"的观点,"文本的阐释要与文本构思及当时阅读的历史语境相关联,即文本是文化的产物,积极地参与了那些时代发生的生活,不只是具有某种含糊的历史'背景'的语言建构。"③ 只对 18 世纪英国小说的发展盛况进行描述,而没有深入到当时的历史语境中挖掘文本产生的动力和参与建构的社会生活,这是论者的肤浅、片面和懒惰;对于英国小说的崛起,我们首先应该回归 18 世纪的英国历史,发现早期真正意义上的小说存在的历史语境。

在 18 世纪的英国,经济、科学、哲学的全面兴盛促进了小说的崛起。工业化大生产推动了商品经济的迅猛发展和新型资产阶级的诞生,促使英国进行大规模的海外殖民扩张,寻求更大的原料产地、销售市场和资本积累,客观上促进了上层建筑、尤其是海外冒险小说(如笛福和斯威夫特的代表作)的繁荣。以牛顿为代表的古典科学家在自然科学诸领域取得了重大突破,激发了民众对宇宙和大自然的好奇心,以及知识界对科学理性的无限崇拜(如《格列佛游记》中的自然哲学家)。自然神论者也推崇理性主义神学,反对传统宗教对人性的束缚,强调人神共有的美德,客观上巩固了文艺复兴以来的人文主义的成果,促生了文学艺术对人性及个人主义的更大关注(如斯威夫特、理查

① [美] 安妮特·T·鲁宾斯坦著,陈安全等译,《英国文学的伟大传统》(上),上海:上海译文出版社,1998 年,第 450 页。

② Hunter, J. Paul, "The Novel and Social \ Cultural History," *The Cambridge Companion to the Eighteenth Century Novel*, Richetti, John, edited, Shanghai: Shanghai Foreign Language Education Press, 2002, p. 12.

③ Ibid, p. 12.

逊和笛福的小说）。洛克（John Locke，1632～1704）的经验主义哲学认为，人类可以通过感知和经验来获得知识，这种认识论驱除了知识和神学的迷雾，推动了笛卡尔理性主义和科学精神的发展。这在笛福、斯威夫特和斯特恩的小说中都有所反映。

"恩主"制（patronage）的政党化给崛起过程中的英国小说蒙上了浓厚的政治色彩。①"光荣革命"后英国实施了君主立宪制，促使议会各党——主要是代表土地贵族利益的托利党和代表金融工商业主利益的辉格党——陷入持久的政治论战，客观上使各类文体浸润了民主精神和战斗性。为了左右公众舆论和公民投票，两党纷纷雇佣杰出文人展开论战。散文作家艾狄生（Joseph Addison，1672～1719）、斯梯尔（Richard Steele，1672～1729）、小说作家笛福、斯威夫特等都热切地参与了党派论争，他们的作品因此或多或少地蒙上了政治色彩（斯威夫特的作品尤其如此），甚至个人的命运也随党派的兴衰而沉浮——斯威夫特的讽刺文学就是政治旋涡的产物，而理查逊的印刷厂也因获得给国会印刷政治册子的专利而兴盛。从中世纪之前的宫廷诗人到文艺复兴时期的御用文人——如深受伊丽莎白女王青睐的莎士比亚及所在剧团"内务大臣的伶人"（Lord Chamberlain's Men），② 再到 18 世纪前后的政治文人——如德莱顿（John Dryden，1631～1700），"恩主"制的内容悄然变更：恩主不再是乐于有人歌功颂德的传统贵族，而是政治较量中的实权阶级和党派，因此 18 世纪上半叶的英国文学更明显地参与了意识形态和社会生活的构建。

同时，随着文学作品的批量"生产"和伦敦印刷业的飞速发展，成规模的图书市场得以形成，足以养活一批作家的消费者（读者）群体脱颖而出，逐步取代旧日的"恩主"成为作家的新主宰。或者说，作为作者和读者的中间人，书商"取代了大人物们，成为天才人物的恩主和军需官"，③ "他们在使文学脱离庇护人的控制、置于市场法则的控制下这一方面起了作用。"④ 从此，"文学就从受制于'恩主'或服从政治需要的束缚中解放出来。"⑤ 由于

---

① 刘意青，《18 世纪英国文学史》（增补版），北京：外语教学与研究出版社，2006 年，第 171 页。
② 远古时期的"诗人"兼有史学家、文学家、法学家及占卜巫师的职责，为御用幕僚，因此"恩主"制自古就已存在。中国的慈禧太后就豢养了京城的"徽剧"戏班，也是有名的"恩主。"御用文人永远存在，因为文学能够参与建构社会生活，总会受到官方意识形态的制约。
③ 伊恩·P·瓦特著，高原、董红钧译，《小说的兴起》，北京：生活·读书·新知三联书店，1992 年，第 52 页。
④ 同 3，第 54 页。
⑤ 同 1，第 172 页。

市场经济的兴起，封建的"恩主"制开始淡出历史，大批作家开始靠文艺谋生，成为独立的个人主义者。笛福破产后靠编写小说还债；约翰逊被权势拒之门外后励精图治，成立了独立的"文人俱乐部"（the Literary Club），斯威夫特摆脱了寄人篱下的生活，为正义摇笔呐喊，成为万人拥戴的爱尔兰民族英雄。虽然多数作家并非别无所长或别无职业的书生——理查逊是伦敦颇有名望的印刷作坊的业主，菲尔丁则是伦敦地方法院的法官，但成为自由职业者已是他们发展的明显趋势，而这种趋势跟文学自觉意识的成长是一致的。

作为商品经济的一种形态，"文学创作的市场化促进了现代小说的发展。"① 在 16 世纪，文学创作多半还是少数受过古典文学熏陶的上层文人（如"大学才子"）的把玩之物；17 世纪下半叶，下层文人出于市场需求（如班扬为了传教、班恩为了谋生）开始进军文坛；到 18 世纪，随着启蒙运动的普及，报刊杂志如雨后春笋，写作和投稿成了读书识字的中产阶级的时尚，成了大众表达心声、传播话语的重要途径。这种大众捉笔的时代被文坛霸主约翰逊戏称为"作家的时代；各种能力水平的、各种教育水平的、各种职业和部门的人，都带着如此普遍的热情向出版社投寄稿件。"② 小说理论的奠基人菲尔丁也不无风趣地说，文学创作简直进入了"无政府"状态。随着创作队伍和消费群体本身素质的变化，诗歌、戏剧等对形式过于讲究、对修养要求甚高的文体失去了部分市场，而散文叙事作品（如传记、故事、日记、书信、游记等）因形式自由、贴近生活而占据了大部分文学消费市场。因此，大部分报刊"登载的都是短篇小说，或是连载的长篇小说——例如，《鲁滨逊漂流记》就是这样在一份周三版的报纸《原版伦敦邮报》转载过，……也曾以廉价的十二开本和小故事书的形式发行过。"③

顺应市场经济的要求，作家（生产者）要写得通俗明了才能迎合大众的口味，赢得最多的读者（消费者）；为了抢占市场，他们还要缩短创作时间，采用报刊连载的形式，以速度和数量取胜。这样，虽然"文学对自由放任主义的经济法则的屈从"受到了新古典主义学者的批驳，但市场经济毕竟淘汰了部分高雅文学（史诗和英雄传奇），促使文学创作通俗化，以大众喜闻乐见的现实为题材，采用大众耳熟能详的形式进行叙述，为小说这种"降低格调

---

① 刘意青，《18 世纪英国文学史》（增补版），北京：外语教学与研究出版社，2006 年，第 172 页。
② 伊恩·P·瓦特著，高原、董红钧译，《小说的兴起》，北京：生活·读书·新知三联书店，1992 年，第 56 页。
③ 同上，第 40 页。

的写作方式"的崛起铺平了道路。① "笛福就是典型的商业型多产作家,"② 他选择的都是当时最为时尚的题材,如海上冒险、殖民爆富、都市行窃、娼妇逸事等,而且采用的都是贴近百姓生活、远离过时的英雄传奇的叙事方式,如"历险记"、"回忆录"、"历史"等。继《鲁滨逊漂流记》大获"利好"之后,他立即补写了续篇。无独有偶,理查逊把握时代的脉搏,发现《模范尺牍》的市场前景后,立即创作了第一部书信体小说《帕梅拉》及其续篇,以后又时刻注意市场的反响,以连载的方式发表了巨著《克拉丽莎》。在一定程度上,笛福和理查逊等英国小说的奠基人适应商业化运作的创作历程就是英国小说崛起的过程。

读者群的增长和小说的崛起是息息相关的。随着启蒙运动的发展和教育的普及,以及租借通俗读物的"流通图书馆"(subscription library)的崛起——"正是这些图书馆导致了那个世纪出现的虚构故事读者大众最显著的增多"③ ——英国大众的识字率迅速提高,竞相读书、买书成为文雅时尚,以至文坛霸主约翰逊自豪地把英国称为"读者的国度"。④ 甚至有闲阶层的女性和社会的下层人士也萌动了读书、求知的强烈欲望,尤其是作坊的学徒和大户人家的侍女利用工作的便利提高修养,客观上扩大了文学的消费市场。由于经济的大规模工业化和专业化,闲暇时间日渐增多的"学徒和家庭佣人"构成了规模庞大而且引人注目的社会阶层,甚至构成了 18 世纪英国"国民中一种最大的职业集团,"⑤ 他们的阅读能力和便利条件对小说的普及至关重要。理查逊本人年轻时就是印刷作坊的学徒,他笔下的帕梅拉自幼在 B 先生府上作侍女,得到老夫人的调教,成为知书识礼、谨守妇道的道德楷模,在与 B 先生的话语较量和同家人的通信往来中,她的阅读习惯、写作能力和女性美德一道铺就了通往幸福婚姻和上流社会的坦途。在很大程度上,理查逊书信体小说的兴起本身就反映了读者(尤其是女性读者)的增长和不同阶级间的话语(书写)较量及小说的崛起之间的必然关系。

读者群和作者的互动在一定程度上也促进了小说的崛起。由于读者的需求

① 伊恩·P·瓦特著,高原、董红钧译,《小说的兴起》,北京:生活·读书·新知三联书店,1992 年,第 52~53 页。

② 刘意青,《18 世纪英国文学史》(增补版),北京:外语教学与研究出版社,2006 年,第 172 页。

③ 同1,第41页。

④ 同1,第35页。

⑤ 同1,第45页。

与日俱增，书商们开始成规模地出版平装读物，而小说作者也采用分节或连载的方式在期刊上发表作品，掀起一股类似于中国章回小说和广播评书让读者（听众）欲罢不能、只求即刻"下回分解"的"读者反应"热潮。这种热潮要求小说必须引人入胜，必须有热门的话题、动人的情节和感人的形象，也就是说读者的"期待视阈"多少也左右了早期小说的走向。这样，作者一方面可以最迅速地推出自己的作品，另一方面又可以随时获悉读者的反馈，将反馈作为判断和修正后续情节的依据。除了《鲁滨逊漂流记》和《帕梅拉》两部小说的续集，以及分六册出版的《弃儿汤姆·琼斯的历史》，最典型的案例莫过于分七册问世的《克拉丽莎》。在整个创作过程中，理查逊对读者的反应密切关注，总是细心倾听亲友和女性读者的意见，利用通信和聚会的机会和他们讨论小说的走向；由于作品的情节引人入胜（克拉丽莎的命运扣人心弦），读者们又迫不及待地等候作者发表后续章节，并且恳请作者不要把作品写成悲剧（让克拉丽莎死去）。在 19 世纪，狄更斯也沿用了为读者朗读作品、邀请读者进入创作过程的做法；即使在当代，西方作家也常常举办作品推介会（promotion），强化作者与读者的互动关系。生产过程中生产者（作家）与消费者（读者）之间的互动关系，是小说作为新型阅读产品的优势，是小说在诗歌和戏剧的夹缝中崛起的内在动力之一。

由于高雅文学多以"昂贵的对开本形式出版"，① 价格远远超出一般大众的经济接受能力，"主要吸引力"在于相对廉价的通俗"小说"的流通图书馆便应运而生，进一步推动了早期小说的普及和女性意识的觉醒。物质生活的空前繁荣和启蒙思想的深入传播，使得寻求"消遣"和"教益""比以前任何时代都明确地成为一个独立的、有自身价值的读书目的"，② 促生了"寓教于乐"的新古典主义文艺观和读以至用的读书风尚。一方面，由于阅读能力的提高和闲暇时间的增加，中上阶层女性借助通俗读物步入了文学殿堂，涌现出众多的女性读者，到 18 世纪下半叶甚至还涌现出许多颇受欢迎的女作家，如海伍德夫人（Lady Eliza Haywood，1693～1765）、蒙塔古夫人（Lady Mary Wortley Montagu，1689～1762），以及主题定格在 18 世纪的简·奥斯丁（Jane Austen，1775～1817）。女性作家和读者虽然受到了新古典主义作家（如斯威

---

① 伊恩·P·瓦特著，高原、董红钧译，《小说的兴起》，北京：生活·读书·新知三联书店，1992 年，第 40 页。

② 刘意青，《18 世纪英国文学史》（增补版），北京：外语教学与研究出版社，2006 年，第 173 页。

夫特和蒲柏）的鄙视，被戏称为"愚蠢又可耻的涂鸦女人"，① 但她们的崛起，以及小说中既非"魔鬼"亦非"天使"的女主角的出现（如笛福笔下的罗克桑娜、摩尔·弗兰德斯和理查逊笔下的帕梅拉、克拉丽莎等），毕竟是对历来的男性中心主义和"文学上的传统主义"的挑战，是男性作家对班恩多层叙事声音做出的呼应。女性作家的涌现与女性意识的觉醒和小说本身的通俗化和市场化是有关的，是英国小说崛起的意外收获。

另一方面，中产阶级的价值观和新古典主义的文艺观不谋而合，影响了18 世纪上半叶英国小说的基本走向。新兴资产阶级勤俭创业，奋力开拓，将劳动奉为无上的光荣和财富的唯一依据，需要新的文艺形式表达他们的意识形态。而骑士传奇、英雄双行诗、古典主义散文和复辟时期的风俗戏剧等等，都难以表现新兴资产阶级的精神追求，尤其罗曼司更被视为毒害社会的谎言。代表新型意识形态的作家便以各种方式告诫读者，不要读那些使人误入歧途的陈词滥调，俨然一副道德作家的口气。他们利用书信、回忆录、操行尺牍及报刊评论等读物，积极宣传劳动致富、信守诺言、保持贞洁等资产阶级清教道德观，以此规范人们的言行，构建资产阶级的社会秩序。这种说教性和重理性、重秩序的新古典主义是一致的，因此早期英国小说大多具有明显的"说教性"（didacticism）。正因为如此，无论多么沉醉于叙述创业发家的故事，笛福总忘不了让鲁滨逊留下"沉思录"，让弗兰德斯在新门监狱写下"忏悔录"；理查逊没有忘记以帕梅拉和格兰狄生"美德有报"的故事来树立道德榜样，达到劝人为善的目的；斯威夫特总在抨击政治的肮脏、理性的滥用和教会的堕落；菲尔丁也总在揭示人性的真相、法庭的虚伪和监狱的暴虐。

总的说来，1688 年的"光荣革命"以后，英国社会发生了深刻的变革。资本主义制度得以确立，自然科学迅猛发展，工业革命如火如荼，海外殖民与投机贸易如日中天，启蒙运动风起云涌，一时间各种思潮风云际会，各领风骚，为小说的"大爆炸"奠定了基础。这期间的作家多是启蒙思想家和社会活动家，其创作往往体现了他们的哲学思想和政治主张，因此这期间又诞生了许多新的文类，如政论文、哲理小说、道德剧、滑稽剧乃至现实主义小说。对于小说的兴起，中产阶级读者群的壮大是主要的动力，女性读者的增加和识字率的普遍提高也促生了小说市场的繁荣，图书流通方式的变革和大众报刊杂志的兴盛也将小说推向了成功的商业化运作。在自我意识崛起之前，小说和期刊

---

① 刘意青，《18 世纪英国文学史》（增补版），北京：外语教学与研究出版社，2006 年，第 173 页。

杂志一样，大都是道德说教和启蒙教育的工具，因为英国小说的崛起是在"寓教于乐"的启蒙主义意识形态中发生的。而且，"那些新时代的作家几乎无法用古代的分类法来加以区分，他们几乎不了解或完全不了解文学上的'古典法则'"，他们的作品没有囿于"文学上的传统主义"，因而多为创新性的作品。由于历史语境的多样性，英国小说在崛起之时就已经是百花齐放了。

第三节　创作的对话

实际上，"小说的尴尬"和"历史的语境"两节已经证明，在很大程度上，英国小说的崛起是姚斯的文学"读者接受"史论的力证。从"卑微"的"世俗"文学到"崇高"的"严肃"文学，从"上不得台面"的体裁到"举世公认"的门类，从作者的汗颜和读者的惭愧到创作的坦然与收益以及阅读的公然与愉悦，经过一个世纪的"打拼"，小说的地位发生了大逆转，这种逆转是小说自身主动和各种制约因素对话的胜利果实，是小说为读者大众（尤其是中产阶级和女性）广泛接受从而赶超史诗和罗曼司的文坛喜剧。

小说（作为世俗文学）和宗教文学的对话在 17 世纪下半叶就已显露端倪，班扬的《天路历程》首先是一部宗教寓言，但又处处融入了对世俗社会（如名利场）的嘲讽和批判，明显具有世俗文学的"因子"。两种文学的对话使得早期小说有了一些"多声部"或"复调"小说的特点。到 18 世纪初，笛福虽然彻底摈弃了宗教文学的题材和形式，转向风行一时的冒险故事和名人（臭名昭著的罪犯、妓女、海盗等）逸事，但又安排鲁滨逊在遇难船只上发现一本《圣经》，作为他 28 年荒岛生涯中的唯一读物和精神支柱，还让他一闲下来就忏悔，就冥想上帝与人生和资本的关系。笛福笔下的摩尔·弗兰德斯在新门监狱的忏悔，理查逊笔下"美德有报"的道德喜剧，菲尔丁笔下的巴特里奇在前往伦敦的路途上对汤姆·琼斯的教诲，以及许多小说家首先创作的都是"虔诚作品"，[①] 如此等等，这些都是宗教文学的遗迹，都是小说作为世俗文学主动与宗教文学对话、争取权力话语的认同和支持的例证。"这种智者和缺乏教育者、纯文学与宗教训诲之间的对话，或许是 18 世纪文学的最主要趋

---

① 伊恩·P·瓦特著，高原、董红钧译，《小说的兴起》，北京：生活·读书·新知三联书店，1992 年，第 49 页。

向。"① 当然，这种对话说明了宗教文学数个世纪以来的权势还未及倾覆，世俗文学仍须仰仗对方的惠顾，但是，在新兴资产阶级和现代科学的面前，宗教文学的淡化和世俗文学的崛起是必然的趋势。

小说（作为通俗文学）和市场经济的对话在 18 世纪表现得尤为明显。小说能够超越英雄史诗和骑士传奇，很大程度上是因为小说迎合了市场经济的要求，走通了"群众路线"，赢得了广阔的大众消费市场，在一定程度上成了"真正大众化的文学"。② 当"华贵的对开本"古典史诗和新古典文学还只是上流社会的"奢侈品"时，一方面，在"恩主"（书商）的运作下，小说主动以"中等价格的……两册或更多册的小十二开本"出版，"接近加入了读者大众队伍的中产阶级的经济能力"。③ 另一方面，小说作者也在主动接近读者大众，以时兴的话题和当下的思潮为创作题材，以共同的品位赢得大众的关注。同时，小说作者也通过提高产量（撰写更多作品，补写续集，拉长情节）谋取"最大限度的经济报酬"④ ——毕竟，在很大程度上，许多小说作者都要靠笔杆子谋生。笛福就遵循了"通俗"文学或流行文化的方针，把"作家职业的经济含义推到了无先例可援的极端地步"，而且"只有在提供了额外报酬的情况下"才字斟句酌，⑤ 和当今娱乐界的粗制滥造者有些类似——幸而，他还是把握了时代的脉搏，炮制的流行读物还算是开天辟地的新鲜事物。理查逊的经济动机虽不迫切，但是，既然书商"按照纸张的数目来确定作者的价值"，他就难免忘记"以一个作家自警"，把《克拉丽莎》"拉长到过于啰嗦的地步"。⑥ 走流行文化惯用的市场经济的路线，这是小说崛起的手段和"背后的故事"。毕竟，18 世纪的小说本质上就属于"通俗文化"，⑦ 还远没有走到"高雅"文学的象牙塔，还必须仰仗和市场经济的对话与沟通。

小说（作为"垃圾读物"）和新古典主义、实用主义的对话也是文学嫁接

---

① 伊恩·P·瓦特著，高原、董红钧译，《小说的兴起》，北京：生活·读书·新知三联书店，1992 年，第 49 页。

② 同 1，第 49 页。

③ 同 1，第 38～40 页。

④ 同 1，第 55 页。

⑤ 同 1，第 55 页。

⑥ 同 1，第 55 页。

⑦ Hunter, J. Paul, "The Novel and Social \ Cultural History," *The Cambridge Companion to the Eighteenth Century Novel*, Richetti, John, edited, Shanghai: Shanghai Foreign Language Education Press, 2002, p. 25.

的成功范例。在蒲柏和约翰逊充当文坛霸主的年代，新古典主义文学成为世俗文学的主流，奉行理性、秩序、得体的创作原则，是一种典型的"高雅"型说教文学。同时，从近代工业和海外贸易中崛起的工商阶层日益壮大，他们崇尚实用主义原则，因而鄙视毫无实际意义的虚构叙事，将小说贬为有闲女性的专属读物，并禁止作坊学徒和家庭佣人阅读小说。要在四面楚歌声中体面地生存，一方面，小说必须获得主流意识形态的认可，因此菲尔丁将新兴的小说定义为"喜剧散文史诗"，并试图通过回溯亚里士多德和荷马的著述，证明小说"是十分古老而又高贵的叙事文学传统的延续"，和史诗有着类似的崇高品质，因而可以"列入古典文学批评"的范畴。① 为此，在《汤姆·琼斯》中，菲尔丁插入了不少专论小说创作的序章，并在情节和文体上对史诗进行戏仿。另一方面，要获得大众文化的欢迎，驱除"无用"读物的帽子，小说必须融入实用主义的要素，成为一种故事化的工作守则或"操行指南"。因此，在笛福的笔下，鲁滨逊凿洞为家、伐木变舟、烧土成陶的过程简直就像细致的作坊工艺指南；在理查逊的笔下，帕梅拉的"先进事迹"就是一种模范尺牍，就是一出"灰姑娘"如何实现阶级跨越的现实主义喜剧。小说的奠基人上联主流，下察民情，多边对话，为新兴的小说争取了一席生存的空间。

　　由于语境的复杂性和崛起的漫长性，英国小说和制约力量的对话不仅是多样化的，而且是历时性的，也就是少有相似和共时的现象，因此这种对话在不同年代、不同作者的作品中有不同的话题和形式，而18世纪英国小说史也就是一部"多声部"文学史。在首要任务是谋取承认和合理地位的历时性语境中，小说必须保持对话，然后才有可能产生自我意识，真正朝着艺术的方向发展，衍生出无关外物的纯小说。这种趋势在18世纪末已经初显端倪：注重情感描述的感伤小说、偏重悬念和惊恐的哥特小说以及抒发女性意识的女性小说，这些对话性偏弱的小说类型都在世纪末涌现。

第四节　小说的崛起

　　18世纪早期，搏击在商海浪潮中的丹尼尔·笛福（Daniel Defoe，1660～1731）无可争议地成了英国现实主义小说的第一位重要奠基人。他奠定了

---

　　① 伊恩·P·瓦特著，高原、董红钧译，《小说的兴起》，北京：生活·读书·新知三联书店，1992年，第274、285页。

"个人传记小说"的基础，在以创业为题材的"回忆录"中真实地描绘了资本原始积累的过程和中产阶级奋斗进取的人物形象，并作为西方文明的"理想原型"的塑造者载入史册。他的创作标志着早期现实主义原则的确立，而他笔下的人物作为具有生动个性和浓烈生活气息的"个人"更是当时盛行的个人主义思潮的产物。

到 18 世纪中期，以描绘女性心理见长的理查逊（Samuel Richardson，1689～1761）当之无愧地成了英国现实主义小说的第二位重要奠基人（他在伊恩·瓦特的著作中位列第二，但排序不是笔者的写作宗旨，公平地阐释各自对英国小说的贡献才是笔者的首要目的）。他的书信体小说首开言情小说的先河，细致地刻画了贞洁女性在清教主义和男性中心主义的重压下巧妙抗争的生动形象。他不仅首次将小说的重心从外部世界部分地转移到内部世界，而且率先通过"复调"的方式（多个写信者、多层话语）塑造了英国小说史上最早具有心理深度的人物形象，因而理查逊对英国小说及其人物画廊的贡献也是历史性的。

第三位现实主义小说的先驱是被迫从剧坛转向"新罗曼司"的亨利·菲尔丁（Henry Fielding，1707～1754）。他是英国现代小说理论和形式的主要奠基人之一，他的长篇巨著"广泛地描绘了英国民间生活的真实图景，堪称集 18 世纪小说艺术之大成的杰作"。[①] 这些"新罗曼司"刻画了来自各个阶层的众多风俗型人物，为读者提供了一幅乔治二世时期的世相全景，而且，其中着力描绘的不免瑕疵的"人性"特征更强化了文学由神学向人学的演变。

由此可见，英国现实主义小说最伟大的三位开创者（伊恩·瓦特论述的就是这三位）深受后世推崇，这不是因为他们都活跃在 18 世纪末之前，而是因为他们脱离了约翰·班扬"宗教寓言"的故事模式和阿芙拉·班恩"英雄传奇"的文学传统，凭着敏锐的感悟和拓荒的精神将英国小说推进到了自己的"奥古斯都时代"，为英国小说确立了最初的艺术样式、主题思想和人物类型。这些早期现实主义小说家代表了 18 世纪英国小说创作的最高水平，他们紧扣时代的主旋律，从不同角度塑造承载着主流文化特征和典型"个人经验"的人物形象，揭开了英国小说史重要的一幕。

撇开思想流派，就创作时期而言，英国小说的第二位重要的开创者其实是愤世嫉俗的教长乔纳森·斯威夫特（Jonathan Swift，1667～1745），他首创乌

---

① 刘文荣，《英国十九世纪文学史》，北京：中国社会科学出版社，2002 年，第 23 页。

托邦讽刺小说之风，在趣味横生的游记故事中恣意宣泄对腐败政治的激愤和嘲讽，并将笃信自由民主的人物形象掩埋在深刻的思想主题之中。然而，正如他的游记小说没有得到小说史研究权威的一致肯定（伊恩·瓦特在扛鼎之作中对斯威夫特只字未提），他笔下的人物形象也从未得到应有的重视与合理的挖掘。事实上，他塑造的唯一主角格列佛的形象体现了盛行其时的经济个人主义向惊世骇俗的政治个人主义的蜕变，因而格列佛不应简单地划归"人类憎恨者"之列，而应该当作英国小说史上第一个典型的异化人物，当作"个人经验"发生重大转折的"标志性"人物。

历史刚步入 18 世纪下半叶，劳伦斯·斯特恩（Laurence Sterne，1713 ~ 1768）就另辟蹊径，以超越时代的叙事技巧和对情感主义（Sentimentalism）社会情绪的敏锐捕捉，无可争辩地成为英国实验小说家中的第一人（但是，伊恩·瓦特对他的贡献语焉不详）。他的作品在叙事游戏中开辟了情感小说的新领域，塑造了理性主义重负下多愁善感的"古怪先生"的滑稽形象。斯特恩既为 18 世纪末的小说指明了发展趋向，又给一个半世纪后的后现代小说树立了叙事游戏的榜样。

此后，托比亚斯·斯摩莱特（Tobias Smollett，1721 ~ 1771）和奥列佛·哥德斯密斯（Oliver Goldsmith，1730 ~ 1774）同时崛起，他们继承和发展了早期现实主义小说的优良传统，丰富和扩展了小说人物的缤纷画廊。而特立独行的华尔浦尔（Horace Walpole，1717 ~ 1797）则首创哥特小说之风，将笔下的各式人物置于诡异、恐怖的中世纪城堡，让他们在超自然事件的威逼下显露斑驳的人性。不过，这些小说家的创作并无开天辟地的社会意义，不足以改变 18 世纪末英国文坛群龙无首的局面。

英国小说的奠基人在主题、人物、技巧和风格上大胆创新，成就异彩纷呈，令人目不暇接。笛福自时事和新闻取材，采用日记或回忆录的叙事方式开创了记实性传记小说的传统。理查逊擅长描述细腻的女性情感和丰富的内心世界，又受启蒙运动和识字风潮的启发，奠定了书信体小说的基础。菲尔丁继承了古典史诗、罗曼司和流浪汉小说的优势，又开拓创新，创立了现代小说的基本形式——"散文体喜剧史诗。"斯威夫特奇思妙想，又愤世嫉俗，以寓言故事的方式创立了游记讽刺小说。斯特恩则特立独行，在貌似杂乱无章的叙事游戏中汪洋恣肆，写就了英国小说史上第一本具有后现代色彩的奇书。理查逊的《克拉丽莎》和斯特恩的《项狄传》、《感伤之旅》还在国内外引发了一股强劲的感伤主义潮流，促进了文学浪漫主义的萌芽。斯摩莱特长于社会批评和漫画式人物素描，而哥尔德斯密在无限的伤感中追求田园般的家庭生活。

此外，弗朗西丝·伯尼主要描写姑娘入世和妇女婚恋时的感情生活，是世纪之交的简·奥斯丁的先驱；夏洛特·琳诺克斯（Charlotte Linnox）、莎拉·菲尔丁（Sarah Fielding）和莎拉·司各特（Sarah Scott，1723～1795），则撰写了《女吉诃德传》（*The Female Quixote*）、《叫嚣》（*The Cry*）和《千禧堂》（*A Description of Millennium Hall*）等小说，在女性文学的路途上留下了不可磨灭的印记。

总之，历史语境的复杂性和小说对话的多样性，造就了 18 世纪英国小说百花齐放的局面，迎来了英国文学发展的一个崭新时期，一个前所未有的文学"革命"的时代。面对"革命，"论者只能说，来吧，这是小说的春天！

第三章

笛福的传记小说：经济人的创业神话

英国小说的奠基人是笛福、理查逊还是菲尔丁，这一点尚有争议，但笛福是英国现实主义小说的第一位先驱，这一点却是毫无疑义的。

笛福出生于伦敦下层中产阶级家庭，一辈子在日益兴盛的工商业领域角逐不懈。就其启蒙活动与商海沉浮的关系而言，他"首先是一个公民，然后才是一个商人"。① 然而，就其商业情结和小说创作的渊源而言，他首先是一位经济活动家和商业手册作家，然后才是传记小说的开拓者。在资本主义的拜物浪潮中，他从清教主义和启蒙主义者倡导的理性、自由思想的角度出发，不仅为英国工商业的健康发展写下了许多劝导手册，甚至还创办"不带新闻记者和各方面小政治家的错误与偏见"的报刊，开明地提出建立"妇女学堂"、废除"剥夺妇女接受教育的权利"这"世界上最野蛮的习俗之一"等具有较强民主色彩的建议。② 他那些充满乐观个人主义色彩的人生经历，是英国新兴资产阶级意识形态的具体演示，对于他年近花甲时转而从事的小说创作具有决定性影响。

笛福自己曾坦言，"商业才是我真正喜爱并准备从事的行业；"对于各种商业挑战，他从来就不知厌倦："对自己的商业活动过于顺利而感到厌烦时，他便到其他地方去寻找更富有冒险性的投机买卖"。③ 即使一再破产，他也总是满腔热情地再次投身商海，参与各种奇特而有利可图的商业投机。可见，精力充沛的笛福一直怀有一股强烈的从商冲动，具有的是商业人格。因此，虽然是政坛边缘的活跃分子，他却并不乐意像斯威夫特那样把政治作为叙事文学的主题（当然，他的散文创作主要涉及政治改革和经济改良），而更情愿把自己

---

① ［美］安妮特·T·鲁宾斯坦著，陈安全等译，《英国文学的伟大传统》（上），上海：上海译文出版社，1998 年，第 346 页。

② 同 1，第 348 页。

③ 同 1，第 345～346 页。

的商海情结变成虚构文学的灵感源头和基本内容。这种倾向预示着 18 世纪初期英国小说的基本主题和"个人经验"的类型。

在人生的最后十二年里,笛福至少写出了五部小说,其中三部反映了他文艺创作的最高成就和"个人经验"的基本内容。他笔下的人物都具有强烈的冒险精神,为了实现自己的创业梦坚忍不拔地或者不择手段地攫取财富,偶尔又受到道德理性的约束(笛福毕竟还是一个启蒙运动的活跃分子,不是盲目而纯粹的商人),或多或少地产生了悔罪感。他们是启蒙时代此起彼伏的商业浪潮中新兴中产阶级的代表,是 18 世纪初期英国典型"个人经验"的承载者。

第一节　鲁滨逊:经济个人主义的化身

作为笛福的第一部小说,《鲁滨逊漂流记》(*The Life and Strange Surprising Adventures of Robinson Crusoe*,1719)是英国小说崛起的"标志性成果"。它顺应叙述海外冒险经历的文学风潮,模仿了纪实性航海回忆录的样式,一出版即轰动一时,连续再版,是笛福小说中读者接受最广泛的作品。同时,这部小说也是读者解读最为偏颇的笛福作品,因为许多读者聚焦于主人公在孤岛上的冒险经历及所体现的创业精神和科学理性,忽略了冒险行为背后的经济动机和悔罪意识,以及人物"个人经验"折射出的资产阶级意识形态,仿佛这只是一部以情节取胜的普通冒险小说。

当然,这部冒险小说的突出成就,首先在于通过对资产阶级创业者征服自然的艰难过程的精确叙述,塑造了一位坚忍不拔、具有超强理性的个人主义英雄的形象。在"经济个人主义"盛行的社会语境中,[①] 像鲁滨逊这样永不疲倦、永不安生的冒险家的诞生是极其自然的事。为了实现个人的最大价值,他不听父亲的忠告,一再出海冒险,终因海难独自流落到一个与世隔绝的岛屿上,一个"'经济人'或'政治人'在'纯粹'的环境中重新开始的'自然的国度'"里。[②]

落难到孤岛海滩时,这位冒险家异常地冷静和理智,对自己所处的环境和

---

① 伊恩·P·瓦特著,高原、董红钧译,《小说的兴起》,北京:生活·读书·新知三联书店,1992 年,第 64 页。

② Peck, H. Daniel, "Robinson Crusoe: The Moral Geography of Limitation," *Modern Critical Views: Daniel Defoe*, edited by Harold Bloom, New York: Chelsea House Publishers, 1987, p. 95.

创业所需的物质条件可谓胸有成竹，全然不是不知所措、悲天悯人的样子：

> 我心目中最重要的东西是土木工具，我找了半天，终于找到了木匠的箱子。这东西对我非常有用，就算这时有满船金子，也没有它值钱。我把它原封不动放在我的木排上，也没有花时间打开看看，因为我早已知道里面大概装的是什么了。
>
> 其次，我想要弄到的是弹药和枪械。①

鲁滨逊对目前的处境了然于心：孤岛脱离了人类文明，脱离了劳动分工和以货币为媒介的货物交换。在他极其简练而平静的叙述背后，隐藏着复杂而迅捷的"商人"思维：市场经济是人类社会的高等经济形态，以统一的货币为尺度；失去赖以使用的社会环境，货币自然就失去了用途；在原始状态中，对于生存唯一重要的是使用价值，而不是货币；目前，对于独立创业"最重要的东西是土木工具"，而非无处使用的"金子"；对于丛林生活和财产安全，武力是必要的。因此，既然"知道里面大概装的是什么"，他就迫不及待地把尚未打开查看的箱子和火药搬上了木排。创业的急切超越了做事的审慎，叙事的简练直指商人的本质。

一、经济人的品性

在登岛之前，那位"商业手册"作家早已将商品经济的原理和维持经济秩序的手段深深地印刻在这位创业者的脑海里了。于是，这部传记注定不是成长小说，而是逐步展示业已存在的资本人格的冒险故事。在自生自灭的孤岛上，鲁滨逊对待具有使用价值的物品和衡量商品价格的金钱的态度就因此迥然有别，而且显得情有可缘，毫不做作：

> 我看见这些钱，不禁笑起来，大声说："你这废物！现在还有什么用处呢？你现在对于我连粪土都不如，那些刀子，一把就值你这一大堆。我现在用不着你，你就留在这儿，像一个不值得挽救的生命，沉到海底去吧！"可是想了一下，我还是把它们拿走了。（41 页）

读者只要留心片刻，叙事的"潜文本"便会了然于心：金钱本身的价值只体现在商品经济中，没有商品交换便没有价值，而在必须自给自足的孤岛上，土木工具是借以维持人类生存和创造人类文明的手段，其使用价值可以发挥到及至，因此鲁滨逊不免露出工具至上、理性至上和"粪土当年万户侯"

---

① ［英］丹尼尔·笛福原著，吕韦运改写，《鲁滨逊漂流记》，上海：上海人民美术出版社，2002 年，第 36 页。以下引文出处相同，只注明页码。

的姿态。但耐人寻味的是，环境更迭，商人却"痴心未改"，脑海中的金钱观念根深蒂固，而且潜意识中依然隐藏着一股强烈的欲望：有朝一日终会回到商品经济社会，将这些"废物"变成不可多得的资本。于是，转念之间，他又把那堆暂时的"废物"收入囊中，盘算着它们总会有助于完成资本积累的大业。因此，虽然"金钱对我毫无用处"，但"我［依然］把这些钱搬回山洞……好好地收藏起来"；（128 页）虽然历经生存和孤独的磨砺，虽然银币"都已生锈"，但登船回国时"我也没有忘记把钱拿走"，（190 页）仿佛 27 年的沧桑都不足以抹去他的资本情结。"极简主义"（许多论者对贝克特荒诞戏剧的语言风格的冠名）的叙述中，复杂的商人欲念在涌动，行动对思想的反讽也是意味深长。

虽然孤岛远离了商品经济，但是鲁滨逊的"未来不是梦。"除了自身优秀的商人品质和启蒙思想，他还带来了缔造人类文明必需的土木工具和保证较长时间文明生活的日用物品（甘蔗酒、蜡烛、帆布、被褥等等）。因此，他"不是一个无产者，而是一个资产者"，一个为创业储备了"最大量的各种库存物"的有产者。[1] 而且最重要的是，他不是流落到一个资源匮乏的"荒岛"上，[2] 而是碰巧撞上了一个资源丰富的孤岛，那儿没有竞争者，没有干预他建立经济新秩序的对手，只有取之不尽的自然资源和命运赋予的占有权。经过一番探索，他发现孤岛富饶辽阔，而且空无一人，不免欣喜若狂，暴露出物质占有的倾向："这一切就是我的了，我是这一土地的无可置疑的君王和主人。"（69 页）这是商人习性的流露，也是殖民者形象的最初显现。在他眼里，孤岛从来就没有古典田园诗的景象，只是等待着他去占有和开发。在处于原始状态的孤岛上，鲁滨逊凭着在人类文明中培养起来的高度智慧和理性，不仅在可能让现代"反英雄"疯狂的长期孤独中顽强地生存了下来，而且还刻痕记事、修建堡垒、种植庄稼、驯养家畜，奇迹般地在一个被自然封锁的孤岛上建立了人类文明，显示出新兴资产阶级征服自然、实现创业神话的巨大勇气和乐观精神。

借用从遇难船只上抢救出的最基本的物质文明——锯子、斧头、枪弹以及食物等等，鲁滨逊在孤岛上得以维持基本的文明生活，但维持现状绝对不是积

① 伊恩·P·瓦特著，高原、董红钧译，《小说的兴起》，北京：生活·读书·新知三联书店，1992 年，第 91 页。

② 笔者必须在此强调，鲁滨逊落难的不是荒岛，而是富饶的孤岛，是一片未曾有人垦拓的殖民地，岛上拥有保障他生存和创业的丰富的自然资源。在这一点上，国内有些论者的措辞是不够严谨的。

极进取的殖民者的追求，这样的故事离"经济人"的创业神话还遥不可及。生活安定后，他就以科学家那般严密的思维逻辑，从最初始的物质要素制造出陶罐、烘烤出面包，从而在"自然的国度"里创造了——而不是从沉船上搬运过来——两个无可争议的现代人类文明的象征：

> 我把三只大泥锅和两三只泥罐一个个堆起来，四面架上木柴，泥锅和泥罐下生了一大堆炭火，然后在四周和顶端点起了火，一直烧到里面的罐子红透为止，而且十分小心不让火把它们烧裂。陶器烧得红透后，又继续保持了五六小时的热度。然后，慢慢减去火力，让那些罐子的红色逐渐退去。……到第二天早晨，我便烧成了三只很好的瓦锅和两只瓦罐，……我的快乐真是无可比拟。（85页）

> 当木柴烧成炭时，我就把它们取出来放在炉子上面，并把炉子盖严……。然后把所有的火种通通扫尽，把面包放进去，再用做好的大瓦盆把炉子扣住，瓦盆上再盖满火种。……用这种方法，我烘出了非常好的大麦面包，绝不亚于世界上最好的炉子烘出来的面包。（86页）

这种生产步骤的客观叙述不仅能让这部传记小说因接近作坊学徒的工作手册而赢得市场，而且能逼真地再现孤岛创业的"个人经验"，能具体地再现人类文明的成长历程。在白手起家的过程中，新兴殖民冒险家和经济个人主义者的优秀品质显现无疑。

17 至 18 世纪不仅是航海和地理大发现的世纪，也是牛顿（经典科学）、瓦特（工业科技）和笛卡尔（思维理性）的世纪，除了斯威夫特等愤世嫉俗者之外，人们对科学、技术和理性无不痴迷若狂。在这深受启蒙运动和近代科学的巨大成就鼓舞的理性时代，实用的科技、乐观的精神和坚定的理性是人类战胜孤独、异化和疯狂的武器，这就是笛福没有衰变成"存在主义的笛福"，而鲁滨逊也没有沦为"荒诞派的克鲁索"的根本原因。① 对于"遭受了悲剧性异化"因而对近代科学冷嘲热讽的格列佛而言，鲁滨逊对实用科技的崇拜和故事化的工作手册构成了科学的盟友和自己的敌人；对于反理性时代伍尔夫（Virginia Woolfe）这类专事自我发掘和内心体验的作家而言，鲁滨逊的生存和创业则显得不可思议，毫无人性的温情和心灵的律动。正如蒲伯欢呼牛顿的诞生，许多读者也完全被这个冒险家科学的思维、顽强的理性和个人主义的形象

---

① Rogers, Pat, "Daniel Defoe," *Daniel Defoe: the Critical Heritage*, London: Routledge & Kegan Paul Ltd., 1972, p. 26.

所吸引。但是，科学、理性和个人主义并不是鲁滨逊"个人经验"的全部特征，他在孤岛上的创业只是海外殖民冒险家的创业神话的前奏。

如果说鲁滨逊在孤岛"创世"神话中的行为主要闪烁着科学与理性的光辉，那么在获取生存的基本要素的前后，他浑身都散发着新兴资产阶级强烈的拜物教气息。像 18 世纪所有英国海外投机商和殖民者一样，他冒险的真实目的并非探寻未知世界或证实某一科学假说，而是寻找富饶的殖民地，尽快完成资本的原始积累，快速获取资产阶级的经济、政治特权。流落孤岛之前，鲁滨逊自己坦言，虽然"我［在巴西］的种植园也蒸蒸日上"，可以按部就班地过上幸福的日子，但是"我经受不住他们这种建议（利润丰厚的黑奴贸易）的诱惑，……就对他们说，我情愿前往"（27 页），出海的商业动机明白无误。流落孤岛之后，作为商业社会的实用主义者，鲁滨逊也从不以欣赏的目光挖掘自然异象的美学意义，只是从财富的角度打量眼前的物质世界，把商品价值当作衡量一切的尺度，因此伍尔夫不禁惊讶，他的眼中居然"没有日出，没有日落"这类催人善感的景象。[①] 他那精于"计算"的习性既是科学理性的余泽，又是资本原始积累必需的人格。"发财"是他最初和最终的"妄念"，因此遇到第一个有利可图的机会，他就把共渡患难的奴隶佐立卖掉，从而获取在巴西建立种植园的补偿资本。渴望暴富的他不满足于在种植园按部就班地发家，于是在"妄念"的驱使下，又迅速地投入了利润丰厚的贩奴"事业"（business）。

在数十年之后（孤岛创业历时约 24 年）的叙述中，早已发家致富的鲁滨逊依然压抑不住"发财"的兴奋，频繁地估量事物的价钱，使用商人的行话将资本积累的步骤毫无保留地"爆料"了出来：

他见我的小艇很好，便对我说，很想把它买下来，放在船上使用，问我要多少钱。我对他说，他在各方面都对我这样慷慨，这只小艇我实在不好说价，随便他好了。于是他先给我一张80 西班牙金币的期票，到巴西去取，如果到了那里，有人出更高的价，他一定照数补足。他又出了60 西班牙金币想买我的佐立……。（23 ~ 24 页）

……我看见那些种植园的主人都生活得不错，发财也快，便打定注意，我也要做一个种植园的主人，同时，我又决定把我在伦敦的存款汇来。我用所有

---

① Woolf, Virginia, "Robinson Crusoe," *A Norton Critical Edition：Robinson Crusoe*, edited by Michael Shinagel, New York：W. W. Norton & Company, 1975, p. 309.

的钱买了一些没有开垦过的土地，并且根据我将要从伦敦收到的资本，拟订了一个种植和居住的计划。（24 页）

在海外殖民和国际贸易日益兴盛的语境中，自然而然地，鲁滨逊的回忆纯粹是生意人的口气，财富的数量和增长过程都不是应该保密的隐私，而是可以炫耀的资本，是流行文化的弄潮儿借以出名的"猛料"。"发财"的"固恋"（fixation）决定了叙事的"焦点"（focus）和口气。商人的回忆没有伍尔夫的善感，只有作为谈资的"生意经"，因为鲁滨逊的"造物主"早已表明心迹："商业才是我真正喜爱并准备从事的行业。"①

　　流落孤岛后，鲁滨逊凭智慧从大自然获取了生存的基本要素，但自给自足的经济决不是"经济人"进取的目标。不久，他那一切目的在于聚敛财富的资产阶级创业者的本质再一次暴露出来。环岛一周后，他就以"所有者"的眼光打量一切，用文明社会的物质优势征服一切，直到最终成为这片"圈地"的"无可争辩的国王和领主"，成为"星期五"等"不少臣民"的"全权统治者和立法者"（161 页）。财富的占有和等级秩序的建立，使他喜上眉梢："每当我想起自己俨然像帝王一样，不禁心中暗喜，首先，整座岛屿归我名下，自可由我作威作福。其次，我的百姓对我十分依顺，把我当作全权的君主。"（161 页）鲁滨逊知道，制度化是将既得利益合法化的必需途径，因此搭救一批同属冒险家的欧洲遇难船员后，他凭借治下的现代文明迅速建立起等级制度，确保自己作为"总督"（181 页）的至高无上的权利。从巴西种植园获得巨额财富后，他更是不忘在自己的"圈地"里扩大投资，实现 18 世纪初期的"英国梦"。至此，奥古斯都时代的创业神话以新兴资产阶级的冒险获得丰厚回报圆满结束，而创业英雄的形象也烙上了拜物的深深印痕。

　　作为"经济人"，鲁滨逊的品质和"个人经验"自然而然地流露在他的叙述中。回忆自己的创业史（而非精神史），最清晰的表述方式就是有条不紊的记载，即作为"现代资本主义与众不同的技术特征"的"簿记"。② 就叙事的整体风格而言，正如班扬有条有理地描述天路历程中一场又一场的考验，鲁滨逊则把"描写与抒情……压缩到最低限度"，"极其简明实在"地把每日的行

---

　　①　［美］安妮特·T·鲁宾斯坦著，陈安全等译，《英国文学的伟大传统》（上），上海：上海译文出版社，1998 年，第 346 页。

　　②　伊恩·P·瓦特著，高原、董红钧译，《小说的兴起》，北京：三联书店，1992 年，第 65 页。

动、事件和忏悔"流水帐一般地"记载下来,① 给自传增添了鲜明的"形式
现实主义"色彩。如果说"在一个抽屉里,我找到了两三把剃刀、一把大剪
子,十几把刀子和叉子",这类短篇簿记体现了鲁滨逊的工具理性和实用主
义,那么紧接着"在另外一个抽屉里,我找到了许多钱币,有欧洲钱、巴西
钱、西班牙钱,有金币、有银币,一共有 36 英镑",(41 页) 这类帐簿则表明
了他迅捷的"经济人"意识:只一瞥,钱币的种类和数量就历历在目。简练
的簿记似乎比长篇累牍的心理描述更直接有效,更适合塑造"行动者"的果
决形象,而伍尔夫连绵不绝的意识流动则只适合塑造"思想者"的忧郁姿
态——正如达洛卫夫人(Mrs. Dalloway)站在自家门口只顾浮想联翩、半晌不
见挪动脚步一样。可见, "个人经验"和人物形象的类型须要仰仗叙事的
风格。

鲁滨逊的簿记虽然多种多样,却多是科学、理性和"经济人"意识的自
然流露。落难孤岛的第二天清晨,面对随时可能出没的"野人和野兽,"他没
有失魂落魄,而是迅即考虑起"造什么样的住所"的问题:

是在土里掘一个洞呢,还是在地上支一个帐篷。我决定选择的地点必须符
合几个条件:第一,要卫生,要有淡水;第二,要能遮住太阳的曝晒;第三,
要能避开凶猛的动物,不论是野人还是野兽;第四,要能看得见海,为的是万
一有船只经过时,我不至于失去获救的机会……(41~42 页)

鲁滨逊没有丝毫的迟疑,即使有瞬间的旁骛,也是在考虑掘洞和支帐篷的利
弊;只一刹那,他就明白无误地认定了建造住所的"四项基本原则。"对他而
言,"活还是不活,那"永远都不"是个问题"。正如《英国商人手册》是一
种实用指南,这种房产开发"手册"似的叙述只是简要列举了问题的几个方
面,是一段简单至极的簿记,在形式主义论者看来并无"文学意味"(literari-
ness),但是却充满了条理性和逻辑性,体现了科学的特征,与鲁滨逊的"行
动"能力和生存之道可谓交相辉映。哈姆雷特的独白偏离"行动,"普鲁夫克
的"情歌"满是迟疑,瓦特(贝克特小说的主人公)的故事充斥着无能,而
鲁滨逊的簿记则清晰、简洁,直通行动和创业神话。大致看来,忧郁属于
"思想者",簿记属于"行动者"。

为了"减轻一点儿心中的苦闷"(45 页),也为了战胜涌上心头的失望和

---

① 黄梅,《推敲'自我':小说在 18 世纪的英国》,北京:生活·读书·新知三联书店,2003
年,第 50 页。

恐惧情绪，初来乍到的鲁滨逊更是直接采用了表格式簿记的形式，通过换位和对比将目前的处境和应该采取的态度清晰地展现了出来：

不利	有利
1. 我被困在一个可怕的荒岛上，很难有获救的希望。	1. 我还活着，没有像我同船的伙伴们一样，被海水淹死。
2. 我与世隔绝，苦难和痛苦时刻威胁着我。	2. 上帝既然用奇迹把我从死亡里就出来，就一定会救我脱离这个境地。
3. 我与人类隔绝，仿佛一个囚徒，一个流放者。	3. 我有粮食和食品，不会被饿死。
4. 我没有衣服、被褥。	4. 我是在一个热带荒岛上，即使有衣服，也穿不上。
5. 我没有抵御野人和野兽的自卫能力和手段。	5. 我所在的岛上，没有我在非洲看到的那种野兽。如果我在那里遇了难，我又会怎样？
6. 我没有人可以交谈，没有任何人来解除我的愁闷。	6. 上帝把船送到海岸附近，使我可以从里面取出许多有用的东西，使我终生受用。

（46 页）

簿记的成效可谓立竿见影：通过换位思考和利弊权衡，有些沮丧的鲁滨逊发现了不幸掩盖下的万幸——自己既没有被海水淹死或者被野兽咬死，也不会饿死或者冻死，原来自己竟是上帝垂青的子民，而这富饶的孤岛也该是上帝"许诺的福地"（the promised island）。半张"清单"写完，他就发现，"理智已经逐渐控制住失望的情绪"（45 页）了。于是，仿佛带着从"五月花"号登上美洲大陆时的那种惊喜，他开始探索孤岛，书写"经济人"的创业史。可以说，"这套……簿记语言承载着一种顽强的理性主义思路，是鲁滨逊们求生存、图发展的有力武器。"[①] 这种不言自明的"明细帐"与贝克特笔下简单要素的排列、组合迥然不同——那种簿记呈现的是反理性的悖论、物态的无常、镜像的模糊和逻辑的怪圈，是一本理不清的"糊涂帐"。

鲁滨逊的簿记篇幅最长的无疑是创业初期的日记。作为理性思维的书面表达，他的"落难日记"是小说艺术的必然要求——24 年多的孤岛经历不可能通通写成没有"文学意味"的"流水账"，也不可能超越两个世纪的艺术发展

---

① 黄梅，《推敲'自我'：小说在 18 世纪的英国》，北京：生活·读书·新知三联书店，2003年，第 50 页。

史，跑到布鲁姆（Bloom，乔伊斯的意识流杰作《尤利西斯》中的主角）的脑海里风云际会，川流不息；过于笼统的叙述既不是"商业手册"的风格，也无法具体地展现孤岛创业的艰难历程，从而失去"形式现实主义"的色彩；同时，受物质条件的限制，"日记只记到墨水用完，我就不得不终止了。"（48页）当然，这类日记多是事件的简单记叙，与帕梅拉（Pamela，理查逊笔下的主人公）细腻的情感日记不可同日而语。然而，鲁滨逊的"病中日记"却不仅满足了小说艺术的必然要求，而且顺应了主流文学——宗教文学的风潮，是他履行清教徒日常自省的职责的证明。卧病不起时，他"开始检点平生，沉痛地责备自己：这明明是我在以前的生活中作恶太甚，激恼了上帝，这才横祸临头，并被加以如此可怕的报复。"（62页）虽然与班扬等人的簿记式忏悔寓言相去甚远，这类日记却记载了大量（相对前一类日记而言）忏悔内容，记载了清教徒对上帝的无限敬仰，使这部传记没有沦落为纯粹的生意经。要知道，除了钱币，鲁滨逊的精神支柱就是从沉船上抢救出来的《圣经》，而远离社会文明的人总会产生形而上的冲动，将"奇迹"归于某个超验的存在。作为特殊的簿记，日记自有特殊的诞生语境和意义。

"经济人"的簿记最多的是各式各样又长短不一的财产清单，而不是忏悔录或者情感日记，这是顺理成章的。从三言两语地交代发现的几种钱币，到连篇累牍地陈述从沉船上搬运回来的各类物品，鲁滨逊的簿记总是一五一十，有板有眼。说起获救船长对他的答谢，他更是津津乐道，没有用"丰厚的礼物"一言以蔽之，而是不惜笔墨地把礼单罗列出来：

> 首先，他给我带来了一箱子高级的提神酒，6 大瓶马德拉白葡萄酒，两磅上等烟叶，12 块上好的牛肉脯，6 块猪肉，一袋豆子和大约 100 磅饼干。

> 另外，他还给我带来了一箱糖，一箱面粉，一袋柠檬，两瓶柠檬汁和许多其他东西。除此之外，对我更有用处的是，他给我带来了 6 件新衬衫，6 条上等领巾，两副手套，一双鞋子，一双长袜，还有一套他自己穿的西装。（187页）

礼单写得十分"明细，"礼品也照单全收——"送礼的仪式完毕，东西也都搬进了我的住所"。（187页）不是对物质财富的合理占有引以自豪的人，是不会如此坦荡又如此津津有味地公布自己的"帐目"的——这是"经济个人主义"的张扬。在"经济人"的笔下，簿记的运用到了无以复加的地步。叙事手段运用得当，"文学意味"随之而来。

二、经济人的个人主义

随着个人主义的兴起，个人权益和社会安定越来越仰仗诚信的契约关系，因此，在这部小说化的"商业手册"中，笛福始终没有忘记"契约"说教，没有忘记充当维持经济秩序的楷模。当鲁滨逊将所有财物献给有救命之恩的船长时，船长忠诚地"开了一张清单"；（23 页）转让佐立时，船长没有忘记"同佐立签定一个契约"；（24 页）当鲁滨逊委托他代办巴西急需的货物时，他又慎重地请鲁滨逊出具信函和"一份正式的委托书"。（25 页）即使准备赴非洲从事非法的黑奴买卖，鲁滨逊和巴西种植园的同行也认真地"立了字据"和"正式的遗嘱"。（28 页）可以说，鲁滨逊流落孤岛之前，每一桩经济事件都以有法律效力的契约为保障。他信奉先入为主和"劳动是一切私有财产的依据"的新兴资产阶级观念，经过 20 多年的先期开发和经营，心里早已将孤岛据为己有，一旦发现侵入者就顿感危机重重（对生命和财产的双重危机），因此，征服入侵者时，他就千方百计地树立权势地位，迫使他们承认自己的绝对权利，形成事实上的契约关系。鲁滨逊回到欧洲后，那位救命船长虽然早已穷困潦倒，却仍然倾其所有，将 160 金币还给鲁滨逊，并交给他一份详细的收支报告，而鲁滨逊也一丝不苟地出具了一张收据。诚信是一种理想的契约关系，是经济秩序的社会保障。有了这种保障，才有小说结尾的喜剧：由于所有委托人和经办人都信守诺言，鲁滨逊缺席期间的资产收益丝毫没有流失或者被侵吞，他"突然间"发现，自己"成了拥有 5000 英镑的富翁，而且在巴西还有一份产业"。（196 页）无论簿记还是契约，叙事的手段和内容都指向小说化的"商业手册"。

经济上的契约关系要强化，必须具备这样的前提："各种传统形式的群体关系、家庭、行会、村庄、民族感，这一切都要被削弱，包括从精神拯救到消遣取乐等方面的非经济因素的个人成就和享乐的竞争性要求，也需要如此。"[1]鲁滨逊以及笛福笔下的其他主人公，不是无家可归就是少小离家，因为冒险小说必须淡化这种传统的社会关系，甚至割断家庭的纽带。同时，离家也是经济个人主义的要求：与父母的间离不是源自孝道或宗教的论争，而是独立生存、实现新兴资产阶级的人生价值的要求，是因为外出创业比老守田园更加有利可图。走个人的道路，让别人去说，这是个人主义生活模式的必然表达。如果

---

[1] 伊恩·P·瓦特著，高原、董红钧译，《小说的兴起》，北京：生活·读书·新知三联书店，1992 年，第 66 页。

"人的所有不幸都由这一事实生成，［即］他们不能安静地呆在他们自己的家里"，① 心满意足地固守已有的产业，那么经济个人主义必然导向人生的不幸，但是，"经历种种磨难后的结局却是令人喜出望外的"。（210 页）这样的喜剧更坚定了鲁滨逊"大难不死，必有后福"的信念，成了他自称"江山易改，秉性难移"（210 页）的托词。对于经济个人主义观念根深蒂固的他，厮守家园无异于坐以待毙，因此鲁滨逊一再登上冒险之旅。对于丁尼生（Alfred Tennyson，1809～1892）笔下的奥德塞，出海就是"去斗争、去探寻、去发现，永不退却"，而对于鲁滨逊，离家是迫于"资本主义的能动倾向，"是对"原罪"的知罪犯罪；荷马笔下的尤利西斯富贵不移，爬山涉水，回到伊萨卡与家人团聚，而鲁滨逊即使回到了故乡，也觉得"已经习惯了四处闯荡的生活"，而且离家的"想法一天比一天迫切"。（210 页）海外贸易和殖民是他唯一的"使命"和"事业"（business）。

经济个人主义的兴起削弱了人际关系和群体关系，以经济契约取代了感情纽带。在这首"经济个人主义"的颂歌中，以性别为基础的人际关系尤其遭到了削弱，致使浪漫的温情无以存在。在 18 世纪英国小说当中，除了格列佛可以相提并论，鲁滨逊肯定是"男欢女爱"的最大敌人，是"性冷淡"最明显的主人公。在他的个人生活中，爱情毫不存在——无论出海之前还是孤岛之上，最基本的力比多都没有冲动过。在追求财富的痴迷中，力比多发生了转移；又远离了异性，只能唱一首"有一种爱叫做放手"。回到文明社会，鲁滨逊压抑多年的力比多并没有猛然喷发，而是依然屈从于商业活动：

> 这期间，我在国内过起了暂时的安定生活。我结了婚，接着又生了三个孩子，两个儿子活泼可爱，一个女儿聪明美丽，然而好运不长，我的妻子没多久就死去了，这时我侄儿正巧从西班牙回来，这趟航海赚了不少钱。我本来就有出海的想法，加上他的一再劝说，我就以私家商人的名义搭上了他驶往东印度群岛的航船，这一年是 1694 年。（211 页）

对于婚姻，他一笔带过，对于爱情，他只字未提。妻子的死亡和孩子的抚养都不"是个问题"。这些只构成了流水句的前一部分，未及断句他就谈起了利润丰厚的航海事业，仿佛他操心的只有海外贸易，在他脑海里，爱情和家庭的观念片刻都不曾停留。即使想到了女人，他也是在考虑让孤岛上的殖民者传宗接

---

① 伊恩·P·瓦特著，高原、董红钧译，《小说的兴起》，北京：生活·读书·新知三联书店，1992 年，第 68 页。

代，保障有人继续替他保卫和开发孤岛。可以说，鲁滨逊"是几乎不需论证的经济个人主义的化身。"① 他作为典型"经济人"的形象是勿容质疑的，而作为"个人主义"者，他的"个人经验"则主要体现在他淡漠的人际关系中。

三、宗教人的忏悔

鲁滨逊不是纯粹的拜物教徒，他的叙述常常显露"精神化"的倾向，就是说他的精神生活染上了清教主义的色彩。作为每一个教徒的责任，宗教自省曾经孕育了以圣奥古斯丁的《忏悔录》为代表的早期宗教文学。到 17 世纪，经由加尔文的倡导，更是得到了系统化和通俗化，成为僧侣和世俗人员共同的自省方式。要证实自己的灵魂是得到了上帝的引导还是摒弃，虔诚的清教徒必须不断地反省。在世俗文学兴起的过程中，宗教文学的因子得以长期生存："忏悔是宗教文学的遗存，自传是宗教日记、忏悔录的变形。……自传体是清教主义内省趋势最直接最广泛的文学表现形式。"② 在新英格兰，五月花号船民的后裔都记着自省日记，在旧英格兰，班扬正在创作自传体宗教故事《恩德无量》，可以说，内省成了一种广为流传的习俗，成了自传性忏悔录的源头。《鲁滨逊漂流记》就是将世俗传记和忏悔自传融为一体，除了讲述主人公的创业神话，也显露了他的忏悔历程。在很大程度上，甚至可以说这部小说沿用了"《天路历程》和清教徒的精神自传或日志"的叙述形式。③ 在世俗文学取代宗教文学的革命中，第一人称叙事继承了宗教自省的形式和部分内容，体现了新旧意识形态（宗教自省和个人主义）和两种文学之间的对话关系，为随后第三人称叙事（如菲尔丁的小说）和世俗小说的兴起铺平了道路。

"世俗行动和宗教忏悔彼此交替，构成了该小说的基本节奏。"④ 登上孤岛之初，鲁滨逊就履行了基督徒和殖民者的双重义务："我便用刀子在一个大柱子上刻上这些字：我于 1659 年 9 月 30 日在此上岸。我把它做成一个大十字架，立在我第一次上岸的地方"（第 45 页）。基督教的传播和孤岛的占有同时完成，鲁滨逊身份的两重性也得以显现。对于野外生存和孤岛创业，最重要的莫过于"土木工具"、"数学仪器"、"航海书籍"之类，把这些搬上木排后，

---

① 伊恩·P·瓦特著，高原、董红钧译，《小说的兴起》，北京：生活·读书·新知三联书店，1992 年，第 65 页。

② 同 1，第 78 页。

③ 黄梅，《推敲'自我'：小说在 18 世纪的英国》，北京：生活·读书·新知三联书店，2003 年，第 52 页。

④ 同 1，第 53 页。

"我又找到了三本很好的《圣经》，此外，还有几本葡萄牙文书籍，其中有两三本祈祷书和几本别的书籍，我都把它们小心地保存起来。"（45 页）世俗书籍无名无姓而且数量不详，《圣经》保存完好而且数量具体，其他宗教书籍也清晰可辨，而且鲁滨逊也拿这些书籍小心翼翼地保存，这些无疑都表明了宗教在他精神生活中不可或缺的地位。此后，他便写起了具有"忏悔自传"性质的"落难日记"。身处逆境时，他就审视自己的"原罪"，把磨难当作"天谴"；实现了温饱时，他就感念上帝的恩典，把收获看成"奇迹"；清闲下来时，他就翻阅《圣经》，寻求上帝的指引；阐释自己的人生观时，除了简洁的提及，他更是引用《圣经》原文将近 20 节。鲁滨逊显露出一种宗教自省的心理趋向（inclination）：每一阶段的行动都紧随一段冥想或忏悔，一段周围的事件体现了怎样的神意的形而上的思索。这种倾向与强调个人通过《圣经》与上帝直接沟通的清教传统是一脉相承的。

当然，在对资产阶级工商业津津乐道的笛福的笔下，鲁滨逊的忏悔和皈依不可能是彻底和义无返顾的。明知自己"罪孽深重，"鲁滨逊并不"痛改前非；"在创业神话的召唤下，即使年近花甲的他也不忘再次出海，扩大孤岛的殖民开发，可谓"屡教不改"，"明知故犯"。宗教忏悔在《天路历程》里是贯穿始终的主题，在《鲁滨逊漂流记》里却只留下了时有时无的"痕迹，"不足以与世俗的主题抗衡。虽然鲁滨逊时常引"经"据"典"，但"清教的遗产明显太微薄了"，无法持久地主导他的行为方式，因此鲁滨逊是一个名义上的清教徒和"实际上的无神论"者。①于是，难免有人怀疑，宗教忏悔实际上是"被用来……增大笛福按约写作的一本 5 先令的书的容量的"。② 宗教文学的遗存与世俗生活的情节之间存在着明显的间离性，因为宗教行为的背后隐藏着强烈的世俗追求。笛福孜孜不倦地闯荡在资本主义工商领域，实际的、功利主义的事务是他关注的焦点，这种间离性对他而言也许只是潜意识的流露，对迅速世俗化的西方社会而言却是集体意识的体现。随着资本主义经济的"爆炸"式增长，世俗化成了 18 世纪西方社会的显著特征：五月花号船民的后裔很快就淡忘了祖先的宗教使命，把那纯净的美洲"天堂"当作了贸易的殖民地，而留在"旧世界"的教民也禁不住从神坛"下海"，四处建立贸易前哨。于

---

① 伊恩·P·瓦特著，高原、董红钧译，《小说的兴起》，北京：生活·读书·新知三联书店，1992 年，第 83 页。

② 同1，第 84 页。

是，从 1679 年到 1718 年，在不到 30 年的时间里，笛福与班扬、鲁滨逊与基督徒就已迥然有别。这种区别在英国文学史上是划时代的：公认的小说奠基人是世俗文学作家笛福，而不是宗教文学作家班扬。

不容忽视的是，殖民冒险家鲁滨逊与纯粹拜物的资产阶级投机商依然迥然有别，他的"个人经验"充满了"间离性"（espace）和"非一致性"（inconsistency）。首先，在叙事的主体部分，落难孤岛的鲁滨逊不是靠剥削起家，而是靠劳动致富，没有明显地陷入"贸易与道德的悖论"。① 发现孤岛"远离了世界的所有罪恶"时，他摆脱了发家过程中必然的邪恶，仿佛这个"自然的国度"就是"新教伦理的乌托邦"。② 他信奉劳动是私有财产的依据，也就是反对世袭贵族的经济和政治特权。既然自己是孤岛上最早的居民，又为孤岛的开发付出了艰辛的劳动，他就有权先入为主地占有孤岛，把孤岛作为自己的一片"圈地"，并在征服食人生番和后来的欧洲冒险家之后，将自己的"总督"地位和既得利益合法化，以从宗主国移植过来的意识形态掩盖以后可能产生的"罪恶"。当然，在孤岛创业之前，鲁滨逊曾经贩运黑奴，之后又以"总督"的名义下令向孤岛运送大批物质和居民，加强对孤岛的殖民和开发，因此，他的创业神话只是一时而且被迫地免于"罪恶"，一旦原始资本的积累得以完成就会回到"悖论"的老路上。

其次，在不威胁"总督"地位的前提和需要相依为命的情形下，在孤独中饱受煎熬的鲁滨逊比较开明地实行了"信仰自由"的政策：

我的百姓虽然只有三个，在信仰上却各宗其主。我的仆人星期五是新教徒，他父亲是一名异教徒，一名吃人生番，而那西班牙人，则是一个天主教徒。但在我的领土上，我允许信教的自由。（161 页）

就像鼓吹宗教和解和政治改良的作者一样，鲁滨逊虽然独享政治和经济特权，但并没有成为主宰一切的政治寡头，并不缺乏新兴资产阶级倡导的启蒙思想。当然，"信仰自由"是有地域和条件限制的，那就是，必须是"在我的领土上"，必须顺从等级制度，确保他们是"我的百姓，"而"我是全权的君主"。（161 页）正如他在孤岛上的金钱观，鲁滨逊的开明政策是临时的，是不会违背基督教徒的"职责"（business, duty）的。因此，虽然"这孩子曾忠心

---

① Price, Martin, "The Divided Heart: Defoe's Novels," *Modern Critical Views: Daniel Defoe*, edited by Harold Bloom, New York: Chelsea House Publishers, 1987, p. 40.

② Ibid, p. 40.

地帮助我获得自由，我［出于道义］实在不忍心再把他的自由出卖"，但是
"如果他信了基督教，10 年以后，就还他自由"。（24 页）对于黑人奴隶佐立
和犹太商人夏洛克（莎翁笔下的 Shylock），对于异教徒，"宗教的自由"是虚
幻的，皈依基督才是迫不得已的正道。可见，鲁滨逊并没有忘记作为基督徒的
职责，他始终是自我中心的，他实行宽松的宗教政策旨在安抚早已顺从自己的
"百姓"。

此外，不管他是否真心忏悔，作为基督徒，鲁滨逊还具有明显的悔罪意
识。虽然他的"原罪"就是"资本主义的能动倾向本身"，① 但在孤岛上凭自
己的劳动获取足够生存的财富后，他就感觉已"从罪恶的重负中解脱出来"，
并将自己的"原罪"尘封起来，直到他离开这个"宗教伦理的乌托邦"。无法
摆脱既定的"悖论"时，他的悔罪意识越来越强烈，到小说的第二部续集
《鲁滨逊沉思录》（Serious Reflections of Robinson Crusoe，1720）时，他已陷入
了对创业神话的深刻反思和赎罪情绪中。正是由于人物的这些品质，这部小说
才没有蜕变成普通的流浪汉故事或海外投机日记，而是保留了"清教徒的精
神自传或日志"的特征，履行了从宗教的角度"一丝不苟地记录并分析日常
生活中的事件"这一"神圣的责任和新教徒的常规行为"。② 当然，在对资本
主义工商业充满盲目自信的笛福的笔下，鲁滨逊的忏悔绝对不是彻底的。在
《英国商人手册》中，作者就坦率地说，一个人不应该"对宗教义务过于专
注，以至错过做生意的合适时机和商业旺季"，悔罪并不是"要求每个人都能
写得出关于超级祈祷仪式的著作"。③ 因此，这部《漂流记》决不可能成为新
的《天路历程》，而只会成为小说化的《商人手册》。

总的说来，笛福对资本主义工商业的兴盛充满自信，而且继承了些许宗教
文学的遗产，比较注重作品的道德教诲功能，因此，新兴中产阶级的第一个创
业者不是纯粹拜物的资产阶级冒险家，而是"经济个人主义"清教徒。事实
上，由于集新兴资产阶级的多种优秀品质（精力充沛、积极进取、理性、坚
定、实干等等）于一身，鲁滨逊已经成为"西方文明的'理想原型'"，④ 一

---

① Watt, Ian, "Individualism and the Novel," *Modern Critical Views: Robinson Crusoe*, edited by Harold
Bloom, New York: Chelsea House Publishers, 1988, p. 16.

② 黄梅，《推敲'自我'：小说在 18 世纪的英国》，北京：生活·读书·新知三联书店，2003
年，第 52 页。

③ ［美］安妮特·T·鲁宾斯坦著，陈安全等译，《英国文学的伟大传统》（上），上海：上海译
文出版社，1998 年，第 344 页。

④ 同 1，第 95 页。

个兼有"回归自然"、"劳动的尊严"和"经济人"这三种人物品质的"文化英雄"。①

第二节　辛格顿：海盗生涯

鲁滨逊是笛福小说中男主角的典型代表，其他小说的男主角的形象特征就是他的性格品质的演化。另一个似乎也与"邪恶"无缘的就是杰克上校（《杰克上校》，*Colonel Jacque*，1722）。迫不得已的26年小偷生涯后，他被拐骗到弗吉尼亚，靠自己的精明、勤奋成为富商。当奴隶主企图让自己的商品"自愿地"实现自己的价值时，杰克向他介绍了一种"怜悯"的政策，让奴隶莫查特感激涕淋地服从奴隶主的意志，而对于毫不"感恩戴德"的奴隶就转卖别处。他所竭力维持的是一种赏罚分明的政策，一种感恩的罪人沐浴在上帝的恩典中的理想制度，因为他知道"天堂"比"地狱"更能劝人为善。他使用意识形态的手段制约了自下而上的暴力，从而避免了自身"邪恶"的裸露，将种植园转变为"理想社会秩序的岛屿"。② 如果说鲁滨逊是被迫流落孤岛，从而自然地脱离"邪恶"，靠自身奋斗获得财富的话，那么杰克就是在积极利用意识形态掩盖自己的"邪恶"，掩盖资产阶级财富的基础。虽然他是在为新兴资产阶级最大限度地攫取财富，杰克毕竟主动采取了措施约束"邪恶"的爆发，具有区别于纯粹"经济人"的形象特征。他和鲁滨逊及笛福小说中的其他人物一样，都有一颗常常被读者忽视的"分裂的心"，这也许就是英国早期现实主义小说中人文关怀的最初萌芽。

"分裂的心"是资本原始积累过程中，具有人类良知的创业者内心善恶冲突的必然结果，是劝善小说中人物形象的必然特征。作为早已意识到财富是建立在犯罪基础上的启蒙主义者，笛福不会让自己小说中的人物总是免于"贸易与道德的悖论"。与鲁滨逊不同，辛格顿（《海盗船长》，又译《辛格顿船长》，*Captain Singleton*，1720）的创业就始终是在"悖论"中进行。几番惊险的经历后，他不畏艰险地横贯非洲大陆，继而驾船环游世界，一路上不择手段地抢劫财富，实现自己"无耻的"创业梦。对于《英国商人手册》的作者而

① Watt, Ian, "Robinson Crusoe as a Myth," *A Norton Critical Edition*: *Robinson Crusoe*, edited by Michael Shinagel, New York: W. W. Norton & Company, 1975, p. 313.

② Watt, Ian, "Individualism and the Novel," *Modern Critical Views*: *Robinson Crusoe*, edited by Harold Bloom, New York: Chelsea House Publishers, 1988, p. 41.

言，"交易行骗在所难免"，① 这恐怕就是辛格顿等人物总与"邪恶"脱不了干系的原因。

和鲁滨逊一样，辛格顿首先也是一个典型的"经济人"。在南非岛屿上与土人交易时，他的商人意识就显露无疑：

一点儿银子，雕切成一只鸟，就能换得两头母牛，而且这还是我们的失算，假如那是铜做的，价值就更高。我们拿一只链条式的手镯，就换得这么多的食物，在英国很可以值到 16 镑；其他的一切首饰也全是如此。那东西作为货币的形式还值不到 6 辩士，而变成玩具或零星物品，就比实际价值增高了百倍……（32 页）

辛格顿一伙充分利用了土人的"痴憨"和商品的相对"价值"，以本国廉价的物品换取了大量的生活物质，顺利地获得巨大的贸易顺差，因此不禁津津乐道起来。但是，正如鲁滨逊不能安于中产阶级的家庭生活，一年后"大家都十分厌倦，且不管后果如何，还是决定想法离开"。（32 页）后来准备横穿北非沙漠时，除了安全的考虑，"我们断定个个都可以获得大量的金子，……给我们的辛勤劳苦以无限的报酬"。（56 页）在巴西海域截获一艘贩奴船后，他们获悉黑人造反是因为船上的"白人对待他们甚为野蛮"，（184 页）接连强暴了黑人的妻子和女儿，但是他们并没有反思白人殖民者的罪恶，而是冒充奴隶主将黑人走私到巴西海岸"全体出售，获得厚利"。（187 页）毕竟，他们不是民族解放主义者，而是为财富而战的"经济个人主义者"。一连串冒险的背后是不止餍足的经济动机，是"资本主义的能动倾向"。

其次，辛格顿也是一位无家可归的"个人主义"者。他向唯一的挚友威廉坦陈，"我原来就是慈善救济学校里的一个孤儿"，除了出海冒险就"没有什么地方好去"。（295 页）论及准备再次"下海"冒险时，他匆匆交代了自己的经济动机——巨额的财富已经挥霍殆尽，也说明了自己"无根"的状况：

虽然英国是我的祖国，可是我在英国既没有亲戚朋友，也没有熟人，所以我的东西没有一个人好交托保管，也没有一个人劝我妥善安置或者储存起来。……我这生命的一幕，可说是以偷窃开头，而以奢靡告终——一个悲惨的出门和一个更加糟糕的回家。（155 页）

鲁滨逊有家可归，且身边围绕的总是谨守契约的诚信商人，而辛格顿却已无牵

---

① ［美］安妮特·T·鲁宾斯坦著，陈安全等译，《英国文学的伟大传统》（上），上海：上海译文出版社，1998 年，第 387 页。

无挂，"结交"的只有见钱眼开的"坏人"。（155 页）在他的生活中，男女关系同样没有位置。虽然准备老守故土时，他"娶了位忠实的女庇护人为妻，她就是威廉的妹妹"，（319 页）但那是因为他需要存放巨额财富的场所："我既把她作为第一次施舍的对象，那我就毫不犹豫，自应买个隐匿庇护之所，也就是一种归宿的中心。"（318 页）对他而言，婚姻不是力比多指向的合法归宿，而是"施舍的对象"，不法财富的储蓄所，和隐匿身份、避免报应的"地点"。在他眼里，爱情和婚姻是可以"施舍"和"买"卖的。人际关系并无感情可言，里面弥漫着金钱的气味。随着社会契约的弱化，人际关系进一步淡化，"个人主义"和经济意识史无前例地得到了彰显。

鲁滨逊的忏悔意识即使不彻底也是显而易见的，而辛格顿的悔罪却连三心二意也算不上。"认为少了一本《圣经》是极大的遗憾"，（278 页）在异国他乡买到一本《圣经》"是一桩极大的神迹"，（279 页）"缺少了福音和仪式，其他一切也对他没有什么意义了"。（280 页）这些都是他人（诺克斯船长）的行为，对辛格顿本人毫无影响——插叙结束时，醒目的空行将插叙和此后他"自己的经历"截然分开，仿佛那虔诚基督徒的故事丝毫没有感染他，激发他的宗教意识，引发他的一番感叹。他只是迅速而轻描淡写地写道，"现在我还是言归正传，来叙述自己的经历"，（285 页）似乎叙述宗教故事是明显的"走题"，作为叙事者，他应该聚焦于"经济人"的创业史。悔罪与他无涉，即使已经"填满了沟壑，富到了极点"，又罪恶多端，害怕报应，想"回归故土"，（294 页）隐姓埋名地度过余生，那也是他人（威廉）的提议，"我"丝毫不愿提起。当威廉终于提起余生应尽的"义务"（宗教忏悔）时，他不禁诧异：

"那么，威廉，"我问道，"是什么事情呀？"

"就是忏悔。"他说道。

"说哪里话？"我说道，"你听见过有海盗忏悔的吗？"（第 298 页）

在辛格顿看来，做海盗是一条不归路，因此他们不需要忏悔。他的悔罪意识不仅极其微弱，而且跟宗教基本无关，只是因担心财产安全、害怕恶有恶报而产生的世俗观念罢了。

除了有意为之的"邪恶"外，① 辛格顿与鲁滨逊最大的区别就是没有悔罪

---

① 鲁滨逊落难孤岛，独自创业，是不情愿地避免了资本主义的"邪恶，"而辛格顿屡次冒险，欺诈、掠夺，无恶不作，是不择手段的"经济人"，他的"邪恶"是故意为之的。

意识。在转移财产、准备老守故土期间，他对自己宗教意识的缺乏禁不住娓娓道来：

> 我始终过着游荡的生活，左右尽是些没有宗教信仰的人、土耳其人、异教徒，以及诸如此类的人们。没有一个牧师、没有一个基督徒可以谈谈，只有这位可怜的威廉。……至于我对于宗教方面的知识，……我是没有多大知识的；关于上帝的福音，我记得生平没有读过一章《圣经》，［虽然］我在布斯莱敦是个小波勃，到学校是去学《新旧约》的。（308 页）

职业的特点、环境的浸染、教育的匮乏和顽皮的禀性，这些都成了辛格顿的托词，使他不会因不悔罪就于心不安。即使"我开始觉悟"，那也是因为"我是一个贼、一个海盗、一个杀人犯，该受绞刑"。（310 页）对死亡的恐惧使得他最终决定金盆洗手，"决计自愿去做物归原主的工作"。（311 页）为了避免暴死，他愿意把钱财"一齐拿去作慈善事业之用，作为我欠人类的一笔债。"（317 页）此刻，他承认，"我不是一个天主教徒，毫无意思去赎买心灵上的安慰"；（317 页）而且，虽然"我应该把它（积累的财产）支配作公共福利之用，"（317 页）但最终"我"还是将财产"施舍"到了妻子的名下。在这类情景反讽中，一个纯粹"经济人"的形象显露了出来。

无论资产阶级的创业精神如何值得讴歌，"天生的良知总在起作用，这部书本身也充满了道德思索。"[1] 善恶冲突似乎是人类天性中必有的矛盾。在朝气蓬勃的拜物时代，邪恶驱使人们不顾一切地去完成他们的创业梦，但在邪恶走向极端时，善心又不时扣响人们的天性，履行着惩恶的职责。善与恶在矛盾中彼消此长，这种辩证关系构成了现实主义小说中人物形象最基本的二元对立。不过，在欣欣向荣的奥古斯都时代，笛福压抑不住强烈喷发的对工商业迅猛发展的乐观精神，只是本着启蒙主义者的理解态度，让一些人物先借助"邪恶"暴富，然后才幡然醒悟，弃恶从善。于是，辛格顿成了先恶后善的冒险家，拥有一颗"分裂"但永远都不会四分五裂的"心"。

第三节　弗兰德斯：荡妇与惯偷

笛福笔下的第一个女主角出现于他的重要小说——《摩尔·弗兰德斯》

---

① Lee, William, "The Biographer's View," *Daniel Defoe: The Critical Heritage*, edited by Pat Rogers, London: Routledge & Kegan Paul Ltd. , 1972, p.179.

（*Moll Flanders*，1722）。"在过去的四十年左右，摩尔成了笛福小说中最受欢迎的人物"，其原因"在于她那奇妙的非一致性（inconsistency），在于她故事中的铮铮事实与她个性的丰富魅力之间的矛盾。"① 这种"非一致性"是摩尔在新门监狱忏悔时没有用统一的价值体系对自己的罪恶人生进行剪辑的结果，因此她"自己的备忘录"是当时真实自我的写照，没有经过叙事时的刻意过滤。这样，读者看到的是一个性格多样而突出的女主角，她并不隐瞒自身缺点，只是将自己的是是非非娓娓道来，让读者自己去建构她的人物形象，并借以重构奥古斯都时代女性冒险家的内心世界。作为"经济人"，她几乎与邪恶脱不了干系。与鲁滨逊在免于"邪恶"的孤岛创业不同，摩尔在伦敦这个穷人的荒野里发家，生来就无法摆脱"邪恶"的纠缠。

摩尔只能利用女人独有的资本（美色）和才智（矜持），与形形色色的男人进行间接"贸易"，在确保生存舒适与体面的同时谋求个性的独立。寄人篱下的生活使她很早就懂得，贫穷是女人的陷阱，只有通过有利的婚姻获取财富和地位，女人才能挣脱邪恶的纠缠。只要"拿满把的金子放在我手里"，对于男性的非礼"我也绝不会反对"，② 于是，"我有无限的虚荣心同骄傲，却只有一点儿道德观念，"（18 页）甚至"钱财就是道德，金子等于命运。"（68页）婚姻是保障正当地位和物质占有的合法途径，因此对于婚姻，她是极其慎重的，常常要通过"正式谈判"（51 页）来确立婚后的地位或者作为情妇的补偿，即使不再苟合也要出具"一张断绝关系的保证书"，并呈上"一张支票"。（112 页）在她而言，"婚姻是为了互相利用，为了共同的利益，为了做生意，爱情是没有多大关系或者根本没有关系的。"（57 页）在 13 次婚姻的前后，摩尔的"计算"习性和婚姻的利弊得失都显露无疑；颜老珠黄时，回忆起生产时的困境，她记忆犹新的不是通常令女性终生难忘的生产过程本身，而是接生婆送来的三张分娩费"价目单"（148 页）——产前的痛苦和产后的甜蜜只字未提，"价目单"却占了一页多的篇幅。和数个"丈夫"生养了小孩，她却少有舔犊之情，总把他们遣散各处，落得一个"独身"的样子，把"一切作妻子或者作姘妇的义务"以及母亲的责任都"摆脱了"。（112 页）"经济个人主义"的特征不言自明。

① Richetti, John J. , "The Dialectic of Power," *Modern Critical Views*: *Moll Flanders*, edited by Harold Bloom, New York: Chelsea House Publishers, 1987, p. 19.

② ［英］笛福著，梁遇春译，《摩尔·弗兰德斯》，北京：人民文学出版社，1982 年，第 18 页。以下出处相同的引文只注明页码。

和笛福的其他主人公相比，摩尔作为生意人只有性别和手段的不同。对她而言，资本的原始积累不是凭科学和智慧用最原始的手段烧制陶罐，自己创造物质文明的过程，而是以女人的资本和精明进行物物交换，道德或不道德地从他人那儿获取维持体面的生存方式的资本的过程。她不惜为娼，也就不惜偷盗。从娼头"转行"小偷时，她寻找托词说，"挨饿的前途……渐渐硬化了我的心肠"，（176 页）或者是"贫困硬化了我的心肠"。（177 页）向金钱的屈服必然以道德的沦丧为代价，于是，"我忘却了以前的种种反省，我从前的自责很快就消失了。"（177 页）在沉醉于工商业兴盛的笛福笔下，主人公的财富"固恋"不可动摇，虽然偶然忏悔，那也是漫不经心，离理查逊笔下的道德意识还相去甚远。摩尔的"邪恶"不在于贪得无厌、不择手段地攫取财富，而在于为了实现女性的"英国梦"而被迫牺牲道德和尊严。如果说鲁滨逊是以第一个典型的资产阶级创业英雄的正面形象载入史册的话，那么摩尔就是以既善且恶的冒险家的双重形象赢得了倾心圆形人物的批评家的青睐。

摩尔为追求财富而表现出的冒险精神，不仅是新兴资产阶级的共同特征，而且也是她掩盖在经济意识之下的真实自我的一个层面。每次冒险后，她总是发现"灵魂的恐怖是不能用言语形容的"，（175 页）自己很久都惊恐万状，不知所措。这与其说是叙事的她想替自己的原罪寻找的借口，不如说是故事中的她发现了自己不曾了解的另一个自我时的惊讶。她那喜好冒险的自我不仅是巨大的阶级差异的产物，而且是她天性的必然。冒险的快乐掩盖了悔罪的压力，虽然每次偷窃时她都胆战心惊，得手之后她又总是津津乐道。但她与千方百计攫取财富的冒险家辛格顿截然不同，因为她的原罪始终都处在人类良知的及时控制之下——窃取小女孩的金项链时，"我并未加害于这个小孩"，尽管那只是举手之劳，"我的心肠还是很仁慈的，除了穷困逼迫着做的事情之外，未曾做别的坏事。"（178 页）

摩尔冒险的多重动机和行为节制是社会决定论和自然决定论合作的结晶，也就是两个自我协调的结果。而且，她"丝毫未被经历触动，她是沥青也无法玷污的自由精灵。"① 在滚滚浊流中，她凭着精明的"计算"经营着女人的贸易，在积聚财富的同时保存了善良的自我和自身的独立。当然，值得注意的是，她不是在抗争中维持自我的清白，而是在污泥里寻觅生存的资本。她的自

① Bloom, Harold, "Introduction," *Modern Critical Views: Moll Flanders*, edited by Harold Bloom, New York: Chelsea House Publishers, 1987, p. 5.

我的恒定也许是女性天生韧性的结果，而她的独立只是为了赚取更多的财富摆出的经济姿态——"一个女子有钱自养的时候，绝不要做男人的外妇。"（51页）在贸易异常活跃的奥古斯都时代，财富作为社会生活的经济基础，无疑是人们竭力追求的人生目标。无论偷窃还是堕落，都不过是摩尔实现经济独立的手段。

鲁滨逊能以极其简陋的手段，创造性地烧制出象征人类文明的陶罐，而摩尔在基于性别的买卖中，却不能以建设性的方式回避资本主义必然的邪恶。因此，她尽管具有多种性格特征，却不是集优秀品质于一身的"文化英雄"。她不是乔叟笔下借婚姻征服男人、剥夺男人财产的巴斯妇，因为她是启蒙时代商业伦理的化身，而非纯粹的姿色贸易商；她也不是夏洛蒂·勃朗特笔下蔑视财富、追求精神平等的简·爱，因为她并非超越时代的女权主义者，而是在财富决定论的驱使下，做着姿色买卖的普通而真实的市民而已。在作者对 18 世纪的创业神话充满盲目乐观时，摩尔的生存方式与狄更斯的社会改良了然无涉；虽然她知道权利关系的基础，但她只是做出实用主义者的反应，并未进行更高层次的抗争，或者与男性中心的社会传统和意识形态不共戴天。"我们不理解摩尔，因为笛福不理解她。"① 笛福无意用统一向上的价值观塑造完整一致的人物形象，因此摩尔是一个充满"非一致性"的现实人物。她在贸易大潮中千方百计地实现"诚实而自足地生存的中产阶级梦想，"是 18、19 世纪被剥夺了财产继承权的普通英国妇女的实用主义代表。

摩尔的多面性格深深打动了既蔑视女性又颂扬女性的乔伊斯、福克纳等男性作家，虽然标志着笛福对人性挖掘的深化，但并不表明他的小说人物彻底摆脱了形象的单一性，因为摩尔仍然主要是资本主义兴起时个人主义的拜物教徒，缺乏较高层次的精神追求或者真正意义上的悔罪。

第四节　罗克莎娜：情色商人

在贫穷与财富、爱情与婚姻、自我与他者、家庭与创业的矛盾中，如果说摩尔尚能维持精神的独立和自我的完整，那么笛福小说中的第二个女主角罗克莎娜（《幸运的情妇罗克莎娜》，*Roxana, the Fortunate Mistress*，1724）虽然获

---

① Richetti, John J., "The Dialectic of Power," *Modern Critical Views*: *Moll Flanders*, edited by Harold Bloom, New York: Chelsea House Publishers, 1987, p. 19.

得了经济的独立，却失去了本真的自我。起初，当贞洁地饿死还是堕落地生存还不"是个问题"时，她标榜自己"不仅保持着贞操，而且保持着［保持］贞操的愿望和决心，"① 并劝告读者说，"不管有何种引诱，一个女人若是出卖自己的贞操和名誉，倒不如死了更好。"（28 页）不管是她当时的写照还是忏悔时的评述，这种表态暗示了她的人生很可能就是一个帕梅拉式的喜剧或者一个克拉丽莎式的悲剧。然而，她的"愿望和决心"并没有行之久远，在房东先生的怀里，她带着感恩的心态，"为了一口面包，却抵押了忠诚、信仰、良心和淑贞，"并寻找借口说"贫困是我的陷阱。"（39 页）言行的矛盾很快就消失了，激烈的心理斗争迅即让位于情色商人对自己创业历史的津津乐道——没几天，"我已到了听不见自己良心的呼唤的地步，"（46 页）甚至怂恿女仆艾米和已同自己有过鱼水之欢的房东同床，让她"以后不至于骂我是妓女"。（49 页）经过第一次创业，罗克莎娜就已廉耻皆无，"把良心全扼杀掉了"，（48 页）为罪恶的创业铺平了道路。

靠出卖肉体摆脱"贫困"这个"陷阱"之后，罗克莎娜在贪欲和虚荣的驱使下，变本加厉地经营自己的姿色，从依靠卖身维持生存的烟花女（lady of pleasure）变成了作着姿色买卖、以赚取高额利润为目标的女商人（she‑merchant）：

办这件事花了我将近半年的工夫。由于这样亲自处理业务，跟大笔大笔的钱打交道，我对这行当已经很在行，变得跟所有的女商人一样强了。我在银行了有大笔的存款，还有更多的支票和票据。（第 144 页）

她没有反思堕落的危害，没有像克拉丽莎那样向死而生，而是拿自己的"标志性成果"娓娓道来，并且进一步寻找借口说，"我既然早已失去贞操"，（69 页）就用不着故作贞洁，可以随意地傍上"大款"，创造自己的"财富人生"。

对她而言，"一切伦理观念"都可以"抛弃"，（73 页）财富成了衡量一切的尺度。于是，经济意识沾染了一切人际关系：对慷慨的房东的答谢就是委身于他，对挥金如土的亲王的"感恩"就是替他生两个儿子，对子女的责任就是"划出一笔固定的费用……供他们舒舒服服地长大成人"，（86 页）仿佛人就是纯粹的经济动物，人际之间不需要情感交流和天伦之乐。既然贞洁和良心都不复存在，她就没有了内心冲突，忧心的只是"如何来保护我的财产"，

---

① ［英］笛福著，天一、定九译，《罗克珊娜》，广州：花城出版社，1984 年，第 28 页。以下出处相同的引文只注明页码。

（115 页）而不是"倒不如死了更好"的问题。本质上，罗克莎娜已从贫困的受害者蜕变成纯粹拜物的资本家。她缺乏摩尔的热情、活力和善良天性，有的只是商人的精明、冷漠和独立不羁。她不是"自由的精灵"，而是毫无廉耻的姿色贸易商，因为她的"自由"就是不受任何道德规范的约束，就是不择手段地获得经济上的独立和任意结交权贵的荣耀。

罗克莎娜也具有高超的"计算"才能，但她的"计算"完全表现为对事物经济价值的迅速判断，是纯粹"经济人"的天赋，而不是鲁滨逊那种带有科学理性特征的思维习惯。在她的生活中，一切都要换算成具体数量的金钱，否则就无法做出价值判断。她把"计算"当作自己的存在方式，以经济而非道德的眼光看待一切，甚至对于不为酬劳的救命之恩，也采用暂且以身相许的方式进行"结算"。对于男女的结合，她"计算"的不是情感的基础，而是"一个妻子和一个妓女……［在地位和产权方面］的截然不同之处。"（146 页）在她看来，

……一个做妻子的……可以住在家里，拥有他的房子，他的仆人，他的用具，……假如他死了，让她成了一个寡妇，按照英国的习惯，她还可以要求得到他的财产。

一个妓女就只能躲躲闪闪住在寓所里，……得到的只是悲惨的命运和她自身活该得到的灾难。（第 145 页）

通过一番"计算"，她醒悟到，偷偷摸摸地当妓女是不合算的，她必须若即若离地当"情妇"（小说的标题就是"幸运的情妇"）。这样既能榨取巨额的"恩惠"，又能保持经济的独立和人身的自由（也就是另觅新欢的自由），或者隐瞒"历史"当妻子，靠欺骗"合法"地享有丈夫带来的荣华富贵。精明的"计算"指出了一条"情妇"的人生坦途。

当同居的巴黎商人抱怨说，"你是第一个和男人睡了觉而又拒绝和他结婚的女人"（161 页）时，罗克莎娜指出了结婚带来的"亏空"（即做情妇的"收益"），甚至抨击起不公正的婚姻法：

我认为一个女子应该和男子一样是一个自由人，是生来就是自由的。如果她能恰当地支配自己的话，她就可以像男子一样能享受多少自由就享受多少自由；但婚姻法却完全不是这么一回事，……一个女人一结了婚，她就把自己完全交了出去，就立下了投降的条约，……就是根据契约终身充当仆人的。

总而言之，婚姻契约的实质就是要女人把自由、财产、权力等一切东西都交给男人，从此以后，女人就……仅仅是一个奴隶。（163 页）

这番言论既有启蒙主义的色彩——人是自身的主人，也有女权主义的口气——男女平等，生来自由。但是，罗克莎娜本人决不是反对把妇女仅仅当作性欲发泄对象的启蒙主义者，也决不是形而上地捍卫妇女权益的女权主义者，她只是一个自私自利的女商人，一个商场上的亚马逊女杰。她对婚姻法和"18 世纪妇女的法律地位"表示抗议，① 是因为婚姻法伤害了她的商业盘算。经济收益是她考虑婚姻的主要依据，只有在年收益远远超过五百英镑（当时，年收益在 40 ~ 50 英镑的就算得上中产阶级了）的基础上，她才肯屈尊嫁人。对金钱的执着追求几乎泯灭了她天生的母性，将她本真的自我打造成一个彻头彻尾的商业自我。可以说，罗克莎娜就是"资本的人格代表"。②

在这部"商人手册"式的小说中，罗克莎娜回首往事时，不免沉浸于曾经辉煌的创业史，几乎淡忘了忏悔自己的"邪恶"和母性的丧失。善于"计算"的她不仅毫不在乎生养过多少子女，而且还把子女当作阻拦自己获得"自由"的身外之物，以为有了金钱他们就可以自行生长。为了创业，她总是把他们遣散在异国他乡，而且在畅谈自身成功史的过程中鲜有对子女的想念、关切之情。然而，在她登上荣耀和资产的颠峰后，一心寻找生母的佣人苏珊（罗克莎娜的女儿）闯入了她的"自由"王国，给她的晚年生活罩上了浓厚的阴影，因为一旦"那个姑娘"揭发了她罪恶的历史，她将失去所有的荣耀和费尽毕生精力才得到的尊重。一阵伤感后，她就习惯性地断定，母女的关系就是利益的较量，于是发起了一场"每个人针对所有其他人的战争"。③ 她纵容女仆艾米（罗克莎娜的影子自我）杀害自己的亲身骨肉，而且在暮年的忏悔中，对自己虎毒食子的罪恶语焉不详。她赢得了"自由"之战的彻底胜利，却丧失了仅存的母性和起码的人性。弒亲的罪恶将罗克莎娜抛入了悲剧的深渊，但悔罪的她远不及追求财富的她那样彻底、执着。女性对逼人为娼的贫穷、对不公的婚姻制度的抗争，演变成了财富至上、自我扭曲的悲歌。

尽管笛福和罗克莎娜都对商业奇迹追求不息，但小说中明显出现了先前的小说中不曾有过的断裂，出现了标志着笛福小说的重大转变的第二个故事——在小说的后三分之一，女儿苏珊寻母心切，引起罗克莎娜母性的复苏：

---

① 伊恩·P·瓦特著，高原、董红钧译，《小说的兴起》，北京：生活·读书·新知三联书店，1992 年，第 157 页。

② Peck, H. Daniel, "Robinson Crusoe: The Moral Geography of Limitation," *Modern Critical Views: Daniel Defoe*, edited by Harold Bloom, New York: Chelsea House Publishers, 1987, p. 69.

③ Ibid, p. 74.

可我吻她时，内心却有一种难以想象的快乐，我知道我是在吻我自己的孩子，我的亲骨肉。打从那次和她惨别，……我曾流了多少眼泪啊，心都悲痛得麻木了，从那以后，我就再也没有吻过她。文字和语言都没法表达我心里这种奇怪的感觉。我感到血管里的血流得很快，我的心在颤抖，我头晕目眩，五脏六腑都已乱了套，一见到她，我下死劲不让自己显得太激动，我的嘴唇接触到她的面孔时，更是拼命克制住感情。我简直不由自主地要抱住她，只想吻她一千遍。（302 页）

对笛福的小说而言，如此细腻而强烈的情感活动，如此频繁而连贯的心理描述，都是史无前例的，跟先前彻头彻尾的"经济人"和三心二意的忏悔者显然不同。艾米心生杀机后，在"良心"和"母性"的"拷问台"（302 页）上，罗克莎娜痛心不已，一再自责："主啊，宽恕我啊，"（352 页）"她没在这房子里游荡，却在我脑子里转悠，"（353 页）"我为姑娘哀痛了一个多月。"（354 页）这种较为连贯也占用了较大篇幅的心理活动表明，在英国小说中道德意识开始觉醒了，理查逊的到来和菲尔丁对人性的反诘都只是迟早的事。

虽然笛福对 18 世纪初的妇女问题的关注由来已久，但他并不真正理解妇女社会地位低下的根本原因，以及妇女解放与社会制度的复杂关系，因此，他笔下的女性人物不可能找到通向真正自由、平等的有效途径。相反，在对资本主义的商业兴盛津津乐道的同时，她们以自己的资本和手段像男性资本家一样在罪恶的基础上攫取财富，演绎着原始资本的积累史掩盖人性的堕落史的悲喜剧。而且，与几乎免于邪恶或先恶后善的男性创业者不同，她们或是罪恶累累，或是道德败坏，无不在忏悔中了却残生——弗兰德斯关进了新门监狱，罗克莎娜"又一次成了下等人"。（358 页）她们的人生"备忘录"是社会主体特征、资产阶级意识形态和女性品质合成的产物；除了恶行和堕落使她们的行为显得更加触目惊心外，她们的形象与男性创业者没有本质上的差别。她们既是物质主义的牺牲品，又是拜物教的忠实追随者；在"活还是不活"的紧要关头，她们义无反顾地投入了资本主义的"悖论"中，滋滋有味地做着 18 世纪的"英国梦"。

总而言之，笛福小说中的人物是原始资本积累时期英国新兴中产阶级的典型，具有"经济个人主义"的鲜明特征（强烈的经济意识、精明的计算习性、淡漠的人际关系等）。尽管采用的生产方式带有非人性化的性质，他们却毫不犹豫地投身拜物的洪流，从罪恶中榨取经济上的独立和自由。理性主义、清教主义或者通常的良心使他们不时产生悔罪的意识，但终究抑制不住新兴资本主义的强大诱惑，因此，他们主要是资本主义工商业日益兴起时的创业英雄和拜物教徒，完全没有沦落为批判现实主义小说家笔下的"雾都孤儿"。他们将自己光辉的创业历程娓娓道来，但隐隐中暴露了一颗"分裂的心"。他们不仅是18 世纪英国主体意识形态的化身，而且是 19 世纪社会改良主义的胚胎。

Daniel Defoe and his Masterpiece

第四章

斯威夫特的寓言故事：政治人的乌托邦

　　如果说笛福是对资本主义商业浪潮盲目乐观的搏击者，那么出生于爱尔兰的斯威夫特就是对理性时代的种种腐败充满激愤的不屈的正义斗士。对政客卑劣行径的仇恨、对爱尔兰深重灾难的同情，以及对近代科学启蒙思想的怀疑和终生的怀才不遇，共同造就了这位英国（或者爱尔兰）历史上最杰出也最受非议的讽刺散文作家。他的主要作品彰显出"讽刺的机锋"，① 不仅为他在英、爱文坛赢得了不朽的声誉，而且也使他长期蒙受了口出恶言的"人类憎恶者"（misanthrope）的骂名。

　　对于英国统治阶级的暴政，他的政治杂文"一个小小的建议"（A Modest Proposal，1729）如同鲁迅先生的杂文一样，"是匕首，是投枪"，它使作者成为了"南海泡沫"前后捍卫爱尔兰民族权益的先锋。他的宣传书册《布商的书信》（Drapier's Letters，1724）对英国贵族的贪婪与残酷进行了无情的讽刺，激发了爱尔兰人民空前的爱国热情，为他赢得了民族英雄的美誉。他的乌托邦游记小说，则对英国社会各个层面的腐败进行了毫不留情的甚至是漫骂式的讥讽，不仅使他俨然通俗探险小说的作者，而且也使他得到了小说家萨克雷等人的漫骂式批判。这些不朽的散文和小说，既一针见血地刺中了"黑暗的心"，又奠定了作者讽刺小说的基调和意图大于人物的创作思想。

　　如果说在叙说新兴中产阶级的创业神话时，笛福塑造了几类鲜明的人物形象，推求的是商业人格（经济人的人性），那么在以激愤的文字洞穿社会的腐败时，斯威夫特主要以漫画的手法勾勒了一群概念化的人物，推求的是政治人格（政治人的人性和堕落的普通人性）。对斯威夫特而言，塑造创业英雄不是他写作的目的，以讥讽抨击时弊才是他创作的宗旨。正如《天路历程》中的

---

　　① 黄梅，《推敲'自我'：小说在 18 世纪的英国》，北京：生活·读书·新知三联书店，2003年，第 90 页。

人物都是某种抽象人格的单一化身一样，他的宗教故事和政治寓言中的人物，多半是现实或虚构的社会现象的平面影像。这类人物生活在作者赋予的单一概念的"圈地"里，少有自己的独特个性或复杂形象，但这并不说明这类人物缺乏存在的意义，因为正是他们在演绎着抽象概念的互动关系，使作为政治工具的文字不至于沦落为没有情节的纯粹说教，从而划归叙事文学之外。

人物和情节的存在将政论文和小说区分开来，因此，无论多么扁平，概念化或寓言式的人物都是斯威夫特小说文学性的重要特征之一。这类人物少有独立存在的依据，但他们之间形成的关系构成了斯威夫特的思想在作品中的"痕迹"，因为他们实际上和作者头脑中的概念是不可分离的。斯威夫特驱使着这些人物，将自己的愤世嫉俗演化成怪异而充满深刻批判的故事，借人物之口喊出了长期郁积在胸的愤懑与仇恨。

第一节　寓言故事：政治观念的故事化

由于叙事性不强，而且人物多为扁平的政治人形象，斯威夫特的长篇作品与其说是小说，不如说是显著政治化的寓言故事。其中，《书籍之战》（*The Battle of the Books*，1704）就是一部"戏仿英雄史诗"的寓言故事。[①] 和当时的小说一样，故事的内容在副题中得到了简要的概括："上周五在圣詹姆斯图书馆里，古代和现代书籍交战，一篇详尽而真实的报道。"创作的起因是恩主邓波尔爵士讨论古代和现代学术的关系时，不明所以地颂扬了伪造的《法拉利书简》，遭到当代学者的批判，斯威夫特受命撰文还击。于是，《书籍之战》就成了这场"口水战"的"标志性成果"，一篇政治意图明白无误的应命之作。在叙事结构上，该故事采用了寓言的形式：在图书馆的书架上，现代著作自高自大，认为古典著作已经过时，应该知趣地让出学术霸主的位置，一场地盘争夺战即将爆发；同时，图书馆一角的蜘蛛也与被网住的蜜蜂争执起来，于是伊索评述道，蛛蛛就像编制花俏学问的现代派，从五脏六腑里往外抽丝，其实吐出的都是粪便和毒素，而蜜蜂就像温润、笃实的古典派，在大自然里采花酿蜜，献给人类的是蜂蜜和蜂蜡。在这样的类比中，斯威夫特的政治倾向显露无疑。受创作意图的主导，故事中的人物成了政治观念的化身，而情节就是观念交锋的过程。

---

① 刘意青主编，《英国 18 世纪文学史》，北京：外语教学与研究出版社，2006 年，第 89 页。

伊索的类比有如火上浇油，现代书籍怒气冲天地扑向古典书籍，于是，一场闹剧式的"仿英雄战斗"（mock – heroic battle，18 世纪的作品常常借此戏仿古典史诗）应时爆发。荷马、亚里士多德、柏拉图等组成古典派盟军，由邓波尔统领，而弥尔顿、德莱顿、笛卡尔等则组成现代派军团，由"嘲弄之神"和"漫骂先生"统领。在派系划分中，作者的保守、对恩主的偏袒和对现代科技哲学的怀疑可见一斑，由此也可预见《格列佛游记》的讽刺对象、创作思想和人性推求。初出茅庐的斯威夫特煞有介事，把这场战斗描述得绘声绘色，滑稽不堪：亚里士多德瞄准培根射出一箭，却意外射中了笛卡尔；荷马身先士卒；把龚狄伯尔撩翻在地；维吉尔奋勇当先，令头顶超大头盔的德莱顿节节败退，邓波尔的颂扬对象伯伊尔自然也击败了他的对手渥顿和本特利。历史人物跨越时空，呼之即来，挥之即去，任由作者点兵点将，很有些《格列佛游记》中巫人国的气象。在短暂的"故事人生"里，他们把作者的政治观念演绎成情节简单的寓言故事，如果笛福笔下的主人公是典型的"经济动物"，那么他们就是典型的平面和静止的政治人。

　　"书籍之战"是学术派系之争，而"外套"之乱则是宗教教派之争。在讽刺小说《木桶的故事》（*The Tale of a Tub*，1704）中，斯威夫特袒护教会的保守观念显而易见：霍布斯主张政教分离，将教会置于集权政府的控制之下，在他看来那就是企图攻击渔船（教会）的鲸鱼，而他自己的寓言故事就是引开鲸鱼注意力的木桶，也就是保护教会权益的册子。观念至上通常以情节淡化和人物扁平化为代价，因此这个"故事"的故事性依然简单，但讽刺的意图十分明显。故事人物充当了各派宗教行为的具体执行者，是某种历史事实的拟人化。他们在自己的单一经历中演绎着"木桶"引开鲸鱼的复杂故事，成为作者"机锋"所指的靶子。故事中，三个儿子（基督教各教派）从父亲（基督）那儿继承了三件外套（三派教义），以及一份关于如何穿着和保管外套的遗嘱（《圣经》）。起初，兄弟三人严守遗训，和睦相处，但七年后就开始曲解遗嘱，寻找各种借口改动他们认为过于简单的外套。故事的隐喻性和人物的观念化跃然纸上。

　　大儿子彼得（代表罗马天主教会）掌管父亲遗嘱，以告诫、圣水、赦书等作为饰物，把外套改得面目全非，还建立偶像（教皇）及崇拜仪式（独断专权），譬如同时戴三顶冠帽（教皇的三重冠），让两个弟弟吻他的脚（其他教派的臣服）等等。两个弟弟极力抗争，获取遗嘱副本（《圣经》的各种译本）后，决心将外套恢复原样（16 世纪欧洲各国的宗教改革）。二儿子马丁

（指马丁·路德教派）小心谨慎地清除外套上的饰物，尽量不使外套受损，而三儿子杰克（指英国非国教教徒）则暴虐地撕去所有的饰物，将外套损害得褴褛不堪（宗教暴力和偶像破坏）。在这部寓言故事中，人物及其行为都是抽象概念和社会行为的具体化身，是承受作者的"匕首"和"投枪"的靶子。他们以作者拟定的寓言方式牺牲自己的形象，表演着"各派教会无一是原基督教遗训的忠实捍卫者"的讽刺喜剧，① 并在这种表演中获得自身存在的意义——他们虽无个体生命，却是作者眼中重大宗教事件的行为者，是作者实现创作意图的不可或缺的文学要素。

1710 年该书再版时，斯威夫特给这部人物和情节本已弱化的故事又添加了不少的"杂文，"包括一篇所谓作者的直截了当的辩护词，一篇所谓出版商表示纳闷的声明，一篇揭露所有献词的虚伪的本书献词，一篇所谓作者致"后代"太子的讲话，一篇洋洋洒洒的序言，等等。即使在正文里，斯威夫特也不急不慢地夹叙夹议，发表对宗教、社会、哲学、科技等方面的见解，或者变着法子对故事本身进行导读和评述，指出故事里采用的文体和修辞手段，颇有些后现代文学里的元小说和"万花筒"的意味。于是，这部作品成了（有情节和人物的）故事和（无故事性的）杂文的"大杂烩，"是只顾讽刺意图、不管文体形式的结果，这一点决定了作者推求的人性和推求的方式只和政治相关，也预告了《格列佛游记》的基本内容和形式特征。

《一个小小的建议：为防止爱尔兰贫民的子女成为父母或国家的负担，并使他们有益于社会而提出》（1729 年，简称《一个小小的建议》）是斯威夫特政论文的颠峰之作，虽然因为缺乏故事情节和人物形象，说不上是寓言故事，但是献策者的说理方式和讽刺技巧却十分高超，在世界文学史上罕有匹敌，对于理解作者的代表作颇有裨益。该文章的社会历史背景是爱尔兰民族长期以来的深重灾难：从克伦威尔执政以来，爱尔兰就完全沦为了英国的属国，政治上失去独立，经济状况也持续恶化，到大饥荒期间已是民不聊生，饿殍遍野，而一些"政治算学家"对民众的苦难视而不见，提出人民都是"国家的财富"的口号，② 将爱尔兰民众与可以定价贩卖的黑奴相提并论，其冷漠的态度令人不寒而栗。斯威夫特正是模仿了这类献策者的诚实口吻，通过冷静、细致的商人式"计算"和推论，"诚恳"地向政府提议将爱尔兰贫民的婴儿当作肉食出

---

① 侯维瑞主编，《英国文学通史》，上海：上海外语教育出版社，1999 年，第 280 页。

② 刘意青主编，《英国 18 世纪文学史》，北京：外语教学与研究出版社，2006 年，第 92 页。

售，既为上流人家提供一种新鲜的美味佳肴，又为爱尔兰贫民减轻抚养的负担，俨然一副忧国忧民又足智多谋的姿态。

在文章开头，这位献策者先描述了爱尔兰城乡的凄惨景象：四处都是逃荒的女乞丐，她们怀里、背上都是面黄肌瘦的婴儿，身后也总是三五成群地跟着衣不蔽体的孩子，他们一路乞讨，无望无助；孩子们即使能长大，也总是沦为盗贼，或者流亡他乡。面对这悲惨的现状，献策者不禁"心忧天下"，权衡起各类方案的利弊，希望能发现一种"公正、廉价、简便"的解决办法。在随后的段落中，他很快暴露出"政治算学家"的"计算"习性（商人的职业特点，与鲁滨逊类似）和启蒙主义者的思维理性，冷静、客观地分析了爱尔兰婴儿的产量、抚养的成本、不同年龄阶段的出售价格等等，指出将婴儿抚养成人是赔本的买卖。之后，献策者顺理成章地提出了"一个小小的建议"：

……在周岁之时，一个营养齐全的健康婴儿无论烧、烤、煎、煮，都是一种味道最佳、营养最高又最有益健康的食品；而且我敢说，用来做原汁肉块或者蔬菜烧肉，也会同样美味。因此，我斗胆提议，敬请公众考虑：目前已统计出来的12万爱尔兰孩子，可以留出两万作种，其中四分之一为男孩——这个数字已经超过我们留做种畜的绵羊、菜牛和肉猪的比例。我的理由是，这些孩子很少是婚姻的结晶——我们辖下的野蛮人从不在乎这类问题，所以一个男人足以搭配四个女人。余下的10万个孩子满周岁时，就卖给全国各地有权有势的人士；当妈的当然要注意，最后一个月要喂足奶水，把孩子养胖了好做菜肴。

献策者没有像鲁迅笔下的"狂人"那样呐喊"救救孩子"，而是善解人意地替各阶层着想，一本正经地提出这实用主义的"建议"，其冷静的语气和条理化的分析颇得理性主义的要旨，让这"建议"显得合情合理，无懈可击。

然而，这份"建言献策"的热情下面，掩盖着人性的冷漠和人道主义的匮乏。论述越是冷静，讽刺愈加辛辣，说得越是头头是道，"建议"就愈加骇人听闻。将"算学"用于政治，科学用于社会，理性用于情感，常有反人类、反理性的意外，《格列佛游记》的讽刺艺术有着无限的妙用。谦恭的谋臣提出这"小小的建议"，有如叫小栓吃人血馒头来根治痨病，可谓振聋发聩，撼人心魄。他将人肉的烹调方法娓娓道来，又建议爱尔兰乡绅和英国女士使用人皮手套和便靴，在一片热诚的精打细算中将剥削阶级和统治集团的冷漠和残忍暴露出来，把"反讽"艺术推向了英国（爱尔兰?）文学的颠峰。他语气诚恳、冷静，处事细心、周到，将出售婴儿的种种益处一五一十地讲述出来，使人合乎逻辑地得出结论：对于减少天主教徒、增加国家的货币库存、解除妇女的养育负担、促进合法婚姻、培养母性、净化人口、让贫农自食其力、叫酒店欣欣向荣等等，这个"小小的建议"都切实有效，可谓细致周到，而献策者也是"开诚布公"，不谋私利。那份认真，那份逻辑，让读者不寒而栗。"理性"的"建议"后面，是鱼肉百姓的真相，冷漠的口气后面，是血泪的控诉。殖民谋臣的政治经济学成了助纣为虐的工具，科学的滥用更是反理性和反人类的。《格列佛游记》（尤其是第三部）对科学和理性的怀疑在这里得到了印证。

斯威夫特在英国政坛的边缘混迹多年，却始终郁郁不得志。疏离中心，自然滑向边缘。这位谋臣带上了政治的眼光，借用理性和科学赋予的才智，总是回头了望，将政坛的种种腐败和人性的普遍堕落拿到哈哈镜前审视一番，一旦触发灵感就奋笔疾书，于是，与鲁滨逊相对的"政治人"蜂拥而来，政治寓言也自成一体，登峰造极。

第二节　人性的堕落与讽刺的机锋

如果说《木桶的故事》只是对欧洲腐化的宗教现象进行了辛辣的讽刺，那么《格列佛游记》（*Gulliver's Travels*，1726），就将"讽刺的机锋"扫向了理性时代人类的整体堕落和种种恶劣的非理性行为。在这部集寓言故事、乌托邦幻想、旅行探险故事和政治宣传手册于一体的杰出小说中，形形色色的虚构人物在基本贯穿始终的主角的观察中，演出了一幕幕隐射英国腐朽君主制统治下人性败坏、社会丑恶的闹剧，以及幻想中人类作为真正具有理性的动物的悲喜剧，从而将作者的鞭挞狠狠地抽向自己所代表的腐败群体，或将作者的讴歌怅惘地传唱至理想中的"乌有乡"（Erehwon）。在格列佛的四部航海游记中，这些面目不清的人物多数以群体的形式出现，具有的是群体个性，而非个体差异，因此，他们构成的基本上是腐败团体或理想人类的漫画式群雕。

这类扁平人物虽然性格单一，但承载的意义远比一般圆形人物丰富和集中，在小说形式和表现手段走向多样化之前，他们是作者强烈而单一的创作意图的坚实载体。在由宗教寓言故事向现实主义小说过渡的过程中，他们存在的根本依据是作者的创作意图，所以，本质上他们就是能指的符号，虽不能作为独立的个体具有生命，但在作者选定的指涉过程中获得了存在的意义。在宗教寓言的影响依然强大时，脸谱化的人物在区别于他者时才获得了群体统一的个性，而在现实主义小说鼎盛的时期，小说立体人物具有的是丰富的个性。这一区别的原因在于，前一类作者的意图不是"逼真"地模仿生活中的典型人物，而是将群体所指的显著特征强化集中在能指符号中。斯威夫特的人物群雕所具有的，主要不是文学意义，而是借文学针砭时弊的社会意义，因此他们不是沉湎于自足世界、喊着"上帝死了"的孤独个体，而是乐于牺牲个性、抨击或讴歌所指世界的族群存在。

斯威夫特的作品同社会现实之间有着复杂的渊源关系，是一个复杂的能指群，如果作为封闭自足的系统，就容易沦落为简单的儿童历险故事，从而失去其讥讽和改造现实的重大意义。因此，要理解其中的人物，就必须联系现实社会的突出现象，否则人物就成了能指游戏中的空洞符号。

第一组人物群雕是小人国的昏庸国王及互相倾轧的大臣，他们的荒诞行为明显影射英国政坛的腐败现象。在这个微缩王国里，自命不凡的国王拥有至高无上的权力，而权力的依据就是他的身材比别人高出一个指甲盖。在常人（如果格列佛的身高算是正常的话）看来，这一点身高的优势其实是无足轻重的，而在这些非常人的眼里，却应受到顶礼膜拜，有如授予君王权力的神灵。于是，国王不免自高自大起来：

……利立普特国至高无上的皇帝，举世拥戴、畏惧的君主，领土广被五千布拉斯特洛格（周界约 12 英里），边境直抵地球四极，身高超过天下众人的万王之王；他脚踏地心，头顶太阳；他一点头，普天下的君王双膝颤抖；他和蔼如春，舒适如夏，丰饶如秋，可怖如冬。至高无上的吾皇陛下，……①

给格列佛的这份法律文书，一开头就采用了华丽的辞藻和夸张、排比、比喻等修辞手段，将国王的种种称号急不可待地罗列出来，让他摆出一副不可一世的威严姿态。铿锵有力的字句，奔流直下的比喻，规则对仗的句式，不无尤弗伊斯文体的华丽和马洛式诗行的气派。但是，一个指甲盖的高度被无限地夸大，以至于"脚踏地心，头顶太阳"，这种不切实际的夸张却如同戏弄。"领土广被"的"泡沫"又被格列佛实事求是的注释（"周界约 12 英里"）一针刺破，陡然间缩成了弹丸之地。言语与事实的巨大差距，令人不禁莞尔一笑。身材虽小，欲望不减，这就是小人国政客的嘴脸。

国王自吹自擂，威仪天下，而宫廷大臣自然要投其所好，才能谋一己私利。在国王权力话语的控制下，小人国形成了一种奇特而荒谬的"科举"制

---

① ［英］乔纳森·斯威夫特著，杨昊成译，《格列佛游记》，南京：译林出版社，1995 年，第 20 页。以下出处相同的引文只注明页码。译文有个别地方做了修订。

度——以跳绳技艺决定官员升迁的习俗：

> 每当有重要官职空缺，……就会有五六位候补人员呈请皇帝准许他们给陛下及朝廷百官表演一次绳上舞蹈；谁跳得最高而又不跌下来，谁就接任这个职位。重臣们也常常奉命表演这一技艺，使皇帝相信他们并没有忘记自己的本领。大家认为，财政大臣佛利姆奈浦在拉直的绳子上跳舞，比全国任何一位大臣至少要高出一英寸。（17 页）

跳绳技艺跟执政能力和职业道德可谓风马牛不相及，但在这个龌龊的国度，嘘遛拍马已成习俗：既然皇帝嗜好的是小丑式的滑稽表演，大臣们就各尽所能，邀功争宠。于是，不学无术的大臣竭尽巴结之能事，不顾摔断脖子的危险在绳索上竞相跳跃；要谋取最大的肥差（财政大臣的席位），献丑者就得是绳上跳高的冠军。政坛成了拍马的竞技场。

对于英国政坛，第一部游记的讽刺是间接的。同样是争宠，如果绳上跳高还算是雅俗共赏的宫廷娱乐，那么棍下腾挪就几乎是马戏团的滑稽表演了：

> 皇帝在桌上放三根六英寸长的精美丝线做奖品，一根紫，一根黄，一根白，……皇帝手拿一根棍子，两头与地面平行，候选人员一个接一个跑上前去，一会儿跳过横杆，一会儿从横杆下爬过，来来回回反复多次，全看那横杆是往上提还是往下放。……谁表演得最敏捷，跳来爬去坚持的时间最长，谁就被奖以紫丝线，其次赏给黄丝线，第三名得白丝线。他们把丝线绕两圈围在腰间；你可以看到，朝廷上下很少有人不用这种腰带作装饰的。（18 页）

利立浦特等级森严，不同色彩的丝线代表不同级别的奖赏。要获得皇帝的嘉奖，大臣们必须把自己当成马戏团的动物，在皇帝手里的棍子上下跳跃或者爬行，然后列队一旁，等着披上相应的丝线，有如哈巴狗看着主人手里的狗食献媚一般。虚构与事实的对应关系是显而易见的：丝线就是英国君王授予给功臣的勋带或者奖章，棍下腾挪就是英国宫廷流行一时的"马戏"——拍马的游戏。政客不学无术却擅长拍马，丑陋的嘴脸暴露无疑。

在斯威夫特看来，利立浦特皇帝代表的这种权力机制，同 18 世纪上半叶英国社会的政治现实有着惊人的相似之处，是英国腐败的君主专制的"客观对应物"，所以，皇帝和大臣共同演绎的是英国政治现实的荒谬故事。而政党间的明争暗斗和政府内部的尔虞我诈，就是这些上窜下跳的大臣们表演的内容。他们处在一种微妙而荒诞的权力制衡机制中：

> 据说高跟党最合古法，但不论怎样，皇帝却决意一切政府行政部门只起用低跟党人。这一点你不会觉察不到。皇帝的鞋跟就来得特别低，和朝廷中任何

一位官员比，他的鞋跟至少要低一"都尔。"两党积怨极深，从不在一起吃喝或谈话。……我们担心的是，作为王位继承人的太子殿下有几分倾向于高跟党，至少我们清清楚楚地看到，他的一只鞋跟比另一只要高些，所以他走起路来总是一拐一拐。（23 页）

国王的政治态度十分明朗，他支持的是低跟党（激进的辉格党），嫉恨的是高跟党（保守的托利党），因此他的"鞋跟来得特别低"。而太子的态度却模棱两可，让人琢磨不透，因为他颇有老练政客的姿态：一跟高一跟低，虽然走起路来别扭，特别滑稽。权力金字塔的顶端存在裂痕，底部的分裂和相互欺诈就可想而知了。政党间虽无本质上的差别，却因鞋跟的高低泾渭分明地分裂为两派，他们的较量与辉格党和托利党之间的你争我夺并无差异。

既然是与世隔绝的弹丸小国，见少识寡、闭关锁国就是情理之中的事了。"世界上还有其他一些王国和国家，住着像你一般庞大的人类，我们的哲学家对此深表怀疑"，（24 页）虽然他们对物质总量所做的推理完全符合算学原理，毫无逻辑漏洞可言。比这闭关锁国更滑稽的是，国内虚夸之风盛行，党派之争日趋激烈，而国际上也是意识形态的较量白热化，邻国之间战事不断。有如 17 世纪英伦岛国和西班牙、法国之间的争端，利立浦特和邻国不来夫斯库也因宗教的争端爆发了已长达"36 个月"的战争。战事的起因是宗教争端，而宗教争端的起因居然是一次个人的意外事件：太宗年幼时打破鸡蛋较大的一端弄破了手指，当朝皇上就下令只能打破鸡蛋较小的一端，可是，遵从古法者（大端派）宁死不屈，邻国也来使规劝，说不要"在宗教上闹门户独立"。（24 页）政见的不和交织着宗教的纷争，分裂和战乱在所难免。"大端派的流亡者深得不来夫斯库朝廷的信任，又深受国内党羽的秘密援助和怂恿，这样两帝国之间就掀起了一场血战。"（24 页）微不足道的琐事竟然诱发了国家之间的意识形态之争，而他们的先知如同太子殿下一样高深莫测，只说"一切真正的信徒应在他们觉得方便的一端打破鸡蛋"，（24 页）不曾想自己的箴言无助于解决宗教纷争，将对立的派别团聚在自己的身边。

出于感恩，格列佛自告奋勇，擒获了"敌方最大的 50 艘战舰"。（26 页）战争胜利在望，利立浦特皇帝的野心和殖民意识也就流露了出来：

君王的野心深不可测，他似乎想要我把不来夫斯库整个帝国消灭掉，化作一个行省，派上一位总督去统治。他想彻底消灭大端派的流亡者，强迫那个国家的人民也都打破鸡蛋的小端，那样他才可以做成全世界独一无二的君主。（26 页）

宗教争端成了战事的由头，战事的胜利则铺就了宗教一统的道路。皇帝雄霸世界（两个弹丸岛国）的野心膨胀起来：消灭异己，惟我独尊，将邻国作为行省归入自己的麾下，有如英国君主下令将米字旗插上美洲大陆。利立浦特小端派和邻国大端派的荒谬战争结束后，跳绳技高一筹的财政大臣和忌贤妒能的海军大臣，就以各种借口弹劾了于国家危难中伸手相助的"巨人山"，暴露出心胸狭隘的政客嘴脸。国王和两位大臣在荒诞的政治体制中做着荒诞的事，是影射现代英国政坛腐朽现象的类型人物。

当然，利立浦特的君臣并非一无是处。"这些人是十分出色的数学家，在皇帝的支持与鼓励下，他们机械学方面的知识也达到了极其完备的程度。皇帝以崇尚、保护学术而闻名。"（8 页）正因为如此，他们才能造出巨型战舰和拖运"巨人山"的平板车，才能精确地计算出"巨人山"的身高、体积，以便提供准确数量的食物、缝制合身的衣服：

接着，量过我右手的大拇指后，她们就不再要量什么了，因为按照数学的方法来计算，大拇指的两周就等于手腕的一周，依此类推，她们又算出了脖子和腰围的粗细；……他们竖起一架梯子靠在我脖子上，由一人爬上梯子，将一根带铅垂的线从我的衣领处垂直放到地面……衣服做成了，看上去就像英国太太们做的百衲衣一般，只是我的衣服全身只有一种颜色罢了。（33 页）

他们掌握了人体的规律，又谙熟数学和几何，做成一件史无前例的巨大衣服不"是一个问题"。他们的科学成就让人惊叹，"这个民族是多么的足智多谋，这位伟大的君王的经济原则是多么的精明而精确"。（21 页）而且，"他们对近处的物体有着十分敏锐的视力"，（29 页）任何细微的变化都逃不过他们的眼睛。不过，科学的滥用却助长了野心的膨胀，"敏锐的视力"也让他们"看不太远"，（29 页）因此，无论科学如何发达，天赋如何相宜，只要人性堕落，政治清明的乌托邦就永远都只是幻想。这是斯威夫特讽刺寓言的一贯主题，只是在后三部游记里才得到了更充分的印证。

如果说小人国的主要人物是让格列佛"俯视"的腐败透顶的政客，那么第二部游记中的主要人物，就是让他"仰视"的"理智、正义、仁慈"（63 页）的君王。在与世隔绝的巨人国，除了各类让人恶心的害虫外，社会各阶层的人物纷纷亮相，下自势利的农场主与他天真的女儿，上至猎奇、无猜的贵妇和恶作剧的侏儒，以及开明淳朴、学者风范的一国之君。这些人物虽非"理想国"的个体存在，却是远离尘嚣的社会人。农场主带格列佛到街头卖艺挣钱，后来见他消瘦下去就将他"高价出售"，（62 页）是一个普通的"经济人"；他年幼的女儿是一个爱心小保姆，细心地呵护格列佛的生活；王后及宫女就是"温莎的快乐娘们"，总拿格列佛当稀罕玩物来欣赏，而且不避男女之嫌，不知身材尺寸与视力和审美力的微妙关系，这些形形色色的人物构成了理性社会广阔而真实的人物画面。在近看和远观时，他们的身体发肤产生了巨大反差，构成格列佛反观英国社会群像和近代文明成就的镜子，因为"从放大镜里看，最光滑洁白的皮肤也是粗糙不平、颜色难看的。"（55 页）但是，"经济人"、普通社会人和引人入胜的故事情节都不是作者关注的对象。

此刻，除了叙事者，从事讽刺大业的政治人自然就是学识渊博的国王。他的博学"不下于他领土范围内的任何一位学者；他研究过哲学，尤其是数学"，（63 页）他高度的理性"与欧洲现代哲学的精神完全一致"，（64 页）因而他总是"头脑清晰，判断准确"，（66 页）最有资格对人性的堕落做出批判和讽刺。他断定，英国人虽然只是些"微不足道……的小昆虫"，但是人性的弱点样样不缺，居然也"打仗、争辩、欺诈、背叛"。（66 页）在格列佛经过彻底的心灵洗礼、能以"陌生化"的眼光回头打量"政治妈妈"之前，这种武断的鄙视是令人难以接受的：

他就这样滔滔不绝地说下去，气得我的脸一阵红一阵白。我那高贵的祖国文武都堪称霸主，它可使法国遭灾，它是欧洲的仲裁人，是美德、虔诚、荣誉和真理的中心，是全世界仰慕和感到骄傲的地方。这样一个高贵的国家，想不到他竟如此不放在眼里。（66 页）

作为英国公民，格列佛当然要维护"政治妈妈"的形象，因此他的话里充满了溢美之词。其实，他也是自以为是的，只是在彻底异化之前，他难以发现也不敢承认自己潜意识里的自我中心主义。格列佛的辩解和巨人国君王的判断恰成对照，有如讽刺喜剧里的白脸、红脸，一捧一驳之间将英国国民的本性映照出来。

观念的对照是第一部游记缺乏的，却成了第二部游记的结构性原则，是斯威夫特讽刺艺术走向多样化的结果。获得君王的好感后，格列佛分五次向他宣讲了"政治妈妈"的国土、议院、法庭、军队等方面的国情。不料想，第六次谈话时，君王就欧洲的政治和人性一连进行了 40 多次反诘（83～85 页），将他的"政治妈妈"剥得体无完肤，断然宣称英国百年来的光辉历史

不过是一大堆阴谋、叛乱、暗杀、大屠杀、革命和流放，是贪婪、党争、虚伪、背信弃义、残暴、愤怒、疯狂、仇恨、嫉妒、淫欲、阴险和野心所能产生的最恶劣的恶果。"（85 页）

他意犹未尽，还武断地将大部分英国人定义为"大自然从古至今所能容忍的在地面爬行的小小害虫中最有毒害的一类"，（85 页）真是令格列佛无地自容。为了"掩饰'政治妈妈'的缺陷和丑陋"，（86 页）格列佛以威力巨大的火药和枪炮为例，再次"宣扬她的美德和美丽"，（86 页）巨人国君王却"大为震惊"，对小小害虫"竟怀有如此非人道的念头"感到无比诧异，说弹药的发明者是"恶魔天才，人类公敌"，（87 页）而英国不过是残暴、疯狂、仇恨、阴险和野心的角斗场。君王的断言令格列佛始料未及：为了"保住一命，就决不要再提这事了"。（87 页）在还没有充分异化的格列佛看来，若不是因为与世隔绝造成的些许偏见，以及"他所受的教育使他成见极深"，（66 页）这位奥古斯都似的国王几乎就成了理想中的明智君王了。

如果说小人国的主要人物以自己的狡诈、狭隘，构成对"政治妈妈"的间接讽刺的话，那么巨人国的主要人物就以"常识和理智、正义和仁慈"，（89 页）构成对所谓"美德、虔诚、荣誉和真理的中心"（66 页）的直接嘲弄。在小人国，格列佛是以巨人的身份"俯视"他者人性的堕落，转弯抹角地讽刺"政治妈妈"，而在巨人国，他却是以"侏儒"的卑微姿态"仰望"他者的理性和敦厚，借他人的断言直接批判"政治妈妈"的败坏和恶毒。格列佛的身份一高一低，异化在所难免，却依然竭力维护"政治妈妈"的形象，而君王的德行则一低一高，一反一正，从两个方面讥讽"政治妈妈"的人性堕落，可谓殊途同归。

斯威夫特对君主专制的关注使格列佛的游记多以国王、大臣为观察的对象，只是因为作者讽刺焦点的移动，人物的类型和形象才稍有变化。实际上，正如作者本人在政党要人之间闯荡来谋求自身发展一样，在每一次乌托邦历险中，格列佛都主要是在达官贵人之间穿梭，实现愤世嫉俗的作者对统治阶级的腐败和暴政进行无情讽刺的目的。

在第三部游记中，讽刺的焦点转向科学政治学（笛卡尔和牛顿近代科学的误用），而且这些滥用科学来治国、建国的君臣，基本上是轻描淡写的漫画式人物。飞岛国的君臣都是歪头翻眼、冥思苦想的自然哲学家：

他们的头一律都是歪的，不是偏右，就是歪左；眼睛是一只内翻，另一只朝上直瞪天顶。他们的外衣上装饰着太阳、月亮和星星的图形；与这些相交织的，是那些提琴、长笛、竖琴、小号、六弦琴、羽管键琴，以及许许多多其他我们欧洲所没有的乐器的图形。……主人走路的时候，拍手同样得殷勤侍候，有时要在主人的眼睛上轻轻地拍打一下，因为主人总是在埋头苦想，显然会有

坠落悬崖或者头撞上柱子的危险；走在大街上，也不是将旁人撞倒，就是被旁人撞到阴沟里。（105 页）

这些丑陋的自然哲学家崇拜的是和政治学并无密切关系的天文和音乐，他们拿那些图形印在外衣上标榜自己的信仰，而且就像笛卡尔在封闭的房间里思索哲学原理一样，"总是在埋头苦想"，常有坠落和碰撞的危险，因而只能依靠职业"拍手"时刻提醒，才能回到现实当中。他们怪异的模样当然寄托着作者对近代哲学的怀疑，但是这种讽刺过于直接，只能博得读者的短暂一笑，并无太多的"文学意味"。毕竟，此刻作者被怒火烧昏了头，对素材已经开始失去控制了。

对于下界民众的抗议，这些自然哲学家以科学赋予的手段进行严酷镇压，而对于败坏的社会风气，他们却一无所知。作为天文学和物理学的伟大成果，"飞岛是国王的领地"，（114 页）因而也就是镇压叛乱的手段：

如果哪座城市发生叛乱，卷入激烈的内斗，或者拒绝像平常一样效忠纳贡，国王就有两种可以使他们归顺的手段。第一种手段比较温和，就是让飞岛停在这座城市及其周围土地的上空，剥夺了人们享受阳光和雨水的权利，当地居民就会因此遭受饥荒和疾病的侵袭。……可要是他们依然顽固不化，或者还想谋反，国王就要拿出他最后的办法：让飞岛直接落到他们的头上，将人和房屋一起统统毁灭。（114 页）

在奥古斯都时代，人们深受近代科学成就的鼓舞，对牛顿和笛卡尔的诞生热情欢呼。但是，斯威夫特没有被科学成就冲昏头脑，而是敏锐地察觉了科学滥用的后果：被专制君主利用起来，成为暴政的工具。在他看来，科学的滥用助长了暴政，不切实际的科学家也绝非理想的君臣。毕竟，数学仪器和几何图形不等于生活，因此，"非常活跃"的首相夫人不免乘首相沉思默想时，溜到下界属地同丑陋衰老的情人幽会。

在巴尔尼巴比，格列佛一路走马观花，在对比中看到了科学滥用的恶果。"那位贵族"的庄园郁郁葱葱，一派田园风光，"他的住宅"也"合乎最优秀的古代建筑的规范"，但是"同胞们都嘲讽他，看不起他"。（119 页）相比之下，科学院设计出了"新的农业与建筑的规范和方法"，（119 页）可惜事与愿违，"全国上下一片废墟，房屋颓败，百姓缺衣少食，景象十分悲惨。"（120 页）在这种简单的比较中，作者的怀旧和崇古可见一斑。在拉格多大科学院（隐射英国皇家科学院），科学家全是一无是处的空想家：从黄瓜里提取阳光，将粪便还原成食物，把冰煅烧成火药，靠嗅觉区分颜色，用猪来耕地，拿蜘蛛网作蚕丝，靠打气治疗腹胀，把大理石软化作枕头，诸如此类的科学实验他们都在实验室里风风火火地开展着。他们成天进行着荒诞不经的实验，在推行奇思妙想的过程中将国家和政体糟蹋得一塌糊涂，所以他们也非经国济世的良才。在科学院的"沉思空想"部，语言学教授"在研究如何运用实际而机械的操作方法来改善人的思辨知识"，为此他发明了一台语言机器，让人"可以不借助任何天才和学力，写出关于哲学、诗歌、政治、法律、数学和神学的书来。"（123 页）他的发明似乎利用了索绪尔结构主义语言学的原理，又跟现代计算机的最初原理类似，像飞岛的构造一样颇有些科幻色彩，但是"思辨"并不是"机械"的脑力活动，语言机器生产的都是一些"支离破碎的句子"。（124 页）斯威夫特对近代科学的讽刺，本身就具有科学的精神，可谓以其人之道还治其人之身。

在语言学校，教授们提议，"无论什么词汇，一概废除"，因为"词只是事物的名称，大家谈到具体事情的时候，把表示那具体事情所需的东西带在身边，不是来得更方便吗？"（125 页）假如语言是能指，事物是所指，那么他们的科研计划就是废除思维的工具，割断能指与所指之间的关系。他们的理想就是回到结绳计事之前的年代，回到没有语言的绝对原始的社会。当然，这"以物示意的新方法"其实是与人类文明的发展历程背道而驰的，其结果必定是"背上的负荷压得他们腰都快要断了"。（125 页）在政治设计家学院，医学教授将人体和政体等同起来，给毛病缠身的参议员下了一剂猛药：

在议员们就座之前，根据各人病情的需要，分别让他们服用缓和剂、轻泻剂、去垢剂、腐蚀剂、健脑剂、治标剂、通便剂、头痛剂、黄疸剂、去痰剂、清耳剂，再根据这些药是否起作用，决定下次开会时是继续服、换服还是停服。（127 ~ 128 页）

作者对议会和议员的讽刺已经不只是醋畅淋漓了，而是狂风骤雨一般倾泻下来——再多的猛药也难解心头之恨啊！政治教授则擅长使用"离合字谜法"和"颠倒字谜法"，来"侦破反政府阴谋"，（129 ~ 130 页）硬是将"我们的汤姆兄弟最近得了痔疮"曲解成"反抗吧！阴谋已经成熟。塔。"（130 页）总之，"无论事情多么夸张悖理，总有一些哲学家要坚持认为它是真理。"（127 页）

走马观花式的讽刺并未就此结束。在巫人国，格列佛可以"随意召唤想见到的任何一个鬼魂"，而这些鬼魂"肯定会说真话，因为说谎这种才能在阴间派不上用场，"（132 页）于是他就见到了亚历山大大帝、恺撒大帝、荷马、亚里士多德、笛卡尔等等。这段清单式的叙述并无艺术创新，跟《书籍之战》

中的场面有些类似，体现了作者的保守思想。在拉格奈格，长生不死的长者反倒是最痛苦不堪的，因为随着年岁的增长，他们逐渐积聚了人性中所有的缺点，陷入了人类普遍的精神困境，颇有塞缪尔·贝克特笔下"无以名状者"的苦恼。这一组简洁的人物群雕将作者的讽刺对象转移至科学政治学，是对笛卡尔、牛顿等近代科学家的戏讽。此时，狂暴的作者对自己亢奋的创作情绪失去控制，竟将人物形象的塑造弃置一边，因而许多人物（尤其是科学院、巫人国和日本国的人物）的刻画仅仅是轻描淡写，零散得犹如走马观花。在斯威夫特急于将"讽刺的机锋"横扫英国一切突出的腐败现象时，他笔下的人物就显得行色匆匆，仿佛来不及亮相就已冲上前去，中了作者的"匕首"和"投枪"。

在最后一部游记中，格列佛观察到的只有"慧骃"和"野胡"两种人物，他们主要以类别的形象出现，代表的是整个群体的特征，而非个体的特性。事实上，《格列佛游记》中反复出现的就是这种群体人物，因为作者讥讽的对象主要不是英国历史中的邪恶个人，而是整个社会群体中共同的腐败现象。在慧骃国，人类已堕落为"野胡"——肮脏龌龊、卑鄙淫荡、贪婪好斗、腐化堕落的劣等动物，而慧骃是"大自然之尽善尽美者"，（166页）是国家的主宰，因为他们具有理想人类的真正品性——美德和理性。他们的语言中没有"罪恶"、"法律"这种与暴力和欺诈相关的词汇，因为他们的"一切理想和目标都可以听从自然与理性的支配而得以实现"。（172页）相比之下，野胡的历史则充满野心、背叛、残暴、战争等恶劣字眼，因为他们"只利用理性来增长罪恶"。（173页）在这部游记中，斯威夫特再次采用了直接的讽刺方法，一方面让格列佛直接描述野胡的恶劣行径，另一方面让他面对真正理性的动物（慧骃）直接讲述祖国同胞的堕落，形成鲜明的对比。如同巨人国的君王，格列佛每次介绍祖国的国情后，这里的慧骃主人就盖棺定论：野胡是些"万恶的畜生"，他们"所拥有的不是理性，而只是某种适合于助长我们天生罪恶的品性。"（175页）

慧骃成了格列佛反观人类自身的另一面镜子，他们的国度就是格列佛苦苦寻找的"理想国,"他们的宗法制社会就是他无限向往的乌托邦。慧骃和野胡都具有理性，但是他们使用理性的目的截然相反——"对那点理性我们不作别的用处，却借它来使我们堕落的天性更加堕落，并且连造物没有赋予我们的坏习性，我们也靠它学到了"，（185页）而"它们的理性不受感情和利益的歪曲和蒙蔽"，（192页）只用来增进自身的美德，因而所形成的品性也恰成对比。这种鲜明对比实现了作者狂暴的意图——以乌托邦的尽善尽美反衬现实社会的肮脏、堕落。如果说在第三部游记中，作者对故事素材有些失控（事实上，该游记是作者完成第四部游记后才创作和插入其中的，因而这一部分的人物显得零零散散，似有简单罗列的嫌疑），那么在最后一部游记中，作者已恢复了写作常态，并首次利用人物间的对比（而非虚构与现实间的直接对比），构成对现实社会新的讽刺方式。此外，群体人物的使用也扩大了作者讽刺的对象，使作品获得更广泛的批判意义；也许这也是作者被误解为"人类憎恶者"的重要原因。

基于以上分析，我们至少可以对斯威夫特笔下的多数小说人物进行一种全新的分类：在单部游记里出现的所有人物中，君王和大臣基本上属于个体人物，具有相对独立的形象特征，是作者"机锋"所指的突出代表，而其他人物（如科学家和野胡）则主要是群体人物，少有个别的面貌轮廓，只因具有共同的品质属性而作为模糊整体出现在作者笔下，起到延展讽刺对象的作用。这两类人物互为补充，构成兼具特写和全景的波澜壮阔的人物群雕；缺乏前者，作品就会沦为纯粹的讽刺散文，失去后者，作品就会减损广阔的社会意义。群体人物是具有明显讽刺散文特征的游记小说中的重要现象，但也许可以说，是英国小说兴起时斯威夫特对小说人物类型的重要贡献。在突显个人主义的理性时代，强调共性、构筑群体、横扫普遍的腐败现象，更需要作者敏锐、独到的观察和不畏恶言的勇气。

第三节　格列佛的异化：从经济人到政治人

以上所有人物的形象都是通过戏剧化叙事者的视角逐步展现的。这位叙述者就是相对具有圆形特征的主人公兼整部游记的虚构作者，就是在陌生化中进行类比、在乌托邦里反观现实的格列佛。但是，正如作者常常被诊断为精神分裂症患者一样，这位主角的形象也引起了许多争议：要么被剥夺作为人物的权利，从而丧失自己的心灵历程和性格特征；要么失去叙事者的功能和艺术能力，沦为严重异化的精神分裂症患者。在这部"首要关怀"并非"状写人物性格"的讽刺小说中，[1] 格列佛作为作者政治话语的传递工具，首先具有的是不可或缺的叙述结构上的功能，因此有的批评家认为，"把格列佛当作遭受了

---

[1]　黄梅，《推敲'自我'：小说在 18 世纪的英国》，北京：生活·读书·新知三联书店，2003年，第 112 页。

悲剧性异化、因而我们感到同情或某种鄙视的小说人物，这一点是错误的。"①
其实，这只是夸大格列佛的叙事功能、忽略其人物特性的结果。另一方面，有
的批评家则对格列佛的本质特征视而不见，甚至完全忽略了他作为虚构作者的
艺术存在。他们的结论是，"同李尔王一样，起初他思想简单，继而世故俗
气，最终头脑发狂。同李尔王不同的是，他永远没有治愈。"② 如果理解了真
实作者的创作意图，或者没有忽视"格列佛船长至亲戚辛浦生的一封信"，或
者用福科有关"疯狂史"的观点比照一下，那么这种错误是很容易避免的。
既然斯威夫特将作者的权利都交与了他，那么单方面强调格列佛作为叙事者或
人物的性格特征就是片面的。

一、格列佛的自我：经济人

虽然作者对格列佛的处理似乎是"外在的"，但从格列佛在整部小说中的
潜在话语里，我们依然能清晰地构建出他的精神内核和人物形象。尽管他见到
和描绘的主要是"政治人"，但是像同时代的人物鲁滨逊一样，他的精神内核
起初也是理性时代的"经济人"。他不是那种不择手段地完成原始资本积累的
创业英雄，但在新兴资产阶级意识形态的操纵下，他也没能摆脱拜物的"原
罪"。事实是，他四次出海都是因为经不住"待遇优厚的聘请"（4 页）的诱
惑，而不是为了逃避不可救药的腐败社会。尽管前三次历险让他对政治、人性
和科学感到绝望，第四次出海他依然故我，一旦对方提出"待遇优厚的邀请"
就欣然前往，（因此，这四部游记之间似乎缺乏必要的递进关系，也可见作者
对格列佛的内在处理是有明显欠缺的。）寻找乌托邦不是格列佛抛妻别子的理
由，将带回的货物"卖个好价钱"才是他"不知厌足的欲望"。因此叙述航海
经历时，他不免暴露出商人的"计算"习性，把在利立浦特一顿所吃的食物
份量和在巨人国所见事物的尺寸等，都以数字形式交代得清清楚楚。实际上，
叙事时他严格遵守自己与小人国和巨人国事物的尺寸比例，这不仅是逼真叙述
所需，也是他商人习性的潜意识流露。在某种意义上，格列佛人物形象的这一
特征是对同时代的笛福小说人物的呼应。

只要把阅读的焦点从人性的堕落和作者的讽刺艺术挪移到格列佛的心理轨

① Rawson, C. J. , "Gulliver and the Gentle Reader," *A Norton Critical Edition*: *Gulliver's* Travels, edited by Robert A. Greenberg, New York: W. W. Norton & Company, p. 409.

② Monk, Samuel Holt, "The Pride of Lemuel Gulliver," *A Norton Critical Edition*: *Gulliver's* Travels, edited by Robert A. Greenberg, New York: W. W. Norton & Company, p. 319.

迹，读者就很容易发现他诸多的"经济人"特征。出海之前，格列佛对"产
业"、"补贴"、"款项"、"生意"、"嫁资"、"待遇"（3～4 页）等等都娓娓道
来，颇有鲁滨逊的"生意人"口气。每次出海，他都是为生活所迫，又经不
住"优厚待遇"的诱惑，出海的目的也和鲁滨逊不相上下。如同鲁滨逊细致
地罗列自己从沉船上抢救出的物品，格列佛也有明显的"簿记"倾向：在小
人国海滩上，他的随身财物受到了清查，"两位先生随身带着水笔、墨水和
纸，将所看到的一切列出一份详细的清单；做完之后，要我把他们放回地上，
以便将清单呈交皇帝。"（13 页）作为叙事者，格列佛有权选取故事的素材，
他保留如此详尽的"清单"，是因为"经济人"的"簿记"倾向在操控叙事。
这种"清单"并非绝无仅有，从小人国返航时，

> 我在船上装上一百头牛和三百只羊，相应数量的面包和饮料以及大量的熟
> 肉，做成这么多熟肉需要用四百名厨师。我又随身带了六头活母牛和两头活公
> 牛，六只活母羊和两只活公羊，打算带回祖国去繁殖。为了在船上给它们喂
> 养，我又带了一大捆干草和一袋谷子。（44 页）

这样的"簿记"置于鲁滨逊的叙事当中也十分吻合。相应地，格列佛的"计
算"习性也时有显现，这并不只是逼真叙事的需要，也是他"经济人"特征
的无意流露。于是，从小人国回到英国后，他就像鲁滨逊一样，津津乐道地把
自己的"收益"交代了出来："我把这些牛羊拿给许多贵人及其他一些人看
了，倒赚了很可观的一笔钱。在做第二次航海前，我把它们卖了，得了六百英
镑。"（45 页）事实上，在彻底异化之前，每次回国后他都将自己出海的经济
得失"计算"得明明白白。可见，在很大程度上，《格列佛游记》也是英国海
外探险和殖民贸易风潮的产物。

作为"理性的动物，"格列佛在叙事和故事两个层面都表现出他的冷静和
分寸，极少对他所憎恨的对象进行直接的漫骂式批判。正如"一个小小的建
议"中的说话人以科学的推理和冷漠的数字进行劝说，叙事者格列佛对航海
的经历也始终以貌似平静的语调进行实事求是的叙述，并在游记前言中一再声
称叙事的真实性，将自己批判的锋芒隐藏在理性的客观描述和现实与虚构的对
比之中，其风格难免使人承认，"在很大程度上，格列佛的游记乃是对鲁滨逊
们的评论。"① 应该说，这种"对鲁滨逊（叙事）方式的认同"不仅是作者讽

---

① 黄梅，《推敲'自我'：小说在 18 世纪的英国》，北京：生活·读书·新知三联书店，2003
年，第 107 页。

刺艺术的魅力所在,① 而且也是时代精神的反映；只不过作者对此不是盲目乐观，而是借此嘲弄理性自身的滥用。作为故事人物，格列佛自始至终都基本上以人类自以为是的理性观察他所目睹的奇异世界，并以两种世界的差异和对比构成讽刺和自嘲。

凭着理性，格列佛居高临下地察觉了小人国政治腐化的实质，并感悟到人性的堕落并不因身材的矮小而减少。在小人国，他本人似乎是人类理性的化身，而到了巨人国，他虽然意识到人类的邪恶并不与身高成正比，但却不太乐意承认从"镜子"中观察到的人类非理性行为。巨人国君主将人类的文明成就贬损为小小害虫的卑鄙伎俩，他却任性而自负地认为，君主的判断不过是死板的教条和短浅的眼光，这不仅暴露出人类理性的有限性和狭隘性，而且表明了格列佛性格的内在矛盾。为了生存，他在两个国家都表现出献媚的心理趋向，但在小人国，他作为"理性的动物"的本质尚未受到挑战，而面对巨人国君主的质问，他却成了自以为理性的小人。在飞岛国、巫人国，他目睹近代科学的误区和滥用理性的恶果，似乎认识到理性动物的非理性特征；在慧骃国，看到慧骃的美德和天性以及自己与野胡无可争议的类属关系，他终于发现了人类的邪恶本质和自己理性的偏差，因此他羞愧难当，耻于与野胡为伍。至此，格列佛完成了探询人类本质的心灵历程（尽管由于作者的疏忽，这一过程前后并不连贯，第三部游记是最后完成并插入第二部游记后面的），也蒙受了严重的异化。

二、格列佛的异化

格列佛的异化是一个逐渐发展的过程，这一点在第二、四部游记中尤其明显。在小人国，格列佛不是正常人，而是"巨人山"，身形上与他人"格格不入"，此外，他还受到财政大臣、海军大臣和皇后的排挤，落得一个"与他人疏离"的结局。在巨人国，格列佛仍然不是正常人，而是可以用来街头卖艺的"侏儒"，只是最初他不愿承认身形矮化的屈辱：农场主"要拿我去给一帮最下流的人当把戏耍……那是多么大的耻辱啊！"（59页）当国王陛下召来三位大学者对他所属的物种进行鉴别时，他的身份问题滑稽地暴露了出来：

他们非常精细地察看了我的牙齿，认为我是一头食肉动物。但是，与大多数四足动物相比，我根本不是它们的对手。……他们无法想象我怎么能够活下

---

① 黄梅，《推敲'自我'：小说在 18 世纪的英国》，北京：生活・读书・新知三联书店，2003年，第 107 页。

来，除非我吃蜗牛或者其他什么昆虫。可他们又提出了许多有学问的论据，证明我吃那些东西也是不可能的。其中有一位学者似乎觉得我可能是一个胚胎，或者是一个早产婴儿。但这一看法立即受到另外两位的反对，他们看我的四肢已发育完备，活了也有好几年了，这从我的胡子可以看出来；他们用放大镜可以清清楚楚地看到我的胡子茬。他们不承认我是侏儒，因为我小得实在无人可比；就是王后最宠爱的侏儒，这个国家最矮小的人，身高也差不多有三十英尺。他们争论了半天，最后一致得出结论，说我只是一个"瑞尔普拉姆·斯盖尔卡斯"，照字面意思将就是"lusus naturae"。这种决断方法与欧洲现代哲学的精神完全一致。（64 页）

在巨人的王国，极度矮小的格列佛既不是食肉动物、昆虫天敌，也不像胚胎或者婴儿，甚至侏儒也算不上，难以用现代生物科学来鉴别，只能归入异常物种"lusus naturae" ——"天生畸形物。"结论虽然一时难以接受，推理的过程却勿容质疑地符合"欧洲现代哲学的精神"，令格列佛不得不反省自身的本质。随着心理异化的开始，身份问题成了格列佛在第二部游记中的首要问题。

格列佛浸润在巨人国的环境中，心理上的异化悄然开始："几个月下来，我已经看惯了这个国家的人的样子，听惯了他们的言谈，眼中所见的每一件事物也都大小相称，起初见到他们身躯与面孔时的恐惧至此已逐渐消失了。"（66～67 页）随着祖国及其文化的远去，他开始认同（identify）巨人国的事物，开始确立新的身份。他的审美观也在悄然变化："王后常常把我拿在手里站在一面镜子前面，……再没有比这样的对照更可笑的了，我因此真的开始怀疑，我的身材已经比原来缩小了好几倍。"（67 页）"镜像"的巨大反差不只是让他产生审美上的错觉，而且强化了他认同新身份的倾向。随着老鼠的侵袭和侏儒的戏弄，身份问题愈来愈明显。格列佛独自呆在木箱里时，调皮的猴子

把我拖了出去。它用右前爪将我抓住，像保姆给孩子喂奶似地把我抱着，这和我在欧洲看到的大猴抱小猴的情景完全一样。……我有充分的理由相信它是把我当成一只小猴子了，因为它不时用它的另一只爪子轻轻地摩挲我的脸。……那猴子坐在一座楼的屋脊上，前爪像抱婴孩似地抱着我，另一只前爪喂我吃东西，将颊部一侧颊囊里的食物硬挤出来往我嘴里填，我不肯吃，它就轻轻地拍打我，惹得下面的一帮人忍不住哈哈大笑。（78 页）

猴子的搂抱、抚弄、喂食，这看似滑稽的闹剧实际上是猴子对格列佛认同的结果，是格列佛完全意识到自身的新身份之前的被动异化。猴子的认同一定基于明显的相似性，而格列佛尚未认识到，在有古罗马遗风的巨人国里，自己人性

的渺小如同他的身高一样，将他同"大人"们区别开来，并退化成猴子的同类。所以在国王的面前，自负的他只能佯称"我们欧洲没有猴子"。（78 页）在"大人"的眼里，他不仅是被俯视的弄臣，而且是最受喜爱的宠物，因此捉弄他的侏儒被赶走，认同他的猴子被杀掉。

随着新身份的基本确立，格列佛开始充当王室的宠物：他"忽发奇想"，在"六十英尺长"的古钢琴上"演奏了一首快步舞曲"，令"国王和王后听了非常满意"。（81 页）可事与愿违的是，国王终究没有因为他的归顺和献媚而将他释放回国，为了延续俯视的快感，国王甚至要给他寻找尺寸相当的配偶进行传宗接代。此时，格列佛的"人类"中心主义尚未彻底消融，他仍然以"理性的动物"自居，对"浩荡"的"皇恩"深感屈辱和愤恨，宁死也不愿"留下后代被人像温顺的金丝雀那样在笼子里养着……还得当稀罕玩物在王国的贵人们中间卖来卖去。"（91 页）新旧身份的交锋似乎充满了喜剧色彩，格列佛发现，这"宠儿"的地位不但"有辱人类的尊严"，也会违背他"给家人立下的那些誓言"。（91 页）"人类"及有妇之夫的旧身份发起了一场针对"宠物"和"天生畸形物"的新身份的战争，使得他离开这尴尬境地、回到"人类"家园的欲望强烈起来，也使得他的异化一波三折，直到第四部游记才彻底完成。格列佛被途经的欧洲船只救起后，新身份的确立表现为审美观的喜剧性转换："我见到这么多矮子，一下子也糊涂了；这么长时间以来，我的眼睛已看惯了我刚刚离开的那些庞然大物"；（94 页）"我也觉得很奇怪，他和水手们说话的声音低得像是在耳语。"（97 页）这种视觉和听觉上的错觉（把欧洲船员当成矮子）足以表明，格列佛已经不自觉地采纳了巨人的眼光和身份，在正常的欧洲船员看来，自然"是神经错乱"（95 页）了。

格列佛回归正常"人类"的行为，一方面是新旧身份争锋的结果，另一方面也是叙事结构的要求——还有两部游记等待叙述，因此他的回归并不表明异化的中断或者新身份的溃败。相反，格列佛反复强调自己的心理倾向和新身份的稳定性：在巨人国时，"两眼已经看惯了庞然大物，一照镜子就受不了，因为相形之下，实在自惭形秽。"（97 页）正因为如此，与欧洲船员朝夕相处长达"九个月"（98 页）也没有改变格列佛的眼光。临到家门时，他的身份危机演化成了一出悲喜剧：

一位佣人开了门，我怕碰着头，就像鹅进窝那样弯腰走了进去。我妻子跑出来拥抱我，可我把腰一直弯到她的膝盖以下，认为如果不这样，她就怎么也够不到我的嘴。我女儿跪下来要我给她祝福，可是我这么长时间以来已习惯于站着仰头看六十英尺以上的高处,所以直到她站起身来,我才看见她,才走上前去一手把她拦腰抱起。我居高临下看了看佣人和家里来的一两个朋友,好像他们都是矮子,我才是巨人。总之,我的举动非常不可思议,大家就同那位船长起初见到我时一样,断定我是神经失常了。(98 页)

一连串滑稽的动作(猫腰、弯腰、仰望、拦腰抱起)表明,"巨人"的身份在格列佛心理已经有点儿根深蒂固了。但是,喜剧性掩盖的是人生的悲剧:在正常人看来,"我是神经失常了",全然没有第一部游记结尾时"发财"的亢奋。这种对比预示着"我"的身份的决定性转换。

经过第三部游记的启迪和慧骃主人的开导,格列佛的新身份最终确立起来:"我在这个国家虽然还不到一年,却已经对它的居民非常热爱和尊敬了,拿定主意不再回到人类中来,而要在这些可敬的慧骃中间度过我的余生。"(184 页)他的认同对象不再是"人类",不再是恶毒的地面小爬虫,而是"慧骃",是"大自然之尽善尽美者"。这一次的身份转换是彻底而决然的——"不再回到人类中来",因其彻底而遭受了"人类憎恶"的骂名。在"最肮脏、最有害、最丑陋"(194 页)的野胡和"天赋各种美德,完全受理性支配"(195 页)的慧骃之间,格列佛寻到了心灵的归属:

有时,我碰巧在湖中或者喷泉旁看到自己的影子,恐惧、讨厌得只能把脸别过一边去,觉得自己的样子丑不忍睹,还不如一只普通的野胡来得好看。因为我时常跟慧骃交谈,望着它们也觉得高兴,渐渐地就开始模仿它们的步态和姿势,现在都已经成了习惯了。朋友们常常毫不客气地对我说,我走起路来像一匹马,我倒认为这是对我的极大的恭维。我也不能不承认,我说起话来往往会模仿慧骃的声音和腔调,就是听到别人因此而嘲笑我,也丝毫不觉得丢面子。(200 页)

和纳西索斯(Narcissus)相反,格列佛不是自恋者,而是憎恶自身身份的野胡。那镜像(the mirror image)"丑不忍睹",因为那不是他要认同的对象,而是他厌恶和渴望摆脱的身份。镜子里是丑恶、堕落的野胡,是只会利用理性来增长罪恶的害虫,而镜子外是积极向善的人形动物,是已经异化、具有慧骃品行的文明动物,镜里、镜外这决然相反的形象,以及面对嘲笑"也丝毫不觉得丢面子"的那份坦然,标志着格列佛的异化过程基本完成。内心的改造已告结束,余下的就是从外形上(步态、姿势、声音、腔调)加以模仿,做一个表里如一、彻头彻尾的慧骃。"人类憎恶"的骂名不是空穴来风。

居留申请遭到慧骃国全国代表大会的否决后,格列佛不得不挥泪告别,虽然他"宁可受最大的苦，也不愿意回去同野胡们一起生活。"（206 页）在遇救船只上，闻到"水手身上的那股气味，我都快要昏过去了"；（206 页）到达里斯本后，上街时"我总是用芸香（有时也用烟草）把鼻子捂得好好的。"（第 207 页）慧骃国那些污秽、肮脏的野胡让格列佛过于反感，使他无法与欧洲的野胡为伍。异化导致了他"与他人的疏离"，这种悲剧在他回到家里时达到高潮：

> 但是我必须承认，见到他们，我心中只充满了仇恨、厌恶和鄙视，而一想到自己同他们的亲密关系，就更是如此了。……想到自己曾和一只野胡交媾过，从而成了几只野胡的父亲，这就叫我感到莫大的耻辱、惶惑和恐惧。
>
> 我一进家，妻子就拥抱我、吻我；多少年不习惯碰这种可厌的动物了，所以她这么一来，我立即就晕了过去，差不多一个小时后才醒来。……我花的第一笔钱就是用它买了两匹马，我把它们养在一个很好的马厩里。小马之外，马夫就是我最宠爱的人了，他在马厩里沾染来的那种气味我闻到就来精神。我的马颇能理解我，我每天至少要同它们说上四个小时。（208 页）

格列佛无法回避现实，被迫回到了野胡的国度，但他无法直面野胡的存在方式，只得养上两匹小马聊做心灵的慰藉，在物欲横流的野胡世界营造一方小小的纯净天地——毕竟，慧骃才是他认同的镜像。经过数次异化，格列佛不仅认识了人类的本质，而且完成了从"经济人"向"政治人"的过渡。

三、政治意识的崛起

格列佛的"经济人"特征最初是显露在外的，而"政治人"的品质则首先是隐含的，后来逐步突显并压倒了"经济人"特征，这种转换正是异化的结果。他第一次出海冒险，主要是由于"待遇优厚的邀请"，而第二次航海的动机就有了明显的变化："我和妻儿一起只住了两个月，我极想去异国他乡观光，不能再住下去了。"（45 页）第三部游记开始时，他再次点明了自己的政治动机："虽然我过去有过种种的不幸遭遇，但我要看看这个世界的渴望还是和以前一样的强烈。"（101 页）鲁滨逊出海的动因是"资本主义的能动倾向本身"，是完成原始资本积累的经济需要，而格列佛的动因则逐步转换成了政治的"观光"——"看看这个世界"，观察海外民族的政治体制和人性状况，为反省英伦群岛的政体、国体提供借鉴。他最初表现在外的是经济人的欲望，但内心涌动的是愈来愈强烈的政治欲望，因此，随着政治思想"教育"（该政治寓言算得上是格列佛的"教育小说"）的深化，格列佛的"经济人"特征愈来愈少，而"政治人"品性则大踏步地突显出来。正如鲁滨逊在孤岛上看到的只有拯待开发的物质世界，格列佛在海外观察到的基本上是突出的政治现象：在小人国，他体验到的是宫廷的败坏和政党的倾诈；到了大人国，他谈论的多是祖国的政体和战争业绩，而且"一说起我亲爱的祖国，说起我们的贸易、海战和陆战、宗教派别和国内的不同政党，我的话就有点多了。"（66页）这是他"政治人"习性的无意流露；在第三部游记中，他一路观察的都是滥用科学政治学的恶果；到了慧骃国，他留心的只有真正理性的慧骃和恶毒、堕落的野胡。在所有游记中，格列佛观察到的都不是异域风光，都不是海外作为原料产地或商品市场的可能性，而是足以讽刺"政治妈妈"的政治现实。

格列佛"政治人"品性的崛起具有自我批判的精神。在彻底异化之前，他竭力维护"政治妈妈"的荣誉，对于外人的批判总是自然而然地深恶痛绝。当巨人国的君王斥责矮小的英国人居然也"争辩、欺诈、背叛"时，

我气得脸一阵红一阵白。我那高贵的祖国文武都堪称霸主，它可使法国遭灾，它是欧洲的仲裁人，是美德、虔诚、荣誉和真理的中心，是全世界仰慕和感到骄傲的地方；这样一个高贵的国家，想不到他竟如此不放在眼里。（66页）

格列佛的视角尚未改变，因此无论现实到底如何，他最不能容忍的就是对"政治妈妈"的批判——任何批判在他而言都是辱骂，都是损害他业已认同的镜像和心理归宿。

相比之下，异化过程完成后，格列佛认同了新的镜像，获得了新的视角，就不再维护"政治妈妈"的形象，而是大肆批判"妈妈"的政治腐败和人性堕落。于是，在他看来，出海冒险的人

……都是一些亡命之徒，由于贫穷所迫或是犯了什么罪，才不得不逃离故土。有的是因为吃官司弄得倾家荡产；有的则因为吃喝嫖赌把财产全部花光；有的是背叛祖国；还有不少人是因为犯了凶杀、偷窃、放毒、抢劫、假证、伪造、私铸假币、强奸、变节、投敌等罪行才被迫出走。这帮人大多是越狱而跑的，没有一个敢回到祖国去，他们害怕回去受绞刑或者关在牢里饿死，所以只好到别的地方去另寻生路。（171～172页）

这样的分析不但没有掩盖"政治妈妈"的短处，而且刻意放大了她民风的堕落和犯罪的普及，也给欧洲殖民拓荒者当头一棒——鲁滨逊的同伙都是一些"六根不净"的家伙。当然，格列佛的"爆料"或者斯威夫特的嘲讽并非无中生有，17 至 18 世纪英国国内罪犯横行、无处关押时，澳洲、美洲自然就成了

犯人的流放地（transportation destination）。

无独有偶，格列佛对欧洲科技文明的叙述也体现了他政治意识的崛起。在巨人国，为了宣扬祖国的"美德和美丽"，证明"与世隔绝"造成的"许多偏见以及某种狭隘的思想"，也"为了讨好国王以获得他更多的宠幸"。（86 页）格列佛向君王介绍起弹药的威力：

> 以这种方法将最大的弹丸打出去，不仅可以将一支一下子整个儿消灭掉，还可以把最坚固的城墙夷为平地，将分别载有一千名士兵的船只击沉海底。……我们就经常将这种粉末装入空心的大铁球，用一种机器对着我们正在围攻的城池将大铁球射出去，就可以将道路炸毁，房屋炸碎，纷飞的碎片还将所有走近的人都炸得脑浆迸裂。（87 页）

言辞中流露着一种炫耀，一种对科技文明的自豪。格列佛企图将这"魅力四射"的发明"献给陛下，略表寸心"，（87 页）协助他镇压叛乱，不料遭到了猛烈的抨击。相比之下，在慧骃国，为了证明主人见少识寡，格列佛再次拿欧洲枪炮的杀伤威力渲染了一番：

> ……载有千名士兵的许多战舰被击沉，双方各有两万人丧生；还有那临死时的呻吟，飞在半空中的肢体，硝烟，嘈杂，混乱，马蹄下人被践踏致死；逃跑，追击，胜利；尸横遍野，等着狗、狼和其他猛兽来吞食；掠夺，抢劫，强奸，烧杀。还有，为了说明我亲爱的同胞的勇敢，我还告诉它我曾亲眼看到在某次围城战役中，他们一次就炸死了一百个敌人，还看过他们在一艘船上也炸死了一百个敌人；看到被炸成粉碎的尸体从云端里往下掉，在一旁观看的人大为快意。（175 页）

此刻，格列佛与其说是在夸耀欧洲科技文明的伟大成果，不如说是在抨击战争的血腥和人性的沉沦，话语中充满了讽刺意味。夸耀的表面之下是政治的批判，结果自然是增添了野胡的凶残本性。语气的变换说明，政治意识的崛起左右了格列佛的叙事。

虽然这部寓言故事的确有些情节前后不一，但格列佛的政治化倾向和批判意识的强化是无可质疑的。除了上述政治态度的巨变，向慧骃主人讲解英法百年战争的原因时，格列佛甚至直接将批判的矛头指向了宫廷和教会：

> 有时是因为君王们野心勃勃，总认为受他们统治的土地和人民不够多；有时是因为大臣们腐化堕落，唆使自己的主子进行战争，以此可以压制或者转移老百姓对他们腐败的行政管理的强烈不满。意见不和也曾使千百万人丧生；比如说，究竟圣餐中的面包是肉呢，还是肉就是面包？……也没有什么战争像意

见不和引起的战乱来得那么凶残、血腥而持久，尤其是当他们在无关紧要的事情上意见不和时，战争就更是如此了。（173～174页）

民族之间规模庞大的持久战争并不是由无法调和的民族矛盾触发，而是源自个人的统治野心和政治伎俩，或者源自无关紧要的宗教纷争——这种纷争让人回想起欧洲16世纪的宗教改革和小人国大端派与小端派之间的不和。个人的欲望和"无关紧要的事情"凌驾于民族的利益之上，即使"千百万人丧生"，即使"战乱来得那么凶残、血腥而持久"，宫廷和教会里的政客都再所不惜。在这种直接的批判中，"政治人"的品性显露无疑。

格列佛政治意识成熟的一个重要标志，就是他明显的反殖民意识。在小人国和巨人国，格列佛通过尺度变化获得了陌生化的眼光，能够基本客观地观察两个国家的政体和人性状况，并借用两面镜子反观"政治母亲"的缺陷，而没有直接漫骂人类的劣性和恶行，因而起初他只是潜在的"政治人"。在飞岛国，他的叙事（飞岛对属地的镇压）已涉及到殖民这一敏感的政治话题；虽然他仍保持了一贯的冷静作风，但从他在巫人国召见的古代哲人来看，他已不自觉地卷入了政治，可见他的政治意识在逐步发展。经过慧骃国脱胎换骨的心理逆转，他的政治自我成熟起来，所以回国后，他没有像鲁滨逊那样立即安排私人殖民，也没有向政府报请国家殖民。他的反殖民既有他经济自我的考虑（征服小人国得不偿失），也有他政治自我的眼光——"我不主张去征服那样一个高尚的民族，倒希望他们能够或者愿意派遣足够数量的'慧骃'居民来欧洲开化我们。"（211页）对于殖民统治的合法性，格列佛岂止是提出了质疑：

比方说吧，一群海盗……看到的是一个于人无害的民族，还受到友好招待；可是他们却给这个国家起了一个新国名，为国王把它给正式占领了下来，再树上一块烂木板或者石头当纪念碑。……国王立刻派船前往那片地方，把当地人赶尽杀绝，为了搜刮黄金，还让当地的君主受尽折磨。……这一帮冒险远征的该死的屠夫，也就是被派去开化那些盲目崇拜偶像的野蛮民族的现代殖民者。（212页）

在鲁滨逊们的殖民事业方兴未艾的年代，格列佛（斯威夫特）就以锐利的眼光洞察了殖民者残暴、贪婪的本质，把他们称作"海盗"和"屠夫"，在距"后殖民"时代还有将近两个世纪的时候就发出了反殖民的呐喊，把"投枪"掷向了"黑暗的心"。

经过痛苦的心灵洗涤，格列佛终于完成了自我的改造，清醒地意识到

"现代殖民者"不过是一些"该死的屠夫"而已。在海外殖民如火如荼的奥古斯都时代，这种反殖民思想是一位睿智先知的愤怒呐喊，具有让热衷于开疆拓土、殖民暴富者震耳发溃的力量。格列佛由"冒险号"的随船医生和船长，成长为对殖民者的血腥罪恶进行猛烈抨击的反殖民斗士，这是殖民时代人类理性复归的希望和标志。起初，格列佛本质上是"经济人"，但他经历的却完全是"政治人"的冒险故事，因此他不免沾染上政治家的习性。政治自我的崛起是格列佛人物形象的重要特征，这一特征不仅将鲁滨逊与格列佛区别开来，而且也表明作者对格列佛性格的处理并非完全是"外在的"。

四、政治人的狂欢化叙事

作为故事中的人物，格列佛船长"从思想上被'异化'了"，[①] 从一个显在的"经济人"和隐在的"政治人"跃升为明白无误的彻底的"政治人"，客观上构成了"对鲁滨逊们的评论"。[②] 为了达到"政治"的目的，作为叙事者，格列佛使用了"污秽"甚至"淫秽"的语言，以一种"狂欢化"（carnivalized）的叙事方式讥讽现世政治的腐败和启蒙主义者对人性的乐观精神，逐步揭示他所认识的人性本质。他的"污秽学"（scatology）是一种指向政治的叙事艺术，在这一点上，世界文坛中恐怕只有作者的都柏林同乡塞缪尔·贝克特（Samuel Beckett，1906～1989）堪与媲美，虽然后者指向的是解构主体性、回归想像界的心理退化。也正是由于这种"污秽政治学"，格列佛及其造物主都被现代精神分析学家诊断为"处于力比多发育的肛门发泄期"的分裂症患者。[③] 如果从政治学的角度来阐释，这种"污秽"甚至"淫秽"只不过是一种"狂欢化"的叙事技巧罢了，大可不必天真地以为是精神疾病的症候。

格列佛政治自我成熟的重要标志之一，就是不顾文明的禁忌，将"肮脏"、"淫秽"的人类生理活动述诸笔端，借以嘲弄人是"理性的动物"的启蒙思想。最初，他无意中以身试法，证明了理性的行为未必能得到理性的理解。在小人国，他于危难之中一泡尿浇灭了皇后寝宫的大火，却落得在皇宫内随地小便的罪名。在巨人国，身体尺寸和审美距离的变化，使他独享细察人类丑陋的难得机遇，看到了农场保姆的"乳房布满了黑点、丘疹和雀斑"。（55

---

① 黄梅，《推敲'自我'：小说在18世纪的英国》，北京：生活·读书·新知三联书店，2003年，第120页。

② 同1，第107页。

③ Landa, Louis A., "Jonathan Swift," *A Norton Critical Edition: Gulliver's Travels*, edited by Robert A. Greenberg, New York: W. W. Norton & Company, p. 291.

页）回国途中，他还拿出从侍女脚趾上割下的鸡眼展示一番：

为了报答船长的款待，我请他收下这枚戒指，可他坚决拒绝了。我又拿出亲手从侍女脚趾上割下来的一只鸡眼给他看；它有一只肯特郡生产的苹果那么大，长得很坚硬，回英国后我把它挖空做成一只杯子，还用白银把它镶了起来。（96 页）

在这"狂欢化"的叙事中，肮脏、病变的事物竟成了需要用白银镶嵌的圣洁之物。审美视角变换后，污秽可以显得洁净，"理性的动物"也可以让人恶心、呕吐。

到后两部游记中，叙事性趋弱，政治性突显，"肮脏"的叙事愈发让人恶心。在拉格多科学院，格列佛发现实验室遍地污秽，而且科学家竟异想天开地要将粪便还原成食物，还用肛门充气法治疗腹胀：

……他的脸和胡子呈淡黄色；手上、衣服上涂满了污秽。……他的方法是把粪便分列成几个部分，去除从胆汁里来的颜色让臭气蒸发，撇去浮在表面的像唾液一样的东西。每星期人们供应他一桶粪便，那桶子大约有布里斯托尔酒桶那么大。（121 页）

……要是病情来得顽劣，他就要把吹风器先鼓满气，再将象牙嘴插入肛门，把气打进病人的体内，然后抽出吹风器重新将气装满，同时用大拇指紧紧地堵住屁眼。这样重复上三四次，打进去的气就会喷出来，毒气就被一同带出，病人也就好了。……那只狗胀得都快要炸了，接着就猛屙了一阵，可把我们熏得够呛。（122～123 页）

科学和理性走向了荒谬，这不禁使人怀疑人类徒有理性的外表，却无理性的内核。政治意识的强化使得叙事的"狂欢化"色彩愈发浓厚，几乎就是对所谓科学和理性的直接漫骂了。对"政治人"而言，叙事必须服从政治的目的。

在慧骃国，格列佛的异化过程基本结束，政治意识达到了顶点。作为讽刺对象或者政治敌人，他所看到的野胡自然更是贪婪刁蛮，屎尿横飞（见 157 页）。在"与他人疏离"的过程中，格列佛终于认识了人类的本性——污秽、堕落的畜生。为了发泄愤恨，他再次采用了"狂欢化"的叙事策略，给那些荒淫的野胡下了一剂猛药：

这种药将肚子一松弛，就把里面的东西统统泻了出来；他们管这种药叫泻药或者灌肠剂。根据这些医生说，造物本来是安排我们用长在前面的上孔（嘴）吃喝，用长在后面的下孔（肛门）排泄，而一切疾病的发生，在这帮聪明的医生看来，都是因为造物的安排一时全给强行打乱了，所以为了恢复正常秩序，就必须用一种完全相反的方法来治疗身体的疾病，即把上下孔对调使用，将固体和液体硬从肛门灌进去，而从嘴里排泄出来。(181页)
医生开出所谓的泻药和病人上下孔的"对调使用"，都是格列佛泄愤的方式，都是政治手段。如同拉格多科学院治疗腹胀的医生，这里的慧骃医生也赞同肛门的妙用，确实难免使人想起"肛门发泄期"的病症。但是，这种"污秽"叙事的背后不是心理障碍，不是贝克特的分裂症，而是难以压抑的政治动机和直接漫骂的强烈冲动。狂欢是表达政治意图的艺术途径。

综观整部作品，斯威夫特使用"外在"结合"内在"的简笔手法，既简要勾勒了野胡的种种丑陋形象和慧骃的睿智、理性特征，即群体人物和个体人物，又在实现写作意图的同时描绘了中心人物的经济自我、异化过程和政治自我的发展，绘制成一幅慧骃反衬下的政治野胡的群像图。他笔下的人物都是政治观念的化身，在完成作者赋予使命的同时获得了自身的生命和身份特征，客观上以种种卑劣、腐化、污秽或者博学、开明、崇高的形象，构成了笛福笔下创业英雄的对立面。在英国小说兴起之初，斯威夫特和笛福各走一端，塑造了对立的两类典型人物：企图颠覆理性的"政治人"和竭力表现理性的"经济人"。如果说伍尔夫在《鲁滨逊漂流记》中只能读到"一只硕大的陶罐，"那么在《格列佛游记》中，她也许只能看到一只愤怒的"野胡"。

Jonathan Swift and his Masterpiece

第五章

理查逊的书信小说：道德人的美德与自觉

　　就内容而言，笛福的小说抓住了时代精神，将贴近现实的中产阶级生活作为叙述的对象，基本摆脱了宗教自省小说的臼白。然而，就形式而言，笛福的作品尚处于现代小说的"初级阶段"，缺乏明显带有"文学意味"的紧张、一致的故事情节，只有时间上前后衔接、未经明显艺术剪接的众多插曲。斯威夫特的游记故事沿用了笛福的"插曲式情节"，[①] 也没有打破时序、实现情节的艺术化，而且政治性（对政治现实的讽刺性）、寓言性（政治观念的故事化）压倒了故事的艺术性，没有进入伊恩·瓦特等英国早期"现实主义"小说研究权威的视野。而理查逊则以简单得惊人的"行动线"——求婚——为情节主线，以各式书信和日记实现事件衔接的艺术化，使整部作品呈现一种连贯统一、引人入胜的故事情节，从而解决了"笛福未能解决的几个主要形式问题"。[②] 摒弃松散的"插曲式情节"，实现情节的艺术化，这是理查逊文学实践在形式方面的突出贡献。

　　在内容方面，理查逊的突出贡献主要表现为他把握了时代的脉搏，具有显而易见的道德意识，而且"对妇女问题"抱有"极大兴趣"，[③] 在常见的婚恋事件中把女性意识、阶级意识和中产阶级的意识形态等等融合起来，在小说文本中构造了一个各种声音和意识相互对话的复杂的话语场，使小说具有了思想的深度，也使人物具有了形象的生动性和丰富性。理查逊"对妇女问题的极大兴趣"，一方面是因为日益增长的女性（上中层社会的闲暇女性和女佣）构成了可观的读者市场，在写作和出版愈来愈市场化的语境中更是专业作家的新型"恩主"和"衣食父母"，为了生存，他必须迎合女性的欣赏趣味；另一方

---

　　① 伊恩·P·瓦特著，高原、董红钧译，《小说的兴起》，北京：生活·读书·新知三联书店，1992 年，第 150 页。
　　② 同 1，第 150 页。
　　③ 同 1，第 168 页。

面，是因为理查逊"有一种深深的异性自居的心理，它远远超出了［异性］交往中的偏爱或教养使然的密切关系"。① 伊恩·瓦特发现，在与聪敏女性的交往中，理查逊总是感到无比幸福，倘若得到智慧女性的敬意，他就更是无比自豪，因此在自己的作品中，理查逊常常显露"赞美异性"的倾向，那是自然而然的事儿。

市场意识和女性心理一拍即合。于是，正如"哈代喜欢女人"一样，② 理查逊也倾向于以女性为小说的主人公，并在叙述女性情感经历的过程中获得了替代性的满足。与此同时，构成了可观的读者市场的女仆们却发现，"除非带有一笔嫁妆，否则找一个丈夫简直是难上加难。"③ 灰姑娘的经历成了理查逊理想读者的"期待视阈"，因此，为了最大限度地迎合她们的趣味，他必须让女主角在婚恋中取得辉煌的战果（既然没有可观的嫁妆，就只能凭借自己的德行嫁入豪门），成为让"世上所有的侍女都为之欢呼的对象"。④ 于是，女性、美德、婚恋、阶级、较量就成了理查逊小说的主题词。

在 18 世纪 40 年代的道德改良运动中，少年时即开始替情窦初开的女性捉刀代笔的出版商理查逊，凭着独树一帜的书信体言情小说在文坛异军突起，成为英国近代小说的第二位重要奠基人（伊恩·瓦特没有考虑斯威夫特的政治寓言）。在这场说教类书刊大量涌现的风俗变革中，他敏锐地把握妇女地位与婚姻状况的社会话题，以及修身养性与普及文化的时代精神，高举"美德"的旗帜接连创作了三部书信体（epistolary）长篇小说，并因其创作的"广泛性、独创性和情感的真实性"，在 18 世纪中叶赢得了"堪与莎士比亚媲美"的盛誉。⑤

从 1739 年受托撰写《模范尺牍》（Familiar Letters，1741）以来，他就摒弃笛福和斯威夫特主要关注外部现实的创作思想，独树一帜地采用书信的形式将笔触伸向"人物的家庭隐私"，⑥ 开创了以道德训诫为创作宗旨、注重内心意识而非外部生活的小说新流派。他的作品上承 17 世纪的女性家庭小说和宗

---

① 伊恩·P·瓦特著，高原、董红钧译，《小说的兴起》，北京：生活·读书·新知三联书店，1992 年，第 168 页。

② Howe, Irving, *Thomas Hardy*, New York: Collier, 1973, p. 108.

③ 同 1，第 158 页。

④ 同 1，第 164 页。

⑤ Doody, Margaret Anne, "Samuel Richardson," *Dictionary of Literary Biography*, Volume 39, edited by Martin C. Battestin, Michgan: Gale Research Company, 1985, p. 379.

⑥ 侯维瑞主编，《英国文学通史》，上海：上海外语教育出版社，1999 年，第 303 页。

教自省小说，下启 19 世纪简·奥斯丁、乔治·爱略特的女性小说，以及 20 世纪初亨利·詹姆斯和弗吉尼亚·伍尔夫的心理小说，具有"一种集叙述形式、情节、人物和道德主题于一体的文学结构"。① 这种"结构"中的"道德主题"不仅使作者有别于盲目拜物或者因异化而愤世嫉俗的小说先驱，而且也使他笔下的人物在基于性别和阶级差异的权利冲突中获得形象的丰富性和层次感，成为英国文学史中第一批真正具有心理深度和圆形特征的小说人物。

第一节 帕梅拉的"美德有报"

受《模范尺牍》写作的启发，理查逊创作了第一部书信体长篇小说《帕梅拉，又名美德有报》（*Pamela, or Virtue Rewarded*, 1740, 1742），以善有善报的传统道德观为创作思想，完整地塑造出英国小说史上第一个作为道德"模范"并具有些许"革命性"特征的女性人物。从明显体现在书名中的作者意图可以看出，小说主角帕梅拉是社会道德（尤其是女性美德）的化身，具有与"女商人"弗兰德斯和"幸运的情妇"罗克莎娜截然不同的品性和人物形象；她的"灰姑娘"历程是美德感化的自然回报，而不是靠经营自身姿色而实现的创业神话。她最大的形象特征"美德"（尤其是贞洁）既是清教主义道德观的具体体现，又是下层社会实现阶级跨越的巧妙途径。无论是在严父慈母的抚养下，还是在已故女主人的教导下，帕梅拉接受的都是注重道德情操和精神追求的严格的清教主义教育，而且在等级森严、贫富悬殊的男权社会，体现男性意志的女性道德也是社会底层的女性得到社会认可，从而实现世俗目标的必备品质。因此，美德既是她自然习得的行为准则，又是她必须维护的立身之本。

一、帕梅拉的美德

在婚姻日益商业化的 18 世纪，"贞洁"在众多美德中的地位得到了私有制和婚姻法的强化——"新娘必须是贞洁的，以便她的丈夫能够确信，他未来的继承人确实是他的儿子。"② 这一点在 B 君解释正式结婚而不是收养情妇的原因时得到了印证，这位"有权随自己的心意来认可或者废除这个婚姻"（338 页）的地方议员坦白地说，如果收养帕梅拉：

---

① Watt, Ian, *The Rise of the Novel*, New York: Penguin Books, 1981, p. 153.
② 伊恩·P·瓦特著，高原、董红钧译，《小说的兴起》，北京：生活·读书·新知三联书店，1992 年，第 172 页。

这会给你带来悲惨，也会造成我的不幸。如果我有了一个你生下来的孩子，即使我想让他继承我的财产，那我也没有能力让他取得合法的地位；由于我是家族中最后的一位后裔，那样一来，我所占有的大部分财产就必须传给一个新的亲属系统，传给一些讨厌和卑劣的人们手中。(338～339页)
在财产继承制度的协作下，女性道德得到了片面的强调，"抵制肉体的欲望成了现实道德的主要目标"，而"贞洁往往成为最高美德"，① 所以帕梅拉的"美德"主要表现为压制自身肉体的欲望和抵制他人对自身肉体的引诱，始终以"贞洁"的"淑女"（gentlewoman）形象展现在世人和上帝的面前，直到在合法婚姻中皆大欢喜地满足肉体的欲望和世俗的追求。帕梅拉懂得，"贞洁"是她的"无价之宝"，② 在具备了美貌、识字和善良、诚实等基本美德后，她还要经受对当时"淑女"必备的最高美德的种种诱惑和考验。

　　在 B 君正式求婚之前，"年方二八"的帕梅拉必须彻底隐瞒自己春心的萌动，因为按照当时的道德观，女性在婚前就心神荡漾，那"是不道德的，也是不高明的"。③ 也就是说，在步入婚姻殿堂之前，帕梅拉必须隐瞒对 B 君的真情实感，即使满心欢喜也要强做慎怒之色，恰倒好处地抗拒 B 君不厌其烦的"性骚扰"，让他欲罢不能又心生敬佩。半推半就和自投罗网同样是危险的，既容易违背当时的"贞洁"观，又容易坠入对方的陷阱，沦为悲惨的弃妇或者"幸运的情妇"，一辈子背着荡妇、淫妇的骂名。在道德观的制约下，滥情还是抗拒已"不是一个问题"，于是，在"女性按照习俗所扮演的角色与心灵召唤的趋向之间"出现了"前所未有的不一致"，④ 在 B 君许以合法婚姻之前，帕梅拉不能显露内心的爱恋，只能对求之不得的亲近一再抗拒。于是，在帕梅拉的独白（整部小说由她个人的书信和日记组成，读者很少能直接听到 B 君的心声）中，读者只能听到她义正词严的批判，却听不到她爱情萌动的声音。

　　帕梅拉的贞洁不只是顺应了男性中心的道德观，而且成为了实现财富梦想和阶级跃升的巧妙途径。也就是说，帕梅拉抵制肉体的欲望，旨在实现美德与财富的对话，在她抗拒的背后是对财富和阶级地位的欲望，她的信件和日记里

---

　　① Watt, Ian, *The Rise of the Novel*, New York：Penguin Books, 1981, p. 177.
　　② ［英］理查逊著，吴辉译，《帕梅拉》，南京：译林出版社，1998 年，第 5 页。以下相同出处的引文只注明页码。
　　③ 伊恩·P·瓦特著，高原、董红钧译，《小说的兴起》，北京：生活·读书·新知三联书店，1992 年，第 183 页。
　　④ 同上，第 183 页。

隐藏着世俗追求的"潜文本"。在"功利主义道德观"论者看来，"帕梅拉的美德实际上就是她对财富的取舍态度"，[①] 这一点在她对"三个包裹"的取舍中显现无疑。为了躲避 B 君的侵犯，帕梅拉准备辞职回家，将个人物品收拾成三个包裹：第一包是老夫人赏赐的亚麻衣裙，第二包是 B 君"赠送的礼物"，（90 页）第三包是她专为回家准备的土布衣裳。在帕梅拉眼里，这三个包裹具有极其重要的象征意义，对它们的取舍是事关道德和价值取向的大事：第一个包裹寄托着老夫人的深情厚意（将帕梅拉细心培养，希望把她收为儿媳，让她跻身上流社会?），象征着帕梅拉曾经在 B 宅享有的荣耀和含糊地位，带走它意味着暴露自己对财富和地位的欲望，给自己为保持贞洁所做的坚持不懈的抗拒蒙上虚假和世俗的阴影；第二个包裹寄托着"道德高尚的主人"（90 页）的心意——取悦女仆，收买她的品格和贞洁，是 B 君引诱手段的集中体现，带走它意味着接受 B 君的引诱，即将自投罗网，靠出卖贞洁谋求财富，使帕梅拉的形象与"幸运的情妇"罗克珊娜毫无二致；而第三个包裹则寄托着帕梅拉的道德追求，向公众（杰维斯太太和躲藏在内室的 B 君）暗示她宁愿在清贫中坚守贞洁，也不愿靠出卖姿色来谋取衣食无忧，带走它就能时刻拥有"我贞洁的见证人"，因此帕梅拉不时地强调，这是"我亲爱的第三个包裹"。（91 页）三个包裹俨然已从物质层面上升到抽象的符号层面，变成了道德和财富的象征物。一个"年方二八"的女仆竟如此懂得符号的意蕴，如此善于"算计"，以一个小小的选择就向世人（关键的"世人"当然是 B 君）展示了自己的道德追求和财富取舍的态度。

回家前，帕梅拉对包裹的取舍态度是极其明确的，但是她并没有毅然决然地回家——她完全可以做到，因为在理性主义时代，"人是自身的主人"的启蒙观念是普遍为人接受的，她拥有人身的自由，而且 B 君已经给予了口头许诺。虽然"年方二八"，帕梅拉也许凭直觉就懂得，真正和 B 君"天各一方"意味着道德和财富的对话就此中断，意味着"帕梅拉和 B 君就地位问题的'正式'谈判"即刻休会，[②] 意味着"美德有报"的梦想终归虚化。除了对"美德有报"的个人喜剧，对故事情节的可信性和对作者的"功利主义道德观"，帕梅拉的"早熟"都是必要的。在传统贵族势力依然强大的时代，B 君

---

① 胡振明，《对话中的道德建构——十八世纪英国小说中的对话性》，北京：对外经济贸易大学出版社，2007 年，第 148 页。

② 黄梅，《推敲'自我'：小说在 18 世纪的英国》，北京：生活·读书·新知三联书店，2003 年，第 136 页。

作为大权在揽的一方官员，是不大可能屈尊"深入群众"，跑到帕梅拉父母家里央求她原谅自己的花花肠子，低声下气地请她嫁给他这个改过自新的浪子；倘若如此，一味盲目地坚守贞洁，毫不依靠抗拒的技巧，就实现了下层社会和女性对上层社会和男性的征服，那帕梅拉的故事就真的像《简·爱》那样具有"革命性"了。因此，帕梅拉毅然回家的情节是不大可信的。

望着三个包裹，帕梅拉神情坚定，可是回家的脚步却没有坚定地迈出，这也是作者的道德观使然。正如《美德有报》的副标题所暗示，理查逊所持的是功利主义的道德观，在他笔下，"旨在抵御物质引诱的个人道德始终和个人现实福祉保持着对话"。① 作为新兴中产阶级的女性代表，帕梅拉肩负着抗拒传统贵族男性的道德侵蚀，以个人美德改造上流社会道德现状的重任；同时，为了"有报"，为了"占有"上流社会的"回报"，她必须和上流社会达成妥协，在不颠覆的前提下得到他们的认可，借助对话分享他们的权利。因此，尽管帕梅拉反复标榜的都是与财富无涉的纯粹的美德，但她独白的背后已被作者安插了"功利化的美德"的潜文本。② 帕梅拉的命运早已被作者设定：经历种种引诱和考验之后，她的美德要得到相应的认可，获得相应的报偿；她现世的福祉要仰仗社会地位的升迁来实现，也就是通过 B 君嫁入豪门。因此，挨到 B 君"幡然醒悟"，承诺以正式的婚姻来接纳她，承认她的地位跃升和财富分享权力的时候，帕梅拉就欣然接受，自然而然地将划算的婚姻视为美德的报偿，还迫不及待地写信告诉母亲，"你的帕梅拉是个多么幸福的人啊！"（385 页）

在理查逊看来，这样的喜剧如果能让世人相信善有善报，就必定能坚定他们向善的信念，使他们在各种考验中坚守美德，"从而极大地推动个人参与道德建构的热忱"。③ 他相信，在新兴中产阶级掀起的道德改良运动中，帕梅拉这样的"道德楷模"（在世风日下的时代，每年在全国范围内评选"道德楷模"是必要的）无疑具有榜样的力量，可以唤醒世人的道德意识，在文本之外产生连锁影响，实现道德教化的文学功用。也许是理查逊的说教意图过于明显，也许是帕梅拉美德的功利性显而易见，同时代的作家菲尔丁不禁起了疑心，认为功利主义的"美德"（virtue）其实就是"没德"或者"伪德"（var-tue）。因此刚赶出剧院，他就掀起了一场"反帕梅拉"的小说风潮，让莎梅拉

---

① 胡振明，《对话中的道德建构——十八世纪英国小说中的对话性》，北京：对外经济贸易大学出版社，2007 年，第 119 页。

② 同 1，第 119 页。

③ 同 1，第 120 页。

（Shamela，功利主义的帕梅拉）不知廉耻地扬言，"我曾想凭我的身体碰一个小小的运气。现在我想要用我的美德去撞一个大运。"① 在菲尔丁看来，帕梅拉的美德不过是一种伪装，她本人也不过是打着"美德"旗号的罗克珊娜罢了。围绕着真实的人性和美德，英国文坛涌起了一场持久的"帕梅拉热"。

无论帕梅拉美德的实质如何，面对 B 君步步为营的"性骚扰"，"小女子"帕梅拉起初显得十分被动，因为她是一个无权无势的贫穷女仆，而 B 君则是一个权势压人又富甲一方的男性，一位兼任地方治安官的贵族后裔，无论阶级、地位、财富、性别都远在帕梅拉之上。她所能利用的只有自己高扬而 B 君欠缺的美德——"考虑到他的身份高贵，我的身份低下，我在这个世界上除了清白正派外没有什么可以依靠，那他是应当感到懊悔和羞愧的。"（41页）帕梅拉善于扬长避短，"将自己的美德提升到和财富同等重要的地位，从而让拥有美德的自己和拥有财富的 B 先生站在平等层面。"② 凉亭事件之后，帕梅拉和 B 君的对话就生动地体现了她的思路：

"我不想留在这里。"我说。

"你不想，粗野无礼的女孩子！你知道你是在跟谁说话吗？"

我失去了一切畏惧感，也失去了对他的一切尊敬，于是就说："是的，我知道，先生，知道得一清二楚！既然你已忘掉了一个主人应有的尊严，我也就完全可以忘掉我是你的仆人。"

我极为悲伤地哭泣着。"你这愚蠢无知、粗野无礼的女孩子！"他说，"我伤害了你什么了吗？""是的，先生，"我说，"世界上最大的伤害。您降低自己的品格，对一个可怜的仆人这样放肆无礼，因此您已叫我忘掉了我自己和我应有的礼貌；您已缩短了命运在我们之间造成的距离。是的，先生，我将大胆地说，我虽然贫穷，但却是贞洁的，即使你是一位王子，我也不会不保持我的贞洁。"（17~18 页）

在帕梅拉看来，既然 B 君缺乏贵族应有的美德，他就没有资格限制她的人身自由，对她放肆呵斥，而她就可以无所畏惧地离开凉亭，不把 B 君当作主宰一切的主子；B 君降低尊贵的品格，就和"可怜的仆人"一样卑微，两人之间就不再有难以横亘的距离；若是保持贞洁，她就可以在道德层面超越 B 君，

① 伊恩·P·瓦特著，高原、董红钧译，《小说的兴起》，北京：生活·读书·新知三联书店，1992 年，第 187 页。

② 胡振明，《对话中的道德建构——十八世纪英国小说中的对话性》，北京：对外经济贸易大学出版社，2007 年，第 120 页。

和拥有财富优势的 B 君来个势均力敌，从而获得对话的资本。道德考量使对手进入了一个狂欢化的世界。由于懂得经营自己的美德，让 B 君不舍不弃又时刻意识到自己美德的欠缺，原本处于弱势的帕梅拉在心理上跃升到了平等层面，有了可以让 B 君纡尊降贵的资本。于是，帕梅拉开始左右事态的发展，由一个表面上被动的抗拒者成长为一个实际上主动的引诱者。在引诱与反引诱、抗拒与反抗拒的较量中，两个阶级、两种性别、两派观念的斗争通过浪漫的故事演绎得淋漓尽致。

在男权中心和私有制经济的语境中，女性的社会角色悄然改变，她们的成功越来越依赖自己对男性的魅力，即拥有男性认可的品质，成为他们心目中值得和财富拥有者媲美的楷模。除了美貌、娇弱、知书达理，帕梅拉的魅力主要在于她的美德。她认为，上层社会之所以道德堕落，是因为他们没有和财富相称的社会责任意识：

啊，这些身份高贵的先生们竟做出这种有损体面的事情，让身份比他们低下的人掌握了把柄，成了比他们更高尚的人；情况发展到这个地步，这些行为该是多么卑劣啊！这些行为有使这些极为冠冕堂皇的大人先生们看起来是何等渺小啊！（18 页）

她把财富对个人道德的侵蚀和美德对卑微地位的提升同等看待，使自己因为拥有 B 君缺乏的品质而高尚起来，从而能 "让财富的显性劣势和美德的隐性优势进行对话。在对话的过程中，财富成为检验美德的试金石"。[1] 美德经受考验获得财富的认同，财富经过施舍得到美德的赞赏，这是相互的嘉奖和皆大欢喜的结局。

帕梅拉 "美德有报" 的过程就是美德和财富对话的过程，她和 B 君的美满婚姻就是美德和财富的对等结合。通过美德的展示，帕梅拉实现了众多女仆的 "灰姑娘" 梦想，将 "读者大众中所有妇女的渴望" 化作了文学虚构中的现实，成为了 "世上所有的侍女为之欢呼的对象"。[2] 在男权中心的阶级社会，女性美德与男性财富的结合是 "女性空前绝后的胜利"，[3] 因为意识形态早已规定，出生高贵的女人陷入 "平庸的婚姻" 会使她 "身价大跌"，也就是说，

---

① 胡振明，《对话中的道德建构——十八世纪英国小说中的对话性》，北京：对外经济贸易大学出版社，2007 年，第 123 页。

② 伊恩·P·瓦特著，高原、董红钧译，《小说的兴起》，北京：生活·读书·新知三联书店，1992 年，第 164 页。

③ 同 2，第 169 页。

女人下嫁寒门是一种"堕落"，而贵族男性则可以屈尊，正当地迎娶卑微的女性。因为"男人产生了性的激情是无可争辩、无可更改的事实"，而女性的"堕落"就等于承认失去了对性冲动的"免疫力"，①是极不道德、极不体面的。"美德有报"的"前途是美好的，但是道路是曲折的"，没有精于算计的品质，帕梅拉是难以如愿以偿的。B 君提出收养情妇的条件后，她把自己的"答复按照他建议的条款逐一对照"，列出了一份密密麻麻、长达 5 页（240 ~ 244 页）的"清单"，颇有鲁滨逊"算计"财富得失的意味。帕梅拉不只是"贞洁"，她拥有众多的"美德"——理查逊在小说名称中使用单数"Virtue Rewarded"，兴许只是想强调"贞洁"的异常重要。

　　帕梅拉嫁入豪门并不只是凭借"贞洁"，她还具有传统贵族认可的其他"美德"，也就是说，在结婚之前，帕梅拉就已经是一个"潜在的"（would - be）"贵妇人"了。首先，作者设定的主人公形象就完全符合传统社会高贵女性的模式：年轻——"十五岁刚刚出头"；（13 页）美丽——是戴弗斯夫人"这一生中所见到过的最漂亮的妞儿"；（7 页）善感——收到 B 君赠送的女性长袜时，帕梅拉一脸害羞，"内心感到很不好意思"；（11 页）纯洁——"我既谨慎又谦逊，跟所有的男仆都保持着疏远的关系"；（9 页）善于待人接物——"我并不高傲自负，对人人都彬彬有礼"；（9 页）"明白事理"——B 君赞赏帕梅拉道，"像我这样年纪的人一般不可能达到这种程度"；（7 页）娇小柔弱——听到 B 君的挑逗，"我……感到惊慌失措，仿佛只要用一根羽毛也可以把我打倒在地"，（12 页）落入了 B 君的怀抱，"我"就会"由于恐惧而失去知觉，接着身子就瘫软了"，（17 页）面临 B 君的猥琐，"我"就会"立即完全昏迷过去"，一副"快要死了"（259 页）的样子；"被动"——"在婚姻缔结之前，她对倾慕者缺乏任何感情"，② 表面上对 B 君没有任何爱恋，诸如此类的"贵妇人"品质可谓不一而足。其中，帕梅拉的救命稻草——遇到威胁就晕死过去——和她卑微的地位最不吻合，因为果真经历过劳动的磨砺和生存的艰辛，她是不大可能如此脆弱的。因此，伊恩·瓦特禁不住说道，"低贱的出身几乎不能给予她这种品质，"如果"她充分表现出这种［贵妇人的］品质，那只能说明，她的全部本性已被超乎她的身份的思想所牢牢固定。"③

---

　　① 伊恩·P·瓦特著，高原、董红钧译，《小说的兴起》，北京：生活·读书·新知三联书店，1992 年，第 180 页。

　　② 同1，第 177 页。

　　③ 同1，第 177 ~ 178 页。

总之，帕梅拉"现在是个多么像上流社会那样优雅可爱的女孩子"，（4 页）甚至已经"出落得就像一位贵妇人一样漂亮啦！"（43 页）

其次，帕梅拉对贵族的生活方式并不陌生，潜意识中保留了"贵妇人"的品质。一方面，"我们从前也过过富裕的日子"，（4 页）现在的贫穷只是一时的窘境，并未把"我"的贵妇人品质扼杀干净。另一方面，"我"自小在 B 宅做事，富贵的生活强化了"我"潜意识里的贵妇人思想：正如"父亲"大人所担心的，"你受到的待遇大大超越了你的身份。"（4 页）尤其值得注意的是，帕梅拉在老夫人那里得到的不是女仆的待遇，而是接受了全面的贵族小姐式的教育：她不必洗衣服、擦器皿、烤面包，却有机会读书识字，"熟练掌握唱歌、跳舞、绣花、女红等全套淑女基本功"，① 不禁令人怀疑"老夫人是否有意把漂亮的帕梅拉当作未来的儿媳来培养"。② 这种教育和曾经的富贵明显和帕梅拉现时的卑微地位不相符合，她思想的成熟和抗拒的技巧也显然与其年龄不相符合，但是，在"美德"的旗帜下，她必须克服贵妇人的刁蛮习性，只显露传统贵族认可的品性。表面看来，帕梅拉"没有定位"，③ 而是游离在下层和上层意识之间，因此，她并不一味地排斥权势，而是向往着权势"能给个人带来的道德示范作用，期待着与财富相称的荣誉"④ ——"做好事是一件多么可爱的事啊！这就是我羡慕那些高贵人物的原因。"（10 页）在骨子里，帕梅拉就是一名高扬美德的贵妇人。

二、B 君的"美德"

帕梅拉能够经受考验，实现"美德有报"的梦想，跟 B 君自身的"美德"和可塑性是分不开的。

B 君并非真正意义上的恶棍，而是一名兼有情场坏蛋形象的绅士，一名可以由新兴资产阶级意识形态改造的传统贵族，具有明显的社会分裂性和形象的可塑性。说起帕梅拉的贞洁自持，他居高临下，一副调侃的口气：

---

① 黄梅，《推敲'自我'：小说在 18 世纪的英国》，北京：生活·读书·新知三联书店，2003 年，第 135 页。

② 胡振明，《对话中的道德建构——十八世纪英国小说中的对话性》，北京：对外经济贸易大学出版社，2007 年，第 127 页。

③ Flynn, Carol Houlihan, *Samuel Richardson: a Man of Letters*, Princeton: Princeton University Press, 1982, p. 136.

④ 胡振明，《对话中的道德建构——十八世纪英国小说中的对话性》，北京：对外经济贸易大学出版社，2007 年，第 126 页。

"……我们全都站在他的面前，不论是最伟大的人，还是最渺小的人，不管他们爱怎么想，但全都要对上帝负责。"

他愉快地露出嘲笑的神气，拉着我的手说，"你的劝告很好，我漂亮的牧师！当我林肯郡的牧师死去时，我将让你穿上教士服和黑袍法衣，由你来担任他的职务，让你大显身手！"

……"我希望先生的良心将成为您的传教士，这样您就不需要另外的牧师了。"

……

……"我想劝杰维斯太太在伦敦购置一座房屋，当我们这些议员到城里去的时候，她就会把房间出租给我们；你可以充当她的女儿，有你这样一位漂亮的女儿在那里，她的房屋将会经常住满客人，她将会挣到大笔的钱。"（77～78 页）

B 君一派玩世不恭的样子，一会儿揶揄帕梅拉的虔诚，设想着她身披教士衣袍充当道德导师的模样，一会儿嘲弄帕梅拉的贞洁，想象着她充当鸨母的"女儿"服侍上流人士的状况。正如帕梅拉长于写信和说教，B 君擅长虚构和调侃，说起粗俗的玩笑来就妙语横生，忘乎所以。在这场趣味无穷的"对话"中，贞洁自持的帕梅拉扮演了秩序和道德捍卫者的正派角色，而 B 君作为权威（贵族，主人，地方治安官，议员）却嬉皮笑脸，毫不正经，扮演了调侃权威、营造狂欢氛围的小丑角色。

无论宗教、道德、政治、荣誉、友情，对一切崇高的事物 B 君都持游戏的态度，不像"老一辈"贵族那样装腔作势，义正严词。权威对自身的调侃是一种肆无忌惮，是对贵族改造的可能性、对美德与财富的对话性的暗示，对试图"与位居其上的社会权贵磋商 ［从而］ 结成意识形态同盟"的"中产阶级"而言，① 这何尝不是一种求之不得的"美德"呢？细究起来，B 君"不是彻头彻尾的类型化反面发言人，而是游戏于不同的声音之间，体现了种种犹疑和内在冲突，具有一定的深度和立体感"，他对权威的亵渎"实属一个正在解体的群体的常规态度——他们已经不再相信有关自身的光荣神话。"② 如果说帕梅拉的道德神话是"理想主义"的，那么 B 君的态度就是"现实主义"

---

① 黄梅，《推敲'自我'：小说在 18 世纪的英国》，北京：生活·读书·新知三联书店，2003 年，第 128 页。

② 同上，第 138 页。

的，他对阶级、性别权威的现存状况毫不隐讳，对少女的羞怯和春意也看得一清二楚。他的态度甚至是"颓废主义"的，因为他对及时行乐并不反对：虽然他对女性的玩弄是有节制的，一旦帕梅拉"晕死过去"就立即终止"性骚扰"，但是一旦能和帕梅拉单独相处，他决不放过调侃和意淫的机会——"别不好意思，帕梅拉；漂亮的姑娘都是要穿鞋子和长袜的，你以为我不知道吗？"（11～12页）在一定程度上，B君的确是"一个浪荡子"，一个"文化史中不时复现的虚无颓放倾向的代表"。① 但是，对于帕梅拉的灰姑娘历程，他的"颓放"或者不时的"情不自禁"是必要的"美德"，因为这是对帕梅拉的美德（尤其是贞洁）必须进行的考验，否则，美德和财富就没有对话的可能了。也就是说，B君的"美德"是一种必要的媒介。

起先，B君只是一个引诱者、迫害者，心底里涌动的是美丽的"弱女子"激发的力比多冲动，但是在与帕梅拉的较量中，他渐渐发现有一个清晰的声音在挑战他所代表的权势，在要求财富与美德的对话。为了自身的荣誉，他和帕梅拉展开了一场旷日持久的财富权威与道德权威之间的论战，一场涉及性别和阶级的"口水战"，于是他就成了一个"半心半意的引诱者"和一个"出尔反尔"的论战者。他千方百计要占有帕梅拉，一则是要一解肉欲之渴，二则是要毁灭帕梅拉的贞洁，挖掉对手权威的墙角，也就是要"否定新兴资产阶级对权威的诉求"，② 维护贵族岌岌可危的权势。他嘲笑对手的写作，又害怕自己的"秘密"通过书信被公之于众；他讥笑对手的德行，又被她的言论深深吸引，从一个不择手段地拦截书信的"黑客"变成了对手最忠实、最热切的读者，逐渐接受了对手对自己的道德改造。对帕梅拉实行"严密的监视"（16页）之后，B君禁不住"怀着读连载故事的热忱，不断索取、拦截、偷阅后者的书信、日记"，③ 因此，他和帕梅拉就书信展开的较量千真万确是一场"话语权利"之争。④

B君不择手段地截取帕梅拉的信件，这种行为一方面是情节的要求，因为

---

① 黄梅，《推敲'自我'：小说在18世纪的英国》，北京：生活·读书·新知三联书店，2003年，第138页。

② 胡振明，《对话中的道德建构——十八世纪英国小说中的对话性》，北京：对外经济贸易大学出版社，2007年，第152页。

③ 同1，第139页。

④ 黄梅研究员不同意"话语权利"的说法，理由是"后来在没有通信的可能或必要的情况下，她仍一直在写日记。"见其专著，第139页。其实，这正是帕梅拉的精明之处，无论书信还是日记，她都是在制造舆论，通过各种方式送出去后，就能将B君的秘密公之于众。

两人的交锋或者说财富与美德的对话就是在书写和拦截信件的过程中展开的；另一方面是因为 B 君有着浓厚的贵族荣誉感，他害怕帕梅拉通过书信把自己不大见得人的"秘密"传播出去，制造不利于自己荣誉的公众舆论。第一次发现帕梅拉给父母写信时，他就警告说，"你应当谨慎小心，别把捕风捉影的一些闲言碎语从一个家里传到外面去。"（3 页）在凉亭强行吻过帕梅拉之后，他有些忧心忡忡，讨价还价道，"如果你能保守住这件事的秘密，我对你的自重就会有更高的评价。"（18 页）随着"秘密"的公开，他对帕梅拉的写作越发恨之入骨，禁不住对杰维斯太太埋怨道，"如果她待在这里，她就不应当纯粹为了练习写作技巧与虚构能力来写我家里的事情。"（24 页）再次逮住帕梅拉写信时，他呵斥道，"我当时是不是对你说过，你不应当把经过的事情告诉任何人？可是你却大肆宣扬，让人人都在议论这件事，既不考虑我的名誉，也不考虑你自己的。"（25 页）在他看来，帕梅拉已经通过书信把他的丑事公诸于众，败坏了自己的名声；她坚持不懈地书写，就是对他贵族地位的损害和对他美德的诬陷，因此，他一再恐吓帕梅拉，说"在我自己的家里和在我家的外面，我就被你这样一个冒失鬼暴露给全社会了，是不是？"（26 页）或者"你向我的女管家和你的父母放肆地败坏我的名声，我非常不高兴。"（27 页）内室的"风流韵事"被杰维斯太太发现了，他也没有忘记叮嘱，"我要求您别把这件事声张出去，不要让我的名声随意受到损害。"（29 页）对 B 君而言，荣誉感愈强，对公众舆论的控制就愈要强化，对对手的攻击就愈要报复，于是，他想方设法截取帕梅拉信件的行为就"有理可据"了，他的"情不自禁"与欲盖弥彰也就充满了喜剧色彩，他的形象也就可爱起来。帕梅拉虽然痛恨他暴虐的外表，却也承认，"我为什么不能恨他呢？"（250 页）这也就情有可缘了。

B 君对帕梅拉颐指气使，又几度翻悔，那是他的贵族荣誉感夹杂着性冲动的直接表露，也就是说，"B 先生的言行不端可以被视为下意识的冲动，而非有意的伤害。"① 剥开"这种有损体面的事情"（18 页）的表象：

主人是一位很好的绅士，他有高超的智慧与见识；据我所知，有六位身份高贵的小姐都爱慕他，如果他向她们求婚，她们都会感到自己十分幸福美满。……虽然你是他的仆人，但是他爱你胜过爱世界上所有的名门闺秀；由于

① 胡振明，《对话中的道德建构——十八世纪英国小说中的对话性》，北京：对外经济贸易大学出版社，2007 年，第 155 页。

你的身份跟他的相比太低下了，所以他想方设法克制对你的爱；我的看法是，他克制不了这种爱，于是他那高傲的心就感到恼怒，并决定不让你在这里待下去；由于这个缘故，当他偶尔遇见你的时候，他的脾气就变得那么暴躁。(40 页)

从旁观者（杰维斯太太）的角度来看，B 君其实也拥有不少的"美德"——高超的智慧、宽广的见识，不嫌贫爱富，坦诚热情，毫不做作。这些美德其实是众所周知的，他身边众多人的话都印证了这一点。

客观地说，B 君只有两个"没德"：一是没有克服贵族的荣誉感和地位观，一时拉不下面子；二是力比多亢奋，时常有些"情不自禁"。第一个"没德"驱使他将帕梅拉收作情妇，用他自己的话说就是："我们应该怎么对付这社会和社会上的人们的谴责呢？说实在的，我不能结婚！"（277 页）第二个"没德"迫使他时常挑逗和猥亵帕梅拉，一旦遭到抵制就暴跳如雷，于是他就时常采用暴力手段来证明自己"男性的力量"。B 君的"美德"和"没德"是一对矛盾，是他出尔反尔和内心冲突的根由：

请考虑一下我引以自豪的地位吧。我不想结婚，一想起它我就忍受不了，甚至地位与我相等或比我高的女人我也不想与她结婚；我已拒绝了好几桩这样的求婚。按照世人的判断标准，我们之间有着极大的差距，这样我怎么能考虑让你成为我的妻子呢？然而我必须有你；我不能容忍在你的爱情中由其他任何人取代我的想法。(270~271 页)

B 君不为财富所动，他追求的是美貌与美德的结合，因此对于贞洁、善良、虔诚、美丽的女仆，他不禁砰然心动。但是，地位上的巨大差距又使他犹豫不决，不敢顶着谗言可畏的风险正式迎娶帕梅拉。几经挫败，他采取了折中的办法，企图将帕梅拉收作情妇，使两人之间的论战不断升级，也将故事推向高潮。（笛福的小说采取的是"插曲式情节，"几乎无高潮可言。）

在帕梅拉的眼里，B 君是一个"邪恶"、"放荡"的主子，这兴许是她标榜贞洁自持时的过敏反应——面对 B 君的侵犯，除了美德就没有什么依靠的她还能怎样呢？只能进行舆论的大反攻，给对手贴上"败德先生"（Mr. Bad-man，班扬笔下的人物）的标签，将他的"没德"公之于光天化日之下。可是旁观者清，在其他人眼里，B 君千真万确是一个优秀的绅士。除了上述杰维斯太太的公道话，林肯郡庄园的朱克斯太太时刻提醒说，B 君是"全英国最优秀的一位先生"（104 页），邻里的乡绅彼德斯也为 B 君开脱，说"B 先生不是一个吝啬苛刻的人，……他也不是一个荒淫放荡、十恶不赦的人"（128 页），甚至"丑恶"的科尔布兰德也禁不住"用拙劣的英语"告诫帕梅拉要珍惜 B

君，"受到世界上最优秀的先生爱慕，这是很幸福的！"（161页）围绕着B君的德行，帕梅拉和一群非当事人展开了一场舆论的攻坚战。在清醒的众人面前，她不免显得片面、过激，这就为她"不能恨他"的态度转变留下了伏笔。如果说B君的人性"具有一定的深度和立体感，"那么冷静、客观的旁观者就可以说，这全是爱情捣的鬼——"爱情真是个魔鬼！"杰维斯太太说，"它竟会显示出千奇百怪的形态！有些形态甚至是他们本心最不愿意显示出来的。"（49页）在很大程度上，B君是一个毫不做作的、本真的绅士，一个女孩子喜爱的情场坏蛋；他显得"没德"，那只是"爱情"在做祟。

三、"美德有报"与话语权的争夺

在阶级社会以男性为中心的意识形态的控制下，女性美德首先表现为女性自觉遵守上层社会男性对女性行为的强制性规定，其最高美德就是涉及两性和家庭关系的贞洁，因此，帕梅拉要成为男性阶级社会的模范女性，除必须具有那些天生和自然习得的女性美德外，首要的就是在充分的自我叙述中获取证明自身贞洁的话语权，并在接连不断的实际考验中切实维护自身的贞洁。B君凭借世袭的财富和贵族的地位成为主宰一方的"权威"，而帕梅拉则通过写作获得虚拟的话语权。她几乎从不间断地进行写作，以自己的书信和日记构成小说基本的"叙述形式"，以自己如何抵制意在毁灭自身贞操的种种恶行作为小说"情节"，所以，通过持之以恒的写作，她保存了自己本来的"身份和视角"，[1] 也构造了一个自己拥有话语权的虚拟世界。她在叙述中确立自身的主角地位，不仅获得了弘扬自身"道德主题"的话语权，而且创造了再度阐释的空间，为在两种"身份和视角"的交锋中证实自己的美德提供了考验的场所。"女性写作"是她"革命"的有力武器，使论战对手也不得不感叹，"你是个善于耍笔杆子的人。"（339页）

事实上，尽管B君卑劣地截取、偷换、阻止她的信件，或以主人的权威专制地口授旨意，企图剥夺她在虚拟世界的话语权，但帕梅拉仍然想方设法坚持写作，巧妙地送出和隐藏了众多的书信和日记，从而在构成小说主体的过程中维护了自身的权力。因此，帕梅拉的写作习惯表面上是已故女主人教她断文识字的结果，而实质上是女性反对男性"新闻检查"专制、在缺乏真实话语权时维护自身虚拟话语权的手段，是女性证实自身美德并感化孤傲贵族，从而

---

[1]　Doody, Margaret Anne, "Samuel Richardson: Fiction and Knowledge," *The Cambridge Companion to the Eighteenth Century Novel*, edited by John Richetti，上海：上海外语教育出版社，2000年，第97页。

获得通向上层社会的许可的途径。可以说，帕梅拉的书写与 B 君的篡改就是等级社会中女性美德与贵族专制的权力交锋。在 18 世纪中叶女性识字率已攀升到40％的英国，帕梅拉的女性写作（feminine writing）不仅是启蒙运动的伟大成果，而且是对当时男性贵族权威的"革命性抵制"。① 正是借助这种"抵制"，帕梅拉始终将自己姓氏（Andrews）的首字母排列在贵族主人的前面，而没有让 B 君获取"文本的主控权"。② 但是，帕梅拉的"革命性"仅此而已，她最终追求的仍是成为男性眼光中的"模范"女性，并借此实现阶级跨越的潜在目标。

作为社会的主宰，贵族男性以非法占有女性为时尚，而女性作为从属，其正常本能的需求在婚前即使是不由自主的表达，也会被视作淫荡，因此"贞洁自持"是女性借以获得男性意识形态认可的重要美德。作为第二性和下层人物，帕梅拉即使获得了虚拟话语权，也必须抑制自己的本能冲动，处处做出得体、文雅的淑女风范，丝毫不可在男性和上流社会面前显露自己的本能需求，否则在荒淫贵族男性的追逐下，就会沦为"幸运的情妇"甚至悲惨的弃妇，丧失得到男性认可并合法寄身上流社会的机遇。一方面，作为"孝顺的"女儿，帕梅拉在自我表述中既不便向异性读者（贫穷但正直的父亲，信件和日记预设的主要读者）坦露过多的女性心声，又不愿违背清教徒父亲期待的严格的行为准则，所以，在所有的信件和日记中，她必须自觉地压制自己本能的文字表达，时时声称"我宁肯死一千次，也不会以任何方式成为一个不贞洁自持的人"，（27 页）并以"你们贞洁、诚实的女儿"等标明自身美德的话语作为信件落款的固定模式。

另一方面，作为男性意识形态中的"模范"女性，帕梅拉虽然潜意识中非常渴望贵族男性的追逐，但也必须以羞答答的淑女自居，切不可用超越意识形态的热烈奔放的姿态，主动表达或直接满足内心的需求。因此，每当 B 君捏着她的手，说出"尼伦布料"（女性内衣和长袜）和"朋友"（性伙伴）等在当时明显具有挑逗和嘲弄意义的字眼时，她总是得体地挣脱，或将羞红的脸蛋扭过去避开 B 君的眼神。作为女性贞洁的外在表现，这种含蓄和害羞既装点了帕梅拉的外在形象，又恰到好处地维持了与贵族阶层的审美距离，显现出

① Doody, Margaret Anne, "Samuel Richardson: Fiction and Knowledge," *The Cambridge Companion to the Eighteenth Century Novel*, edited by John Richetti, 上海：上海外语教育出版社，2000 年，第 102 页。

② Doody, Margaret Anne, "Samuel Richardson," *Dictionary of Literary Biography*, Volume 39, edited by Martin C. Battestin, Michgan: Gale Research Company, 1985, p. 390.

理性和最终合法实现世俗追求的谋略。在快乐原则和现实原则的挟持下，帕梅拉具有的是一颗"不听话的心"——在 B 君才华和身份的诱惑下，帕梅拉本能的冲动时时在心中涌起，但清教主义和等级制度不容许她直截了当地接受主人的"非礼"，成为不为贵族阶层普遍接受的妓女或情妇，所以，虽然内心对 B 君"恨不起来，"帕梅拉也必须向父母叹息"恨"与"爱"就"这样紧紧地连接着"，（250 页）甚至还要向 B 君本人埋怨他的"高傲"和"邪恶"。在颂扬自身"道德主题"的叙述中，帕梅拉的自然行为成了受意识形态掩盖的潜文本，为突出贞洁的人物形象提供了充足的表达空间。

除了女性内心呼唤的失声，或者情爱追求的表面被动，男性意识形态强加给女性的美德还表现为女性抵制男性物质和本能诱惑的韧性。因此，拥有虚拟话语权的帕梅拉除了以"背景"叙述掩饰自身的本能需求，营造出贞洁淑女的形象外，还需要通过"前景"聚焦展现自身经受种种考验的曲折过程，以雄辩的事实塑造美德的真实化身。作为第一性和"名誉"至上的贵族，爱慕帕梅拉美貌的 B 君在本能冲动的驱使下，企图以主人的地位和贵族的财富胁迫和引诱帕梅拉献出贞洁，从而使自己无须为两性关系承担任何道德和法律责任；而帕梅拉作为清教徒和地位低下的侍女，在步入合法婚姻的殿堂之前必须竭力抵制主人的纠缠，维护自身事实上的贞洁。帕梅拉的美德之战也就是 B 君的名誉之战，为帕梅拉贞洁形象的确立构造了必需的广阔空间，并由于双方的双重身份（女性＋侍从，男性＋贵族）客观上获得了广泛的"政治含义"。①

在贞洁重于生命的清教主义教导下，帕梅拉面对 B 君的屡次侵犯都表现出蔑视权贵的勇气，竟不顾侍女的依从地位"粗野无礼"地斥责主人"忘记了自己应有的尊严"，（18 页）似乎要将地位悬殊的两性道德的较量上升为"阶级之战"。更重要的是，帕梅拉在自我表述中将 B 君的言行定性为"无耻"、"下流"，并通过书信将他的卑劣行径"暴露给全社会"。一方面向"全社会"证实自身的清白，从而通过改造社会舆论将个人的美德之战转化为意识形态的较量，另一方面在信件被窃取后，又巧妙地向贵族显示了自己坚定的清教主义信念，并以自己的误读赢得贵族的尊重，从而为消除彼此间的误读、实现两性和阶级的融合创造了契机。作为清教道德观念的体现和阶级跃升谋略

---

① 黄梅，《推敲'自我'：小说在 18 世纪的英国》，北京：生活·读书·新知三联书店，2003年，第 128 页。

的实践，《帕梅拉》的"道德主题"在性别和阶级的大语境中，实际上是一个"开放的文本"，因而在这部作品的读者接受史上，出现了"革命性的故事"（帕梅拉党）和"谢梅拉"的戏谑（反帕梅拉派）两种截然相反的片面解读。①

　　毫无疑问，辩证的解读就是帕梅拉的"道德"是美德和谋略的融合。作为美德，她的"道德主题"在她对"三个包裹"的选择和对 B 君的暴怒与纠缠的韧性抗争中就已得到确证；即使弱不禁风的她无法抗拒 B 君的软缠硬磨，她也被及时"昏死过去"这最后一根稻草拯救。没有坚定的清教主义的精神支撑，婚前她就会屈服于 B 君的人身囚禁和物质利诱，早早地沦为罗克莎娜似的幸运情妇；婚后她也会显露主人高傲、卑劣的习气，蜕化成物质至上的新兴贵族。因而，帕梅拉确定无疑的美德似乎是清教主义与先天素质合成的精神品质。作为谋略，她的"道德主题"在她"那颗不听话的心"和爱恨相连的情绪中已初见端倪，而在婚后的感恩情绪和身份确认中更显现无疑。成为合法的 B 夫人后，帕梅拉不仅自己得到了财富和尊贵，也使"贫穷"的父亲因一身新衣就感受到贵族"无边无际的仁爱"，因而心理上觉得"难以承受"，（387 页）这种兴奋、满足和感恩戴德正是实现谋略（以"道德主题"换取阶级跨越）后的自然的心理反应。她甚至把让她梦想成真的 B 君当成自己"幸福的第二位缔造者"，而自己"愈来愈是他的仆人"，（386 页）这种依顺和身份确认暴露了她完美谋略的世俗性——以合法婚姻实现"道德人"与"经济人"的合一。因此，对帕梅拉的完整解读应该是，她既不是对等级制度进行"革命性抵制"的纯粹"政治人"，也不是狡诈地追求财富和地位的完全"经济人"，而是英国资本主义道德改良运动中，既有显在崇高美德又有隐性世俗追求的现实的"模范"女性，是以鲜明的"道德主题"区别于拜物教徒的"道德人"。

　　作为道德改良的对象，帕梅拉的主人 B 君英俊威严、风流倜傥，但又出语不雅、高傲卤莽，因而让帕梅拉爱恨交加。他既有贵族男性追逐美貌女性的恶劣习气，又有英国绅士"名声"至上的道德风范。一方面，他不择手段地对自己的美貌侍女实施软禁或假以物质利诱，企图在维护等级制度和男性中心主义的前提下，迫使她成为无法享有合法权益的情妇；另一方面，他唯恐帕梅

---

① Watt, Ian, *The Rise of the Novel*, New York: Penguin Books, 1981, p. 244~5. 又见黄梅，《推敲'自我'：小说在 18 世纪的英国》，北京：生活·读书·新知三联书店，2003 年，第 127 页。

拉通过书信败坏自己的"名声"，所以千方百计地截取信件、偷听谈话或直接恫吓，无意中为考验帕梅拉的美德和消除彼此间愈来愈严重的误解创造了空间。在恶毒的朱克斯太太等人的支持下，B 君与帕梅拉、善良的杰维斯太太及正直的威廉斯牧师展开了一场实际上涉及到两种性别和两个阶级的道德战争，并经过帕梅拉美德的洗礼终于成为淑女"幸福的第二位缔造者"，合法地实现了"战争"双方的追求目标。婚后，帕梅拉与 B 君还共同经历了"战争"的余波，不仅促进了彼此间的尊重与谅解，而且以自己一贯的美德（在小说的续集中，帕梅拉的美德主要表现为善良和宽宏大量）感化了等级秩序的坚定维护者戴弗斯夫人、非道德婚姻的受害者戈弗雷小姐，以及曾经受制于主人淫威的佣人等不同阶级的人物，从而在更广泛的语境中实现作者"美德有报"的主旨。

作为等级社会男性意识形态控制下的淑女的典范，帕梅拉以"美德有报"的喜剧体现了现实社会道德改良运动的积极成果。如果说她政治上的"革命性"仅仅表现为，她坚守的女性美德触及了等级制度和男性意识形态，那么，作品文学上的"革命性"就不仅表现为，她以前所未有的"道德主题"超越了垂暮之年才悔罪但又对自己世俗的创业历程津津乐道的"女商人"，而且还表现为她以对合法婚姻的执着追求激励着蔑视权贵、追求平等的简·爱，又以起伏的内心活动启迪着意识灵动的达洛卫夫人。可以说，在漫长的英国小说史中，承上启下的帕梅拉是最早不仅摆脱了"原罪"，而且具有丰富内心意识的圆形人物之一。

但是，帕梅拉的"革命性"是有限的。她忧虑的是，堕落还是不堕落，"那是一个问题"，然而，她的批评实质上只"是保守的改良，而非激进的变革"。① 旧有的清教主义道德观是培育她的美德的土壤，也是她实现性别、阶级对话的依托，因此，从根本上说，她不可能颠覆旧有的社会制度，贵族的高尚和荣誉在她的意识里仍是道德的最高体现，她的宗旨就是让美德复归，实现美德和财富的婚姻。于是，她不会表现出"任何质疑贫富悬殊的社会现状或者女性的既有地位的愿望"，② 一旦 B 君恢复了道德意识，不再处心积虑地侵害她的贞洁，她就由衷地感到高兴，觉得 B 君成了一位高尚的天使，是她"幸福的第二位缔造者"。（386 页）即将举行婚礼时，得遂所愿的她对旧道德

① 胡振明，《对话中的道德建构——十八世纪英国小说中的对话性》，北京：对外经济贸易大学出版社，2007 年，第 146 页。

② Kinkead - Weekes, Mark, *Samuel Richardson: Dramatic Novelist*, London: Methuen & Co. Ltd., p. 63.

观和社会制度更是感恩戴德。"为了服从主人的命令，我在一个幸福的时刻占有了我那两个包裹……，我希望它们现在已归我所有了。"（378 页）在"服从"、"主人"、"命令"三个词当中，帕梅拉顺从原有等级秩序的心理显露无疑，而且一旦自己的地位得到升迁，她就理所当然地"占有了"原先有辱自己美德的"两个包裹"（老夫人和 B 君送的礼物）。这种截然相反的认同不禁令人怀疑，她在杰维斯太太面前对"三个包裹"的取舍只是一场精心策划的"美德秀，"并非真心实意的流露。她把"两个包裹"里的华美服饰穿戴上，"像一个高傲的轻佻女人一样照着镜子，几乎都要把自己看成一位贵妇人人了。"（378 页）对奢华生活的向往在"美德秀"的过程中被掩盖得丝毫不露马脚，现在却原形毕露了，"形势已发生了多么大的变化啊！"（347 页）菲尔丁等人结成"反帕梅拉派"不是空穴来风。

帕梅拉对地位的变迁十分敏感。当曾经助纣为虐的朱克斯太太也"向我行了个优雅的屈膝礼"时，"我"一阵欣喜，感叹道，"形势已发生了多么大的变化啊！"（347 页）婚后，帕梅拉更像是一个尽心伺候主人的女仆，而不是地位平等的主妇。"您的意愿就是我的意愿"（348 页）得到了认可，自我都可以放弃。对于 B 君的纤尊降贵，她无比地感恩戴德——"我双膝跪下，'先生，请允许我这样来赞颂上帝的仁慈，并感谢您的恩情。愿我今后的行为不会完全辜负我所得到的这些待遇，那样我将会多么幸福啊！'"（424 页）在帕梅拉看来，知恩图报，顺从这位改过自新的财富权威，是美德的延续，是对"美德有报"的回报。她先前的抗拒非但不是反抗权威，而是通过改良拯救和巩固权威，她的目标是在现存制度下实现美德和财富的融合，不是革掉男性中心的阶级制度的命。在续集中，她十分珍惜"美德有报"的胜利果实，也不时强调自己的地位变迁。当戴维斯夫人（B 君的姐姐）强迫她与佣人一道进餐时，她宁肯挨饿也不愿屈就，并对主家傲慢的仆人说道，"我已经今非昔比；近来我有幸和更优秀的人做伴，因此不能再低就你这种人。"（412 页）可见，帕梅拉并不否认旧有的等级制度，而是在维护旧有的社会秩序。理查逊本人所从事的就是一场道德改良，而不是社会革命，他笔下的帕梅拉怎么能自作主张呢？

第二节　克拉丽莎的两场战争

就"道德主题"而言，如果说《帕梅拉》以喜剧的形式迎合了普通读者"美德有报"的向善心理，那么理查逊的第二部小说《克拉丽莎，又名年轻女士的历史》（*Clarissa，or The History of a Young Lady*，1748 ~ 1749，1751）则试图以悲剧的形式反映并"以怜悯和恐惧净化"基督教传统的道德意识。这部煌煌百万言的书信体巨著"涵盖了私人生活中最重要的问题，尤其表现了父母与子女双方在婚姻中的错误行为导致的种种痛苦"，而且正如作者在后记中指出，该小说"在一种时髦的娱乐形式的掩盖下偷偷地宣扬基督教的伟大教义"，① 因此，尽管这部作品很少在叙事进程中进行直接的道德劝戒，但它涉及 18 世纪英国女性最重大的人生事件（婚姻）的基督教"道德主题"仍是不可质疑的。与《帕梅拉》不同的是，这部作品更自觉地将道德关怀与艺术追求融合起来，形成了独特的"诗学的正义"（poetic justice）观，所以，这部作品的"道德主题"因更多地融入了小说自身的艺术而得到众多当代批评家的怀疑。事实上，这部作品的"道德主题"不是通过简单地讲述灰姑娘的成功历程直接体现的，而是通过对中产阶级淑女由于家族的贪欲和残酷以及自身的性格矛盾被迫而自觉走向灭亡的悲剧艺术地实现的。

　　除了"更严格地遵守了诗学的正义"，这部作品在"叙述结构"的其他要素上都与《帕梅拉》迥然不同，甚至可以说，无论在"叙述形式"（四个主要写信人）、"故事情节"（系列事件的多重叙述）还是在"小说人物"上，这部巨著都超越了表现简单的善恶二元论道德观的《帕梅拉》。作为自觉追求小说艺术自身的积极成果，小说的女主角不再只是经历一场单一而具体的"道德之战"，而是先后经历了一场涉及家族、产权、婚姻和心理的错综复杂的"战争"，以及英国小说史上前所未有的波澜起伏的"人格之战"，并以基督式肉体灭亡实现了蔑视物欲和消灭他我的精神胜利，成为感伤小说中具有鲜明圆形特征的典型人物。作为作者预设的模范"道德人"，克拉丽莎在泛化的"道德之战"和微妙的"人格之战"中面临的，不再是只涉及性别和阶级的简单的意识形态，而是来自阶级、家族和个人内部并且涉及物质利益、家族荣誉和个人人格的矛盾纠葛，因此，她在"私人生活"中形成的人物形象具有超越道德意识的复杂入微的特征。而作为邪恶的"道德人"，她的对手罗伯特·勒夫列斯（另一个主要写信人）及家族亲人等等，也在两场"战争"中完成了自己圆形或贪婪、自私、狭隘的扁平形象的塑造。

---

　　① 黄梅，《推敲'自我'：小说在 18 世纪的英国》，北京：生活·读书·新知三联书店，2003年，第 191 页。

一、双重"欲望三角形"

在主要由嫉妒心理和产权纠纷引发的"道德之战"中，父权制地主士绅家族的"经济个人主义"代表和没落贵族"政治个人主义"入侵者都粉墨登场，构成了以理性自我的楷模克拉丽莎为交点、以克拉丽莎的婚姻为转换契机的双重"欲望三角形"。①

当与小詹姆斯积怨甚深的贵族花花公子罗伯特前来哈娄家族向阿拉贝拉提亲，却朝三暮四地追逐起聪明伶俐的妹妹克拉丽莎时，故事里形成了以性压抑转移为动力、以受害淑女克拉丽莎为"中介"的性心理"欲望三角形"。

正如作为阳具的父亲的出现粉碎了婴儿与母亲同一的梦想，罗伯特作为征服者的入侵打破了哈娄家族的心理均势，在第二代哈娄之间刮起一股以克拉丽莎为性压抑转移与发泄对象的嫉妒之风。潜意识中，心胸狭隘的小詹姆斯感到，入侵者可能取代自己在克拉丽莎心目中的阳具地位，因而在嫉妒和仇恨的驱使下，他与夙敌罗伯特进行决斗；失败后，疲软的他更感受到一种前所未有的压抑，不仅丧失了原本稳固的阳具地位，而且挫伤了作为家族未来权威的锐气，所以驱逐罗伯特成了他弥补心理创伤的当务之急。发现克拉丽莎与罗伯特保持秘密的通信联系时，无处发泄的他便将嫉妒与愤恨转向克拉丽莎，以控制外来阳具的征服对象、使外来阳具丧失存在意义的间接方式获得心理补偿。

作为男权的人格代表，无能的小詹姆斯企图蛮横地囚禁无辜的克拉丽莎，迫使她嫁给形容委琐、举止粗鄙的地主士绅索尔米斯，以暴虐的手段象征性地"阉割"和羞辱外来阳具，构成"欲望三角形"第一个主体的轴心。作为另一个性本能受压抑者，被罗伯特抛弃的阿拉贝拉本已对妹妹取代自己承受阳具的位置甚为不满，因而在罗伯特的蓄意挑逗下，更加恣肆地将妒火喷向自己的情敌。从克拉丽莎与罗伯特的秘密联系中，她感受到二度"阉割"的痛苦，具有与小詹姆斯共同的难以压制的心理趋向，所以，她成了小詹姆斯的坚定同盟，沆瀣一气地对克拉丽莎发起了一场争夺地位的家族内战。另一个"欲望"主体自然是游戏人生的"暴君恋人"罗伯特。对于这位征服欲大于占有欲的花花公子而言，人生的最大乐趣是玩弄征服贞洁淑女的"把戏"（plot），而非直截了当地占有高傲女性。因此，面对哈娄家族的"阉割"企图，注重过程而非结果的他与其说要俘获克拉丽莎的芳心，不如说在满足自己征服欲的同

① Watt, Ian, *The Rise of the Novel*, New York: Penguin Books, 1981, p. 242.

时，通过玩弄她的感情发泄自己对哈娄家族的愤恨，弥补初恋时遭受的心理创伤。

事实上，罗伯特对克拉丽莎的"欲望"是性本能内在矛盾爆发的结果：作为恋人，他把克拉丽莎当作性本能发泄的真实对象；作为暴君，他将克拉丽莎看成"阉割"和反"阉割"的暴力工具。在致克拉丽莎的信中，他的矛盾"欲望"通过自我消解的文字游戏显现出来：

> 于是，我遵照你的要求提笔写信，写到了具体事情，写到了子虚乌有；写到了我所热爱的仇恨，写到了我所憎恨的爱情——我衷心地痛恨爱情，因为爱情是我的主宰——还写到了鬼才知道的其他事情……①

其实，这种颇具后现代意味的表白不仅透露了他作为"欲望"主体的人格特征，也暗示了克拉丽莎必将经受的道德考验。在这个"欲望三角形"中，无辜的克拉丽莎作为两个针锋相对的"欲望"主体的"中介"，实际上已经沦为相互实施"阉割"的工具。她从清教革命和洛克哲学中获得了革除女性阉割情节的精神力量，笃信的是个人的权力和人身的自由，因此，她本人无意加入任何主体"阉割"对方的图谋。但是，由于处在两种欲望的交汇点，她面临着对自己道德和人格的两重巨大挑战。

由于年轻美丽的克拉丽莎是祖父"丛林庄园"的合法继承人，具有浓厚商人习气的哈娄家族和狡诈地追求克拉丽莎的贵族入侵者，同时也是产权"欲望三角形"的对立主体。

作为产权关系的人格代表，颐指气使的小詹姆斯体现了哈娄家族的社会抱负——通过地产积累跃升为拥有"爵士"头衔的贵族，因而祖父的掌上明珠、有可能"通过婚姻分割家族财产"的克拉丽莎，② 就成了他自我塑造计划的潜在威胁。他不能容忍罗伯特对克拉丽莎虎视眈眈，千方百计地妨碍自己成就家族大业，而地主士绅索尔米斯提出了"优厚"的婚约条款，正可以帮助自己实现家族攀升的梦想，所以，他竭力斩断克拉丽莎与罗伯特的联系，支持剥夺克拉丽莎自由和独立的包办婚姻。得到趣味相投的阿拉贝拉和"从粪堆上起家"（161 页）的老詹姆斯夫妇的支持后，小詹姆斯专制地出卖了"整个哈娄

---

① Richardson, Samuel, *Clarissa*, New York: Penguin Books, 1985, p. 148. 此处译文参考了黄梅，《推敲'自我'：小说在 18 世纪的英国》，北京：生活·读书·新知三联书店，2003 年，第 180 页。以下出处相同的引文只注明原文页码。

② 按照当时英国的婚姻法，女性在结婚后必须把个人财产移交给丈夫，从而失去经济独立。笛福笔下的"幸运的情妇罗克珊娜"就抱怨过婚姻法的不公。请参考本书第三章第四节的分析。

家族的灵魂"（344 页），构筑了以自己为核心的强大的产权"欲望三角形"的第一个主体。这一群缺乏基督教道德意识的纯粹的"经济人"丝毫没有体现出对克拉丽莎内心情感和精神追求的理解，把乞求婚姻自主、断送家族梦想的克拉丽莎当作家族的公敌，把她宁死不嫁的美德当作向家族意愿和强大父权的挑战。

作为另一个主体，心怀醉翁之意的罗伯特对哈娄家族的产权情节一目了然。他乘人之危，企图打着"做自己的主人"（378 页）的旗号诱使克拉丽莎出逃，以破坏哈娄家族产权关系的方式实现自己最大的政治收益。仇恨和征服欲盘踞在他的心头，为了最大限度的发泄，他釜底抽薪，狡猾地将克拉丽莎挟持到伦敦，从而斩断哈娄家族产权关系的物质纽带，取得了自己精神产权关系的初步胜利。

作为两个主体实现各自产权关系的工具，克拉丽莎成了几乎孤立无援的弱势个体。在婚姻成为交易的年代，她深受根深蒂固的父权和男权的压制，但是她笃信自由与独立，对以聚敛财富为首要目的的商人习气不屑一顾。她认为，"名符其实的爱应该是对方而非自己的满足"，（268 页）因为她追求的是与产权无关的个人幸福。面对家族的强权（软禁），她没有接受安娜的建议，不愿通过经济独立谋求婚姻自由，而是试图以交出祖父遗产的经营权向家族做出妥协，以牺牲自身产权关系换取个人意志的自由。因此，她的自主婚姻观的实质是非功利性个人主义，但是她向家族做出的妥协无疑已隐含了一种基督教道德的悲剧精神。在包办婚姻盛行的时代，她的婚姻观具有广泛的"革命性"，但在小詹姆斯的经济产权欲望和贵族公子的政治产权欲望的严密夹缝中，她的婚姻观是不可能实现的。事实上，在两个相互重合的"欲望三角形"中，理性的个人主义者克拉丽莎都是处在两种不可调和的强大意志的严酷压制下，经受着比帕梅拉的处境更严峻的波澜起伏的道德考验，而且，她没有每逢危机时刻就"昏死过去"的救命稻草，注定还要经历一场剖析自我、透视灵魂的"人格之战"。

二、克拉丽莎的战争

当罗伯特以"自由"的名义将软禁中的克拉丽莎挟持到伦敦的妓院"辛克莱太太之家"时，寡不敌众的"道德之战"退隐为背景事件，而势均力敌的"人格之战"突显为前景叙事。

在征服高傲淑女的战役中，摆脱了哈娄家族"阉割"企图的罗伯特更清晰地显现出"暴君恋人"的矛盾性格和圆形形象。他相信，"世界是由表象支配的，"（789 页）因此，他一方面在与克拉丽莎的大量通信中伪装成耐心的倾听者，虚假地将克拉丽莎的意志当作自己的"法律"，（376 页）制造种种让克拉丽莎相信自己狂热情爱的假象；另一方面，像 B 君对待帕梅拉的"女性写作"和双方的法律关系一样，他拦截、偷阅、篡改克拉丽莎与好友安娜的通信，还亲自导演假结婚的闹剧，企图在津津有味地制造表象的过程中实现自己的征服大业。"表象"被识破后，恼羞成怒的他将强暴当作彻底征服克拉丽莎的最后"把戏"（在这一点上，他已不像 B 君那样只是一个"半心半意的引诱者"），并若无其事地说那是对克拉丽莎美德的最后考验，而且可以用"区区教会仪式"（780 页，指婚礼）进行弥补。

事后，这位"浪子群体的王侯和领袖"（850 页）还把克拉丽莎的发肤、服饰特征当作战利品在纨绔子弟面前夸耀，最大限度地满足自己从征服克拉丽莎的"智力游戏"中获得的快感。然而，在克拉丽莎身上，他没能验证"每个女人在心底里都是荡妇"的所谓公理，[①] 而且事后的婚姻也不符合他浪子的"道德"和荣耀。强暴是他蓄谋已久的政治运作的惨败（在这一点上，他和 B 君又是不同的），因为他不仅为自己的征服对象赢得"道德之战"创造了契机，而且用"自己所有的计谋和努力…掠夺了自己的财产。"（1066 页）在满足征服的"激情"和复仇的"欲念"的同时，这位个人主义暴君"已经走到了尽头"。（1070 页）对他而言，强暴的"结果不过是一片空无，一个气泡"。（1082 页）

但是，"人格之战"远未结束。特别值得注意的是，罗伯特同时还是克拉丽莎的"恋人"——潜意识中，他竟真切地爱恋"这举世无双的淑女"，（第359 页）真切地钦佩这与自己旗鼓相当的坚定人格，因为在克拉丽莎身上他看到了自己的女性自我。虽然矛盾的人格集于一身，罗伯特起初只是朦胧地感觉到自己"分裂的心"，因此在实施"诱惑"的过程中，他只是觉得内心的良知"总在抵制"（678 页）自己，使自己在强暴克拉丽莎之前显得犹豫不决。直到被强暴的克拉丽莎在沉默中坚定地走向死亡时，他才真正懂得克拉丽莎就是自己"分裂的心"的另一半，并真切体会到自己暴行的反讽意义：在无知地征服他人的过程中，狂暴的罗伯特竟强暴了"腼腆的拉夫雷斯"（579 页）自己。克拉丽莎死后，他疯狂地要求保留她的心，因为他难以面对自我的缺失和灵与肉的永远分离。失去克拉丽莎，他"再也不能回到原来的我"；（980 页）没有高傲的淑女，他"灵魂一片空无"；（980 页）他只能来到欧洲大陆漫无

---

① Watt, Ian, *The Rise of the Novel*, New York: Penguin Books, 1981, p. 247.

目的地游荡，仿佛是黑夜中在呼啸山庄旷野上的游荡的鬼魂。由于人格的分裂和最终发现，他偏执的复仇计划成了抽空自我的无聊"把戏"（plot），他那值得浪子炫耀的征服伟绩也落空为绝对失败的胜利。

　　作为非功利性个人主义者，克拉丽莎虽然处在家族内部的"经济个人主义"和外来贵族的"政治个人主义"的夹缝中，却理性地追求着超越个人欲求的婚姻自由和精神独立，具有班扬式基督徒不断自我审视的珍贵品性。在"道德之战"中，她饱受家族自我中心言行的精神折磨，但她的关怀并不局限于自我，而是上升到在"折磨"与"被折磨"中分裂为两半的"大家庭"。她向家族做出的经济妥协，更是为了"大家庭"在不违背双方意志的前提下的和平共处；面对贵族浪子分裂家族的图谋，她清醒地意识到，那是对英国臣民与生俱来的权利的侵犯，因此对罗伯特她始终保持着一种"精神上的高傲"，但是作为女性美德的典范，她同时又想通过"性别革新战役"改造他的非理性自我。① 在理性和基督教道德的支撑下，她一面以女性的韧性抵制家族包办婚姻的暴政，一面公正而警惕地与"内心毕竟还有良知的"（621 页）罗伯特保持联系，试图在夹缝中保持人格的独立和自由。对狭隘自私、蛮横无礼的小詹姆斯，她心怀坦荡地进行嘲弄；而对才华出众、坚决果敢的罗伯特，她一面本能地"尚存好感"，一面又谨慎地"审查"婚姻与自由的现实关系。

　　被连蒙带骗地挟持到伦敦后，克拉丽莎在设法摆脱人身禁锢的同时，同罗伯特展开了一场耶稣殉难式的"人格之战"。起初，处境艰难的她几度审慎地准备接受求婚，但一次次受到只想摧毁对方意志的罗伯特的欺骗，所以她转而坚定地抵制罗伯特的征服图谋。在不幸丧失"女性的最大美德"后，她跌入了半疯狂的状态，不但完全失去了对信誓旦旦的罗伯特的信任，而且感到自己"对尘世幸福的一切希望都彻底破灭了。"（1057 页）然而，肉体的蹂躏并没有造成她精神的屈服，她要以不为外物所动的独立意志战胜穷途末路的人格对手。恢复神志后，她决定以绝对的沉默对抗罗伯特意在表明最终征服的"弥补"举措，从而在"人格之战"中以自我超越赢得精神上的真正胜利。她断然拒绝了罗伯特挽回声誉的企图，在不被感知中让曾经旗鼓相当的对手在无法感知客体的尴尬中丧失主体性，从而在征服大业功亏一篑之际失去存在的意义，无言地得到应有的惩罚和人格的失落。在沉默中，她"战胜了最隐秘的

---

　　① 黄梅，《推敲'自我'：小说在 18 世纪的英国》，北京：生活·读书·新知三联书店，2003年，第 200 页。

图谋"，再一次获得了"精神上的高傲"，因此她骄傲地说："我摆脱了他，我拒绝了他。"（1087 页）

就像贝克特笔下的莫菲（Murphy）在不被他人感知时迅即进入了虚空的境界一样，克拉丽莎通过放弃感知的主体性获得了人格的提升，主动摆脱了世俗的欲念，因而她没有遵照家族的意图起诉已经无关自身的罗伯特，而是以纯粹独立的人格俯视着尘世欲念的涌动。天使般圣洁的她以超乎寻常的平静走向死亡，仿佛这"对真理的考验"正好可以实现她成为耶稣圣徒的梦想。① 她一边对自己的殉难一丝不苟地进行准备，一边在有条不紊的书写中创造感伤主义的"丧礼文学"，② 直到最后带着"甜美的微笑"踏入自己精心设计的棺椁。克拉丽莎完成了自己人格的塑造，最终赢得了"人格之战"的悲剧性然而彻底的胜利——在"甜美的"死亡中，她永远带走了罗伯特"曾占据过那么大的位置因而拥有不容质疑的权利"的那颗"心"，（1077 页）幻化成一团不受时空羁绊的永远高傲的精神在虚空中飘荡，仿佛莫菲在煤气爆炸中实现了化作一颗"绝对自由的尘埃"（见贝克特的小说 Murphy）的梦想。

在小说的结尾，虽然理查逊有意将"诗学的正义"向传统的"美德有报"的道德观靠拢，使恶人（詹姆斯家族、辛克莱太太和罗伯特）都得到应有的恶报。但是，明显的"诗学"成分已使小说具有了超越纯粹劝诫工具的内在动力，使小说这一艺术形式在诞生不久就获得了自足的发展，而小说主要人物也首次具有了真正意义上的圆形形象。在三个似乎都有偏执狂病态倾向的主角中，最重要的男女主人公就是具有丰富而矛盾的内心意识的典型圆形人物。除了由于本体的不安全感而毫无节制地玩弄征服他人的诡计外，热衷于写信的罗伯特也体现了对叙事艺术的自觉追求。他不仅是"观察对方眼睛的大师"，（489页）也偏爱把玩自己的深层意识，具有哈姆雷特式的"学者"气质。疯狂而理智的他既让安娜痛恨得咬牙切齿，又使人不得不佩服他的坚决果敢和锲而不舍；他既肆无忌惮地迫害和征服克拉丽莎的灵魂，又忠诚地钦佩那高傲淑女的独立人格——B 君是一位情场上的坏蛋，而罗伯特则是一位撒旦式邪恶的天使。

作为罗伯特的女性自我，克拉丽莎也具有一颗些微"分裂的心"——她既反对家族的独裁，又认可家长的权威；在严格自律地压制本能的同时，又对

---

① 黄梅，《推敲'自我'：小说在 18 世纪的英国》，北京：生活·读书·新知三联书店，2003年，第 206 页。

② Watt, Ian, *The Rise of the Novel*, New York：Penguin Books, 1981, p. 258.

汪洋恣肆的男性人格"尚存好感"；她洞见了罗伯特的纨绔本质，但又天真地以为"改过自新的浪子是最好的丈夫"。（823 页）不过，经过曲折的人格较量和强暴的痛苦洗礼，她获得了人格的绝对超越，锻造了一颗完整、统一的心。对她而言，在"考验"关头"昏死过去"不是她的天赋，在绝境中升华才是她人格的本质。在肉体的强暴中，她沦为象征着罗伯特的胜利的空洞符号，但又在肉体的灭亡中化作了标志着人格对手的失败的"异延"符号。她以物质的缺场确定了精神的在场，将围绕着自己的主体的双重欲望在无限延宕中化作虚无，取得自己悖论性的最终胜利。可以说，罗伯特的矛盾性格和克拉丽莎的复杂形象已超出了"道德主题"的要求，反映了作者日趋强烈的艺术自觉意识。

余　波　男性道德的楷模

仿佛为了平衡两性间道德形象的差异，理查逊在最后一部小说《查尔斯·格兰狄森爵士的历史》（*The History of Sir Charles Grandison*，1753～1754）中，塑造了一位完美的基督教道德的男性楷模。

虽然是已故贵族纨绔的长子，查尔斯却以"专横的仁慈"承担起照顾性情各异的妹妹和被监护人的责任，精心建立融洽的"爱心之家"，俨然已是明智豁达的一家之长。对于社会，他也英勇地承担起惩强救弱的责任，在决斗中既体现出绅士的果敢和正义，又表现出"家长"的理智和道德感召力，从而赢得了陌生女性哈丽特·拜伦的倾心。在女性心目中，他还是完美无暇的"太阳"。面对众多女性超越时代的主动追求，这位标准的正派绅士具有帕梅拉"贞洁自持"的美德，而没有乘机藏妻纳妾的邪念；相反，他忠诚地奔赴意大利，照看因宗教分歧和家庭专制而精神错乱的昔日恋人克莱门蒂娜，直至她在自己的抚慰和家庭的宽容中逐步康复。在清醒后的克莱门蒂娜为了各自的信仰主动断绝关系时，他才接受了清贫但聪明自信、性情开朗的哈丽特的大胆爱情，步入幸福的婚姻殿堂。

作为英国第一部新型家庭喜剧小说中的主角，查尔斯兼具 B 君的财富、帕梅拉的贞洁、克拉丽莎的机智和罗伯特的果敢，是一部美德和知识的"百科全书"。他代表了 18 世纪中期"英国乡间有产绅士的梦想形象"，[①] 体现了

---

① Doody, Margaret Anne, "Samuel Richardson," *Dictionary of Literary Biography*, Volume 39, edited by Martin C. Battestin, Michgan: Gale Research Company, 1985, p. 396.

有产者应该是道德完人的社会理想。但勿容质疑，这位完美的"道德人"既没有帕梅拉的"革命性"，也没有克拉丽莎和罗伯特的人性深度，他主要是作者在创作中回归传统的"诗学的正义"的结果。

在基于性别和阶级的冲突中，帕梅拉和查尔斯都以自己持之以恒的美德塑造了光辉的"道德人"的形象，因为完美而堪为英国道德改良运动中的楷模；而在基于欲望和人格的战争中，克拉丽莎和罗伯特按照各自的自我设想演绎着两种个人主义的较量，既真实地展现了各自"道德人"与非"道德人"的特征，又深刻表现了缺乏道德约束力的普遍灾难，因而在启蒙时代"可为警诫"。这些小说人物普遍具有复杂的内心意识，既不同于"没有看到日出"的鲁滨逊，也不同于只看到了丑陋与腐化的格列佛。他们体现了理性时代的精神特征，标志着人物塑造艺术的自觉提升。他们不仅是"正义"或非"正义"的化身，而且具有明显的"诗学"特性，在英国小说人物的演化史中起到重大转折点的作用。小说理论上的诞生和圆形人物的涌现指日可待。

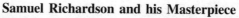

Samuel Richardson and his Masterpiece

第六章

菲尔丁的喜剧小说：自然人性与世相全景

经过笛福、斯威夫特和理查逊这三位先驱非"自觉"的推动，① 英国近代小说已经取得了较大发展。但是，到 18 世纪中叶，小说仍未真正成为普遍受人敬重而且反映广泛的社会生活的散文体"史诗"。此时，对英国小说在形式上的突破和内容上的拓展做出杰出贡献的，就是理查逊的论敌、对"人性""持不同政见者"亨利·菲尔丁。

18 世纪 30 年代，英国戏剧界对政坛的腐败进行了持续的抨击，剧作家菲尔丁尤其如此。他先后编写了一系列讽刺戏剧，如讽刺选举制度弊端的《英国的堂吉诃德》（*Don Quixote in England*，1734），揭露政客贪污、腐化的《巴斯昆》（*Pasquin*，1736），嘲弄政府滥用职权、百姓民不聊生的《1736 年历史纪事》（*The Historical Register for* 1736，1737），这些戏剧惹火了英国政府的当权派。1737 年，恼怒的英国议会通过了严厉的《戏剧审查法》，"限制剧院数目，并严禁在公开场合嘲笑国王和政府要人。"② 菲尔丁，这位浸润着古典主义文学传统、斯威夫特式讽刺精神和塞万提斯流浪汉小说情结的剧作家，被迫投入司法和治安工作，以治安法官的身份致力于减少都市犯罪、推动社会改革、救助贫苦百姓，而且他也被迫然而却是历史性地转向了自觉的小说创作和理论升华，为倍受歧视的英国小说争得了些许"史诗"般的"崇高"地位。③

菲尔丁的成功"转轨"，得益于可能较早完成初稿的讽刺小说《大伟人江奈生·魏尔德传》（*The Life of Jonathan Wild the Great*，1743）和戏仿短剧《谢

---

① 这三位小说先驱并未意识到，散文叙事是可以和诗歌并驾齐驱的文学门类，因此他们并无小说创作的自觉意识。是菲尔丁首先对"小说"进行了理论的界定，并创作了形式上和现代现实主义小说比较接近的长篇散文叙事作品。

② 刘意青主编，《英国 18 世纪文学史》，北京：外语教学与研究出版社，2006 年，第 191 页。

③ 在 18 世纪末之前，小说的地位是很"卑微"的，菲尔丁将"小说"定义为"散文体喜剧史诗，"是想借"史诗"历来的"崇高"地位给"小说"正名。参见本书的绪论。

梅拉》（*Shamela*，1741）。前者作为笛福传记小说和斯威夫特讽刺小说的模仿之作，对"伟大"政客的狡诈和残暴进行了辛辣讽刺，又对平民的诚实和善良进行了热情讴歌，俨然一部"道德寓言"。可见，"实际上菲尔丁和理查逊一样，也是一个道德家"，① 只是他对人性和道德"持不同政见"。这种"不同政见"在菲尔丁所有后续作品中都得到了体现。后者将"美德有报"的功利主义潜文本突显出来，把帕梅拉"颠覆"为像罗克珊娜那样用"容貌"和"贞操"进行贸易的伪君子，把 B 君嘲讽为力比多亢奋且经受不住美色诱惑的大"傻瓜"（Booby），这表明菲尔丁对"人性"和"美德"持截然不同的观点。他的"人性"观和"美德"观在小说的副标题中就显现无疑："这是对《帕梅拉》一书中许多臭名昭著的虚假和误导情节的揭露和批判，目的是呈现那位年轻计谋家的高明手腕的真实动机，讲明她与亚塞·威廉斯牧师的全部艳史，说明那位牧师的品行全然不是《帕梅拉》中表现的那样。"虽然小说形式和情节结构大体相同，但是人物的形象却整个儿颠倒了过来，这是单一"戏仿"的"作者意图"决定的。"人性"观和"美德"观的不同，掀起了英国小说史上著名的颠覆与反颠覆的浪潮。此后，对人性的推敲、论战的需要和"经济上的压力"成了菲尔丁"创作的主要动力。"②

在随后的小说创作中，菲尔丁不改初衷，在深厚的古典文学和新古典主义思想的基础上博采众长，把贴近广阔现实生活的"新罗曼司"刻意定义为"散文体喜剧史诗"（comic epic - poem in prose），③ 并对这种新的文学体裁的情节、事件、人物和措辞等范畴进行了界定，为英国近代小说的最后成形奠定了理论基础。在他看来，"新罗曼司……刻画更多的人物类型……它在人物方面有所不同，因为它刻画下层人物，因而也描绘下层风俗，而严肃的罗曼司只把最崇高的呈现在我们面前。"④ 应该说，在英国小说发展的转折关头，菲尔丁对近代小说人物等范畴的界定具有"革命性"的意义，因为这种界定不仅进一步促进了英国小说将描述的对象由"崇高的"众神与英雄转换为"卑微的"下里巴人，从而巩固了文艺复兴以来文学由神学向人学转变的趋势，而

① Watt, Ian, *The Rise of the Novel*, New York：Penguin Books, 1981, p. 321.

② 刘意青主编，《英国 18 世纪文学史》，北京：外语教学与研究出版社，2006 年，第 193 页。

③ 菲尔丁的术语由于语法结构的歧义有两种译法："散文体喜剧史诗"和"喜剧性散文史诗。"这两种译法都可以接受，在中国的学术书刊中也都有采用。

④ Fielding, Henry, "Preface to *Joseph Andrews*," *Dictionary of Literary Biography*, Vol. 39, edited by Martin C. Battestin, Michgan：Gale Research Company, 1985, p. 606.

且促使英国文学作品真正反映纷繁复杂的社会全景，奠定了近代小说作为反映社会普遍现象的真正"史诗"般的地位。

依照这种界定塑造的小说人物具有鲜明、滑稽的外部特征，整体上形成了英国 18 世纪中叶的世相全景；又由于作者对"自然人性"的豁达乐观，小说颂扬的主角具有本性善良、瑕不掩瑜的内在特征。配角反映社会众生的纷繁心态，主角也不免人性的瑕疵，这是菲尔丁小说中人物形象的基本特点。但是，正如他的小说"动机不纯"一样，他安插在《约瑟夫·安德鲁斯》前言中的小说理论实际上也是一种大杂烩：散文、喜剧、史诗这三种要素的牵强组合。这种界定虽然体现了小说作家可贵的自觉意识，在英国早期小说发展史中算得上一座里程碑，但并未系统地触及到小说的本质。其中的"喜剧"要素更是纯属个人风格，是为菲尔丁借鉴塞万提斯、营造滑稽色彩服务的；难道悲剧和非悲非喜的散文虚构故事就不成其为小说吗？《克拉丽萨》就不是喜剧。将小说"归类"为"史诗"亦属个人嗜好，是为菲尔丁营造宏大气势、展现社会全景服务的，兼有嘲弄罗曼司的陈腐和鼓吹新古典主义的功用。菲尔丁的小说理论是非常"个人主义"和"很难令人信服的"，因此"对他的前言不必过于认真看待，他并非真地勾划出了关于虚构故事的完整理论。"①

虽然如此，菲尔丁的小说在英国早期小说史中仍然算得上阶段性的"标志性成果"。正如理查逊的小说深入到个别人物的内心隐秘和道德建构，菲尔丁的小说展现了 18 世纪中叶英国社会的全景和迥然不同的"人性"观，两人可谓各走一端，优势互补，构成英国文坛不可或缺的靓丽景观。

第一节 男性的美德与塞万提斯的精神

菲尔丁自觉创作的第一部"散文体喜剧史诗"是令人耳目一新的《约瑟夫·安德鲁斯》（*Joseph Andrews*，1742），它的出版给笼罩在克拉丽萨"病房"气息中的英国文坛带来了"阳光和清新的空气"。② 作为最初意在嘲弄"伪君子"帕梅拉的实验之作，这部小说在叙事的过程中融合了更多的"新罗曼司"风格，因此，它塑造的人物没有局限在道德范畴，而是扩展为具有明显流浪汉

① 伊恩·P·瓦特著，高原、董红钧译，《小说的兴起》，北京：生活·读书·新知三联书店，1992 年，第 285~287 页。

② Battestin, Martin C. , "Henry Fielding," *Dictionary of Literary Biography*, Vol. 39, edited by Martin C. Battestin, Michigan：Gale Research Company, 1985, p.170.

特征的多种社会范畴。换言之，这是"一部意图混杂的急就之作，开始是［对］《帕梅拉》的滑稽模仿，继之以塞万提斯精神。"① 可以说，这是一部"复调"小说，不过作者的声音更多地是历时地流露，而非共时地呈现。事实上，由于菲尔丁小说创作宗旨（"新罗曼司"理论）的"混杂"性，他的小说都具有"复调"的性质，只不过作者声音的流露形式有所不同。小说的"复调"性质在小说标题的全称中就有所体现：《约瑟夫·安德鲁斯及其朋友亚伯拉罕·亚当斯先生的冒险故事，仿塞万提斯的风格写成》。嘲讽帕梅拉·安德鲁斯的意图和模仿流浪汉冒险故事的意图混杂一起，奠定了小说的"调门"和滑稽色彩。

在人物形象和人性特征中，小说的"复调"性质也显现无疑。这部小说不仅逼真地刻画了所谓帕梅拉的弟弟约瑟夫洁身自好（男性的"美德"）的滑稽形象，而且生动塑造了具有浓厚的堂吉诃德理想主义色彩的亚当斯的喜剧形象，以及心态各异的世俗众生的群体形象。作为第一位主角，约瑟夫也经历了对自身"美德"（贞操）的种种考验，但与帕梅拉不同的是，在"美德有报"的过程中他既肩负着道德训诫的重要使命，又必须体现更多的颠覆性滑稽色彩。把约瑟夫塑造成另一个完美的道德模范，这不仅不符合菲尔丁嘲讽《帕梅拉》的创作意图，而且也会落入理查逊笔下男性道德楷模的创作俗套。所以，出于"喜剧史诗"的需要，很大程度上约瑟夫（以及第二个主角亚当斯）被塑造成了滑稽的"仿神话英雄"（a mock-mythic hero）。

布比先生去世后，年轻英俊的约瑟夫荣升为布比太太的贴身男仆，成了力比多依旧亢奋的女主人和颜老珠黄的女管家共同的引诱对象，但是他决心以所谓贞洁自持的姐姐帕梅拉为榜样，竭力为心上人芳妮（而不是为通向财富和尊贵地位的买卖婚姻）保护自己的贞操。在贵族男性多以非法占有多个女性为荣的奥古斯都时代，贞洁是保障女性获得社会认可、合法地实现地位攀升的崇高美德，而以贞洁为重要主题的小说让主角的地位和性别发生逆转，这本身就隐含着一种颠覆性喜剧色彩，因而，让约瑟夫在贵族女性的性骚扰中处处被动，这正符合作者创作"喜剧史诗"的意图。而且，与帕梅拉所谓的"美德"（旨在换取地位和财富的婚前贞洁）不同，约瑟夫的美德在于对贫穷的既定伴侣的忠诚。这种与史诗英雄和道德模范相映成趣的滑稽特征不仅贯穿了约瑟夫的整个考验历程，而且在约瑟夫逃离伦敦、寻找情侣芳妮的旅途中，更演化成

---

① 伊恩·P·瓦特著，高原、董红钧译，《小说的兴起》，北京：生活·读书·新知三联书店，1992年，第287页。

暴露纷繁人性的简短喜剧。

　　约瑟夫被劫匪打得遍体鳞伤，一丝不挂地倒在水沟边，但面对可以救他一命的马车，他仍然坚持非礼勿动的原则，免得在女性面前有失体统。他视"贞操"为婚姻幸福的根本，可是在陌生女人面前却赤裸得像新生的婴儿。这种无奈的境遇是对他"男性贞操"的滑稽嘲弄。此外，在维护"贞操"的过程中，他实际上也充当了嘲弄和颠覆帕梅拉贞洁形象的工具，这不仅是因为他维护"贞操"的行为，既出于基督教道义的自觉和非自觉的约束（他熟读《圣经》，而且旅途上不时受到亚当斯的教诲），也带有"自然"和本能的色彩（激发他性本能亢奋的是丰乳肥臀的芳妮，而不是日薄西山的老妇），而且是因为他对幸福的追求最终引发了帕梅拉形象的倾覆。他与芳妮的团聚导致了姐姐帕梅拉势利本色的最终显露：对低人一等的芳妮，帕梅拉先是不屑一顾，但滑稽的是，得知约瑟夫实际上是富绅威尔逊的儿子，而芳妮是自己的亲妹妹时，她的举止立即变得得体而且庄重。应该说，到小说的结尾，作者又回到了嘲弄帕梅拉的虚伪、树立约瑟夫洁身自好的滑稽形象的初衷。约瑟夫同他的嘲弄对象有着许多相似之处，但种种尴尬的境遇使他保护"男性贞操"的努力蒙上了滑稽的色彩，因而他的形象带有贞洁但滑稽的双重特征。这种特征与其说体现了作者写作意图的举棋不定，不如说是作者揭示自然人性、颠覆伪善美德的双重意图共同作用的结果，它传递的是作者的双重声音。

　　"与笛福和理查逊不同，菲尔丁却沉湎于古典文学传统之中，尽管他不是一个法则的盲从的支持者。"① 这就决定了作者不会停止于《谢梅拉》的再现，而会设计适合体现古典文学素养的故事情节。于是，随着约瑟夫踏上从伦敦到多塞特教区寻找芳妮的旅途，这部戏仿之作迅速显露出流浪汉小说的特质，而与约瑟夫旅途邂逅的教区牧师亚伯拉罕·亚当斯就上升为小说真正的第一主角。这位忠贞的基督徒浑身散发着新古典主义和堂吉诃德理想主义的喜剧气质，体现了"新罗曼司"喜剧人物的典型特征。在擅长"形式现实主义"的作者笔下，这位传递作者三重声音的人物在生动的外部刻画中生成了自己的形象特征。在赴伦敦联系讲道手稿出版事宜的途中，他总是随身带着埃斯库罗斯的希腊文剧本，这不是装点门面的刻意做作，而是新古典主义学者的明显标志，因为与人辩论真正的基督精神时，这位精通拉丁文、希腊文以及法语和意

　　① 伊恩·P·瓦特著，高原、董红钧译，《小说的兴起》，北京：生活·读书·新知三联书店，1992 年，第 284 页。

大利语的牧师总能引经据典，一派学究口气，而且他还熟读古希腊医学典籍，在小客栈甚至帮约瑟夫治好了外科医生佯装无可奈何的创伤。他熟读古希腊经典和基督教典籍，而且品德高尚，心地善良，这种素养和品性使他自然成为约瑟夫的精神领袖和道德榜样，因此他成了"英国的堂吉诃德"（参见作者的同名戏剧），而不是英国的桑科。

与自己的主要原型相比，亚当斯虽然没有沉浸在骑士传奇当中，但也具有滑稽的外貌特征和喜剧性的行为动作，甚至可以说，他是英国小说史上唯一可以与堂吉诃德媲美的喜剧人物。他有朴实的外貌：胡须杂乱，两腿瘦长，法衣破损；有世俗的爱好：喝酒、抽烟；也有滑稽的行为：跑起路来居然赶得上马车，挥起拳头也能打倒暴徒恶棍，睡在性感女仆芳妮的床上却全然不知。他还心不在焉，常常丢三落四，在旅途中演义了一幕幕滑稽的喜剧：把等待出版的手稿丢在客栈，把坐骑忘在客栈的马房，把帽子掉在特鲁利伯家里。在笃信"自然的人性"的作者笔下，他是约瑟夫的道德后盾，但他并没有沦为基督教道义的纯粹说教家，而是有时也自然地显露绝望的神情或虚荣的心理。听到自己的小孩溺水身亡的消息时，他也禁不住对"神的旨意"绝望起来，这种"自然的人性"不仅具有现实生活的强烈气息，而且与《圣经》中亚伯拉罕（亚当斯的另一个原型）无限虔诚地把自己的儿子以撒奉献给耶和华的场景相映成趣。"菲尔丁希图创造的是一种史诗的滑稽变体……英雄人物和崇高思想显然不存在于《约瑟夫·安德鲁斯》。"① 因此，他笔下的主角绝对不是"崇高"得令人观止的大英雄，而是贴近现实生活、只残留着些许英雄气质的小人物。

亚当斯天真质朴，不谙世事，但是他更勇敢仗义，疾恶如仇，在旅途中解救了被人强奸未遂的芳妮，在客栈里也毫不畏惧地参加了对店主的"仿英雄战斗"（mock – heroic battle）。而且，他还仁慈博爱，视教民为己出，把怜悯、慈善当作基督的最高精神。这种真正基督徒的精神品质与店主的自私自利、乡绅的腐化堕落以及伪基督徒的冷酷狭隘形成鲜明对照，与亚当（亚当斯的第三个原型）堕落前的人性特征一脉相承。事实上，亚当斯是滑稽的骑士精神、虔诚的基督信仰和天真的人性特征的忠实代表，是传递作者三重声音的有效工具。小说真正主角的形象具有三重特征，这既反映了作者对优秀文学传统的批判性继承，又表明了作者对自然人性的思索和对基督精神的颂扬，而且对矛盾

---

① 伊恩·P·瓦特著，高原、董红钧译，《小说的兴起》，北京：生活·读书·新知三联书店，1992年，第288页。

重重的英国社会而言，这"不是要讲述人性和自然人的情况，而是要在普遍的人和阶级结构之间确立适用的协调关系。"①

就人物范畴而言，作者的贡献不仅在于从外部塑造了承载多重意图的新型主角的喜剧形象，而且在于在明晰的故事情节中，简洁而生动地描绘了纷繁复杂的世相全景，使这部小说几乎成为一部人性的百科全书。在这部"喜剧史诗"中，"奥古斯都"时期的社会全貌通过形形色色的次要人物第一次得到了生动的再现，而且在永恒和普遍的人性主题下，这种再现比"历史"和"传记"更具体、更真实。这些人物来自社会的各个阶层，其中放荡不羁的尼奥萝娜、狡诈贪色的猎犬主人、昏庸无能的法官等，代表了伪善、腐败的上流社会；刻薄狡诈的管家彼特、浅薄势利的客栈老板等，属于虚伪、冷酷的中产阶级；堕落但善良的侍女贝蒂、贫穷但慷慨的陌生小贩等，则代表了朴实、善良的底层平民；而拦路抢劫的暴徒、偷鸡摸狗的窃贼等，则自然属于逍遥法外的匪徒恶棍。他们地位悬殊，神情各异，在两个主角的奥德赛之旅中——暴露出各自代表的群体的人性特征。但与《格列佛游记》中的许多次要人物不同，他们不是在松散的故事情节中被叙事者简单地罗列出来，而是在比较统一、连贯的（除少数"插述故事"）故事主线中与主角依次邂逅，共同演义了一幕幕尴尬的人性喜剧和滑稽的打斗闹剧，具有比较明显的独立存在的价值。在此，《汤姆·琼斯》的情节结构和人物特征已经隐约可见了。

由于作者受流浪汉小说传统和戏剧创作生涯的共同影响，这些次要人物与主角的相遇多集中发生在旅途和客栈，形成比较紧凑的戏剧性场景，有利于揭示纷繁复杂的人性特征。如果说亚当斯和店主在小店的"仿英雄战斗"，主要是从对荷马和塞万提斯的模仿中营造一种"喜剧史诗"必需的滑稽情景的话，那么约瑟夫被恶棍搜刮干净后一丝不挂地躺在水沟边的情形，则为揭示世俗众生的自然人性提供了绝妙的契机。面对寒风中瑟瑟发抖的裸体男性，搭救还是不搭救，"那是一个问题。"马车上的乘客依据自己世俗而非道义的原则做出了种种回答：老绅士先是害怕抢劫，却瞅准机会和贵妇开开色情玩笑；贵妇先是禁不住从扇骨缝里偷看赤身裸体的漂亮小伙，却说与赤条条的男性同车会败坏淑女的形象；青年律师先是冷漠地拿法律知识卖弄了一番，却害怕承担见死不救的法律责任；马车夫先是为四英里路程的车资犹犹豫豫，让约瑟夫上车后

---

① Ghent, D. Van, "Henry Fielding: The Novel, the Epic and the Comic Sense of Life," *The English Novel*, London: Routledge & Kegan Paul Ltd., 1972, p. 156.

又怕屁股底下多余的两件大衣沾上血迹；男乘客推说天冷不愿匀出大衣；贵妇的跟班也拒绝给落难者遮羞；只有驾车的副手不忍心让同胞落难。

在简短而滑稽的戏剧性场景中，芸芸众生的万千心态简要而生动地暴露了出来，构成一幅英国社会心态的喜剧画面，而这些速写的画面与对主角的工笔描绘，整体上构成了英王乔治二世时期的世相全景。可以说，主次人物之间这种紧密的结构关系体现了作者对"新罗曼司"的"喜剧"和"史诗"双重特征的初步构想，是作者在小说人物范畴上的重要贡献。从此，英国小说具有了以宏大的气势展现社会全景、以滑稽的场景表现自然人性的能力。

第二节　自然人性与世相全景

菲尔丁的第三部小说是鸿篇巨制《弃儿汤姆·琼斯的历史》（*The History of Tom Jones, a Foundling*，1749）。这是英国文学史上第一部真正意义上的现代小说，形式上和鼎盛时期的现实主义小说已经相差无几，为作者赢得了"英国小说之父"的美誉。[①] 它的出版标志着作者小说理论的成熟与创作艺术的独立，也标志着英国现实主义小说的正式成形。"在 18 世纪［英国］小说中，《汤姆·琼斯》拥有的地位正如乔伊斯的《尤利西斯》在 20 世纪小说中的地位，"因为"菲尔丁使散文虚构离开了罗曼司和史诗，正如乔伊斯使小说离开了维多利亚时代后期和爱德华时期的自然主义和现实主义。"[②] 这部小说的"革命性"是无须赘言的了。

作为高度自觉的文学活动的产物，这部惶惶巨著具有令浪漫派诗人柯尔律治（Samuel Taylor Coleridge，1772~1834）惊叹不已的几乎完美的故事情节。小说中，情节的精巧设计毫无疑问是优先于人物个性的描绘的。相对独立的事件组合成了井然有序的系列故事：繁杂的事件和对小说创作艺术的阐释总共分作 208 章，[③]

---

① ［英］亨利·菲尔丁著，《弃儿汤姆·琼斯的历史》，萧乾、李从弼译，北京：人民文学出版社，1994 年，"前言"第 12 页。这是世纪之交的历史小说家司各特（Walter Scott，1771~1832）的赞誉。以下相关引文出处相同，只注明页码。

② Van Ghent, Dorothy, *The English Novel: Form and Function*, New York: Harper & Row, 1967, p. 146~147.

③ 该小说每卷的序章都是对创作艺术和情节设置的探讨，因此该小说的"作者介入"非常明显，甚至有点儿"元小说"的意味。英国小说家 W. S. 毛姆把那些序章和离题的故事都删除了，他的删节本只有 384 页，而原作竟有 711 页之多。从现代叙事学的角度来说，删节本无疑更成熟，更精练。瓦特很看重那些序章，声称"几乎没有读者会赞成不要序章或者菲尔丁的那些有趣的题外话。"但是，毛姆的删节本就是有力的反驳。

这些章节又归入 18 卷，每 6 卷又合成一部，分别叙述主人公在"天堂厅"的早年生活、前往伦敦的流浪历程和到达伦敦后的行为与结局，也就是说，分别叙述了故事的渐进、高潮和尾声，体现出一种明显的外部宿命的安排。在这种情节结构中，作者剪辑的精密和匀称显而易见，处处渗透着新古典主义的精神。因此，柯尔律治不禁把"《俄狄浦斯王》、《练丹术士》和《汤姆·琼斯》"列为"迄今为止结构最为完美的三部作品"，并感叹"菲尔丁是一个多么伟大的写作大师啊！"①

一、自然人性的"饭铺"

在小说的第一卷第一章，菲尔丁开宗明义地交代，小说家应该做主动迎合食客胃口的"饭铺的老板，"而不是以淡然无味的"宴会的东道主或舍饭的慈善家自居"。（9 页）在他的设想中，小说家应该"跟这些诚实的饭铺老板们学学乖……为这整桌酒席开出一张总菜单"。（9 页）菲尔丁这么说，一方面替自己在各卷的卷首安排序章做了辩护——"在本卷及以后各卷里，每上一道菜，必为读者先分别开出菜单来"，（9 页）另一方面也为自己设定的主题和即将描绘的各类风俗型人物的"闪亮登场"做了铺垫。他勉勉强强把"千变万化"的"人性"比作各类飨客的菜肴：

> 这里替读者准备下的食品不是别的，乃是人性。……同样，渊博的读者不会不晓得在"人性"这个总名称下面也包含着千变万化。一位作家要想将人性这么广阔的一个题材写尽，比一个厨师把世界上各种肉类和蔬菜都做成菜肴还困难得多。……我们同样也先托出乡村习见的那种较为平凡、质朴的人性，以飨胃口旺盛的读者，……我们立刻就端上这部历史的第一道菜来，请大家享用。（9 ~ 10 页）

菲尔丁似乎十分关注"读者的反应"（reader - response），他的主张一则是对 18 世纪英国哲学家关于"人性"论争的直接参与，二则也交代了此番创作的主旨：描绘各式各样的"人性"以飨读者。

那么，在菲尔丁的"饭铺"里，都有哪些"人性"的佳肴呢？这些佳肴又是以怎样的秩序端上桌面的呢？"千变万化"的菜肴后面是"饭铺老板"的新古典主义精神。在"自然人性"的描摹和人物形象的刻画上，这部小说取得了令新古典主义艺术家艳羡的成就。小说中形形色色的人物代表了特定阶

---

① 伊恩·P·瓦特著，高原、董红钧译，《小说的兴起》，北京：生活·读书·新知三联书店，1992 年，第 310 页。

层、特定类型的人性特征，而且他们之间构成鲜明的对比关系，体现了新古典主义鼎盛时期的文艺审美观：将秩序、对称、和谐等理性精神奉为圭臬，要求文艺作品体现精密、严谨的数学结构。这部小说中的人物及其人性特征的关系，就体现了这种以理性为最高标准的审美观。就小说主角而言，他的命运分为三个阶段，呈现出正三角形的几何结构：在小说的三部中，年轻英俊的汤姆分别受到来自不同阶层的三个女人（轻佻的女佣毛丽、情不自禁的妇人沃特斯、空虚淫乱的贵妇贝拉斯顿）的诱惑，经历了排挤、流浪和团聚三大命运"板块"。

就人物的命运和个性而言，许多人物互为对比，互相陪衬，体现了作者强烈的对称情节：弃儿汤姆先后失去父爱、母爱的经历与少爷布利非先后享有生母与养父恩宠的命运构成鲜明对比，而狡诈的神学家屠瓦孔与伪善的哲学家斯奎尔，宽厚的乡绅奥尔华绥与粗鲁的地主魏斯顿等等，也形成显而易见的对比关系。在叙事结构上，这些人物与人性间的对比构成了庞杂的秩序系统，不仅营造出"散文体喜剧史诗"必需的宏大气势，而且比前一部小说更全面更生动地反映了 18 世纪中叶英国社会的人性状况。在刻画技巧上，这种对比与对称也是作者突出人物形象、强化人性差异的有效手段。在小说的第五卷第一章，菲尔丁在探讨汤姆与布利非的性格反差时声明：

在这里，我们必须为知识开辟一条新的途径……这条途径不外乎是对比。它作用于宇宙万物，……任何事物的优美与卓越之处，除了它的反面还有什么能把它显示出来？就如白昼及夏日之美，正由于黑夜及冬天之可怖而相得益彰。（195 页）

在作者看来，人物形象以及人性特征经过"对比"这条途径会变得更鲜明、更突出。如果说乔伊斯的《尤利西斯》是通过文外互文的手段构造了与荷马史诗对仗的人物结构，从而突出渺小的反英雄形象的话，那么菲尔丁的《汤姆·琼斯》就是借用新古典主义文艺审美观构筑文内自生的人物对比体系，在喜剧气氛中绘就了一幅色彩斑斓的人物和人性的全景图。

小说中反差最强烈的一对主要人物是原始主义的汤姆与清教主义的布利非。作为爱情的结晶（love son，即私生子），汤姆是"自然"（nature）的产物，仿佛生来就具有瑕不掩瑜的人性结构。他的人生母题就是在表面的轻率、浮躁和莽撞中体现自身的善良"本性"（nature），以理性和"道德谨慎"克服人性的瑕疵，在"自知"的彼岸获得基督徒的无上"智慧"（即苏菲亚，Sophia 的原意）。而作为"相互憎恨"（81 页）的父母的后代（hatred son，如果英语中有这样的短语的话），布利非是商业文明的畸形产物，俨然天生就缺乏正常的人性特征。他的人生角色就是与虚伪的道德传统结成对"自然人性"的压制集团，做一个禁欲主义的卫道士。这种人性的对比在两个小"主人公登场的时候"（第三卷第二章）就显露无疑：

> 从很小的时候，这孩子就露出种种为非作歹的倾向，……他已经犯过三次盗窃案：偷过人家果园的果子；从庄稼人院子里偷过一只鸭子；并且从布利非少爷的口袋里扒过一只皮球。

> 而且，要是跟他的同伴布利非少爷的优良品质一比较，这个小伙子的劣迹就更显得严重了。布利非少爷的性格跟小琼斯完全不同。不但家里人夸奖，就是左邻右舍也交口称赞。说起来他真是一个气质非凡的孩子，既稳重，又懂得分寸，而且虔诚得简直不是他那点年纪的人所能做到的。这些品质使得认识他的人没有不喜欢他的，而汤姆·琼斯则是一个万人嫌。（99~100页）

在菲尔丁看来，人性是天生的，因此两个小主人公生来就具有特定的品行。但是，有些品行只是表象，跟善良的本性无关，带有强烈的蒙骗性。在表象的对比后面是自然因而真实的人性的对比，这一点已经暗含在作者的喜剧笔调里了。"把孩子间常有的抢夺玩具的小事闹得风风雨雨，最后变成偷窃罪状的，则只能起因于小布利非本人"，① 其天生的阴险可见一斑；而且，布利非"虔诚得简直不是他那点年纪的人所能做到的"，这简洁的交代也暗示了他少年老成和长于装模做样的能力，背后的阴谋已隐约可见。

在道貌岸然的学究看来，汤姆"举止随便，嬉皮笑脸，时常肆无忌惮，"（113页）仿佛"来到世间无非是为了上绞刑架，"（99页）但是他对黑乔治的无私袒护、接济和救助却雄辩地证明，他的身上闪烁着诚实、道义、勇敢和善良的人性光辉，"他宁愿给打得皮开肉绽，也不肯背信弃义，出卖朋友。"（103页）表面的桀骜不逊是他无遮无掩的本性的自然体现，这种坦荡的心胸与布利非的阴险狡诈、自我克制的性格形成鲜明对比。布利非擅长克制本能的欲望，在长辈和塾师面前举止得体，"毕恭毕敬，"（113页）处处显露出与汤姆截然不同的"虔诚"的神情。他心胸狭隘，虽然满口仁义道德，却居心叵测地在汤姆和奥尔华绥之间挑拨离间，又在"两位水火不容的先生之间两面讨好，"（113页）借以驱逐异己，独享"天堂厅"的一切恩宠与特权。汤姆

---

① 黄梅，《推敲'自我'：小说在18世纪的英国》，北京：生活·读书·新知三联书店，2003年，第233页。

的败坏和布利非的高尚似乎是明写的，但是，当汤姆迫不得已和布利非干了一架之后，

> 布利非少爷的鼻子鲜血直淌，眼泪也紧跟着滚滚而下，来到他舅父和那位声色俱厉的屠瓦孔跟前告状，当堂控诉汤姆犯了殴打致伤罪。汤姆在辩解时，只说自己是因为被激怒才动手的，而这正是布利非少爷的诉状里唯一漏掉的一点。（109 页）

布利非"滚滚而下"的眼泪和措辞严厉的"当堂控诉"似乎说明，汤姆犯下"殴打致伤罪"确实是罪大恶极。然而，设身处地地思量，当事人都只是"小小少年"。这样的"罪行"和上述第三条"罪状"其实是可以一笑泯之的——"一个小孩子偶尔卤莽一下更是不足为奇"，（109 页）何须大张旗鼓、煞有介事地到长辈兼治安法官（舅父奥尔华绥）面前来"控诉"呢？布利非的行为背后隐藏着强烈的动机，而且，他还故意"漏掉"了"罪行"的起因和自己的责任，其损人利己的用意更是不可告人。字面的是表象，字里行间的才是本真，这种反差只是在作者简约的喜剧笔调里才显露出来——菲尔丁在这一段的最后才"不经意地"指出布利非诉状的小小漏洞，但正是这"附带的"一笔却彻底暴露了他的险恶用心。

汤姆对女性毫不做作的"殷勤豪爽的性格，"（119 页）不能说是对性本能的恣意张扬，因为面对"粗率孟浪"的毛丽，他曾经洁身自好：

> 在他对她有了感情之后很久，他也没想到要占有她。虽然他健壮的体质常怂恿他去那么做，他所恪守的行为准绳却强力地制止了他。诱奸一个少女——不论她多么贫贱，在他看来总是一件伤天害理的恶行，他对姑娘父亲的一片好意以及他对这家人的同情都一再促使他慎重。因此，他曾经一度下过决心，有整整三个月确实没进过西格里姆家的大门，也没和这家的女儿会面。（155 ~ 156 页）

在毛丽的挑逗下，汤姆的性本能高涨起来，但是他竭力不做"伤天害理"的事，也有过"不亵淫"的实际行动，可见，执行道德原则的超我确实曾经制约了"本我"的冲动。在菲尔丁眼里，他的冲动出于自然，和淫欲无关；他对女性的殷勤体现了"某种颇有保护妇孺之古风的侠士姿态"；① 过失是"拼命挑逗他"（156 页）的毛丽的，他人性的瑕疵只是没有能识别毛丽的圈套。

---

① 黄梅，《推敲'自我'：小说在 18 世纪的英国》，北京：生活·读书·新知三联书店，2003 年，第 229 ~ 230 页。

在宽容的作者笔下，汤姆无须像帕梅拉或者约瑟夫·安德鲁斯那样，长期经受性本能的压抑和道德的考验。即使不知不觉地转而爱上苏菲亚之后，他也理智地"一心怀念着毛丽，尽量把苏菲亚从脑海里排除。"（209页）他与毛丽的鱼水之欢与其说是放荡之举，不如说是"理性这股神奇的力量"没有能"克制自己的情欲"（239页）的结果。他的激情与冲动完全出自本性，既无做作之嫌，又无商业色彩，近乎婴儿本能的自然流露。

如果说汤姆既满足自己的性本能也给予他人幸福的手段是"私通"，那么布利非只求自我满足、不求他人快感的行为就是"手淫"。① 他"只爱自己一人，处处只考虑本人的利益和享受；倘若不涉及他自己的快乐和好处，对于旁人的祸福则完全无动于衷。"（156页）他的自恋和自利是确定无疑的。他过于克制和压抑自己的本性，变得行为乖戾，冷漠无情：

布利非丝毫也不曾为苏菲亚的姿色所动。这倒不是因为他心上早已有了旁人，也不是由于他迟钝如木石或是生性讨厌女人，只不过他生来善于调度自己的欲望，倚靠哲理、读书或其他办法，能够毫不费力地克制住自己。至于本卷第一章里所谈的那种情感，在他的整个天性里连一星半点儿也找不到。（267~268页）

过分的压制使布利非失去了天性——完整、真实的人格总是由"本我"、"自我"和"超我"组成，他表现不出性本能的冲动，似乎意味着本我的萎缩和人格的缺损。虽然如此，他还是对苏菲亚心满意足，这不是出自对异性的自然而强烈的欲望，而是因为他自私自利的"情感从小姐名下的财产中得到了充分的满足，就是说，贪婪和野心平分了他的心灵。"（268页）他对苏菲亚的追求是一把恶毒的双刃剑：占有财产，"阉割"汤姆，如同理查逊笔下的哈娄父子。如果说"自然"之子汤姆代表着口腔快感型的正常人性，那么"文明"之子布利非体现的就是肛门快感型的畸形人性。

汤姆不是十全十美的道德完人，但布利非却是彻头彻尾的伪君子。汤姆主要的人性弱点在于冲动，在于"情感"有时不受"理性"的制约。为此，在深受尊重的奥尔华绥初露康复迹象时，他就情不自禁而又不合时宜地豪饮欢呼，并像亚当被逐出伊甸园一样被逐出了天堂厅。而布利非主要的性格特点在于克制和阴险，在于借助义正词严的话语陷害汤姆于不仁不义。在母亲去世时，留有该隐遗风的他向奥尔华绥隐瞒了汤姆的真实身份（同母异父的兄

---

① Van Ghent, Dorothy, *The English Novel: Form and Function*, New York: Harper & Row, 1967, p. 166.

长），并以全家遭遇不幸时汤姆反倒幸灾乐祸、酗酒滋事为借口，诱使奥尔华绥狠心驱逐家族财产的优先继承人。在具有浓厚塞万提斯风格的流浪途中，汤姆"我心依旧"，自己困顿潦倒却四处行侠仗义，并再次暴露出"理性"这"有名的懒汉轻易不肯卖点力气"（340 页）的人性弱点：在厄普顿客栈，他经受不住沃特斯太太对救命恩人的"爱情的炮火"，（502 页）免不了同她一夜风流。汤姆是光明磊落的"情感"与"理性"的结合体，而布利非却是口蜜腹剑、两面三刀的阴谋家："见了这一位，他是满口宗教；见了那一位，他就满口道德。倘若两位都在座，他就一言不发。这样，双方都以为他赞成自己的意见，都十分喜欢他。"（113 页）虽然对苏菲亚毫无感情，他却极力赞同这桩婚事，这除了出于对财富的迷恋，就是出于对情敌的"阉割"。他的猥琐恶毒和冷酷压抑更映衬了汤姆的坦荡无私和"情不自禁"。

流落伦敦时，正直善良的汤姆不辞辛劳地为密勒太太一家来回奔走，也不忍心坐视黑乔治一家饥寒交迫，而阴险狡诈的布利非也追随着赶到伦敦，欲将出逃的财富象征和"阉割"工具（苏菲亚）稳妥地收入自己囊中。汤姆虽然与上流社会的贵妇贝拉斯顿逢场作戏，但心底里对苏菲亚却矢志不渝，而且历经磨难，痛改前非，终于获得了心上人苏菲亚和基督徒无上的"智慧"（sophia = wisdom），完成了揭示自然人性、确立"情感"与"理性"协调关系的喜剧使命；而布利非在阴谋败露后，即刻"卑躬屈膝，正如他以前穷凶极恶一样"，（962 页）但他本性未改，依然梦想着娶到卫理公会的富有遗孀。因冲动、仗义而受人陷害的囚徒终于悔过自新，幸福地成为财富的合法继承人，而搬弄是非、损人利己的伪君子则落得人财两空、"匍匐在地"的命运。两位主要人物的人性特征与命运的喜剧性对比贯穿了整部小说，鲜明地表达了作者人性本善但不免瑕疵的新型人物观，以及对造成人性扭曲、言行虚伪的清教禁欲主义的强烈谴责。

如果说"好心肠的浪荡子"（957 页）与假虔诚的阴谋家之间的对比，体现了作者对善良人性的讴歌和对十全十美却无血无肉的旧罗曼司英雄形象的鄙夷，那么"天堂厅"两位塾师之间的对比，就直接表达了作者对伪基督徒和伪哲学家的批判。作为布利非和汤姆的塾师，巧舌如簧的哲学家斯奎尔和固执己见的神学家屠瓦孔构成滑稽的对比，暴露了堂皇辞藻掩盖下的真实本性，为小说增添了挥之不去的喜剧色彩。斯奎尔

自称对柏拉图和亚里士多德的著作部部精通。他立身治学主要以这两位大师为楷模，时而遵循前者的见解，时而有以后者的主张为依归。在道德方面他

自称是柏拉图派，可是在宗教上他又倾向于亚里士多德的学说。（105 页）
他熟读哲学经典，却无坚定的信仰和一以贯之的原则，只是随机倒向柏拉图的
唯心主义或者亚里士多德的唯物主义，一副骑墙高论的派头。他和屠瓦孔
"一见面就非争辩不可"，因为开口上帝、闭口悔过的屠瓦孔持人性恶的观点，
认为"自从亚当犯罪以来，人类的心灵就成了罪恶的渊薮"，而斯奎尔则持人
性善的态度，说"人类的本性就具备一切崇高的德行。"（105 页）

　　虽然一副坚决捍卫各自信仰的模样，他们在本性上却是一丘之貉。在道德
辩论中，他们"都绝口不提'善'字"；（106 页）"在惩戒琼斯的问题上，
[他们] 意见一致，在夸奖布利非的问题上自然也不谋而合"；（112 页）对于
布利非的阴奉阳违，他们"心里都好不受用"；（114 页）在私生活中，"除了
主张不同，他们俩还老早就深深地疑心对方也在打寡妇的主意。"（117 页）表
面上，他们针锋相对，各持己见，本质上，他们却别无二致，都将虚伪隐藏在
抽象哲理的外衣下。只不过在偏袒布利非的事情败露后，屠瓦孔依旧"当面
奉承，背后诟骂"，（923 页）而临终前，斯奎尔却悔过自新，"为了维护真
理"（921 页）承认了冤屈汤姆的事实。这种包含更多类同的人性对比构成了
巧妙的双重反讽，最鲜明地体现了这部"喜剧史诗"的喜剧风格。

　　仁慈宽厚的奥尔华绥与言行粗鲁的魏斯顿构成的间接对比，虽不影射形而
上的哲学分歧，却也给这规模宏大的"史诗"增添了不少"严肃的罗曼司"
所缺乏的喜剧氛围。奥尔华绥出场时面前是太阳的"万道霞光"，他"上体天
意"，气派非凡，而魏斯顿则时常沉醉在猎场上，把追赶女儿、安排联姻的兴
家大业丢在脑后。同为富有的鳏夫，奥尔华绥心胸坦荡，宅心仁厚，将出生卑
微的弃儿视为己出，对所谓弃儿的母亲耐心劝诫并从宽发落，而且行为庄重，
出语谨慎。而魏斯顿则脾气暴躁，话语粗鲁，对妹妹颐指气使，还把女儿的救
命恩人、勇敢擅猎的"万人嫌"（汤姆）视作知己。前去指责奥尔华绥纵容汤
姆勾搭自己的女儿时，他活灵活现的土地主语言连珠炮似地迸发了出来：

　　这当儿，魏斯顿先生猛地闯了进来，什么客套也不讲，开口就是：

　　"哼，都是你干的好事。这个野杂种你可没白养！我倒并不认为你也掺在
里头——就是说，成心搞出来的，可是我们家却给弄得乱七八糟……我家的闺
女爱上你家那个野种了，就是这么回事。可是我连半个铜板也不给她，连钱渣
子也叫她摸不着。……我要揍得他再也不敢追婆娘，叫这个婊子养的再也不敢
把他的狗脸伸到老爷的好饭好菜上来……"（289 页）

语言的粗鄙、低俗将一个性格直率、暴躁的人物形象迅即刻画了出来。光明磊

落的奥尔华绥架不住谗言蜚语，只得用五百英镑旅费打发了屡错屡犯的汤姆，而父权观念根深蒂固的魏斯顿则蛮横无理，执意要把心有所许的苏菲亚嫁给富有的大户，从而迫使苏菲亚冒险出逃。奥尔华绥一贯善待下人，年轻时在伦敦就对贫穷的房东多加接济，而魏斯顿虽然见钱眼开，却也对贵族勋爵的求亲嗤之以鼻。奥尔华绥最终察觉了布利非的阴谋，在大团圆结局中回归"太阳底下最光辉灿烂的人物"（18 页）角色，而魏斯顿虽然固执己见，却也在女儿的幸福婚姻中实现了自己的阶级设想。奥尔华绥是奥古斯都时代仁厚但并不像格兰狄森那样完美无缺的家长制权威，而魏斯顿则是自莎翁塑造福斯塔夫以来最有血有肉的喜剧人物。

在不事雕琢的汤姆身边还围绕着一些衬托性的喜剧人物，其中，猎场看守黑乔治和随从巴特里奇（桑科似的人物，在菲尔丁的小说中已不新鲜，在此不赘言）是关系最密切、形象最丰满的。黑乔治一家一向得到汤姆的接济和袒护，理应感恩戴德，可是碰巧捡到汤姆遗失的 500 英镑银行券时，他并没有义无返顾地把巨款交还给恩主。他明知恩主已经落难在外，无家可归，却毫不迟疑地把钱据为己有，其贪心不言而喻。后来，苏菲亚托他给汤姆送去 16 个基尼的应急款时，他的内心竟然也爆发了一场"良心"和"贪心"之间的喜剧性"PK"：

路上，他脑子里冒出一个想法：应不应该把这笔钱也吞下来。这个念头一动，良心马上震惊起来，责备他不该这么忘恩负义。贪心答辩说，在他吞没可怜的琼斯那五百镑的时际，良心就应该出来指责呀；既然那么大一笔款子都心安理得地吞了下去，如今又在区区这笔小数目上假装出什么不安的样子，这如果不是地地道道的伪善，就是荒谬。……一句话，良心给驳倒了，这时幸亏恐惧插进来，帮了良心的忙……吞没那五百镑所冒的险是微乎其微的，而扣下这十六基尼却极有可能被察觉出来。

由于恐惧的友好支持，良心在黑乔治的心里取得了完全的胜利。它夸奖了几句黑乔治为人诚实可靠之后，就迫使他把钱照数交给了琼斯。（303～304 页）

在侵吞还是不侵吞"那是一个问题"的时候，黑乔治几经算计，觉得泼水难收，几乎就要成为惯犯了，但是"被察觉出来"的危险又使他悬崖勒马。在全知全能的叙事者的嬉笑中，黑乔治的贪心、自私等"小人"品质喜剧性地显现了出来，和汤姆慷慨、无私的"英雄本色"形成鲜明对照。

小说中唯一完美无缺的人物，就是"心灵丝毫不比她的姿容逊色"（139页）的女主角苏菲亚。她没有谢梅拉经营姿色的企图，但有无比卓越的识别力，既透过汤姆肆无忌惮的表象看到了他善良敦厚、勇敢正直的本性，又透过布利非温文尔雅的外表看到了他阴险狡诈、冷酷无情的性格。即使面临父亲的软禁和怒吼，即使受到魏斯顿女士的劝诱和哄骗，她也以女性特有的韧性拒绝以财产门第为基础的包办婚姻，坚持自己以情感为基础的平等婚恋。她不惜带着女仆出逃伦敦，在厄普顿客栈发现汤姆有越轨嫌疑时，又巧妙地留下线索表示对汤姆的警戒。在伦敦，对爱情忠贞不渝的她再次受到软禁，但她没有成为绝望的克拉丽莎，而是以"智慧"信心和积极入世的方式抵制父权的压迫、情敌的嫉恨和贵族的骚扰，直至与天生高贵的汤姆喜结连理。在菲尔丁的笔下，苏菲亚是一切美好人性的象征，也是基督徒最高"智慧"的化身。

与完美无暇的苏菲亚形成对比或映衬的，是她身边或周围的一些女性人物，她们同样具有鲜活的形象，但总是难免人性的些微瑕疵甚至毒瘤痼疾。其中，昂诺尔的形象着墨较多。她嘴无遮拦，作为苏菲亚的贴身女仆，跟着出逃伦敦时心中也不免"算计"忠于主人的潜在收益，和汤姆的随从、胆小迷信的巴特里奇不无类似：

"要是你陪我去的话，我一定尽我力所能及地酬劳你。"

苏菲亚最后这句话在昂诺尔身上起的说服作用要比前边所有的论据都大得多。既然小姐已经拿定了主意，她也就不再劝阻了。（336 页）

他估量，不论他们之间发生过怎样的争吵，只要琼斯先生一回去，必然就可以言归于好；如果眼下乘机巴结这位少爷，一旦他们父子和解了，巴特里奇估计对自己也一定会大有好处的。……只要能设法把琼斯劝回家去，他就会大大得到奥尔华绥先生的恩宠。（424 页）

"大人"有大的烦恼，"小人"有小的算盘，你奔你的事业，我唱我的调子，各个阶层的人性在菲尔丁的"喜剧史诗"里无一捺下。

其他女性人物的个性也十分鲜明。黑乔治的女儿毛丽既有罗克莎娜的本性，又有亚马逊女杰的英勇。沃特斯太太（即珍妮·琼斯，汤姆的所谓生母）受人之托承受了不贞的罪名，但多年以后仍然禁不住用"爱情的炮火"（492 页）向帅气的汤姆进行轰炸；奥尔华绥的妹妹白丽洁（汤姆的生母）有过纯真的别恋，但又嫁给了精于算计的布利非大尉；苏菲亚的姑妈是魏斯顿先生的又一个喜剧性陪衬，她通达世故，既敢于顶撞魏斯顿先生，又劝苏菲亚不要靠爱情过活；而讲究经济独立却又空虚无聊的贵妇贝拉斯顿，不是穿梭在奢靡的化装舞会上，就是以金钱为诱饵勾搭困境中的浪荡子。这些女性来自社会的各个阶层，同汤姆在流浪途中遇到的房东太太、客栈女仆、落难女子等等，一道构成了那个时代世俗女性的人性全景图，为人性的"饭铺"添加了不少的配菜。

二、世相全景与史诗品质

《汤姆·琼斯》充分体现了作者"喜剧史诗"的宏大构想。情节的复杂性、事件的丰富性和人物的广泛性，无疑都符合"史诗"的含义，而这些品质和世相全景大多是在主人公的三大命运"板块"中显现的。奥尔华绥在萨默塞特郡的庄园是第一大"板块"和第一组景象的所在地。如庄园的名称"天堂厅"所暗示，这里应该是完美的男性家长治理下的一派井然有序的田园风光，正如全知全能的上帝治下了一方无忧无虑的伊甸园。但是，这位家长一出场，潜在的道德沦丧就显露了出来：面对床上来历不明的婴儿，一边是他无限的仁慈和温情，以及他妹妹白丽洁小姐（私生子的母亲）故做的无辜和惊讶，一边是女管家对"骚货"、"婊子"、"孽种"（15 页）的滔滔不绝的诟骂，以及仆人杂役的窃窃私语。随着这出"没德有报"的闹剧的开场，庄园里的各色人等及纷繁人性纷纷登场。前往伦敦的旅途是第二大"板块"和第二组景象的依托。正如老舍先生笔下的茶馆一样，流浪的旅途是一个三教九流纷纭际会的"无序的开放系统"，[①] 对于展现各行各业的风俗人物和实现"喜剧史诗"的宏大构想具有举足轻重的作用。一路上，被驱逐出门的汤姆遭遇了形形色色的人员，有店主、律师、医生，有贩夫、走卒、仆役，有小姐、少爷、太太、甚至有乞丐、无赖、强盗，这些类型各异的人组成了一个名副其实的大千世界。而大都会伦敦自然是第三大"板块"和第三组景象的背景。这里有纸醉金迷的假面舞会，有淫荡无耻的贵妇、爵爷以及其他百无聊赖的上流人士，也有陷害无辜的监狱和贪污腐化的法庭，有肆无忌惮的流氓杀手以及艰难度日的贫民。这三大"板块"和三组景象衔接起来，合成了一副几乎无所不包的社会和人性的全景图，和萨缪尔·理查逊或者简·奥斯丁笔下的两三户人家相比，无疑具有史诗般的宏大的情节结构。

但是，世相全景"还只是一个规模的问题，不能作为菲尔丁的作品曾由史诗典范得到什么特别恩惠的证据。"[②] 在描绘"卑微"的生活闹剧时，菲尔

---

① 黄梅，《推敲'自我'：小说在 18 世纪的英国》，北京：生活·读书·新知三联书店，2003 年，第 219 页。

② 伊恩·P·瓦特著，高原、董红钧译，《小说的兴起》，北京：生活·读书·新知三联书店，1992 年，第 288 页。译文虽然准确，欧化句式较多，少数术语不够准确，因此本书引用时做了最小限度的必要修订。

丁还戏仿了史诗的"崇高"语言，通过巨大的反差营造了滑稽的喜剧色彩，对旧罗曼司的陈腐和芸芸众生的世俗构成双重反讽，而且"在将史诗情节独有的特征变换成一种喜剧性关系时，菲尔丁至少运用了另外两种更明确的方式：即对奇异的运用和对滑稽式英雄战斗的采用。"① 对于庞杂的事件，运用"奇异"的实际意图当然是使事件之间的关系明朗化，说明世俗生活也可能由一连串的巧合组成——在这一点上，菲尔丁和哈代有些相似，但后者更倾心宿命论；不过，经由作者过分摆布的事件顺序远离了正常的世俗生活，会危及叙事的真实性。出于营造"喜剧"色彩的目的，菲尔丁对"史诗"最明显的借鉴无疑是"崇高"语体和"仿英雄战斗"。这两种戏仿"与形式现实主义的命令和他的时代生活有点不大一致"，也使得读者的注意力"由事件本身转向了菲尔丁对叙述方式的运用和与史诗的相似之处"，② 但是，正是这种"不一致"才符合作者的新古典主义情结，才使得小说的情节滑稽可笑——18世纪的现实生活已经远离英雄的时代，荷马式语言风格的再现在脱节中保证了小说的戏剧性和喜剧性。

"当现存的语言、形式和主题无以承担时代的重担时"，敏感的作家就能实现"真正的突破"。③ 菲尔丁的突破之一就是对史诗的语言和形式的戏仿，这种戏仿在《汤姆·琼斯》当中可谓屡见不鲜。在第一卷第四章，当奥尔华绥先生早上踱步来到阳台上时，

太阳先射出万道霞光，使之登临蔚蓝的天空，作为它那堂皇威仪的前驱，然后才带着遍体金光雍容大方地冉冉升起。而在人间，只有奥尔华绥先生这位仁慈为怀的人，才能跟太阳比绚烂，争光辉。这时际，他正默想着怎样上体天意，对造物主的子民行最大的善事。

读者啊，请脚下当心。我一时疏忽，竟贸然将您领到像奥尔华绥先生这样一座高峰上来了，至于如何把您再引下去而不至于跌断脖子，我就不得而知了。（18页）
奥尔华绥先生是"天堂厅"的大主人，富有的一方名流绅士兼治安法官，而

---

① 伊恩·P·瓦特著，高原、董红钧译，《小说的兴起》，北京：生活·读书·新知三联书店，1992年，第288页。

② 同1，第290页。瓦特对菲尔丁小说的叙事艺术做了精辟的分析，但对其"史诗"的性质似乎有些语焉不详，没有太多地联系菲尔丁对"小说"的定义来阐释。

③ Van Ghent, Dorothy, *The English Novel*: *Form and Function*, New York: Harper & Row, 1967, p. 147.

且"仁慈为怀"，"上体天意"，下恤民情，无疑属于"崇高"一族（the sub-lime）或者"高大全"派，对他大加赞扬是顺理成章的，让他站在高高的山颠，像至高无上的佛祖那样背后衬托着太阳的"万道霞光"，那也是合情合理的。英雄史诗的语体印证了人物的光辉形象，但是，菲尔丁却窃笑着急转直下，说从如此崇高的境地滑下去怕有"跌断脖子"的危险，一边揶揄一边也就把读者带回了"卑微"的尘世。罗曼司的陈腐、现世的缺陷、情节的滑稽和作者的嬉笑，尽在对史诗文笔的戏仿中。

无独有偶，在第四卷第二章介绍美丽的苏菲亚"闪亮登场"时，菲尔丁不惜花了整整两页的篇幅（之后才采用现实主义的手法和较为朴实的语言来具体描述她的天生丽质），使用无以复加的"庄严文笔"来标明"此种文体的死亡，而非持续运用"，① 其文笔之华美、辞藻之典雅、修辞之繁多，其典故之繁杂、画面之富丽、节奏之缓慢，无不令人惊叹：

……温柔的采佛勒斯，请从芳榻上起身，升上西方的天空，刮起和畅的微风，把可爱的弗罗拉从她那荡漾着露珠香气的绣房里召唤出来吧。在她的生日——六月一日那一天，这位丽人就轻装缓带，从碧草绿茵上徐徐飘起。百花都起而向她顶礼膜拜，遍地五彩缤纷，丽色和芳香竞相使她心旷神怡。

……看啊，可爱的苏菲亚出来了。大自然把一切魅力都赋予了她，用姿容、青春、活泼、天真、谦恭和温柔来打扮她。芬芳从她的樱唇里呼出，她那双晶莹的眸子射出灿烂的光辉。……（136～138 页）

菲尔丁的"庄严文笔"实际上标志着"罗曼司散文描绘虚构女主角的严肃用法的终结"，② 因为这样的文笔华而不实，只有语言形式的华丽，却无实质内容的真实——唠叨了半天，作者也没有把苏菲亚的美貌实实在在地描述出来，修辞的堆砌只营造了一种朦胧的美。在戏仿的"庄严文笔"和现实主义描述（138~140 页）的对比中，菲尔丁实际上否定了"庄严文笔所能达到的境界"，（136 页），终结了英雄史诗或者骑士传奇的整个语言传统。乔伊斯和贝克特在20 世纪上半叶玩着以文字否定文字的游戏，而菲尔丁在 18 世纪中叶就已耍着以文体否定文体的把戏了。他的"仿英雄语气"（mock - heroic tone）表明，"无论苏菲亚多么靓丽，她终归是凡人，而不是寓言中春的精灵。"③ 在学术的

---

① Van Ghent, Dorothy, *The English Novel*: *Form and Function*, New York: Harper & Row, 1967, p. 147.

② Ibid, p. 147.

③ Ibid, p. 147 ~ 148.

卖弄、意象的重叠和典故的装点背后，无不掩藏着作者自觉的喜剧意图。

菲尔丁戏仿史诗文体的第三个（旅店群殴算得上第四个）典型例证是他对毛丽和村里的女卫道士之间的"仿英雄战斗"（mock-heroic）的描述。未婚的毛丽日渐大腹便便，本已叫谨守妇道的村民愤怒，偏偏她又不识时务，把苏菲亚送的漂亮长衫穿上身，结果在本教区的妇女中间"惹起了一片激烈的妒火"，（159页）一场滑稽的群殴应时爆发：

毛丽是个有血性的，决不肯忍受下去。于是——但是且住！既然我们对自己的能力信心不足，还是让我们请一位高手来帮助一下吧。

那么，众缪斯，啊，不管您是哪一位，只要您喜欢歌咏战争——尤其是曾经歌咏过虎迪布拉斯和特鲁拉战场上的杀戮情景的，倘若您不曾和尊友勃特勒一道饿死的话，就请乘这个伟大的时机助我一臂之力吧。……（160~163页）

和奥尔华绥或苏菲亚出场时的"庄严文体"不同，此处的文体喜剧色彩更为浓厚，因为文体和主题之间存在着巨大的差距：此处的语言无疑属于荷马史诗之类的古典文学，适合于描述已经远去的英雄时代的伟大战争。但是，展现在读者面前的却是普通村姑间扯头发、撕衣服的闹剧，跟民族英雄的荣誉之战不可同日而语，在伟大、崇高和渺小、卑微之间横亘着一条难以跨越的鸿沟。滑稽和戏剧性就在这种陡降和矛盾中产生，似乎小说的"史诗"特征就是作者讽刺戏剧的余脉。

菲尔丁的史诗情节是用巨大代价换来的，其优势也是不容否认的。辨证地看，情节的优先与人物的突出是成反比的，作者越是聚焦于情节，人物就越是倾向于成为情节的被动工具和附属产物，仅仅存在于需要他们具有某种单一个性的情节之中，从而失去充分展现内心意识的机会；与此同时，繁杂的情节也为众多次要人物的登场（尽管是昙花一现）提供了契机，因此作为补偿，小说的人物画廊得以丰富，世俗众生的全景得以展现，使小说成为社会风俗的百科全书。对此，伊恩·瓦特的评论高屋建瓴，切中肯綮：

从斯泰恩和简·奥斯丁到普鲁斯特和乔伊斯，亚里士多德式的情节对于人物的优先权被整个儿颠倒了过来，而且一种新型的形式结构已经发展起来。在该结构中，情节仅仅力图体现生活的一般过程，与此同时，情节也变得完全仰仗人物及其关系的发展。是笛福、尤其是理查逊为这一传统提供了原型，正如是菲尔丁为相反的传统提供了原型一样。[1]

———————————

[1] Watt, Ian, *The Rise of the Novel*, New York：Penguin Books, 1981, p. 318~319.

作为理查逊的论敌，菲尔丁走上了截然相反的创作道路。在他看来，"人物的塑造在整个文学结构中的地位是极为次要的"，① 因此他抱着情节至上的观念，处处提防自己陷入理查逊过分注重人物心理刻画的"俗套"。就情节与人物的关系而言，英国小说在成型之时就形成了迥然不同的发展方向和传统的始源。

三、风俗人物与道德意识

作为代价，菲尔丁笔下的人物通常缺乏心理和人性的深度，与理查逊的人物优先权恰成对照；作为"收益"，他的鸿篇巨制展现了幅员广阔的社会全景图，和理查逊描绘两三户人家的情感生活和道德建构的"工笔画"截然对立。在当时的文坛霸主约翰逊博士看来，"菲尔丁和理查逊的人物的全部区别"就是各种"风俗人物"和"自然人物"之间的区别，"其区别之大正如懂得钟表运行原理的人不同于只会看表盘读时间的人。"② 就人物的刻画或人性的描摹而言，这种评论可谓一针见血，但忽视了情节优先权的巨大"收益"，而那种"收益"正是理查逊的短处，因此"理查逊挖掘的是生活的核心……而菲尔丁只满足于外壳"，③ 这种论述是片面和不公正的。由于情节的优先，多数人物只能昙花一现，只能扮演情节设定的角色，他们的心理也只有发生物理变换而非化学反应的机会，因此他们只能充当"风俗人物"，而非哈代"性格与环境小说"中的"个性人物"。

很大程度上，菲尔丁的史诗情节和人物刻画的弱化正是新古典主义文学观的要求。在新古典主义看来，情节的精巧正是秩序和理性的体现，而作家的首要任务就是通过故事的演示让读者看到世界运行的秩序，看到理性原则的普适性。作为新古典主义的忠实追随者，菲尔丁描绘人物是带有明确目的的："通过赋予最低限度的特征，将他们归到各自合适的类型之中。"④ 一旦贴上了合适的标签，那些"风俗人物"就会始终按照作者设定的单一模式行动，因此他们多半都是类型化的扁平人物。正如伊恩·瓦特所言，该小说的主角就是事先类型化了的：读者凭借名字的含义就可以判断，"天堂厅"的主人奥尔华绥（Allworthy）先生肯定属于"崇高"类型，因为他与太阳同辉，配得上一切美好的事

① 伊恩·P·瓦特著，高原、董红钧译，《小说的兴起》，北京：生活·读书·新知三联书店，1992 年，第 310 页。

② Watt, Ian, *The Rise of the Novel*, New York：Penguin Books, 1981, p. 297.

③ 伊恩·P·瓦特著，高原、董红钧译，《小说的兴起》，北京：生活·读书·新知三联书店，1992 年，第 300 页。

④ 同2，p. 309.

物；邻近山庄的苏菲亚（Sophia）小姐肯定属于"聪明伶俐"的类型，因为"苏菲亚"的原义就是"智慧"；而故事的第一主角弃儿汤姆·琼斯（Tom Jones）则肯定属于"常人"类型，因为他的名字由英语中最常见的两个名字合成，暗示了他是一个普遍意义上的"自然人物"的代表。可见，在史诗情节的制约下，这些风俗人物都"不是个人，而是种类，不是个体，而是物种"。①

在人物描绘的方式上，菲尔丁也与理查逊形成鲜明的对照。理查逊的书信体小说不是旨在表现恒定的性格，而是旨在刻画生动的个性，而菲尔丁的"喜剧史诗"则不是旨在呈现变动的个性，而是旨在分析性格的类型。也就是说，菲尔丁关注的不是人物在特定情景中的具体动机，而是据以将他们归入社会类型的特定个性；他是"根据'种类'［来］研究每个人物，至于那些纯然个性的东西，在分类学上是没有价值的。"② 在菲尔丁看来，探索人物的内心隐秘几乎是毫无必要的，只要凭借表象能够辨别人物的类型就足矣，因此他呈现给读者的常常是明显经过了作者提炼的间接表象，而不是变化多端的直接而生动的内心活动。这是菲尔丁和理查逊的根本区别，其长处在于能够精练地展现世相全景，其短处也是不言自明：在"个人主义"和反理性主义的语境中，极易造成"作者介入"过于明显、叙事艺术过于单调和肤浅的恶果。

伊恩·瓦特对菲尔丁小说艺术的评述大抵是精到和无懈可击的，但是他对菲尔丁刻画人物形象的方式的辩护却是比较苍白和"个人主义"的。在扛鼎之作《小说的兴起》中，他断言道：

那种与之相对立的方法是不很适宜的：正如菲尔丁的表妹玛丽·沃特利·蒙塔古夫人所指出，理查逊让他的女主人公"表明她们心中所思考的一切，"实在是一种很拙劣的手法，因为"不仅身体需要遮羞布，思想也同样需要。"而且，……它避免对人物进行直率、坦然的表现，这在总体上也是和古典文学的传统相一致的。……菲尔丁的喜剧目的本身……需要一种外部的处理方法。③

瓦特的观点在于，"外部"刻画的方法和菲尔丁小说的喜剧色彩是相宜、相助的，但是他的依据却不大可靠和客观：蒙塔古夫人站在菲尔丁一边，恐怕和她作为"菲尔丁的表妹"的身份密切相关——亲缘关系左右了对论战双方的评论，

---

① 伊恩·P·瓦特著，高原、董红钧译，《小说的兴起》，北京：生活·读书·新知三联书店，1992年，第313页。译文稍有修订。

② 同1，第314页。

③ 同1，第314～315页。

说理查逊的手法"很拙劣"，这是极不符合事实的，是对论敌的诬陷；把"外部"刻画的方法当作"遮羞布"也是极其牵强的，因为细致、生动的内心描写正是虚构小说相对于诗歌和散文的优势所在，不是将真正不可告人的隐私公之于众，况且理查逊的心理刻画并无任何需要"遮羞"的地方，和滥情、淫秽毫不相干，而是和道德说教与人性的探索紧密相关。说菲尔丁是古典文学的传人是没有疑问的，但借此贬低理查逊的长处则是大可怀疑的。最后一部小说《阿米丽亚》中描述方式的转向或曰"写作的'断裂'"，① 以及菲尔丁向完成了《克拉丽萨》的理查逊表示由衷的敬佩，这些都表明了菲尔丁"外部"方式的臣服。

兴许是出于和论敌各走一端的需要，尚未走到尽头的菲尔丁不无炫耀地拒绝深入人物的内心深处，而是满足于概括人物行为的表象。他甚至坦言，"如果一定还要探索他［布利菲］的心灵深处，那么大概在我们心中已有了某种邪恶的念头，正如某些专爱传播丑闻的家伙窥视朋友的隐私，偷看他们的衣橱碗柜，只是为了将他们的寒碜和卑贱暴露于世。"（469 页）细究之下，这种自我辩护也是苍白无力和天真无知的，因为推求人性、刻画生动的内心世界正是虚构作家的责任所在，和现实世界中的窥阴癖、露阴癖不可相提并论，而且人物暴露了内心隐秘，并不等于作者和读者心里就有了邪念，不去深究人物的内心意识也不等于作者和读者就没有了"邪恶的念头"。总之，理查逊的虚构世界绝对不是"丑闻"，灵动的内心意识也不是见不得人的"隐私"，否则，乔伊斯和伍尔夫等专事内心挖掘的作家就是不可救药的窥阴癖患者了。

对于菲尔丁的自我辩护和许多序章，读者不必过于较真，因为作者并非无懈可击的小说理论家，而更多的是小说艺术的实践者和开拓者。当苏菲亚获知汤姆的爱情时，菲尔丁也拒绝描绘她的心境，辩解说，"至于她当前的心境，我要谨遵贺拉斯的准则，既然没有希望描绘得惟妙惟肖，那就索性不去描绘了"。（181 页）此时，读者也不必细究，因为菲尔丁的嘎然而止并非出于写作的德行，而纯粹是因为小说的焦点在于庞杂的史诗情节，他无暇顾及可能要占据较长篇幅的心理刻画。菲尔丁回避心理刻画完全是有意为之的，每当矛盾激化、人物的情感到达高潮时，他都一概如此，即使不得不提及，他也只是做一个"外部"的旁观者，寥寥数语就交代了人物在形体上的反应。至于菲尔丁的解释，"我们的职责只是陈述事实，至于造成事实的原因，应该留给更具有

---

① 黄梅，《推敲'自我'：小说在 18 世纪的英国》，北京：生活·读书·新知三联书店，2003 年，第 248 页。

天赋的人去解释。"（56 页）读者也不必认为，这是作者的谦逊使然，因为这
只是作者重情节、轻心理的又一个搪塞之词。

菲尔丁有点儿"流于肤浅"和"表象"，这一点决定了他的小说绝对不是
"成长小说"（bildungsroman），① 他笔下的人物也没有灵动的内心世界，他们
的心智发展也极其有限。即使是主角汤姆，其形象在漫长的故事中也几乎是一
成不变的，其性格的发展也只是一种普通之至的演化；可以说，整部小说都是
在展示他既有的性格特征，而不是在讲述他人格的成长过程。诚如伊恩·瓦特
所说，菲尔丁持的正是"静止的人性观"（static view of human nature）或者
"无历史的人物观"（a - historical view of character）：

倘若人性在本质上是稳定不变的，那么就无须详细叙述人性的任何例证籍
以充分发展的过程；那样的过程不过是一种道德方式的暂时和表面的微调，而
道德方式是从出生以来就不可改变地确定了的。②

人性的稳定是菲尔丁的人物刻画方式的依据：既然人性是确定的，那就只须给
人物贴上标签表明类型即可，作者无须花费太多的笔墨细致地描摹其成长的历
程和转变的契机，因为那些历程和契机都不过是"暂时和表面的"，都没有涉
及到人的内在本性。既然"道德方式是从出生以来就不可改变地确定了的"，
那么在菲尔丁的作品里，"'出身'……作为一种情节的决定因素，［就］几乎
相当于笛福作品中的金钱或理查逊作品中的道德。"③

"静止的人性观"最鲜明的例证是汤姆少爷和布利非少爷的人性反差。尽
管同出一母，同在一个家庭接受同样塾师的教诲，他们在人生道路上却一开始
就分道扬镳，似乎冥冥之中宿命已做好了安排。汤姆始终是慷慨、仗义、正
直，对女性一概豪爽、殷勤，而布利非则一直是自私、狡诈、阴险，对同伴总
是嫉恨、诬陷；他们的本性在整个故事里都几乎没有变化。这种人性观是付出
了代价的：汤姆和布利非的行为显得不太真实，"因为它们似乎永远是对于刺
激的一种本能的反映，致使情节成了由作者所操纵、所提供的东西，［让］我

---

① 有的学者持相反观点，说"主人公不应作为定型不变的人来表现，而应该是成长中的变化中
的人，是受到生活教育的人。"处于未完成状态的主人公始终置身于多重对话关系之中。"见胡振明，
《对话中的道德建构——十八世纪英国小说中的对话性》，北京：对外经济贸易大学出版社，2007 年，
第 182 页。

② Watt, Ian, *The Rise of the Novel*, New York: Penguin Books, 1981, p. 312~313. 汉语由笔者自己
译出。

③ 伊恩·P·瓦特著，高原、董红钧译，《小说的兴起》，北京：生活·读书·新知三联书店，
1992 年，第 311 页。

们感觉不到它们是一种发展中的精神生活的表现。"① 菲尔丁没有将汤姆和布利非变动不拘的个体意识呈现在读者眼前，因为他相信，人性的本质是恒定不变的，人物的人生历程是本性展现的自然过程，而不是自身过去经历的产物。

在"无历史的人物观"的操控下，在等级森严和道德改良运动风起云涌的社会，汤姆从未因为自身的私生子和弃儿身份受到过心理折磨，从未暴露过足以让敏感作家扩展为心理探索小说的内心活动，而布利非也从不为自己迫害同母异父兄弟的罪行表示忏悔，（即使像笛福的主角到晚年才忏悔那样也从未有过），一切阴谋都破产之后也依然要娶一个富有的遗孀，企图东山再起，进军政坛。而且，"无历史的人物观"也没有衍生出帕梅拉故事所具有的"革命性"。小说中的虚构世界无疑是一个等级社会，阶级成见肯定左右了人物的行为倾向。汤姆很可能觉得，作为来历不明的弃儿，他难以和苏菲亚喜结连理，那是极其不幸的，但是，他却没有进一步质疑这种不幸的社会依据是否合理。故事的喜剧性就在于，在不破坏社会秩序的前提下让那两个有情人终成眷属：汤姆原来也是奥尔华绥的妹妹的儿子，可谓名门出生，天生高贵，和苏菲亚结合是门当户对的，并未否定等级制度和婚姻法，丝毫没有帕梅拉跨越阶级界限的"革命性"。

在道德改良运动中，在和理查逊的论战中，菲尔丁的道德观相形见绌，主人公放荡的生活史也遭到了清教卫道士的严厉指责。"实际上，菲尔丁和理查逊一样，也是一个道德家，只是属于不同类型。"② 他的道德意识（尤其是贞洁观）在奥尔华绥先生教导珍妮·琼斯（人们认定的私生子汤姆的母亲）的长篇大论（第一卷第七章）中得到了较为充分的体现，但是，和作者对主人公一而再的放荡的宽容相比，这种道德说教显得苍白无力，对主人公的行为毫无约束，似乎贞洁作为最高美德是无关紧要的，一再的淫荡也只是一种轻微因而可以谅解的道德过失。菲尔丁过于关注情节的史诗性质，忽视了将奥尔华绥的道德说教贯穿故事的始终，没有适时、实地惩罚和遏止主人公的通奸罪行，客观上否定了自身的道德意图。伊恩·瓦特认为，对菲尔丁的道德意图颇有微词的福·麦·福特"刻意忽略了菲尔丁积极的道德意图，以及喜剧性情节的整体倾向；这种倾向就是借助行使正义时的宽厚达到一种幸福的结局。"③ 这种辩护也是苍白甚至有害的，忽略了道德意图和喜剧情节之间可能的调和性，

① 伊恩·P·瓦特著，高原、董红钧译，《小说的兴起》，北京：生活·读书·新知三联书店，1992 年，第 317 页。

② 同 1，第 321 页。

③ Watt, Ian, *The Rise of the Novel*, New York：Penguin Books, 1981, p. 321.

客观上会助长道德言行的脱节。难道文学史上的喜剧道德剧多数都纵容放荡吗？都没有给予惩罚和警示吗？"喜剧性情节的整体倾向"并不非得以牺牲道德说教为代价，对放荡给予惩罚也并不一定导致"悲剧的诞生"，关键是罪人主人公要有道德意识的成长过程，不能停留在风俗型人物的定位上。菲尔丁的道德意图和"喜剧史诗"之间存在着内在矛盾。

伊恩·瓦特指出了菲尔丁道德观的本质："他相信，道德远不是依据舆论对本能进行压抑的结果，它本身是一种趋向善良或者仁慈的自然倾向，"为此，菲尔丁把天生善良的汤姆的放纵行为当作对他必不可少的道德考验，认为"在道德发展的过程中，［那］是一种很可能产生甚至是必不可少的阶段，它们并不预示着一种邪恶的品性。"①这样的道德观是经不住推敲的，具有自我否定的性质。在现代心理学看来，人在本质上是淫荡的，赤裸裸的人是不道德的，因为"本我"的目标就是性本能的满足，"本我"的意志是排斥文明和道德的；文明和道德都是建立在压制性本能的基础之上的，和"超我"遵循的道德原则同仇敌忾。因此，伊恩·瓦特推敲出来的菲尔丁立论的基础是值得重新思考的，况且对善良天性的道德考验也并非放纵行为不可，在性诱惑面前的反复踌躇（而非汤姆的豪爽和一概笑纳）和最终超越似乎是更值得大书特书的考验。菲尔丁的问题在于，对于庞杂的人物和世相的全景，要把个体的德行或罪恶充分彰显出来是不太可能的，他广阔的视野里是一切泛化的道德现象，不是帕梅拉那样自始至终所遭受的单一的道德考验。兴许，通过纵欲的汤姆和压抑的布利非之间的对比，菲尔丁想表明的是，并非出自本能（而是为了财富）的婚姻意图可能比婚前的放纵更为邪恶：布力非少爷如此，布力非上尉也是如此，他们的失败和不幸验证了菲尔丁恶有恶报的道德意图。于是，菲尔丁似乎拓展了传统的道德观：婚前基于性本能的放纵无伤大雅，不值得严加惩罚，婚姻中的杂念（财富占有欲）才是违背人类天性的，迟早都会得到报应。

但是，这样的道德观很容易给作者带来诲淫的骂名，正如《无名的裘德》被人戏称为《淫秽的裘德》。②汤姆一再笑纳过路鸳鸯，又没有及时得到应有的惩罚，这样的宽容是戒淫的姿态吗？难道不是对读者可以纵情的暗示吗？是

---

① 伊恩·P·瓦特著，高原、董红钧译，《小说的兴起》，北京：生活·读书·新知三联书店，1992年，第321页。

② 在严谨的卫道士看来，英国小说家哈代的后两部作品都有"诲淫"的倾向，因为苔丝和裘德都是非法同居的人，都有些败坏风俗。将 Jude the Obscure 戏称为 Jude the Obscene，这是文字游戏，依据的是传统的道德观。

人物在事实中淫秽呢，是作者因为现实原则而在虚幻中意淫呢，还是读者可以借此替代性地满足纵欲的欲望呢？而且，菲尔丁还故作幽默，"常常说服我们将不正当的性行为当作荒唐的而不是邪恶的事情"，[1] 这本身就是在提醒读者可以放松道德准则。他让苏菲亚问贴身女仆昂诺尔说，"要是有人要来强奸你，破坏你的贞操，你也不敢开枪打他吗？"昂诺尔大姐反驳说，"小姐，说真的……贞操是非常可贵的，特别是对于我们底下人来说；因为正像有人说的，那是我们的饭碗，可是我恨死枪炮了。"（336 页）这段对话几乎要靠近"美德有报"的故事了——昂诺尔说贞操"是我们的饭碗"，帕梅拉说"贞洁是我最大的财富"，这样的观点没有二致，但是转念之间，昂诺尔又说宁可失去贞操也不愿挨枪子儿，陡然拉开了和帕梅拉的距离。

幽默或者滑稽的代价就是道德情操的松懈。"在大是大非的问题上"，幽默和滑稽是不相宜的，为何不能在别的情节中表现"史诗"的"喜剧"性呢？把性放纵当作对人性的考验，有一点儿贼喊捉贼的味道。正如弗兰德斯一边忏悔，一边对既往的偷窃生涯津津乐道；或者正如罗克珊娜说要忏悔，却又对灿烂的情妇人生念念不忘。如果汤姆对女性的一概殷勤体现了中世纪骑士爱护妇孺的传统，那么问题就出在这个传统本身，或者汤姆继承的不是正统的传统，而是其低俗的变异。不管菲尔丁的主观意愿如何，这样的情节事实上起到了诲淫的作用。新古典主义的旗手约翰逊博士认为，《汤姆·琼斯》是一部污浊的作品，这是不需要进一步论证的。

余　波　写作的回归

在一定程度上，汤姆和苏菲亚的人性特征在菲尔丁的第四部小说《阿米莉亚》（Amelia, 1751）中得到了延续：男主角布思上尉不谙世事，而且轻易屈从自己的本能，在监狱中投入了玛修丝的温柔乡，而女主角阿米莉亚则是最好的妻子，无论怎样孤苦伶仃，无论丈夫是否背叛了自己，她都没有动摇对家庭的责任和对丈夫的忠诚。随着布思三次入狱，持家教子的重任落在了阿米莉亚的肩上，这使她成了这部小说真正的主角。叙事重心的转移使得被压抑的女性有了更多的发言权，获得了揭示喜剧表面下的悲剧潜文本的机会。

---

① 伊恩·P·瓦特著，高原、董红钧译，《小说的兴起》，北京：生活·读书·新知三联书店，1992 年，第 326 页。

虽然也是富家出生，阿米莉亚却没有苏菲亚那样的天生丽质，但是她具有汤姆缺少的道德谨慎：无论面临那位爵爷和詹姆斯上校的纠缠，还是面对丈夫在狱中的轻易失足，她都只能殚精竭虑地做一个苏菲亚式的天仙，因为在两性道德上，那个时代维持的是男性中心的双重标准。正如帕梅拉经常间接规劝 B 君洁身自好一样，阿米莉亚也常常虔诚地劝诫丈夫和孩子一心向善，而且她还具有每逢危机时刻就"昏死过去"等被动而有效地维护女性贞洁的天赋。不过，困境中的她并非完全被动，而是机智地周旋在家庭内外：为了既不破坏贞女的形象，又不得罪丈夫的上司，她让相貌相似的阿特金森太太替她出席詹姆斯上校举办的假面舞会。她不像苏菲亚那样完美无缺（即使在困境中，苏菲亚也毫不犹豫地拒绝了费拉玛勋爵的求亲），而是也有过于天真的时候：对那位爵爷的殷勤她也觉得颇为受用。在这个以金钱为纽带的社会体制中，她信念坚定，但也不免绝望地叹息：所有人在心底里都是坏蛋。

阿米莉亚的人性特征比帕梅拉和苏菲亚更贴近现实生活，而且她的悲苦心情以及布思在监狱中目睹的司法腐败也构成了小说深厚的悲剧底蕴，使小说的喜剧结尾显得无足轻重。应该说，菲尔丁的创作思想和笔下的主要人物都出现了"断裂"，[①] 如果他没有英年早逝，他"史诗"中的"喜剧"人物可能会回归克拉丽莎的悲剧命运。事实上，"没有证据表明，此书遵循了散文体滑稽史诗的程式，滑稽式英雄和史诗措辞也被弃而不用了。"[②] 随着悲剧意识的增强，菲尔丁发现史诗品质愈来愈和社会现实格格不入，即使是戏仿也显得那么做作，因此他晚期的创作愈来愈脱离"喜剧史诗"的套路，褪去了喜剧性和史诗品质，开始了向理查逊传统的回归。伊恩·瓦特指出，《阿米莉亚》"比他先前的作品更接近理查逊对家庭生活的探索；……看来无可怀疑的是，他已开始意识到，早期所运用的类史诗方法造成了他与做时代生活的忠实历史家这一适当任务最明显的背离。"[③] 此后，菲尔丁继续"背离"早期的文学观，他对史诗态度的转变在《里斯本航海日记》的前言中达到了顶点。他晚年对理查逊创作的《克拉丽莎》表示过由衷的赞赏，而他对史诗的最终"背离"和英年早逝更以一种悲剧的方式，表示了从外部、广焦的叙事方式向焦点高度集中的内部叙事方式的回归。

① 黄梅，《推敲'自我'：小说在 18 世纪的英国》，北京：生活·读书·新知三联书店，2003 年，第 248 页。

② 伊恩·P·瓦特著，高原、董红钧译，《小说的兴起》，北京：生活·读书·新知三联书店，1992 年，第 292 页。

③ 同 2，第 294 页。

菲尔丁的三部"喜剧史诗"刻画的人物多达一百余个，上至勋爵贵妇、法官律师，下至军卒游医、店主牧师，以及婢女乞丐、小偷流氓，可谓琳琅满目，不一而足。他们构成了英国小说史上前所未有的广阔的人物画廊，谱写了一部完整的普通社会人性史。他们不仅形象鲜明，各有特点，而且合理地连缀在男女主角的命运主线之上，完全不同于《格列佛游记》中面貌模糊、性格单一的群体人物。又由于他们的自然人性在整部"历史"中保持静态，体现的是不变的类型特征，所以他们大部分不是成长小说中逐步发展的动态人物，而是具有圆形特征的"风俗型"人物。这是因为菲尔丁刻意表现的，是人性喜剧的最重要和最永恒的事实，是体现社会存在基本特征的"类型"，而不是纷繁复杂、千变万化的"个体"。作者遵从新古典主义的真实观，认为"最高真实"超越了不断变换的生活细节，只存在于事物的基本形式和普通类型中。

　　为了追求"最高真实"，作者必须用对普遍人性的描绘取代对个性心理特征的刻画，因此，这些人物也不同于理查逊笔下具有丰富内心特质的个性型人物。而且，正如柏拉图主张用悲剧造成的"恐惧和怜悯"来"净化"观众的心灵，菲尔丁则坚持喜剧对人性的治疗效果，所以，尽管小说的主题越来越显得厚重，小说中的一些重要人物（魏斯顿先生、魏斯顿女士、巴特里奇等等）和一些次要场景（墓地酣战、客栈群殴等）仍然保留了浓厚的喜剧色彩。但不可否认的是，这类人物通常缺乏心理深度，致使作者蒙上了只知道"看着表盘读时间"却不懂得"钟表如何制造"的嫌疑。而且，多数人物对性冲动的认同过于坦率，似乎成了劳伦斯性福音主义的先驱，事实上削弱了作者意想中"散文体戏剧史诗"具有的道德教诲功能。

Henry Fielding and his Masterpiece

 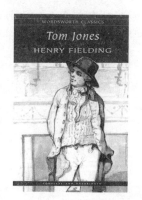

第七章

斯特恩的实验小说：情感主义的德行

从《鲁滨逊漂流记》到《弃儿汤姆·琼斯的历史》，经过三十年的发展，英国小说先后以经济、道德、人性为中心主题，形成了描述性和评价性形式现实主义的基本模式，体现了较强的结构主义倾向。《格列佛游记》则以政治为中心主题，试图颠覆所谓的科学理性主义和政治意识形态，其"讽刺的机锋"中已经蕴涵了解构主义的倾向。在英国早期现实主义小说达到顶峰仅仅十年后，性情独特的劳伦斯·斯特恩就独辟蹊径，跨越式地推出了似乎是"意识流小说源头"的《项狄传》（*The Life and Opinions of Tristram Shandy, Gentleman*，1759~1767），① 一方面继承理查逊的风格，掀起了一股强劲的"情感主义"（sentimentalism）潮流，另一方面突破叙事时间的专制，事实上构成了对既有叙事模式的解构，像乔伊斯的《尤利西斯》一样成为解构主义者取之不尽的文学宝藏。

斯特恩突破了刚刚兴起的英国小说的形式，将小说的巨大潜力解放了出来，为20世纪的心理探索小说开辟了蹊径。换言之，他的创作"与其说是具有'颠覆'意图或作用，不如说是反映了小说作为尚未定型的文类的可塑性和相对宽阔的空间。"② 歌德说，斯特恩是18世纪欧洲文坛最自由的精神，而尼采则说，他是古往今来最无拘无束的作家，这样的评价决不是无稽之谈。如果说《项狄传》在18世纪中叶就展示了现代英国小说的发展趋势，那么这种超前性就是和作者本人与众不同的性情和洛克《论人类的理解》对他的思想影响是密不可分的——他匠心独运，把洛克的"观念联想"理论"推至极度，并从中取乐"。③

---

① ［英］劳伦斯·斯特恩著，蒲隆译，《项狄传》，南京：译林出版社，2006年7月，"译后记。"

② 黄梅，《推敲'自我'：小说在18世纪的英国》，北京：生活·读书·新知三联书店，2003年，第304页。

③ 刘意青主编，《英国18世纪文学史》，北京：外语教学与研究出版社，2006年，第205页。

第一节　奇人与奇书

　　劳伦斯·斯特恩童年时代居无定所，随父亲在爱尔兰过着随军生活，青年时期又缺乏稳定的家庭关爱，尤其在剑桥大学就学期间因肺结核咳血之后，心头总有挥之不去的恐惧，担心英年早逝，像浪漫派诗人济慈（John Keats，1795～1821）那样再也享受不到从想象中借来的哪怕只是片刻的美好时光，所以"斯特恩也许是无意识地养成了一种享乐主义，这使他张开双臂，无论是生活的快乐还是痛苦，来者不拒，一概兴味十足地揽入怀中。"① 这种"性情"（inclination）促使他在任何经历和感觉中都尽情行乐，暂且将不可避免的悲剧抛到脑后。因此，他的作品常常无视叙事的常规，在感伤主义的基调上布满了及时行乐的场景（秽语及离题），试图以联想的狂欢淡化眼前悲剧的阴影。离开剑桥时，斯特恩就得到了"怪人"的名声：对于逻辑严密的规则，他总是嗤之以鼻，嘲弄它们不过是迂腐的形式游戏罢了；而对于"睿智的洛克"，他却推崇备至，因为在洛克的"观念联想"学说当中，② "他发现了对他自己的善感禀性（sentimentality）的一种解释"，③ 一种意外的亲近感和亲和力。斯特恩的性情和洛克的思想相互渗透，在字里行间流露出来。

　　潜意识中的死亡忧虑靠表面的寻欢作乐来掩盖和抵消。对于疾病缠身而又顽强生存的斯特恩，一切都要显得色彩斑斓，都要呈现出一派快活欢闹的景象，别人觉得忧郁和哀伤的事物也要成为他取乐的源头。"他唯一的追求就是快乐"，④ 他的"现实原则"就是快乐。在病痛和快乐的交替胜利中，斯特恩成了一个不够稳重、不够虔诚的人，一个喜好和红颜知己调情的丈夫和出言污秽、行为不轨的牧师。对他而言，"理性的一半就是感觉"，⑤ 他随意的言行就是"跟着感觉走"的后果，出于冲动的多，源自事先深思的少。就任受俸牧师期间，他和教会内外寻欢作乐的人群厮混一起，在污言秽语和调情私通中自

---

　　① ［英］劳伦斯·斯特恩著，蒲隆译，《项狄传》，南京：译林出版社，2006 年 7 月，"序"，第 5 页。

　　② 爱尔兰出生的约翰·洛克（John Locke）是 18 世纪活跃在英国的最伟大的哲学家之一，他的著作《论人类的理解》（On Human Understanding）中有一章专论"联想"，认为"联想"是人类思维的基本特征。

　　③ 同 1，"序"，第 6 页。

　　④ 同 1，第 18 页。

　　⑤ 同 1，第 20 页。

娱，全然不顾自己的宗教身份。为此，大名鼎鼎的蒙塔古夫人（斯特恩夫人的表妹）说他生活放荡，性情反复无常，而那些稳重质朴的乡下邻居则称他为疯子。

在大学同学霍尔·史蒂文森的庄园"骷髅堡"（后改名"飘摇堡"）里，斯特恩经常和他的酒肉朋友海侃狂聊，数日不归，被平和安静的乡民们戏称为"疯魔社"。在这个由十来个约克郡的牧师和乡绅组成的不敬神灵的疯狂小团体里，不着边际的思绪和狂欢似的闲聊催生了标新立异的大作的诞生。斯特恩还在霍尔的私人图书馆里发现了大量希奇古怪的书籍，那些书籍给他提供了异乎寻常的知识，也给他的疯狂创作提供了许多的灵感。无拘无束的闲聊，下流放肆的故事，以及拉伯雷式的双关语，伴着这群"疯魔"度过了不少漫长的冬夜，给《项狄传》提供了令人捧腹的笑料、模棱两可的俏皮话和不登大雅之堂的黄色双关语。

斯特恩并未系统地探求某一领域的知识，因此他的知识是驳杂的，是没有贵贱、雅俗、直接与间接之分的"拿来主义"的。在创作过程中，他脑海里最活跃的是拉伯雷、塞万提斯和伯顿（Robert Burton, 1577～1640），他把这些前辈的思想、措辞和技巧糅合起来，改造成自己独树一帜的东西。其次，除了蒙田、贺拉斯、培根和斯威夫特，洛克的哲学也渗透在他的字里行间，而莎士比亚和《圣经》也影响了他的措辞和节奏。有趣的是，斯特恩借用的多是从编撰者那里借来的二手货，其中最显而易见的是伯顿、贝尔和钱伯斯的材料。"更确切地说，斯特恩有一个剪贴簿式的头脑，里面收集了五花八门的信息。"① 在这本充满"互文性"的"剪贴簿"里，欧陆的文学名著、"疯魔社"的奇谈怪论、狐朋狗友间的露骨笑话以及专业的科学、哲学和神学著作，神奇地化为一体，并以各种奇异的"梦意象"（dream－work）的形式在《项狄传》里呈现出来。加之，像20世纪的乔伊斯处理《进展中的作品》（即后来的《尤利西斯》）一样，斯特恩也善于假借名人效应进行炒作，抱着"不为糊口只为出名"的宗旨运作了一番，于是这部形式上是为20世纪的读者撰写的"意大利杂烩"式的作品，② 竟然轰动一时，引起一拨又一拨的批评浪潮。

在约克郡方言里，"特里斯舛·项狄"的意思是"忧伤而古怪的人"。这

---

① [英]劳伦斯·斯特恩著，蒲隆译，《项狄传》，南京：译林出版社，2006年7月，"序"，第11页。

② 同1，第1页。斯特恩的自我炒作参见"序"的第一部分。

两层意思完全符合作者本人的气质，也暗示了《项狄传》是一部略带"忧伤"的"古怪"的书，一部形式超前、内容承上启下的奇书。① 就形式而言，书中不时出现黑页（如 1 卷 22 章）、空白页（如 9 卷 18 章）、大理石纹页（如 3 卷 36 章）等现代主义文学时常仰仗的版式，分别表示黑夜或死亡、无话可说或无言以对、思绪混乱或一片茫然，超前而比较充分地开发了版式的表意功能，和萨缪尔·贝克特所言乔伊斯的文字具有象形文字的功能类似。而且，书中各式各样的符号悉数用尽，有成堆的星号、连绵的破折号及其他随意使用的标点，甚至还有为情节演进方式煞有介事地绘制的各种技术图示，似乎符号的功能有待充分的彰显，而文类之间也并无截然的界限，和后现代文学游戏一切的做法有些类似。不管斯特恩对"线条、线束、线网"的偏好是否源自他"对哈利法克斯织布业的观察"，② 这些离奇的表象还不足以使《项狄传》成为英国小说史上的里程碑。

就内容而言，《项狄传》并未将小说全名许诺的人物"生平与见解"讲出个子丑寅卯。相反，那位同名"主人公"只是一个戏剧化的叙事者，一个讲述他人"生平与见解"的传声筒，他本人的"生平与见解"只是蜻蜓点水似的提及了几次，而小说大部分章节都是他在讲述父亲沃尔特和叔叔托比的"生平与见解"，因此故事的主人公是他的父亲和叔叔，而小说也就有了文不对题的巨大嫌疑，这在小说尚未赢得普通大众一致认可的语境中是极其扎眼和招摇的。而且，这位弱化的主人公还藐视"个人历史"（private history）的叙述常规，没头没尾、漫不经心地东拉西扯，让读者理不出头绪和情节主线，对他们按照时间顺序理解事件的阅读习惯提出了前所未有的挑战。"主人公"的孕育构成小说的开篇，但是到小说结尾时他才穿上封裆裤，离足以立传示人的时日遥不可及；全书以约里克牧师的揶揄结束，但他早在第一卷第七章就已经过逝；所谓的"献辞"直到第一卷第八章才出现，而"作者前言"也被毫不顾及地撂在第三卷第二十章，如此等等。整部小说东一榔头，西一棒槌，基本打破了小说前辈们按照物理时间叙述的模式，遵循的只是事件进入叙事者脑海的先后顺序。这是《项狄传》与现代意识流小说的本质区别，因为后者呈现的是人物意识的流动，而不是叙事者的联想过程。这种叙事方式是史无前例

---

　　① 《项狄传》中的情感主义上启理查逊的情感小说，呼应同时代的感伤小说和诗歌，下启 18 世纪末涌起的浪漫主义诗歌。有的论者直接把情感主义或者感伤主义当作浪漫主义的源头。
　　② ［英］劳伦斯·斯特恩著，蒲隆译，《项狄传》，南京：译林出版社，2006 年 7 月，"序"，第 6 页。

的，为《项狄传》赢得了"意识流小说的源头"的美誉，也使它成了叙事学论者几乎取之不竭的宝藏。

岂只如此，《项狄传》还是一部地地道道的"噱头"集。一串串的人名虽然多数读者闻所未闻，但作者还煞有介事地加上拉丁词尾，摆出一本正经的样子和古色古香的风格；一会儿希腊文，一会儿拉丁文，一会儿又是法语，旁征博引，零零总总，全然不似文艺复兴时期的作家只是偶尔引用、借以印证自己的观点那样，艺术的狂欢成了作者至上的法宝；无关文雅的污言秽语层出不穷，俏皮话、双关语接连不断，条形突出状的事物常常暗指男性器官，而环形承受性的东西常常影射女性器官；除了令人意外的标点符号，书中时常散布着不合常规的斜体字和黑体字，全用大写字母或小写字母的段落，学究气十足的脚注和戏仿献辞；有的章节洋洋洒洒长达六十页，有的章节却无话可说，只有短短的四行；内容也看似杂乱无章，有对月亮的虔诚祈祷，有令人望而生畏的戏仿法律文件，有饱学之士用法语作的庄严声明，还有断断续续的布道文。总之，颠三倒四，拉拉杂杂，既离题万里又曲线回环，淫猥下流的俏皮话与荡气回肠的柔情密意竟然并驾齐驱，不敬的插科打诨与虔诚的道德说教也令人意外地双管齐下，整个一曲并不和谐的多声部合唱。这些超前的"复调"因子使《项狄传》成了一部风行一时而且迄今炙手可热的作品。

乔伊斯是通过邀请门徒撰写美文、在巴黎出版精装限量版的方式，替自己惊世骇俗的作品进行炒作的，而斯特恩则亲自操笔写了一封措辞生动的推荐信，请女歌手凯瑟林·富曼特尔誊写一遍寄给大名鼎鼎的演员戴维·加里克，让这位名人在文人雅士之间大肆宣扬，以此来获得读者大众的认可和满足自己的虚荣心。在推荐信中，他自我吹嘘道，"有两卷书刚刚在这里出版就引起了极大的轰动，销路好得惊人；……这部书妙趣横生，活泼洒脱，极具个性。……贵族名流对它推崇备至，说它是一部好书。"① 这样的自荐也许没有言过其实，而且他心想事成："有了这位公认的大众口味的调节师鸣锣开道，这部小说立即走红起来，不久，伦敦所有的风雅之士就都在对这部新书津津乐道。"② 斯特恩的自我炒作同他的叙事方式一样的诡诈，好在他成功了，像乔伊斯一样从此踏上了向往已久的"名利场"和热闹非凡的康庄大道。不过，

① ［英］劳伦斯·斯特恩著，蒲隆译，《项狄传》，南京：译林出版社，2006 年 7 月，"序"，第 1 页。

② 同 1，"序"，第 1 页。译文有修订。

紧随着红极一时的是骂声一片,他的大作步入了一段沸沸扬扬的读者接受史。

1759 年《项狄传》的头两卷刚刚面世,《伦敦杂志》即刻就模仿其风格鼓吹道,"难得一见的特里斯舛·项狄啊! ——你明达事理——幽默风趣——多愁善感——富有人情味——真是难以言表! ——我们该怎么称呼你呢? ——拉伯雷,塞万提斯,还是别的什么人?"① 对于《项狄传》的长处,这样的评说是公允和到位的,但是,当读者们得知满口污言秽语的作者竟然是一位牧师时,他们便责备斯特恩"舍弃了自己牧师的饰带和法衣,追求小丑的帽子和铃铛",认为《项狄传》粗俗、空洞、散漫,应该更名为"《不知羞耻的项狄》"。② 从此,一些喜好轰动效应的报界转而发起了攻击,连篇累牍地刊登批判文章,严肃认真或者瞎起哄地嘲弄斯特恩的淫秽,有的报刊甚至将《项狄传》贬为毫无独创性可言的"怪事和残片的意大利杂烩"。③ 好在斯特恩对人生一直抱着"游戏"的态度,他"不为糊口,只为出名",看到评论界因自己而分裂反倒心中窃喜:"全城一半人咬牙切齿地痛骂我的书,另一半则把它捧上了天,好在他们骂归骂,书还是照买不误。既然这样,我们就得尽快出第二版了。"④ 正如当下流行文化圈里的所谓名人,只要能维持知名度和背后的利益,狗仔队再怎么讨厌,心里也巴望着他们时刻造访,还装着是在无意间暴露了一点"私密"。斯特恩需要的不是大一统的"和谐社会",而是炒作的效应及随之而来的利益。

1762 年《项狄传》第五、六卷问世后,预备对斯特恩的粗俗发动新的一轮攻势的评论家们却发现,新出的两卷内容新颖,题材丰富,而且语言幽默,情感细腻,令人惊喜不已;其中,特灵下士对死亡的评述、托比叔叔的模拟战役等章节尤其令人倾倒,那些章节几乎在英国的每一家报刊都转载了,给作者带来了空前崇高的声誉。虽然最后两卷因肆无忌惮的调笑遭到了严厉的批判,但不可否认的是,多数论者已经把斯特恩看作英国的拉伯雷了:"在拉伯雷之后的所有作家中,只有特里斯舛最有资格双手叉腰,趾高气扬地在屋里踱着步说,'谁敢与我比肩'。"⑤ 此后,小说家司各特(Sir Walter Scott, 1771 ~

① [英]劳伦斯·斯特恩著,蒲隆译,《项狄传》,南京:译林出版社,2006 年 7 月,"序",第 2 页。译文有些许修订。

② 同 1,第 13 页。

③ [美]W·C·布斯著,华明、胡苏晓、周宪译,《小说修辞学》,北京:北京大学出版社,1989 年 1 月,第 247 页。

④ 同 1,第 15 页。

⑤ 同 1,第 18 页。

1832）对小说中的粗俗笑话给予了宽容的评价，德国浪漫主义诗人歌德（J. W. von Goethe，1749～1832）甚至认为斯特恩是文学史上最风趣的作家，他的幽默会让读者的灵魂变得宁静淡泊。到 20 世纪，斯特恩特立独行的叙事方式和情感主义更是赢得了意识流、心理学、叙事学及后结构主义论者的青睐和发觉，奠定了他及其作品在英国文学史上的稳定地位。在反反复复的抨击与褒奖中，《项狄传》经受了时间的考验，在两个半世纪后依然有论者趋之若鹜。

第二节　《项狄传》：情感主义的德行

斯特恩的人性推求和人物刻画依据的是主导情绪论，即古希腊的"体液论"（juice）和文艺复兴时期戏剧家琼生（Ben Jonson，1573？～1637）所谓的"气质论"（humor）的 18 世纪说法。[①] 一个"情绪"化或者"气质"型的人，就是其言行受到独特的"情绪"或"气质"（这两个词在《项狄传》中交替出现）支配的人；"情绪"或"气质"决定人物的眼光，左右他们对生活现象的判断，使他们一时糊涂（失去理智），任性行事。也就是说，"当一个人听任一种主导情绪的支配时——换句话说，当他的爱巴马儿变得桀骜不驯时——那就永别了，冷静的理智和充分的谨慎！"[②] 然而，斯特恩笔下的人物（正如"飘摇堡"的"疯魔社"）比先前的琼生和同代的斯摩莱特（Tobias George Smollett，1721～1771）塑造的怪人在人性上要丰富多彩。他们依据的是类似的人性论，但在琼生和斯摩莱特的笔下，受单一"情绪"或"气质"的操控，人性是单一、强化型的，而在斯特恩的脑海里，项狄家宅的主人都是多愁善感的活生生的现实人物，而不是单一因而扁平的漫画式人物。"主导情绪"受到微妙的情感波动的修饰，把项狄家族塑造成有血有肉的人群，因此小说的同名主人公是一个"忧伤而古怪的人"，而不是一个纯粹"古怪的人"。

在斯特恩的笔下，项狄家族并不兴旺，但鬼使神差的是，那些性情迥然不同的男人们聚到了一起，组成一个奇特的家庭：父亲沃尔特、叔叔托比、儿子特里斯舛，他们无不深陷于个人的嗜好而难以自拔。透过他们热衷的哲学思辨、陶醉其中的模拟战事和特立独行的创作活动，读者可以明显感受到项狄家

---

① 参见杨周翰，《十七世纪英国文学》，北京：北京大学出版社，1985 年，第 59～60 页。
② ［英］劳伦斯·斯特恩著，蒲隆译，《项狄传》，南京：译林出版社，2006 年 7 月，第 23 页。译文作了些许修订。

族的男人们对普通大众思维方式的背离。牧师约里克虽说是外姓，但与项狄家族交往甚密，在性情上与他们如出一辙。可以毫不夸张地说，约里克就是项狄家族的"加盟球员"。沃尔特、托比和约里克这故事中的三位主角在项狄厅里演绎出了一曲 18 世纪反理性、重情感的绝唱，而叙事中的主角特里斯舛则以小说艺术的形式将父辈们的绝唱推向高潮，展现出种种情感主义的德行。他们具有类似的主导情绪，因而都是"古怪的人"，但他们又拥有各自不同的其他品质，因而形象各异，不能以类型化的风俗型人物一概论之。

一、沃尔特：古怪的思想者

沃尔特在项狄家族中最为博学，他常常沉浸在抽象的理论思辩中不能自拔，因此他的言词很少指涉现实生活中的客观事物。退出商界后，他赋闲在家，有充足的闲暇拿理性运筹帷幄，在日常琐事或者突发事件中"上下求索"，探询真理。儿子的命根被掉落的窗扇砸伤后，他作为父亲从楼上取下来的不是应急的药品和纱布，而是一些关于犹太割礼的书籍——这是"观念联想"论的喜剧，其迂腐可见一斑；长子夭折的噩耗传来，他不仅没有感到悲痛欲绝，反而联想到普通人生的生死荣衰，其形而上的学究气令人慨叹。由此可见，他是理性的忠实信徒和坚定捍卫者，但是理性是炎炎烈日，将他的情感烧灼得干枯待尽。如果沃尔特有什么"忧伤"的话，那一定是因为理性没有结出理想的果实而流露出的。幼子的鼻骨被产钳夹裂之后，他感受到的主要不是痛心不已，而是对缜密婚约的失效和助产大夫"科学发明"的意外恶果的极度失望。此外，在他看来，知识的获得可以简化为用助动词就具体对象进行一连串提问的过程。显然，沃尔特的哲学求索完全脱离了现实性，把自己囚禁在孤立、狭窄的思辨之中，仿佛现实世界根本不存在，存在的只有流动不止的绝对主观的个体意识。用洛克的话来讲，语言只是"替代思想的随意性符号"，思想可以指涉客观事物，但"语言与事物之间没有任何直接的联系"。[①]沃尔特的思维只在语言与思想的"崇高"层面上来回流动，从不"下放"到"卑微"的现实层面。他的思辩习性虽不如飞岛上或拉格拉多科学院里的自然哲学家的科学推理那么荒诞不经，但无疑也（对读者）可笑、（对家人）可恨。

沃尔特对理性顶礼膜拜，而理性却往往将他引入荒谬的陷阱。他认为，导

---

① Locke, John, *An Essay Concerning Human Understanding*, Book III, Chapter II, para. 2.

致儿子行为另类、生长异常的原因是遗传过程的异常，是夫人提出来的最不适时宜的问题所致。他相信，子女的"气质"或"主导情绪"是由父母同房时灵与肉的和谐、纯净的"交流"决定的，因此当夫人打岔，意外地问"你没有忘记给闹钟上紧发条吧"的时候，他不禁叹息着反问道："自创世纪以来，有哪个女人拿这样愚蠢的问题打扰过男人［行房］吗？"① 他还相信，如果不是因为女仆的健忘，他后来给儿子取的"洋气"的名字一定会冲抵厄运带来的晦气。可见，事物之间并不存在的紧密联系其实产生于沃尔特的抽象思辩或者随意联想之中，是完全主观的。不仅如此，封闭的抽象演绎引导他走上了男性中心主义的歧途。当地的贤达之士通过"严密"的逻辑推理，演绎出子女与母亲没有血缘关系的结论，对此沃尔特深信不疑。由于担心孩子通过哺乳吸入女人的各种偏见，将来写成的文章都是来自母亲那里的大杂烩或胡言乱语，他着手编写一部适合宝贝儿子的育儿大全，全面接管事关儿子百年福祉的教育工作。在他理性的王国里，男人总是处于中心地位，而女人则堂而皇之地被边缘化、甚至恶魔化了。归根结蒂，沃尔特就是洛克所谓的不能慎用逻辑推理的一类人，他虽然具有判断力，但缺少智慧，这对于重判断、轻智慧的洛克来讲无疑是一个巨大的嘲讽。

在沃尔特的思辩成果中，最负盛名的当然是有关名字和鼻子的假说。在他看来，教名对人的性格和生活有着至关重要的影响，像阿基米德那样的大名肯定会让名字的所有者功成名就，荣登"庙堂之高，"而像尼基、西姆金之类平庸的名字则会叫名字的所有者一事无成，落入"江湖之远"。这样的假说是沃尔特认真推理的成果，因而是他喜剧性的坚定信仰，和当下用以谋取不当利益的相面、相字不是一码事儿。于是，在儿子出生的当儿，他给儿子取了一个"洋气"十足的名字，可惜女仆匆忙中遗忘了几个字母，带给前来洗礼的教父的是"特里斯舛"（Tristram，"忧伤"、"疲倦"的意思）这么一个土气又晦气的名字。在别人不经意的疏忽中，他缜密思辨的成果陡然逆转，成了一出闹剧。至于第二个假说，沃尔特认为，鼻子的长度直接影响身心健康和性格魅力，进而左右人生的道路和家族的兴衰。可令他无法忍受的是，项狄家族竟然一连出现了六七个短鼻子，因此他渴望着即将出生的儿子长着一个长长的鼻子，将来把这个家族抬举到全王国最好的肥缺上去。可惜，助产医生希里糊涂

---

① Sterne, Laurence, *The Life and Opinions of Tristram Shandy*, *Gentleman*, London: Penguin Classics, 2003, p. 6.

地把婴儿的屁股当脑袋，拿最新发明的产钳把婴儿的鼻子夹扁了，令他悲痛欲绝。在这场意外中，沃尔特的哲学梦想不经意就化为了泡影，一种情境反讽和喜剧色彩油然而生。

陶醉于雄辩的沃尔特还是一个典型的唯我论者（solipsist）。为了说服妻子同意聘请男助产大夫，他巧言相劝，大有不达目的决不罢休的气势。由于自身不够雄健，他对性行为大肆咒骂，认为性行为降低了智者的尊严，使之与傻瓜混为一类，因此，他竭力主张母体缺场的生育方式。无论别人是否认同他的观点，他总是站在他人的对立面，而且为了证明自己的观点，他扭曲事实也在所不惜。可见，标新立异是他辩论的唯一目的。更重要的是，沃尔特言说自己对生活的感悟并非为了交流，而是出于炫耀，因此对方只能做一位忠实的听众，否则，任何插话或者反驳必然激起他发发新的一轮口水大战。苏格拉底曾将巧言善辩者比喻为自身的趣味低下的恋人，正如恋人是自身情感的俘虏，善辩者也是言辞的奴隶，因为他不能告诉人们自己理解了什么又想说明什么，只能向人们展示他善于运用语言妨碍别人。斯威灵根指出，沃尔特的言说表现出典型的"侵略性个人主义"特征，他是"项狄厅言论的主宰"。① 应当指出的是，沃尔特的个人主义主要体现在言语的效果上，与鲁宾逊原则性的经济个人主义有着本质的区别。

一般而言，沃尔特是一个儒雅绅士，但绝不天真浪漫。一旦遇上烦心、沮丧的事儿，他每每显得牢骚满腹，有时还尖酸刻薄，令人难以琢磨，是项狄家族第一个性情"古怪的人"，这是他仅次于推理（推导假说）天赋的性格特征。当他关于儿子的幸福（出生、鼻子、名字）的宏论被现实一一戳穿，显得一无是处时，他才意识到自身处境的尖刻的讽刺意味，才感到痛苦不堪；当其他思辩过程遭遇障碍，露出不切实际的迹象时，他也会胡思乱想，烦恼得像热锅上的蚂蚁。雄辩的天才需要忠实的听众，但沃尔特没法让他的听众接受自己的信仰，因为项狄家族的每一个人都有一种互不兼容的主导情绪，都沉浸在各自不同的思路和思绪中。心情好时，他一笑抿之，心情坏时，他厉声呵斥。他的理论唯有约里克牧师心领神会，但约里克从不接受；弟弟托比好心好意地聆听，却永远也不得要领；而夫人既不领会，也不愿去了解。拿精深的理论宣讲了半个小时也得不到一星半点的唱和，沃尔特不免有对牛弹琴的心寒，真个是思辩的"孤家寡人"。

---

① Swearingen，James E.，*Reflexivity in Tristram Shandy*，Boston：Yale University Press，1977，p. 184.

对于家庭琐事，沃尔特常常先提出一些奇谈怪论，然后从容不迫地进行哲学思辩，并把它们归纳为近似于公理的假说，全然不把现实和常识放在心上。在他而言，对于假说，家庭的名声算不了什么。他的宗旨就是用抽象的理论来规范家人（尤其是儿子未来）的生活。当"主导情绪"主宰了他的头脑，他也就变成了思辩的傀儡，一心一意地折磨世间万物来支持他的假说——结果物极必反，还从来没有人像他那样绞杀过真理！然而，散发着暴戾的学究之气的沃尔特并没有成为千夫所指的恶人，他身上包裹着的喜剧性成份给读者带来了无伤大雅的滑稽效果。沃尔特在暴露自己男性沙文主义形象的同时，也不时地流露出取悦夫人的谦恭之态；他背地里对妇女的针砭与其说抬高了自己，不如说降低了自己的形象；他对妇女采取的侧面交锋或避免交锋的策略，或多或少地赢得了读者的原谅；他虽然因为托比老弟打断自己的高谈阔论而大为光火，但事后却能迅即意识到自己的造次并诚心致歉。在母马交配事件中，沃尔特一反常态，不仅没有像众人所预料的那样把仆人生吞活剥，反而借机大展雄才善辩的能事，言语的快乐让他出乎意料地原谅了仆人的过失。性格上的两极对立总是奇妙地在沃尔特身上和平共存，这毫无疑问就是沃尔特喜剧形象的主要原由。

二、托比：古怪的善感者

沃尔特为了寻求真理而沉溺于抽象的思辩，而托比（Toby，屁股的雅称，斯特恩的文字游戏之一）为了表达真理不得不放弃语言，求助于客观事物。托比作为挂彩的退伍军人来到伦敦养伤之后，面临的最大问题就是难以启齿，向亲朋好友准确地描述腹股沟受伤的情景。为了讲个明白又不伤体统，托比曲线回环，从求助于毫不相干的军事地图开始，逐渐发展到了解军事术语、研究炮弹飞行方式，最终开展模拟战事来具体地演绎受伤的情景。也就是说，一句话的简洁表述意外地被一项规模较大的土木工程取代了。造成这种令人忍俊不禁的闹剧的直接原因，就是交流的双方在思想和客观事物之间的互指上缺乏一致的认识。托比的交流障碍以及小说中反复出现的涉及性事的文字游戏，都明确地表明了叙事者/作者对语言的认识。特里斯舛/斯特恩显然同意洛克对语言的看法：语言的不确定性是交流过程中造成误解的主要因素，这种不确定性与其说是语言本身的缺陷，不如说是因为运用语言的主体对词汇做出了矛盾的界定，而这种矛盾的界定产生于语言与事件在时间上的断裂，也就是说语言离不开具体的语境。托比的喜剧可以说是叙事者最早以文学的形式研究语言的例子。

托比的"主导情绪"就是从亲历的战役和对性器的忌讳中衍生出来的对模拟战争的迷恋。从那慕尔战役回来后，他收集了大量的军用地图和军事书籍，长年累月地手不释卷，埋头苦读，以致沉溺幻想，操练成癖：从国家利益出发，在草地滚木球场发动一系列的微型战役，甚至到了非战争不想、非战争不说的地步。听到沃尔特连珠炮似的理论思辩，托比想到的不是口若悬河，而是砰砰作响的排枪；约里克拿"近距离平射"作比方时，他不是想到修辞手段，而是借机像放排枪似地大发议论；当沃尔特笨拙地将左手插入右边的口袋，他不禁联想起自己负伤的"横向曲折方式"，于是把眼前的谈话忘得一干二净，并且即刻派人去取那慕尔的地图，好测量进攻的"横切路线"和回转角度；在沃尔特拿助动词排列造句，演示知识的生产过程时——就像拉格拉多科学院的语言教授带着学生在语言机器跟前生产百科全书一样，他再次走神，想起了整装待发的丹麦援军，如此等等，举不胜数。虽然眼前的事情跟战争是截然不同的两码事儿，但是一旦感悟到共同点，他即刻信马由缰，沉醉在幻想的战事当中，其"主导情绪"或者"固念"（fixation）可见一斑。可以说，在托比的言行中，洛克的"观念联想"体现得淋漓尽致。

托比对苍蝇表示"爱心"，这一小插曲解构了 18 世纪盛行的关于身体与精神的"科学宇宙观"。他的博爱名符其实，惠及苍生万物，令人厌恶的苍蝇（nuisance）也不例外：

"去吧，"他说，打开窗子张开手掌，让［手心里的］苍蝇飞走，"走吧，可怜的东西，你走吧，我何必伤害你呢？世界大得很，足以同时容下你和我。"（3 卷 4 章）

托比的"爱心"正是 18 世纪下半叶盛行的情感主义思潮的例证，而这种思潮似乎与科学理性主义有所齿斄。在牛顿眼里，宇宙是一台巨大而精密的机器，它有条不紊地运转着。在理性之光的照耀之下，18 世纪的人们纷纷借助牛顿的科学理论，在共鸣和类比中不断地揭示生活中遇见的一切现象。他们认为，肉与灵、身与心是密不可分、互为影响的生命机器，身体受到的影响必然反射到心灵上，反之亦然。叙事者对此也有自己的独到见解：身与心犹如坎肩的表面与里衬，抖动了表面必然带动了里衬，抖动了里衬必然牵动着表面。托比的多愁善感对这一普遍认可的见解并无利好。苍蝇是人人见而生厌的污秽之物，必定遭人避讳甚至毁灭。但是，出人意料的是，托比并没有一巴掌拍下去将苍蝇消灭，而是突发慈悲之心，赐予苍蝇一条生路。不经意的行为击破了广为流传的哲学论断，叙事者就是以这样巧妙的方式，将人物塑造与哲学讨论揉合在一起。

托比深受读者喜爱，主要是因为他的敦厚、温和、纯朴和同情之心。如果没有托比的一臂之力，很难想像沃尔特的婚约会写得那么严密，会充分地捍卫自己应得的利益。托比对兄长的关爱仿佛是出于各自的利益，在与未来的嫂夫人进行一场智慧的较量。当各种知识在项狄厅这块邮票大小的空间里发生碰撞时，托比所扮演的多是聆听者的角色。对于自己的冒犯所引发的指责，他总是沉默不语，苦笑着将扑面而来的呵斥视为春风拂面。与学识渊博的兄长相比，托比的知识储藏实在少得可怜，然而，他以简就繁，化解了许多复杂的局面。他把紧咬的烟斗从口中取出，就可以有效地阻止兄长面对长子夭折所阐发的不合时宜的言论；他对地球上人口数量的关注，就足以解决自柏拉图以来性事和生育难题对人们的纠缠。托比的同情之心带有明显的善感色彩。拉菲沃的故事将托比的善良之心描绘得淋漓尽致，也赚得了不少读者的同情之泪。然而，结合托比对军旅生涯的执著和对苍蝇生命的宽恕来看，解读他的善感行为还是很容易引起争议的。站在国家利益的角度，结束敌方军人的生命是勇敢和正义的行为；然而在人与苍蝇之间，敌人的生命尚不如一只苍蝇；而站在人性的高度来看，生命、国家利益、勇敢和正义之间究竟孰是孰非，恐怕众说纷纭，莫衷一是。显然，叙事者是在把玩这一主题——游戏是他的人生方式。对于一个永远没有答案的主题采取游戏的态度，并不能说明叙事者玩世不恭，只能说明他面对两难的问题感到无奈。除了杀戮，人类能否借助别的方式解决自己的纠纷，这还是值得认真思索的。在一部"混乱"的小说中，解读托比这一"古怪的人"的关键，在于如何将两个事件并置，从中发现叙事者的真正用意或者"疯魔社"的话题。

托比不是一个漫画似的扁平人物，而是一个有血有肉的圆形人物。一旦从"主导情绪"中平静下来，他就依然是一个温良而谦虚、天真而质朴、勇敢而仁慈的普通人，一个有些"蒙昧"的美德的化身。不过，一旦眼前的事情跟他的"主导情绪"互不相容，他就固执己见，而且单纯得近乎愚蠢，对模拟战事的无聊视而不见。作为沃尔特烦琐的理性推理的陪衬，他显得怪异而滑稽：对于简单的推理和普通的隐喻，他不甚了了，但对于意大利文或拉丁文的物理和数学著作，他却能懂得个子丑寅卯；在兄长签定结婚契约时，他向兄长提出了至关重要的补充条款，显得精明世故，然而在和寡妇沃德曼的交往中，他又率真得令人震惊。这些看似不可调和的矛盾正印证了作者的界定——"古怪的人"。他的可爱不只如此。在后客厅，面对那些唇枪舌剑，他丈二和尚摸不着头脑；当人家提出一个常识性建议来冒犯他，他傻傻地坐着，一声不响地抽着烟斗，或者意味深长地吹着歌曲，正如美国早期作家华盛顿·欧文（Washington Irving，1783~1859）笔下的瑞普·凡·温克尔在老婆的灵牙利齿面前显得无比憨厚一样。可以说，怪人托比是"厚道善良、诚挚单纯的原型，就像哈姆雷特是优柔寡断的原型，……夏洛克是种族仇恨的原型一样。"①

从本质上讲，兄弟俩人的性格迥然不同，形成强烈的反差。沃尔特的生活就是永不停歇、变化多端的思辨，他全靠从托比以及仆人们的孤陋寡闻中得到满足；他拥有世上最古怪的思维方式，看到的事物的面目总是不同于他人眼里的平面图和立体图。而托比的生活就是滚木球场上的模拟战事，他在幻想或者"观念联想"中寻求人生的乐趣，有些堂吉诃德的风采。沃尔特总是展望未来，迂腐地拿推导出来的所谓理性原则来规范项狄家族的行为，而托比则常常生活在回忆当中，热心地用"环境友好型"方式来指引人生。他们生活在两个难以沟通的独立的世界里，然而项狄厅并没有因此而解体，其得以维持的主要因素是情感纽带（托比的关爱、沃尔特的感激）和朝夕相处。沃尔特和托比的形象都是喜剧性的：前者的喜剧性体现在"以复杂的思维方式应对简单得如铁板钉钉的现实"，后者的喜剧性则体现在"以简单的思维方式应对复杂多变的现实。"②

三、特里斯舛：古怪的叙事者

传统的观点认为，沃尔特和托比是小说中最重要的人物。事实上，小说的叙事者、儿子特里斯舛才是小说真正的主角。特里斯舛的身份呈现两种不同的状态：被言说的特里斯舛和言说的特里斯舛。前者是生活的客体，从生命的源头开始就不断地成为命运的猎物。他的生命在形成的过程中因母亲的"打岔"受到了干扰，此后他就发育成了屡屡命运不济的"古怪的人"。出生时，他的鼻骨被夹裂，失去了振兴家族的资质；他本该有一个响当当的名字来改变自己的厄运，却阴差阳错地被命名为一个"欢爱之后倦怠"的人，果真作了父母行房时用心不一的结晶；往窗外撒尿时，随着脱落的窗扇砸伤他的命根，他又失去了最终的阳刚之气。因此，没有谁会否认特里斯舛是一个彻头彻尾的

① ［英］劳伦斯·斯特恩著，蒲隆译，《项狄传》，南京：译林出版社，2006 年 7 月，"序，"第 24 页。

② Mckillop, Alan Dugald, *The Early Masters of English Fiction*, Oxford：Greenwood Press Publishers, 1979, p. 195.

"输家"（loser）。从小说标题来看，他讲述的应该是自己的"生平和见解"，可是除了蒙受的区区几件无妄之灾以外，他就自己的人生没有发出任何声音，他仅仅存在于父亲、叔父等人的言说之中。除了成年时期随父亲到欧洲做短暂旅游之外，他几乎没有出门到过任何地方。约略夸张地说，作为小说人物，特里斯舛是一位沉默、蛰居的人。

21世纪的人没有谁会相信这是特里斯舛的自传，即便是18世纪的人，对他的自述恐怕也难以置信，至少斯特恩本人就是这样的一位。答案了然于读者心中，这就是为什么一部关于特里斯舛的小说却不惜笔墨，大肆渲染父亲沃尔特和叔父托比的喜剧形象的原因。通过对沃尔特和托比人物性格的分析，事实的真相昭然若揭：特里斯舛之所以成为特里斯舛，是因为有其父、有其叔父，他从父亲那里继承了博学、善辩和独辟蹊径的性格倾向，从叔父那里继承了温和、仁慈和善解人意的情感品质，从他们两人的身上继承了执著的秉赋，也承继了项狄家族每况愈下的难言之隐。可见，特里斯舛就行动在项狄家族的传统之中，既是这个家族的过去，也是它的现在与未来。

然而，一个沉默和蛰居的人又通过什么方式继承了父亲和叔父的秉赋呢？要回答这个问题，必须先回答另外两个问题：根据小说的全名，故事讲述的是特里斯舛的"生平与见解"，如果被言说的特里斯舛的种种不幸就是他的生活片段的话，那么他的人生见解又是什么呢？他在哪里、又以怎样的方式阐述了自己悟得的人生真谛呢？换言之，自从特里斯舛随父亲到欧洲一游之后，他又何去何从？结论是，此后特里斯舛并没有从地球上消失，他成了一名作家，正在创作一部自传体小说（当然，这是后话）。创作就是他的生活，在创作中，他不仅通过回忆反思了过去，并就小说创作阐明了自己的见解，而且通过小说创作克服了某些遗传上的缺陷，既成为父亲和叔父的化身，又在后天习得了迥然不同的资质。简而言之，他主要"存在于自己的言说之中"，[①] 他的写作方式就是其性格特征的反映，于是就有了他的第二重身份：言说的特里斯舛。

特里斯舛克服了父亲的个人主义倾向，在性格方面表现出极大的社会性。小说的第七卷记录了他到欧洲大陆旅游的情景。在那里，他一反常态，有意避开为大多数英国游客所青睐的名胜古迹，专心致志地了解当地的百姓。然而，他的社会性最突出地表现在他作为叙事者与读者之间的关系上。作者的思维与读者的意识之间存在着一道巨大的鸿沟，这道鸿沟只有凭借语言才能得以跨

---

① Swearingen, James E. , *Reflexivity in Tristram Shandy*, Boston：Yale University Press, 1977, p. 74.

越。尽管特里斯舛的读者是内在的和假想的（即隐含读者），但他明白，语言最大的特性就是"主体间性"（inter - subjectivity），也正是这一特性将他紧紧地与读者联系起来，使他成为一个社会的人。对于自己与读者之间的关系，特里斯舛满怀自信：除非有一方出错，他们之间的似曾相识很快就会发展成一种友谊。显然，这种错误是不会发生在他自己身上的。同样，他也很宽容，为了节约那些满怀疑心的读者的宝贵时间，他奉劝他们趁早放弃手中的小说，颇有些后现代文学"游戏人生"的姿态。"游戏"开始之后，特里斯舛仿佛与读者相对而坐，能够密切地观察到他们每一个不同的反应，这样就能保证交流的畅通无阻。因此，他责怪女性读者不是为了追求知识而阅读，而是喜欢直来直去，一味地追求情感的历险和刺激；他一会儿请求读者帮忙，一会儿要求读者忍耐一下；他甚至知道读者长时间阅读之后的"倦怠"，朗笑之后的身体状况，一番思考之后的智力水平。也就是说，他的叙述没有停留在故事层面，而是延展到了阅读过程的"读者反应"。

如果特里斯舛与读者的关系仅仅存在于这样的层面上，这种关系难免流于浅薄。更能表现特里斯舛与读者进行交流并操控阅读过程的习性的，是他让读者在阅读过程中毫不回避地面对自己，并拿故事时间、叙述时间和阅读时间的抵牾来要赖，颇有些"最喜小儿无赖，溪头卧剥莲蓬"的顽皮劲：

> 到这个月，我比十二个月前整整大了一岁，而且如您所见，几乎写到了第四卷的中间——却还没有写完我降生当天的生活——这表明，现在我要写的比先前更多了三百六十四天……如果我人生的每一天都如此忙碌——为什么不呢？——而且有关的谈话和见解也花去同样多的笔墨——有什么理由压缩它们呢？……如此这般，诸位阁下请留心，我写得越多，要写的也就越多——相应地，诸位读得越多，要读的也就越多。这对诸位看官的眼神能有好处吗？（4卷8章）①

特里斯舛偏离形成不久的主流叙事范式，提前至少一个半世纪玩起了"后现代"作家的叙事游戏。另一方面，他又偶尔强调小说事实的真实性，让读者认识自己在阅读过程中的偏见，发现自己总是将不雅的词义投射到作品里的某些词汇中，赋予它们双重含义。此外，小说开篇伊始，特里斯特舛就让读者

---

① 译文参考黄梅，《推敲'自我'：小说在 18 世纪的英国》，北京：生活·读书·新知三联书店，2003 年，第 297 页。

"对故事情节的阅读期待"屡屡受挫。① 叙事者与读者之间的这种关系，充分体现了加达默尔的第三种"我－你"关系模型。在这种模型里，作为读者的"你"虽不需要一个支撑性的知识体系，但也不必抛弃应有的出发点，"你"在交流的过程中可以不断地接受和修正，来确立与作品的恰当关系。可见，特里斯舛的读者与沃尔特的听众在身份上存在着很大的差别，这种差别既体现了特里斯舛性格的社会性，也表明了其较为强烈的人文情愫。

特里斯舛毕竟还是沃尔特的儿子、托比的侄子，他继承了父亲独辟蹊径、叔父追求准确的秉性，这些与众不同的秉赋决定了他必然创作出一部反逻辑、反理性的小说。像叔父一样，他把自己的与众不同追溯到最初的本原，因此他的小说也就真正地"从头开始"。为了理解叔父的一句话，他觉得有必要让读者了解他叔父的性格，要了解叔父的性格最好先读一读关于他叔父的一个故事。这种创作理念必然导致小说叙事的连续后退，不仅横生枝节，而且延缓故事的进展速度，正如"后现代"文论中"所指"的无限"延异"一样。就像父亲与人针锋相对，凡是传统的小说艺术特里斯舛必然背离。在小说中，叙事者的介入是一种常见而有限的现象，如帕梅拉信件的编辑和《汤姆·琼斯》中的序章，然而，特里斯舛将它放大为与故事同等重要的第二个世界，并将两个世界并置起来，因而创造了一种独特的文本形式。在这种情况下，故事里的事件和他自己的感悟携手并进，纷至沓来，为此，他不时地感到线性叙事表达的局限性，恨不得发明一种恰当的方式将纷乱的思绪共时地表达出来。由此，读者也可以想见"疯魔社"那群侃将们唾沫飞扬的情景。

有时，特里斯舛觉得江郎才尽，不得不求助读者来接替他继续创作，或者陷入自己编制的迷宫之中难以脱身，既有写作的困惑也有突围的懊恼。他曾一时失误毁掉了写好的一章，但是他只就内容略作概述就免去了重写。他尊重"观念联想"的顺序，轻视逻辑推理的过程，所以在他的小说里，故事时间上的后一章抢占前台、前一章则屈居其后，也就成了家常便饭。由于他对物理时间的鄙视，故事里的事件服从叙事者意识流动的需要，被分解得支离破碎，散落在 9 卷 302 章里。因此，即使了解了他意识流动的规律，要按故事时间或者因果逻辑理清故事的原貌则依然不易。在特里斯舛那里，过去时或包含于现在时，或服从于现在时，总之没有独立的地位。可见，故事被特里斯舛讲得面目

---

① Anderson, Howard, "*Tristram Shandy* and the Reader's Imagination," *Tristram Shandy*, ed. Howard Anderson, London: W. W. Norton, 1980, p. 614.

全非、不伦不类了。从本质上讲，特里斯舛是一位只关注自身意识流动的个人主义者。不过，通过拆分他的小说，读者仍然可以了解 18 世纪英国小说的概貌，而且，要看小说是否"死了"，或者小说能够承受怎样的分解，翻一翻特里斯舛讲述的故事便一目了然。在颠覆性的小说创作中，特里斯舛的性格跃然纸上，这是另类读者（如果只读故事情节的人算作正常读者的话）的意外收获。

特里斯舛作为叙事者的自我意识是显而易见的。在论述《项狄传》的"形式整一性的问题"时，① 美国小说批评家威恩·布斯（Wayne C. Booth，1912 ~ ）指出，特里斯舛的叙述很大一部分是由关于写作的困境和叙事者与读者的关系的谈话组成的：

遗憾的是，事情堆积如山，我无法进入我作品的这一部分，而这一部分是我非常向往、全力以赴地期待着的；就是那些战役，特别是我叔叔托比的恋爱，这些事情的状况如此奇异，色彩如此具有塞万提斯的风格，要是我能把它处理好，就像事情本身使我激动不已一样，给其他的每一个人同样的印象——我可以保证，这部作品将在全世界范围内成功，比作者以前所写的任何东西都好得多——哦，特里斯舛！特里斯舛！一旦这件事发生——荣誉，它将紧随着作为作者的你，但它是否能抵消你作为人而遭到的许多不幸……毫不奇怪，我是多么渴望着着手叙述这些恋爱啊——它们是我的全部故事中最上等的佳肴！（4 卷，结束语）②

特里斯舛在故事和叙事两个层面来回穿梭，对于叙事的困难一目了然，对于成功写作带来的收益也是了然在心："荣誉"接踵而来，正如大作一炮走红之后，斯特恩沉浸在伦敦浮华的社交生活当中一样。叙述者的微妙心态跃然纸上，又似乎和作者的心思不谋而合；"戏剧化的叙述者在这里已经无法与他所叙述的东西相区别了"，③ 不仅如此，叙述者和作者也难以区分了。20 世纪中叶才兴起的"元小说"，难道在这里就萌芽了吗？

透过特里斯舛东拉西扯的叙事艺术，读者依然可以寻觅出故事时间的结构

---

① ［美］W. C. 布斯著，华明、胡苏晓、周宪译，《小说修辞学》，北京：北京大学出版社，1989 年，第 247 页。

② 同 1，第 248 ~ 9 页。译文有修订。

③ ［美］W. C. 布斯著，华明、胡苏晓、周宪译，《小说修辞学》，北京：北京大学出版社，1989 年，第 249 页。布斯关注的主要是叙事中的修辞关系，其思路和现今的叙事学较为类似，对作品的重大主题似乎只有旁敲侧击的能力。

或者故事事件的顺序。他的叙事常常零散地涉及历史事件，并且漫不经心地提供实际日期，方便（虽然实际上并不方便）读者把握故事情节。在1695年围攻那慕尔的战役中，叔父托比中弹受伤；五年多后，他来到乡下，开始在滚木球场上发起微型战役；沃德曼寡妇对他一见钟情，但直到1713年底，他都没有闲暇来应付寡妇短促的"爱情的炮火"。父亲沃尔特大约是在弟弟退役回家的当年开始在伦敦经商的，1713年回到乡下的宅第；"我"是在"我主1718年3月的第一个星期天和第一个星期一之间的夜里怀上的"，5岁时被窗扇砸伤了命根，1741年随父亲游历欧洲大陆。这些事件大致可以给其他事件定位，但要从特里斯舛的"胡说八道"中搜罗出来却很不容易，因为他经常把事件复杂化，在人物的经历和观念中插入自己的杂烩，把故事和叙事摆成了碎片的八卦阵。

特里斯舛的八卦阵主要是通过跑题和游戏的方式来摆设的。跑题不是斯特恩在某些环节上有所疏忽的后果，而是自从结成"疯魔社"以来他就奉若神明的创作手法。在小说的第三卷，特里斯舛的鼻子被夹扁，众人迅即浮想联翩，而叙事也就信马由缰，从项狄祖上的婚事跑到沃尔特就鼻子展开的哲学思辩，从佣人的窃窃私语扯到荷兰人文主义者伊拉斯谟（1466？~1536）谈论鼻子的拉丁文句（3卷27章），进而在第四卷开篇讲述一段关于陌生人鼻子的寓言故事，至于鼻子受伤后采取的那些措施则被叙事者抛到了九霄云外——如同"疯魔社"的彻夜海侃，语言总是先于行动，叙事也就一发而不可收拾了。不过，斯特恩/特里斯舛的跑题并非真的东拉西扯，背后总是他们严格遵循的"观念联想"的法则。他们并不替自己的非线性叙事感到遗憾，反而对离题万里情有独钟，甚至还像好事者一样，把自己的跑题摆到台面上来游戏一番：

比如说吧，眼下我正要向你精彩地描绘我托比叔的顶顶古怪的性格——不巧瓜扯上了我黛娜姑妈和马车夫的事儿，引得我们游荡了数百万里之遥，直到深入行星系统：尽管如此，你可以看到对我托比叔的刻画一直在徐徐地进行……

……总之，我的作品既是打岔离题的，又是直线向前的——而且两者同时进行。（1卷22章）①

特里斯舛作为叙事者的自我意识一直是存在的，他没有忘记推进叙事的责任，

---

① 译文参考黄梅，《推敲'自我'：小说在18世纪的英国》，北京：生活·读书·新知三联书店，2003年，第291页。

但是他又沉浸于"观念联想"，不时离题万里，因此他的叙事总是在"打岔离题"和"直线向前"之间徘徊不定。末了，他还没有忘记夸张和幽默的妙用，在读者面前拿自己怪异的叙事方式戏弄一句——"打岔离题"和"直线向前"不是自相矛盾的吗？可见，特里斯舛的性格主要是作为叙事者显现的，或者说《项狄传》有两个故事层面：叙事本身也成了故事。而且，特里斯舛的喜剧笔调始终暗含着一种双重反讽：对人物和叙事者本人的反讽，而菲尔丁的双重反讽只涉及事件中的人物双方。也就是说，斯特恩的叙事者具有与众不同的生活气息，而先前英国小说中的叙事者基本上都是全知全能型，在叙事层面上没有个性。

在 18 世纪英国小说中，以上三位主人公都是别具一格因而难得一见的人物。在塑造沃尔特的生动形象时，特里斯舛成功地运用了归谬法。此外，他还采用了意识流手法，通过描写人物的内心世界达到真实地揭示人物性格的目的，把外部世界或者行动的描写减少到极至：除了去看托比与沃德曼寡妇恋爱之外，沃尔特从未走出过项狄厅；托比的土木工程是最大的室外行动，但是从未得到正面或详细的描述；特里斯舛身处斗室，精心地从事创作，但他叙述自己在欧洲旅行的节奏实在快得让人头晕，简直就是"逃避死亡"的速度（当然，这种速度只存在于他的意识里）。如他所说，烦扰人心的不是事情，而是关于事情的看法，因此揭示人物的世界观成为塑造人物的关键。应当指出，相对于乔伊斯的意识流手法来说，特里斯舛的手法较为简单，明显带有理性的成份，因而可读性依然很强。

当然，斯特恩并非在蛋壳上拿两三个人精雕细刻的玩家，他还刻画了许多栩栩如生的配角。特里斯舛的母亲一开篇就出场了，但此后她很少露面，话语也不多，简直就没有性格。作为雄辩的沃尔特的喜剧性陪衬，她总是无力或者不愿说话，在思绪无比活跃的丈夫身边过着"平静的、植物似的生活"，她的沉默和冷淡是"对沃尔特高谈阔论的实用价值的一种突降式评论"。① 特灵下士毕恭毕敬地追随托比，但话匣子常常关不住，与自己的地位不太相称。在厨房里，博比夭折的噩耗传来，众位仆人浮想联翩，性格特征昭然若揭：虚荣的苏珊娜一阵欣喜，以为离接受女主人（悲痛而死之后）的所有服饰的日子不远了；饱受水肿折磨的厨工则自鸣得意，庆幸自己还活着；户外工奥巴代亚则

① ［英］劳伦斯·斯特恩著，蒲隆译，《项狄传》，南京：译林出版社，2006 年 7 月，"序，"第 26 页。

有一种不祥的预感：可能被派出去干最脏的苦差，因为博比的高昂学费是沃尔特农业计划的唯一阻碍；马车夫乔纳森比较愚钝，只想起了和博比的最后一次见面；而下士特灵则抑制不住说话的冲动，发觉了一次发表演说的绝妙机会。在这个戏剧性场景中，"观念联想"造就了一顿"人性"的盛宴，正如菲尔丁笔下的约瑟夫·安德鲁斯赤身裸体地站在马车跟前，让车上的各类人士在瞬间的言行中暴露出纷繁"人性"一样。

第三节 《深情之旅》：情感主义的善行

约里克牧师是升华或者理想化了的斯特恩，是作者的辩护者。若把该小说当作自传（既然特里斯舛本人就是叙事者），约里克满可以被看作是特里斯舛设定的标杆型人物。透过约里克游戏个性的结局，特里斯舛看到了自己游戏小说艺术的结局。约里克让人想到莎士比亚戏剧中的弄臣，但不同之处在于，约里克坚决抵制严肃性，凡是别人认真的他就游戏。在他看来，表情严肃是掩盖个人心智缺陷的面具，因而他不分时间、地点与场合，随心所欲地对同乡的言语和行为大加揶揄，屡屡让人感到心中不爽。揶揄为约里克带来了一时的快乐，也带来了无尽的苦痛。忍无可忍的人们联合起来对他的善举进行诽谤，直至他含恨离开人世。特里斯舛的小说也直接指向现实中的许多人与事，暴露其中的荒谬与可笑。从约里克的身上，他仿佛预见到了自己未来的命运，因此对于约里克的早逝，他长吁短叹，颇有情伤其类的姿态。这些也说明了为什么特里斯舛在自己孕育之初就引入约里克，然后让他在短短的时间里死去："特里斯舛就是转世的约里克。"①

作为牧师，约里克广施惠泽，但他却是一位明确反对感伤主义的慈善家。情感主义者借助牛顿的科学理性，把情感视为博爱和健康心理的体现，视为贵族温良仁慈、乐善好施等美德的典型标志。为此，正如理查逊的书信小说所描绘的那样，处于上升阶段的资产阶级纷纷投身于情感主义的行列中，不遗余力地进行模仿。约里克总是将自己的几匹骏马不断地借给乡亲们无偿使用，然而，他的骏马不久就活活地累死了，他也不得不将坐骑换成一匹驽马。换马事件击破了他的博爱幻觉，让他从中既看到了人性的弱点，又领悟到了自己的天真和愚蠢。可见，约里克与项狄家族的男人们一样脆弱，但他能够清醒地认识

① New, Melvyn, *Tristram Shandy as a Satire*, Gainesville: University of Florida Press, 1969, p. 75.

到自己的过错，他的这一长处明显具有衬托作用，折射出其他人物在性格上的盲点。

约里克在斯特恩的笔下不仅很快死去，而且还可以死而复生，在随后几卷里与项狄家族的人们推心置腹。当然，这是非线性叙事给习惯了线性叙事的读者造成的错觉。不仅如此，约里克还从《项狄传》中走了出来，从一个配角一跃成为在《项狄传》创作末期完成的《深情之旅》（*A Sentimental Journey*，1768）的叙事者兼主人公，① 而且由情感主义的反对派变成了情感主义的善行者。

在《深情之旅》中，作为叙事者，约里克与特里斯舛有着不同的艺术风格，基本上坚持了传统的线性叙事艺术。在他的笔下，故事既清楚流畅又婉约动人，然而在平滑的叙事外衣的掩盖下，他的情感主义在不知不觉中显露了出来，因此，真正的约里克是一个不可靠的叙事者。正如沃尔特相信理性是万能钥匙一样，约里克认为，行善是人性的本质，至少他认为自己就是乐善好施的良民。他的欧洲之行与其说是为了观光，不如说是"为了在生活中寻找脚本"，用来"演绎他的谦逊与善良"，②演绎的结果却是他在不知不觉中否定了自我。衣食足而后知礼仪，这是常理，约里克当然毫不例外，他在饱腹之余慷慨地原谅了法国国王的残忍，但是却难以善待与自己有着不同宗教见解的天主教修士。可见，他的情感主义只是一种冲动，这种冲动很容易受到偏见的左右，谈不上是一种原则性行为。冲动之后的行为往往不是善行，而是理性的丧失和行为的荒谬。情感的内部存在着一种膨胀剂，在一定的条件下会发生无限的膨胀，直至淹没理智。约里克一度对他人产生怀疑，但是他的情感主义战胜了怀疑；不过，令他自己意料不到的是，他的自责不断升级，甚至完全控制了自己。

在欧洲大陆旅行时，约里克特意绕道去看望因失恋而精神失常的法国女孩玛利亚，这时他的善行似乎演变成了感伤主义的泪水：

我靠近她坐下；玛利亚由着我用手帕擦去她扑簌而下的泪水——我擦了她的泪水就忙不迭地擦自己的——然后又去擦她的——再擦自己的——再擦她的——就在我这样擦着泪水的时候，我感到内心生出一种莫名的情感，我敢

---

① 该小说又译《多情客游记》。有的论者把该小说译为《感伤之旅》，他们忽视了斯特恩的幽默和讽刺，把他的情感主义和感伤主义混同起来。在她的力作里，黄梅研究员特别细致，一直使用"情感主义"一词。

② Cash, Arthur, *Sterne's Comedy of Moral Sentiments*, Pittsburgh, 1966, p. 34.

说，那种情感是无法用任何有关物质和运动的理论解答得了的。

我完全肯定自己有一个灵魂，那些唯物论者写出来毒害世界的所有书籍都没法令我怀疑自己没有灵魂。①

在约里克看来，博爱是至关重要的情感。作为基督教牧师，他坚信"在理性之上存在一个更高的法则"，②那就是情感的源泉——"灵魂"。对于陌生但可怜的女孩，他洒下了一串串同情的泪水，可谓灵犀相通，说明"灵魂"不仅是存在的，而且是可以相互沟通的，借此他抨击了机械唯物论者的荒谬——情感是物质大脑震颤产生的。泪水连连自然有些矫情，暴露出了他的感伤主义倾向，同时他又迅即形而上地做出理论思辩，对"那些唯物论者"表示了蔑视。也就是说，约里克不是为矫情而流泪，而是为批驳而幽默。毕竟，斯特恩不是戈尔斯密斯（Oliver Goldsmith，1728 ~ 1774）那样的感伤派。

随着《项狄传》中特里斯舛对他人轶事的叙述让位于《多情之旅》中约里克对自身情感主义善行的铺叙，叙事者对自身感受能力的夸耀渐渐彰显。场景本身的感人之处成了背景（background），叙事者的善感却跃到了前台（foreground），于是文本中反复出现的与其说是令人挥泪的景象，不如说是叙事者多情的 pose。给一群乞丐施舍了小钱后，约里克

发现自己漏掉了一个形容窘迫的穷汉，……他从脸上抹去一滴泪，我相信那张脸曾见识过更宽裕的日子——天啊，我说——我没有一个苏可以给他了——可是，你有成千上万的苏！天性的各种力量都在呼喊，都在我身体内骚动——于是我给了他——别提多少——现在，我不好意思说给了他多么多——而那时我很惭愧地想，那是多么少；因此，如果读者对我的秉性有所理解，给了这两个极限，他或许就能大致估量出一个准确的数字，出入不超过一两个里夫。那形容窘迫的穷汉说不出话来，他拉出一块小手帕，边转身边揩脸——在所有那些人当中，我觉得数他最感激我。（59~60页）③

约里克陶醉于自己的慷慨和善感，"对被怜悯的受施者缺少真正的关切"，④因此那穷汉的"形容"到底如何"窘迫"，到底如何可怜，他并没有细细铺

① Sterne, Laurence, *A Sentimental Journey*, London: Penguin Classics, 1982, p. 138.
② 刘意青主编，《英国18世纪文学史》，北京：外语教学与研究出版社，2006年，第208页。
③ 参见黄梅，《推敲'自我'：小说在18世纪的英国》，北京：生活·读书·新知三联书店，2003年，第308页。译文有些许修订。
④ 同3，第308页。

陈，而对那窘态的细腻感受，以及自己的善心和善行，他却细细品位而且娓娓道来，其自我中心和虚荣之心溢于言表。约里克不是故事感人品质的直销商，而是加工销售商，他先把一己的悲欢搀进产品，然后送进市场转卖给读者。他把自身的善感当作主题，因此对他的人性的推求不应局限于作为人物的他，而应该延伸至作为叙事者的他。斯特恩把情感主义倾注在戏剧化的叙事者身上了，这与理查逊把情感主义灌注在人物身上是迥然不同的。

善举也不是健康心灵的自然流露，它更多的是出于一种由恐惧而生的同病相怜。当约里克因为没有合法的护照，面临被投进巴士底大牢的命运时，他想到的是失去自由的痛苦、摧残人性的酷刑，以及丧失生命的可能性。正是在这种人生绝境中，他情伤其类，放飞了囚禁在笼子里的爱鸟，正如当初托比放生了手中的苍蝇。读者不仅通过约里克的亲身经历可以检验情感主义的真谛，而且还通过他的所见所闻可以证实情感主义行为的多面性。法国国王之所以给约里克发放护照，是因为他把约里克误认为是莎士比亚戏剧中的弄臣。可见，情感主义行为的背后存在着逻辑的错误。若非国王的误解，约里克的深情之旅就成了死亡之旅，这是对情感主义的讥讽。如果约里克的不作不为迎来了国王的善举，那么行乞者的语言技巧则促成了贵妇们的慷慨解囊。问题的关键在于，行乞者的语言是否真的指向现实呢？答案是否定的。对于情感主义者，真与善的统一变成了虚与善的统一，这是翻天覆地的变化，足以撼动情感主义的基石。

作为一个叙事者，约里克可谓大智若愚。如果读者轻易相信他的情感主义故事，那么他面对的就是一部平庸之作，因为其中缺少应有的思想性作为支撑。事实上，正如上文所分析的那样，细心的读者很快就会发现，这一系列的故事里包含着引爆故事本身的导火索，因此读者的积极介入是约里克成功叙事的关键。作为小说人物，约里克天真质朴，以自我为中心，他的情感主义逻辑破绽百出，但作为叙事者，他却冷静、机警、暗自挑战读者的智慧系数。小说家萨克雷对斯特恩的小说艺术颇为反感，但他也一语中的地指出了约里克叙事艺术的成功之处，说道，"他总是盯着我的脸，注视着他［叙事］的效果，猜不透我是否认为他是一个骗子。"① 如果把叙事者约里克和人物约里克结合起

---

① Thackeray, W. M. , quoted from *Laurence Sterne and the Argument About Design*, London: Chatto & Windus, 1982, p. 173.

来，正如把特里斯舛的两重性结合起来，那么读者就可以得出这样的结论：约里克以自己为范例，通过天真的叙事方式向读者展示了情感主义者自我中心的本质，以及理想与实践的断裂；他所采取的"平淡"的叙事艺术细微而又精妙，成功地将读者反应纳入作品，使之成为作品的一个重要元素，而他的牧师身份又强化了自己的主题。

余　波　柔情与矫情

斯特恩的小说人物无不执著和认真，是流行文化的忠实实践者。通过他们，读者看到了理性、个人主义、认知和求知方式等诸多哲学理念的另一面。因此，无论在思想上还是在艺术上，斯特恩都是一位反对派，但他的反对姿态对流行的文化理念并不构成彻底的否定，他只是出于责任感，提醒人们警惕理性思辩中的陷阱，因此，他还算不上真正的颠覆派或者后结构主义者。他塑造人物时采取的游戏手法，不仅不像利维斯所说的那样"不负责任和琐碎"，[1]反而是更加贴近生活的艺术创新，只不过他的创新比自己的时代早了将近二百年，这是他的超前，也是他的过失。

斯特恩善于描写简短的场景，捕捉其中隐含的戏剧性和充满嘲讽意味的比照关系，并把细腻的情感（幽默或者忧伤）倾注在细节感受中。他有敏锐的领悟能力，能在貌似微不足道的细节中发现非凡之处，并且描述得动人情弦。值得注意的是，他倾向于借助善感唤起读者的柔情，而不是嬉笑，但是他并没有沉浸在"忧伤"或者"感伤"之中难以自拔，而是在多情善感中注满幽默——这是一个肺结核享乐主义者的无与伦比的独特秉性。

有了"斯梯尔的柔情和理查逊的眼泪"的"滋养"，英国民众对情感主义故事的兴趣有增无减，秉性相合的斯特恩也就"与时俱进"，将幽默灌注到眼泪中，创造出一种奇异的情感主义：在"多愁善感的时刻"，"我笑着笑着就哭了起来，……哭着哭着又破涕为笑。"[2] 而且，斯特恩的情感主义不仅源自人性本身，而且也源自人性在自己心目中引起的涟漪，也就是说，他的眼泪也是为自身的美妙感受洒下的。"在他看来，自我满足确实要比理论上产生这一

---

① Leavis, F. R., *The Great Tradition*, London: Chatto & Windus, 1948, p. 2.

② ［英］劳伦斯·斯特恩著，蒲隆译，《项狄传》，南京：译林出版社，2006 年 7 月，"序"，第 32 页。

感觉的博爱更为重要。"① 因此，在托比放生苍蝇的事件中，托比的博爱本身对他而言是次要的，重要的是这种博爱引起了他情弦的愉快颤动："我的整个身心立刻产生了一种极其愉快的情感共鸣。"（132 页）在《深情之旅》中，善感更成了含泪的嬉笑和嬉笑着流泪的奇特组合的源泉。黄梅也借鉴伍尔夫的观点指出，"斯特恩的情感主义表演具有两重性，"认为"他一方面痛切地感受着苦痛和快乐，与此同时却又在观察并赞美自己的这种感受能力。"②

　　理查逊擅长描述的是揉和着眼泪的动情的道德意义（如帕梅拉的情感波动），而斯特恩喜欢玩弄的则是揉和着幽默的同情和怜悯本身，因为他似乎缺乏形而上的习性。所以，斯特恩的情感主义不等于理查逊以道德为中心的情感主义，甚至也不同于托马斯·格雷（Thomas Gray, 1716 ~ 1771）浸透着悲伤的感伤主义，而他笔下的特里斯舛也从未满面愁容。在多数感人的情景中，斯特恩/特里斯舛设法保持了伤感与欢乐的平衡，从不让读者陷入愁绪或者忧伤。在垂死的士兵勒菲弗和可怜的农妇玛利亚等极少数情景中，他（们）的眼泪才占据上风，变成了一种矫情，但是他（们）又迅即嘲笑起自己和读者的天真——以上做作的柔情是一场骗局，是对眼泪派感伤主义的戏仿，是给读者阁下玩的小小把戏。

　　斯特恩的情感主义和他对读者的关注连在了一起，这是不容质疑的，因为《项狄传》就像是特里斯舛/斯特恩和读者之间的漫长对话（正如"疯魔社"的彻夜海聊?），就是叙事者和读者取代人物来扮演主角的戏剧性小说。特里斯舛/斯特恩对读者的关注可谓无时不在，他（们）的情感主义对读者情绪的影响也时刻存在。可以说，双方"情感中的这种享乐主义是斯特恩对 18 世纪情感主义潮流的重大贡献，这种潮流在《深情之旅》中达到了登峰造极的地步。"③

---

　　① ［英］劳伦斯·斯特恩著，蒲隆译，《项狄传》，南京：译林出版社，2006 年 7 月，"序"，第 32 页。

　　② 黄梅，《推敲'自我'：小说在 18 世纪的英国》，北京：生活·读书·新知三联书店，2003 年，第 309 页。

　　③ 同 1，第 32 页。

第八章

18 世纪下半叶的小说：批判、哥特、女性

到 18 世纪 70 年代，英国小说开始崛起已达半个世纪，期间每一位小说大家的经典作品都直接参与了社会形态的建构或反映了社会大潮中人性的演变，而且基本解决了"小说的目的、手段和来源这三大范畴"的艺术论问题，[①] 为 19 世纪英国小说的大繁荣奠定了坚实的基础。在菲尔丁和斯特恩之后，英国文坛步入了近乎百家争鸣的年代：情感主义逢源一时，在以格雷（Thomas Gray，1716～1771）为首的墓园派（the Graveyard School）诗人和以哥尔斯密（Oliver Goldsmith，1728～1774）为代表的感伤派多面手的作品中达到顶峰，并为 18 世纪末浪漫主义诗歌的崛起铺平了道路；风俗喜剧此起彼伏，在谢里丹（Richard B. Sheridan，1751～1816）的手中盛极一时，成为自莎士比亚到萧伯纳之间的重要桥梁；小说虽然总而言之不如先前那样影响深远，但也是百花齐放，在相对的萧条中诞生了批判现实主义小说、哥特小说和"蓝袜子"们的女性小说，这种就派别而言欣欣向荣的局面显示了小说这一文类的生命力，也预示着小说经历整整一个世纪的发展将不再受人鄙视，不再充当"小道"、"短书"的卑微角色。

在 18 世纪下半叶，英国小说界虽然群龙无首，却进入了丰收的季节，在世纪末的最后 30 年里竟然出版了一千三百余部作品。较之上半叶，这 30 年实在是一个思潮迭起、作家云集的时代。虽然多数作品乏善可陈，这种数量上的剧增至少说明了小说创作的欣欣向荣。小说数量和流派的共时增殖是工业革命期间社会格局的急剧变迁、人性的繁杂与推求角度演变的结果。表面的沉寂下面是小说"革命性"的平稳转向，历时的思潮更替和小说的参与让位于小说流派的同步爆发。就小说而言，18 世纪下半叶实际上是一个承上启下的关键时代，期间的小说不再只是现实主义、情感主义、意识流等流派的源头，它们

---

① 殷企平、高奋等，《英国小说批评史》，上海：上海外语教育出版社，2001 年，第 22 页。

本身就是相应流派崛起的"标志性成果。"在社会形态日益复杂化、审美情趣日益实用化、阅读产品日益多样化的语境中，18 世纪下半叶的小说不如上半叶的先辈那样轰动一时，但更显得丰富多彩，是小说崛起之后没有昙花一现的历史保障，是小说继续超越诗歌和戏剧成为第一大文艺体裁的动力的体现。因此，论及 18 世纪英国小说（史）时，说自斯特恩谢世就截止了，这种观点是认为断代因而片面的，是对读者反应过分依赖的结果。

Tobias Smollett and his Masterpiece

第一节 斯摩莱特的游记小说：传承与批判

和浪漫派诗人济慈一样，斯摩莱特（Tobias George Smollett，1721～1771）先是学医，但终究抑制不住文艺创作的冲动，最终弃医从文。处女作《弑君记》（The Regicide，1739）遭到伦敦剧坛的拒绝后，他心灰意冷，以军医的身份随英国舰队参加了争夺南美殖民地的战役，亲眼目睹了水兵的艰苦生活和惨不忍睹的死伤过程。在海外历险中直面惨淡的人生，"他暴躁的性情变得古怪，并对粗野和残酷的海军生活产生了既厌恶又欣赏的怪异心理"，[1] 而他的小说带有流浪汉小说的性质和充塞着肮脏与暴力的场景，这也就情有可缘了。

---

① 侯维瑞、李维屏著，《英国小说史》，南京：译林出版社，2005 年，第 111 页。

回伦敦行医期间，斯摩莱特再次不务正业，在编辑《评论杂志》、翻译外国名作之余，先后出版了流浪汉小说《兰登传》（*The Adventures of Roderick Random*，1748），略有哥特意味的《法森的伯爵菲迪南》（*Ferdinand Count Fathom*，1753），以及作为"《堂·吉诃德》在 18 世纪英国的翻版"的《兰斯洛·格里夫斯爵士》（*Sir Lancelot Greaves*，1762）等小说。① 赴意大利疗养期间，他把沿途的所见所闻写成了一部牢骚满腹又风趣幽默的游记，即后来的《汉弗利·克林克出行记》（*The Expedition of Humphry Clinker*，1771）。

无论是因为天生的争强好胜，还是由于早年的怀才不遇，斯摩莱特在当时的文坛上是一只离群的孤雁，常在评论刊物上和菲尔丁恶语相向，正如菲尔丁急不可待地嘲弄理查逊的《帕梅拉》一样。长期的积怨令他耿耿于怀，在早中期的创作中难以摆脱忿忿不平或玩世不恭的心态，或者说，"他比任何其他 18 世纪作家都更迫切地要求宣泄自己愤世嫉俗的思想感情。"②因此，他早中期的作品里常见淋漓尽致的揭露和猛烈尖刻的抨击，"字里行间还不时流露出以扯掉社会的遮羞布为乐事的报复心态。"③ 屈原的愤恨升华为高尚的爱国情操，而斯摩莱特的郁结则转化为批判，幸而他没有像格列佛那样遭到"悲剧性的异化"，沦为在积怨中不可自拔的"人类憎恶者"。无疑，他的小说充满辛辣的讽刺和激烈的言辞，时常还充塞着丑陋和暴力，这些特质多为当时的文人"雅士"诟病，正如萨克雷使用同样粗俗的言辞咒骂斯威夫特一样。他的批判性是罕见的，在 18 世纪的英国小说家当中仅次于斯威夫特。于是，诙谐的对话、奇异的故事和轻松的幽默在他的作品里几乎是"缺场"的，而自私、缺德的恶棍和卑微、粗俗的流浪汉也就充当了他的"英雄/主人公"（hero）。可以说，斯摩莱特就是斯威夫特和狄更斯之间的桥梁，他的批判性"对 19 世纪的英国批判现实主义作家……产生过不小的启迪和影响。"④

《兰登传》是斯摩莱特的自传性早期代表作，也是"最具有斯摩莱特风格[和]特色的小说"。⑤ 该小说模仿了斯摩莱特翻译的法国作家勒萨日的《吉尔·布拉斯》（*Gil Blas*，1715～1735），试图"以无穷的幽默和智慧描写生活

① 侯维瑞、李维屏著，《英国小说史》，南京：译林出版社，2005 年，第 111 页。
② 刘意青，《18 世纪英国文学史》（增补版），北京：外语教学与研究出版社，2006 年，第 210 页。
③ 同 2，第 210 页。所引句子稍有修订。
④ 同 1，第 119 页。
⑤ 同 1，第 113 页。

中的无赖行为和缺点",① 唤醒民众对社会流弊的痛恨和对苦难人生的同情。但不同的是，由于作者的处世态度和抑郁心境，"作品中很难找到轻松的幽默和诙谐有趣的经历",② 常见的只有累累的罪行和流氓、恶棍似的人物。批判性早已隐含在作者的意图中，于是，小说中常见的景象就构成了一个光怪陆离的世界：官吏专横跋扈，贫民哭声一片，民族歧视根深蒂固；海军的体制荒唐可笑，有如"第 22 条军规"；军官颐指气使，水兵生活艰难，伤员则在闷热、肮脏、狭小的医务室里煎熬，直到死神解除他们的苦难。斯摩莱特的笔法类似于菲尔丁的讽刺，两人都借用了流浪汉小说的情节模式，而且"在呈现社会全景图的本事方面，斯摩莱特无疑 [也] 是一位高手",③ 因此该小说竟然"被当作亨利·菲尔丁的作品译成法语介绍给法国读者"。④ 但是，斯摩莱特对社会的批判性显然超过菲尔丁，因为后者温和的双重反讽只针对抽象的人性，从不涉及社会的不公和等级的背理。

斯摩莱特并不擅长人性的描摹和人物的刻画。在他笔下，兰登只是形式上的主人公，他的身世与经历和狄更斯或者雨果笔下的苦难人生有些类似：母亲早逝，父亲出走，小兰登孤苦伶仃，倍受歧视；为了生存，他流落伦敦，当过仆役，做过赌徒，蹲过大牢；后来在舅舅的资助下，他浪迹天涯，不巧在西班牙遇到已成阔老的父亲，于是两人皆大欢喜，回国当上了富贵绅士。然而，在流浪的过程中，兰登目睹了残酷的社会现实，变得更为愤世嫉俗，对任何理想主义都嗤之以鼻，对所有专制压迫都报以暴力抗争。他命运多舛，性情变得冷酷自私，愈发缺乏道德感和责任心；不过，这是社会腐败和集体陋习的恶果，因为个体是社会的存在，是在社会经历中成长的。在兰登走马观花的过程中，船长特朗宁是形象最生动、刻画最丰满的人物。从海军退役后，他闲居家中，但对海上生活仍恋恋不忘，把宅第当成舰船来管理：坚持睡吊床，每天登高望远，若有贵客临门，必鸣枪欢迎。在海上经历了多年的风霜雨雪，他养成了职业的偏执，甚至"语言也浸泡着海水的咸味",⑤ 因而在居家生活中显得怪诞又可爱。特朗宁憨态可掬，他对海上生活的"固恋"（fixation）有如斯特恩笔

① ［英］斯摩莱特著，杨周翰译，《蓝登传》，上海：上海译文出版社，1980 年，"序言，"第 3 页。

② 刘意青，《18 世纪英国文学史》（增补版），北京：外语教学与研究出版社，2006 年，第 210 页。

③ 同 2，第 211 页。

④ 侯维瑞、李维屏著，《英国小说史》，南京：译林出版社，2005 年，第 114 页。

⑤ 同 2，第 210 页。

下的托比对微型战役的迷恋。

然而，斯摩莱特并未简单地重复流浪汉的故事，他把兰登作为串联事件、批判社会的工具，正如浪漫派诗人拜伦对唐·璜的处理一样。于是，追随女友来到法国参加对英作战时，兰登就对双方士兵虚妄的爱国主义惊诧不已，叹息道：

"一个理智的人落到何等荒谬的地步了！就因为获准去满足一位王子的罪恶野心，他竟然感到无上光荣，甘心去经历赤贫、压迫、饥荒、疾病、残杀和死亡！而那位王子对于他的苦难置之不理，甚至连他的姓名也全然不知。"①
兰登对战争正义的怀疑，对理性滥用的忧虑，对虚幻与现实的反差的觉悟，以及贬义词语的堆砌，都分明流露出格列佛的痕迹，又和 19 世纪末、20 世纪初的自然主义反战小说大体相通。不仅如此，司各特称之为"斯摩莱特式的残忍"景象也在他的叙述中抖露了出来：

……我旁边的水手长的头颅被炸飞起来，然后落到甲板上，从我的脸的上方弹了过去，脑浆糊住了我双眼，使我几乎什么都看不见。我再也无法控制自己了，就拼命喊叫。这时，一位鼓手朝我走来，问我有没有受伤。我还没来得及回答，他的肚皮上就吃了一大块弹片，肠子冒了出来，不偏不倚地倒在我胸脯上。②
斯摩莱特／兰登似乎是不厌其繁地拿人体的痛苦作乐，常常轻描淡写又津津有味，难免被"文雅传统"（the genteel tradition）的尊崇者斥为有"病态式的心理"。③ 然而，战争的残酷非得凭直面的勇气和文字的暴虐来传达不可，不然，斯威夫特和后来的反战作家就只有含恨九泉了。无论如何，对社会的批判似乎是斯摩莱特的首要关怀，他的故事自然也容易遭至卫道士的抨击。

果不其然，斯摩莱特的绝笔《汉弗利·克林克》（1771）刚刚出版，评论界就群起而攻之。《人人杂志》（Every Man's Magazine）指责他对伦敦的描写"是片面、夸张和恶意的"；《普世杂志》（The Universal Magazine）则定性说，《克林克》是对英国"最不忠实的写照"。④ 在伟大的奥古斯都时代，理性主义的盛行、殖民事业的进展、科学技术的进步和工业革命的成就，无不令大英

---

① 侯维瑞、李维屏著，《英国小说史》，南京：译林出版社，2005 年，第 113 页。

② 同 1，第 118 页。

③ 同 1，第 118 页。

④ 转引自黄梅，《推敲'自我'：小说在 18 世纪的英国》，北京：生活·读书·新知三联书店，2003 年，第 326 页。

帝国的子民豪气冲天，他们需要的是明亮的"镜子"和善意的"写实主义"，岂能容得看似如此恶劣的批判？斯威夫特饮恨九泉将近一个世纪还遭到萨克雷的漫骂式批判，斯摩莱特（其批判性和措辞当然不及斯威夫特那么尖锐）在当代遭受一些非议也是情理之中的事儿，但有趣的是，"写这部小说时他已进入比较平和、与世无争的境地，这使他的喜剧柔和起来，带上了较多的人情味道。"① 若非早已过了不惑之年，心境有所缓和，斯摩莱特怕要变成斯威夫特了。

《克林克》算得上一部集大成之作：在情节建构和人物塑造方面，斯摩莱特有意向菲尔丁靠拢，大致摒弃了流浪汉小说的模式；在心理刻画方面，他常常体现出斯特恩式的幽默和善感；尤其在小说结构方面，他借鉴了理查逊的书信体形式，彻底摆脱了流浪汉小说的情节简单化和人物工具化，采用多个写信人叙述同一次旅途上的经历，使同样的事件得到多角度、多侧面的反映，也使纷繁的人性和人物的心理活动在各自的叙述中流露出来。于是，《克林克》就呈现出现实主义小说、情感主义小说、讽刺寓言、游记和书信体小说的"马赛克"风采："布朗勃尔一家在本国游历途中寄给友人的书信汇编。"② 不过，最能反映斯摩莱特的转变与创新的是，此时的写信人"是游离事外、走马看花的旁观者，而不是蓝登那样的谋生者和冒险家"，因而旅途也不再是"一连串奇遇发生的起因和契机，而是观察、思考和议论的过程"，这样《克林克》就成了一部"且行且议"而非"回想公谨当年"的作品，③ 一部社会的观察史而非个人的奋斗史。而且，由于人物的心理年龄、脾气、品行和教育程度各不相同，所写信件风格迥异，可谓文如其人，更使人物形象异常生动，故事情节精彩纷呈，为小说增添了不少"文学意味"。

首要的写信人是体弱多病的威尔士乡绅马修·布朗勃尔。他古道热肠，但是执拗易怒，而他的旅途写作则是对社会的写实主义与对家人的人道主义的融合。"那些药丸根本不顶用——还不如吞雪球儿让血管凉快凉快呢。"在第一封信的第一句话，他就这样向医生朋友抱怨，一派牢骚满腹的"病夫"口吻。一开篇，小说就露出了批判的意图：是否通篇都是"病夫"的牢骚呢？亦或疾病缠身的不仅是马修，他眼里的社会也是病泱泱、闹哄哄？"病夫"眼里无

① 刘意青，《18 世纪英国文学史》（增补版），北京：外语教学与研究出版社，2006 年，第 210 页。
② 黄梅，《推敲'自我'：小说在 18 世纪的英国》，北京：生活·读书·新知三联书店，2003 年，第 329 页。
③ 同 2，第 329 页。

"完人"，在巴思市的温泉疗养院，

　　我不禁又是惊讶又是怜悯地打量这帮人——我们一共十三人；其中七个因痛风、风湿或麻痹症而一瘸一拐；三个因意外事故致残；其余的不是聋子就是瞎子。头一个家伙跛来跛去，第二个一蹦一跳，第三个像受了伤的蛇一样拖着腿，第四个则架在双拐上，仿佛挂在铁链上的鹰隼标本，第五个的腰弯到了水平方向，正如放置在支架上的望远镜，由两个轿夫搬了进来……（63 页）①

逐一叙说的句式、幽默夸张的描述和挖苦揶揄的腔调，在马修的书信里反复出现，表明牢骚满腹不是他一时的冲动，而是讽刺作者的常态。斯威夫特和菲尔丁的遗风清晰可见。

　　无独有偶，在第二个写信人杰瑞（马修的侄儿）的描述中，塔比莎（马修的妹妹）最后选中的丈夫、退役军人里斯马哈戈也是奇丑无比：

　　他的腰弯得很厉害，两肩狭窄，穿着雨天骑马用的黑色皮绑腿的两个腿肚子却很粗。至于他的大腿，却又长又细，就像蟋蟀的腿那样。他的脸起码有半码长，呈棕色，而且皮肤又干又皱，两颊颧骨突出，一对小眼闪着泛绿色的光，一只大鹰钩鼻子，一副向前突出的尖下巴，一张可以裂开到两只耳朵的大嘴，里面长着一口参差不齐的牙齿，还有一个狭窄的额头，上面布满了皱纹。（217～218 页）②

里斯马哈戈简直被妖魔化了，浑身上下没有一处正常，而且扭曲的外表下更无内心可言——他只是作者突显幽默和讽刺的产物，并无生动的个性和活跃的必要。这样的片段是作者"恶意"讽刺的残余，较之先前的愤世嫉俗已是温和多了。然而，杰瑞毕竟不是"病夫"，他在给贵族朋友的信件中对遣词造句颇为讲究，力图保持一种洒脱的讥讽笔调。于是，恩将仇报的爆发户、宫廷里的势利眼、东拉西扯的政客和牢骚满腹的作家，在他的描述中一一登场，形成一副"恶意"的社会全景图，又和女仆温妮的做作、姨妈塔比莎的风骚"交相辉映"，构成诙谐生动的旅途经历，使作者尖刻的讽刺有所软化。杰瑞还断言，马修舅舅故做"厌世"状，是为了掩饰自己的多愁善感，一如斯特恩和哥尔德斯密笔下的那些仁慈而善感的"怪人"。情感主义的痕迹也是若隐若现。

---

　　① 黄梅，《推敲'自我'：小说在 18 世纪的英国》，北京：生活·读书·新知三联书店，2003 年，第 330 页。所用原文为 Signet 在 1960 年出的版本，以下只注明页码。
　　② 译文参见刘意青，《18 世纪英国文学史》（增补版），北京：外语教学与研究出版社，2006 年，第 212 页。

不过，情感主义的温情始终不敌马修铺天盖地的牢骚。作为外来者，他对沿途景象大惊小怪，这是自然的；将当地人司空见惯的事物描述得异常、扎眼，这也是合理的——毕竟，格列佛是在异国他乡游历才获得了反观"政治母亲"的"陌生化"眼光的。三十年后重返故地，他觉得巴思是一锅"令人作呕的腐败之汤"，（73 页）温泉浴所是疾病传播的温床，而社交聚会上的浓烈气味竟熏得他当场晕倒，仿佛格列佛从慧骃国回家后又闻到了野胡的气息。在他眼里，迅速膨胀的伦敦是一只"超大怪物"，（95 页）里面的污染令人惊心动魄：

要是想喝水，我就不得不猛喝接纳了各种污染物的公共水道里的恶心液体；要不，就得吞下容纳了伦敦和威斯敏斯特区所有垃圾的泰晤士河带来的一切——其中的固体物包括作坊工匠和专业工厂使用的各式各样的药剂、矿物、毒品，外加牲畜和人类的腐尸，人的粪便只是其中最不让人讨厌的一种；然后，那些脏物又和来自所有的洗衣盆、下水道和公用污水沟的人间可能有的全部污物混合起来。（126 页）

这番嘲讽直指工业革命的恶果——现代化进程是一柄双刃剑，城市扩张的代价是难以根除的环境污染。尖锐的笔调和《格列佛游记》对科学理性的滥用造成的后果的抨击不相上下，和浪漫派诗歌的先驱威廉·布莱克（William Blake，1757～1827）把童工清扫烟囱当作普及的行当来讽刺息息相通，又同浪漫派代表诗人华兹华斯（William Wordsworth，1770～1850）在 1802 年 9 月 3 日清晨站在威斯敏斯特桥上品味伦敦景象的恬静姿态截然相反——毕竟，斯摩莱特洞察了科技进步的负面影响，在他看来，伦敦生机勃勃却又藏污纳垢；而华兹华斯只是在欣赏晨雾掩盖下的朦胧景象，他的浪漫情愫和景象背后的事实无关。

腐败现象比比皆是，马修不禁对人性深感失望，叹息道："我们都是贪污腐败的流氓，全然丧失了荣誉感和温厚的品行；恐怕用不了多久，德行和公益之心就会沦为世上唯一声名狼藉的事物。"（85 页）绝望的心境和格列佛来到飞岛国时的心情相差无几了。在他看来，社会弊病的根源是奢靡或攀比之风：

所有这些荒唐事都源于普遍的奢侈之风，它刮遍整个国家，并席卷了所有的人，甚至最下层的人。……除了炫示财产，不知有其他标准来衡量伟大，于是就……通过所有最荒唐、最奢侈的方法来打发他们的钱财。（46 页）

"赶超琼斯一家"成了风尚，无论地域、无论阶层，大英子民纷纷置办像样的家当和房产，聘用相当数量的仆人，争取在奢华程度和等级关系上不输他人。

攀比的后果当然是恶性消费和随之而来的破产。"《克林克》直接切入到 18 世纪文人反复讨论的一个重要议题"，① 那就是奢靡之风。斯摩莱特在 18 世纪下半叶就洞察了迄今风行的商业现代病，比起对科技进步和工商业兴盛表示盲目乐观的批评家和作家无疑更有远见。

在布朗勃尔一行的笔下，"理想化的苏格兰成了堕落的英格兰的对照"，② 正如理性的慧骃国构成"政治母亲"的反面。苏格兰乡村成了"苏格兰的阿卡狄亚"，"一切都浪漫得不可思议"，（249 页）字里行间洋溢着布朗勃尔一家对自然和祖先家园的迷恋，而作者对精神家园的渴望和回归也可见一斑。不仅如此，这一行人还对苏格兰人殷勤好客的风俗以及亲合密切的家庭关系赞不绝口，为那儿的淳朴古风赞赏有加，仿佛武陵渔民来到桃花源，对"余人各复延至其家，皆出酒食"的民风深感折服。作为那方净土上的"模范农民"，（315 页）马修的大学同窗邓尼森从伦敦回归苏格兰故里，整顿产业，实施农业改良，将农庄经营得欣欣向荣，一副新型农业资本家的姿态。邓尼森的"改革"（339~40 页）经验启发了马修，让他及时帮助深受奢靡之风毒害的朋友贝亚德免除了破产。在苏格兰的那片孤岛上，寄托着布朗勃尔/斯摩莱特对后"工业革命"的"和谐社会"的厚望。"因此，与其说布朗勃尔（或斯摩莱特）是在无条件地怀旧，不如说他们以理想化的往昔为参照，谋求改造正在自我调整的统治阶级，把英国社会未来的希望寄托在士绅们的幡然醒悟、改从正道上。"③

1768 年，斯摩莱特因身体欠佳第二次前往意大利修养，此后的两年他辛勤耕耘，却在"临终一曲"《克林克》出版后不久客死他乡。④ "疾病缠身、流离海外的作者，竟然能在这最后的时日里如此超脱个人苦痛和生死、如此目光明澈而又潇洒诙谐地回望祖国，如此空前宽容地从不同的角度体察人生和社会走向的可能性"，实在"令人感慨"。⑤ 虽然在思想深度和艺术创新上略逊一筹，斯摩莱特却无疑是斯威夫特、理查逊、菲尔丁和斯特恩的集大成者，是小说艺术的自觉借鉴者和实践者，在 18 世纪下半叶英国文坛群龙无首的情势

①　黄梅，《推敲'自我'：小说在 18 世纪的英国》，北京：生活·读书·新知三联书店，2003 年，第 335 页。

②　同 1，第 340 页。

③　同 1，第 343 页。

④　刘意青，《18 世纪英国文学史》（增补版），北京：外语教学与研究出版社，2006 年，第 211 页。

⑤　同 1，第 362 页。

下扮演了传承者的重要角色，成为批判现实主义小说的先驱。

Horace Walpole and his Masterpiece

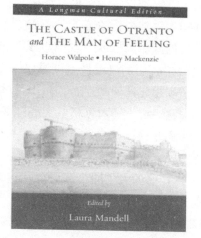

第二节　华尔浦尔的哥特小说：怀古与恐怖

1764 年底，一部名为《奥特朗托堡：一个哥特故事》（The Castle of Otran-to, a Gothic Story）的怪诞小说在伦敦出版了。匿名的"译者前言"号称，该书是从意大利文"翻译"过来的，原书"于 1529 年在那不勒斯用黑体印行，至于写作年代则无从考证。主要事件发生在通常所说的黑暗年代，但语言叙述绝无野蛮迹象。"书中恐怖的城堡、离奇的情节以及历史沉积和异域风情，迅即捕获了英国读者的好奇心理，使这部"译作"风靡一时，实现了流行文化梦寐以求的炒作功效。次年再版时，深受市场"利好"鼓舞的作者将小说的"翻译"伪装撕掉，代之以"坦白"的"作者前言"，声称要对他师法的戏剧大师莎士比亚表达敬意，还"把古今两种传奇结合起来"，因为"古代传奇全凭想象力，不考虑可能性，而现代传奇只摹仿自然，……使想象的源泉被贴近日常生活的戒律所阻塞。"临摹莎翁戏剧，把历史与现实结合起来，将"想象力"和"可能性"融合一体，这样的作者意图显而易见，不过，作者本人是一位悬念高手，他依旧匿名，仿佛正躲在书页的缝隙间望着读者痴迷的神态窃喜，又对自己"吊胃口"的成功和读者市场的广阔感到庆幸。后来才真相大白，小说的作者"原来如此"——贺拉斯·华尔浦尔（Horace Walpole,

1717～1797），在 1721 年到 1742 年之间长期担任英国首相的辉格党领袖罗伯特·华尔浦尔的宝贝儿子，一位异想天开的公子哥。他在英国文坛的露脸真是不同凡响。

小华尔浦尔没有子承父业，他对内阁政治不理不睬，对艺术、考古却趣味盎然。他尤其痴迷于中世纪文化，甚至把郊区的宅第"草莓山庄"改造成哥特式城堡。就在那座城堡里，他"满脑子尽是中世纪传统的故事，晚上〔还〕做着哥特式的梦，"① 于是就创作出了上述那部破天荒的作品。当然，哥特小说不是小华尔浦尔无中生有的产物，因为它本身就不是无本之木。在 18 世纪下半叶，理性主义的盛行使英国民众远离了美好的寓言世界，压抑了他们的自由想象和心理活动，因此英国民众当中涌动着一股对古典主义、异域文化和情感反应的关注热潮，他们需要从现实主义之外（超现实）的文艺作品中获得阅读的愉悦和情感的满足，这种市场需求在阴郁的墓园派诗歌和多情的感伤派小说中还得不到充分的满足。这时，艾德蒙·伯克（Edmund Burke，1729～1797）的论著《论崇高与秀美》（*A Philosophical Inquiry into the Sublime and the Beautiful*，1756）为人们的猎奇心理提供了辩护："任何可以使人感觉痛苦和危险的东西，也就是说，任何可以使人感觉恐怖、与恐怖产生联想或者以近似恐怖的形式出现的东西，都可以成为崇高美的源泉。"② 事物因其恐怖而呈现一种壮丽的美感，于是，以恐怖氛围和情节悬念见长的哥特小说便披上了美学的外衣，在满足读者异样的情感体验的过程中获得了审美的价值。其实，现今灾难文学与恐怖作品的盛行和哥特小说的兴起是一脉相承的。只是小华尔浦尔的性情正好迎合了时代的潮流，而他的创作也刚好发生在时代的关口，因此他"与时俱进"，"开创了哥特式小说之风"，③ 这是必然中的偶然。

受莎翁戏剧的影响，《奥特朗托堡》的情节非常紧凑，将近百页的故事分为五章，犹如受"三一律"（Trinity）规范的五幕剧，而且事件环环相扣，故事时间只有短短的三天。小说一开篇就悬念丛生："真正的主人长得太大，没法再在奥特朗托堡安生的时候，现今的君主一家就会失去城堡及其封号。"古老的预言直指权力和财产的篡夺与继承的问题，于是《哈姆雷特》式的复仇故事迅即就像幽灵一般笼罩在古堡的上空。公国的现任君主曼弗雷德的儿子康

① 侯维瑞、李维屏著，《英国小说史》，南京：译林出版社，2005 年，第 183 页。
② 转引自刘意青，《18 世纪英国文学史》（增补版），北京：外语教学与研究出版社，2006 年，第 255 页。译文有修订。
③ 同 1，第 182 页。

拉德在大喜之日被神秘飞来的巨大头盔碾死；为了确保男性继承人的存在，曼弗雷德决意休掉发妻，娶儿媳伊莎贝拉代之。青年西奥多帮助伊莎贝拉走地道逃脱，因此遭到君主的迫害，但是君主的女儿玛蒂尔达却爱上了他。曼弗雷德企图霸占儿媳，不料"巨剑骑士"（伊莎贝拉的父亲弗雷德里克）突然降临巨盔的旁边，要讨伐篡位者并救出女儿；在"双重联姻"的诱惑下，他们达成了妥协。但是，托付巨剑的圣地隐士突然显灵，责备弗雷德里克有负重托；曼弗雷德气急败坏，在决斗中误杀了自己的女儿。这时，原君主阿方索的雕像急剧膨胀，并与巨盔、巨剑聚合起来。在电闪雷鸣中，阿方索宣布西奥多才是古堡的合法继承人；曼弗雷德只好坦白祖父的罪行，并与发妻一道归隐寺院。

　　小说的"哥特"背景十分典型，阴森的城堡、穴窟和秘室，神秘的骑士和血腥的决斗等中世纪的景象，以及滴血的雕像、狰狞的幽灵和超自然现象等等，恐怖的要素可谓一应俱全，这些意象给猎奇的读者带来了强烈的感官冲击。这类小说通常作用于读者反应，即以恐怖的气氛和紧张的情节对读者产生情感的震撼。"哥特"一词原指"中世纪"（the Middle Ages），即欧洲历史上的 12 世纪初至 15 世纪末，它在 18 世纪下半叶的流行是英国民众浓厚的怀旧情绪的语言标记，也是对麦克菲森（James Macpherson，1736～1796）等人引发的崇古诗风的明显呼应。把"过去"当作"现在"的参照物，怀恋"过去"也就是评价"现在，"这是中外崇古派普遍的思维范式。鉴于骑士风度的远去和个人主义的过度兴盛，伯克就叹惋道，"骑士的时代已经过去，……欧洲的荣耀已经永远丧失。"① 小华尔浦尔并不例外，他同样关注"过去"与"现在"的对话。阿方索是古人，他的行头古色古香，传人西奥多也多有行侠仗义的古风；而曼弗雷德是现在的暴君，公主玛蒂尔达是现在的索菲亚（哈姆雷特的女友）；在双方之间则是动摇派弗雷德里克，他一会儿装扮成神奇的中世纪骑士，一会儿又回到现实接受联姻的提议。随着情节的展开，"过去"与"现在"的对话日趋复杂：曼弗雷德因为祖先的行为当上了城堡的现任主人，"现在"又因为"过去"的罪过付出血的代价；"过去"的"好人阿方索"失去了城堡，"现在"又借后代西奥多夺回了财产权和名份；这样的故事分明就是一个古今交错、黑白纷争的道德寓言。

　　古与今正如善与恶一样纠缠不清，正如"哥特小说"（gothic novel）这个词组本身就是矛盾修辞的范例——"哥特"原指三个世纪之前的"古代，"即

---

① Burke, Edmund, *Reflections on the Revolution in France*, Indianapolis: Harkett, 1987, p. 66.

中世纪，而"小说"的本意却是"新奇"或"新颖"。二元对立自然而然成了哥特小说的结构原则，小说中的正派人物也因而代表了两重价值和双重身份：西奥多是情感主义和骑士精神的化身，同时他既是"现实中的农民又是血统上的王孙"，他的胜利"是'革命'同时也是复古，是名正言顺的旧体制的光复，也是当下被压迫的老百姓的'翻身'。"① 人物之间也可以两两对立，如"好人阿方索"与暴君曼弗雷德，顽强生存的西奥多与轻易丧命的康拉德，天使般的女性与恶魔般的男性。无须赘言，最大的二元对立是古与今，二者的关系也最为微妙：小华尔浦尔实际上是在演示隔着古代帷幕的现代生活，或者说蒙着异域面纱的本土社会；一个鲜明的例证就是意大利古堡里的伊莎贝拉和玛蒂尔达惨遭权势至上的封建家长的迫害，这样的故事但凡读过《克拉丽莎》的英国民众总会觉得似曾相识，熟知《汤姆·琼斯》中索非亚的婚恋故事的英国读者也会觉得那是一种富于想象力的悲剧性变形。

不过，今古合一、黑白纠缠和二元对立都不是哥特小说能够轰动一时的最终原因，这些要素是作为道德寓言的普通小说可能共有的。哥特小说的最大魅力还在于其对于读者的审美价值，即那些恐怖、悬疑、超自然因素对读者造成的情感冲击，这是有大众心理学依据的。健全的人总是生活在两个世界：物质世界和精神世界，后者就是文艺作品的"势力范围，"可能是理性的，也可能是非理性的。厌倦了刻板的现实生活的人，总是渴望变化和幻想能让他们暂时忘却单调的物理事实，到想象的王国自由翱翔。一五一十的纪实小说让读者惊叹主人公事无巨细的观察能力，尖刻锐利的政治寓言让读者感叹作者非凡的勇气和洞察力，细腻、阴柔的情感主义小说使读者感受到人物和作者的多愁善感，诙谐、睿智的幽默故事使读者会心一笑，只有恐怖的哥特小说能叫读者在最猛烈的情感冲击下获得彻底的忘却和放松，叫他们在最恐怖的情景中流连忘返，叫他们沉浸在非理性的虚幻世界里享受短暂而扣人心弦的美好时光。况且，在 18 世纪下半叶的英国，"迷信活动仍旧人气很旺，甚至积聚了进一步回潮的能量。"② 哥特小说中的悬念（尤以超自然现象为甚）因而满足了英国民众的"迷信"心理，对当下并不迷信的民众而言，也能满足他们对神秘事物的猎奇心理，或者说对知识的无限追求——在马洛（Christopher Marlowe，

---

① 黄梅，《推敲'自我'：小说在 18 世纪的英国》，北京：生活·读书·新知三联书店，2003年，第 371 页。

② 黄梅，《推敲'自我'：小说在 18 世纪的英国》，北京：生活·读书·新知三联书店，2003年，第 373 页。

1564～1593）的笔下，浮士德博士的好奇心就是指向无限的知识和超常的能力，而他出卖灵魂、换取魔法的故事也就无疑具有了非理性特征和哥特色彩。

小华尔浦尔并不迷信，但他也曾兴冲冲地赶往考科巷，和一帮纨绔子弟一道察看鬼魂显灵，这种矛盾本身就是猎奇心理驱动的。他愤懑的其实是刻板的理性主义："我写这本书不是为了现今这个时代，除了冷冰冰的常识、常理，这个时代什么都不能容忍。……我随心所欲地发挥自己的想像……我的写法是与规则、批评家和哲学家们抗争。"① 在他眼里，理性主义统治下的世界是冰冷、单调的，是远离自由和想像的，因而没有希奇之物可以猎取，无法成为他的文学世界；自由的写作必定是想像的，是远离理性主义的。无论如何，小华尔浦尔的反理性倾向和闹鬼事件启发的审美心理与市场意识一拍即合，"人鬼情未了"之类的奇异故事也就浮现在他的脑海。而且，他照章把创作神秘化（第一版把背景设置为"黑暗年代"的异国他乡、作者的匿名以及超自然现象就是例证），宣称"这部罗曼司"起源于一场梦，正如盎格鲁—撒克逊时期的僧侣（如凯德蒙，见本书第一章）声称自己的作品是神灵托梦的结果，是"神"迹。哥特故事故做奇异、梦幻之态，亦人亦鬼，亦鬼亦人，主动迎合读者的非理性需求，这背后有潜意识活动和市场意识在暗相推动。恐怖气氛也不可或缺，因为"人们需要的是惧怕：惧怕正是人适应、接受一个以非理性和威胁为基础的社会实体所必须付出的那种代价。"② 哥特故事的阅读成了体验悬疑、挑战自我、学习接受异己的过程，因而似乎是走向未知世界的必要举措。在蒸蒸日上的青少年中，哥特故事拥有最大的读者群，这一事实正好印证了上述"惧怕"心理与哥特故事的契合。

无论恐怖是否都是男性主义的或者受虐心态的，它总归与人物（以及读者）的幻想和感受相关联，是他们的生存状态经"内化"（internalize）变形后再"外化"（externalize）变形的结果，和"梦意象"（尤其是噩梦）的工作原理相似。而且，恐怖常常能在人物以及读者心中激发一种罕见的壮美，具有突出的审美价值——"当这种性质的恐怖占据了头脑并不断扩张时，便升华为一种强烈的期待。此时，它是真正壮伟的，甚至引导我们在迷狂中追寻那个我们似乎害怕的东西。"③ 恐怖的体验如此紧张，令人欲罢不能，过后的松懈

① 黄梅，《推敲'自我'：小说在 18 世纪的英国》，北京：生活·读书·新知三联书店，2003 年，第 374 页。行文稍有修订。
② 同 1，第 374 页。
③ 同 1，第 376 页。

又叫人如此愉悦，叫人回味无穷，这种心理的骤然起伏正是恐怖的魅力所在。由于这两方面的原因，哥特故事深受小华尔浦尔之后的女性作家的青睐：在男性中心的等级社会，她们的恐惧和愤恨不正好可以变形，升华为哥特故事吗？耽于幻想的闲暇女性有了曲折的言说方式，在英国文学史上第一次成规模地登上了文坛。而且，在女性观察者看来，曾经神秘因而壮伟的事物常常和罪恶密不可分，男性的权势在滥用中成为暴君。这种态势自然与伯克的设想背道而驰，却并不是历史的反讽，因为自《浮士德博士》以来情形就是如此；"壮伟的恐怖"也不是褒义的，如同"哥特小说"本身，这个词组也是一个矛盾修辞的范例。不管怎样，壮伟与邪恶的联系在成批的女性作家的笔下得到了加强。

在小华尔浦尔之后，知识女性扎堆似地涌进了哥特小说开拓的想像空间，大有掀起一股持久的哥特风潮的气势。① 其中，克拉拉·瑞夫（Clara Reeve，1729～1807）的《英国老男爵》（*The Old English Baron*，1777）是 18 世纪 70 年代"女性哥特式"作品中的杰作，而安·拉德克利夫（Ann Radcliffe，1764～1823）的《尤道弗的秘密》（*The Mysteries of Udolpho*，1794）则是 18 世纪 90 年代的扛鼎之作，是柯尔律治眼里"最引人入胜的英语小说"；② 玛丽·雪莱（Mary Shelley，1797～1851）的《弗兰肯斯坦》（*Frankenstein*，1818）在 19 世纪 20 年代融哥特与科幻于一体，是继往开来的名著，而艾米莉·勃朗特（Emily Bronte，1818～1848）的《呼啸山庄》（*Wuthering Heights*，1847）则融哥特与现实于一体，是维多利亚时期最彪悍的女性小说。

18 世纪的男性作家自然不甘示弱，其中威廉·贝克福特（William Beck-ford，1759～1844）和马修·刘易斯（Mathew Lewis，1775～1818）最负盛名，前者创作了《瓦特克》（*Vathek*，1786），一部《浮士德博士》式的"东方故事"，他的封特山古堡的哥特式特征更让小华尔浦尔的"草莓山庄"相形见绌，后者则出版了《僧人》（*Ambrosio，or the Monk*，1795）——"哥特式小说中最富刺激性的作品"。③ 19 至 20 世纪，美国的霍桑和爱伦·坡仍在创作哥特小说。即使在文化发达的当代，市场至上的好莱坞也没有忘却哥特传统，"隆重推出"了经典电影《蝴蝶梦》（*Rebecca*）。当然，强劲的哥特风潮中也

---

① 在此，笔者无意否定男性作家对哥特小说传承的贡献。

② 刘意青，《18 世纪英国文学史》（增补版），北京：外语教学与研究出版社，2006 年，第 258 页。

③ 侯维瑞、李维屏著，《英国小说史》，南京：译林出版社，2005 年，第 187 页。

不乏鱼龙混珠的玩意儿或者"搭车"捞市场的东西，以至"吊胃口"还是"倒胃口"，"那是一个问题。"毕竟，哥特故事的市场潜力是书商和作者都了然于心的。撇开粗制滥造的作品或者"垃圾文学，"哥特故事对想像和情感冲击的倚仗，正好呼应了情感主义的要求，因而无意中促进了浪漫主义文学的兴起。

当年，小华尔浦尔绝对想不到，他掀起的哥特式"季风"竟如此强劲，如此持久，而且市场潜力如此巨大，不然，就不必匿名出版了。1764 年的冬天，其实"那是一个春天"。

Sarah Fielding and her Masterpiece

Frances Burney and her Masterpiece

第三节　"蓝袜子"系列：意识的觉醒与身份的搁置

自班恩在 1688 年历史性地推出《奥鲁诺克》以来，英国女性在小说界沉寂了将近半个世纪。18 世纪上半叶，除了菲尔丁的才子妹妹，只有理查逊替她们表达了男性眼里的女性困境，"她们自己的文学"的声音则微弱得难以被人"感知"，因而似乎并不"存在"。① 到 18 世纪中期，女才子开始积极参与文艺沙龙的活动，结成了外号"蓝袜子"（the blue-stockings）的写作"团队"，② 并在 18 世纪下半叶"隆重推出"了大量表达女性意识的书信体小说及其他类型的作品，③ 将女性的天份和书信体的优势发挥到极至，在英国文学史上第一次清晰地表达了女性集体的声音。1771 年，《克林克》里的杰瑞少爷就挖苦道，小说创作"而今被女性作家所垄断，她们只为推广德行而出书。"（133 页）影响自不待言，"到了 18 世纪后期，英国不但有了《新淑女杂志》一类［的］刊物，而且它们已经刊登出题为'女性文学'的文章了。"④ 伴随着小说的兴起，女性的声音越来越响亮，她们的"荣誉出品"开始稳重地从幕后走向前台，简·奥斯丁和勃朗特姐妹在文坛的崛起为期不远了。

在"蓝袜子"作家群里，最引人注目也最早成名的是亨利·菲尔丁的妹妹萨拉·菲尔丁（Sarah Fielding，1710~1768），她自小也受到古典文学的熏陶，而且兄妹俩常常相互提携，因而风格比较相近。莎拉多才多艺，勤奋耕耘，创作了 8 部小说，还帮兄长撰写过《约瑟夫·安德鲁斯传》（1742）里的章节，发表过"关于《克拉丽莎》的评论"（1749）等文章，也翻译过《苏格拉底回忆录》（Memoirs of Socrates，1762）这样的希腊文名著。1754 年兄长去世后，不谙俗务的莎拉无依无靠，幸而得到《千禧堂》的作者萨拉·司各特（Sarah Scott，1723~1795）以及兄长的论敌理查逊等人的接济，从此她更

---

① "她们自己的文学"是 Elaine Showalter 专著的书名，全称《她们自己的文学：从勃朗特到莱辛的英国女性小说家》。"感知就是存在，"这是存在主义的名言。

② "蓝袜子"并不是一群性别斗争的狂热分子，她们举办的文艺沙龙是比较开放的，曾邀请了约翰逊博士和小华尔浦尔等文人雅士。最早的女性沙龙的主人是维西夫人（Mrs. Vesey），正如斯泰恩夫人（Gertrude Staine）是 20 世纪三四十年代美国作家在巴黎的沙龙主人一样。

③ 理查逊的写作无疑是女性化的，但他毕竟是男性，他的写作不可能表达纯粹的女性意识。后来的女性作家倒是继承了他开创的书信体，这和书信体本身的长处和女性本身的禀赋是有关的。

④ 转引自黄梅，《推敲'自我'：小说在 18 世纪的英国》，北京：生活·读书·新知三联书店，2003 年，第 391 页。

加关注缺乏经济来源的女性的生存问题。同年，她和简·科利尔（Jane Colli-er）合作出版了名作《叫嚣：一个新的戏剧性寓言》（*The Cry, a New Dramatic Fable*）。此后，她依旧勤奋著述，接连出版了三部小说：《克里奥佩特拉与屋大维》（*The Lives of Cleopatra and Octavia*, 1757），《德尔文伯爵夫人传》（*The History of the Countess of Dellwyn*, 1759），以及《奥菲利娅传》（*The History of Ophelia*, 1760）。莎拉去世后，《小说家杂志》（The Novelist's Magazine）把她的早期代表作《大卫·辛普尔历险记》（*The Adventures of David Simple*, 1744）和《格列佛游记》、《深情之旅》等相提并论，归入 18 世纪经典小说之列。

第二个名载史册的"蓝袜子"是夏洛特·琳诺克斯（Charlotte Lennox, 1720 ~ 1804），她的主要作品《哈丽奥特·斯图亚特自传》（*The Life of Harriet Stuart, Written by Herself*, 1750）和《女吉诃德传》 （*The Female Quixote*, 1752）都主要叙述了女性遭受罗曼司毒害的荒唐经验。由于流通图书馆的设立和文艺作品的通俗化运作，阅读作为消费现象越来越普及，闲暇的"女性书迷开始成为文学作品中的定型化人物。"① 又由于骑士时代已经远去，浪漫传奇与现实生活的脱节愈来愈严重，对于"感性动物"的毒害日益明显，因此"女性书迷"常常成了浪漫传奇的受害者。早在《格列佛游记》（1726）中的小人国里，"一名女侍官不小心，看传奇小说时睡着了，以至皇后的寝宫失火，"② 痴迷浪漫传奇的危害和人们对于"女性书迷"的态度由此可见一斑。在琳诺克斯的代表作《女吉诃德传》中，贵族少女阿拉贝拉就把浪漫传奇当作"生活的真实图景"，并且从中摄取对于生活的"全部见解和期望"（7页），③ 是一名读骑士故事走火入魔的女性。她没有把自家的城堡烧毁，却在"个人历史"中闹出一连串自作多情的荒唐笑话，经历了许许多多的曲折才明白自己患的是妄想症，才回到现实和格兰维尔成婚。无论哈丽奥特还是阿拉贝拉，这些女性都是自我中心的，都渴望着在异性的关注中获得快乐和虚幻的权利。她们的追求掩盖在作者对理性与骑士传奇的直白说教之下，间接地揭示了当时女性生活的空洞和女性对现实的愤懑。历时地看，在"她们自己的文

① 黄梅，《推敲'自我'：小说在 18 世纪的英国》，北京：生活·读书·新知三联书店，2003年，第 394 页。

② ［英］乔纳森·斯威夫特著，杨昊成译，《格列佛游记》，南京：译林出版社，1995 年，第 20 页。

③ Lennox, Charlotte, *The Female Quixote*, London: Oxford University Press, 1989. 以下相关引文出处相同，只注明页码。Burke, Edmund, *Reflections on the Revolution in France*, Indianapolis: Harkett, 1987, p. 66.

学"里，女性的自我意识日趋显现。

最伟大的"蓝袜子"当数弗朗西丝·伯尼（Frances Burney，1752 ~ 1840），她上承"理查逊"、菲尔丁和"斯摩莱特"，下启"简·奥斯丁"、狄更斯和乔治·艾略特（George Eliot，1819 ~ 1880），① 作品既有鲜明的女性视角及对女性心理的细腻摹写，又有上至贵族、下至贫民的广阔社会景象，揭露出没落贵族的腐朽、新兴资产阶级的市侩气息、普通市民的拜金主义等社会现象和弊端。而且，在她的手中，"书信体小说艺术得到了进一步的尝试，而第三人称［叙事］的运用也日臻成熟。"② 其生活经历、博学多才和文学成就均不亚于莎拉·菲尔丁。母亲有着深厚的文学修养，而父亲伯尼博士则以四卷本《音乐史》闻名欧洲，是著名的音乐（史）家，与音乐界人士、画坛名流、沙龙里的"蓝袜子"以及学界巨擘约翰逊博士和表演艺术家加里克（David Garrick，1717 ~ 1779）来往甚密。在这"疯魔社"般的文艺畅谈中，腼腆而善感的小伯尼学会了观察和思考，并开始编故事、记日记，到 15 岁时已完成了不少各类体裁的习作。迫于父亲正统的"淑女"教育观的压力，她把自己的习作付之一炬，但她的创作热情终究没有熄灭。1786 至 1791 年，伯尼就任王后的副掌袍服侍官，失去了言行和创作的自由，对宫廷礼节带来的人性压抑和肉体折磨感到痛苦不堪。此后，她随作为法国流亡将军的丈夫在英、法两国颠沛流离，但依然笔耕不辍，留下了大量作品以及具有很高史料价值和文学价值的日记与书信。

伯尼先后出版了 4 部小说：《伊芙莱娜：少女涉世录》（*Evelina, or The History of a Young Lady's Entrance into the World*，1778），《塞西莉娅：女继承人回忆录》（*Cecilia, or Memoirs of an Heiress*，1782），《卡米拉：青春画像》（*Camilla, or a Picture of Youth*，1796），及《流浪者：女人的苦难》（*The Wanderer, or Female Difficulties*，1814）。此外，她还创作了 4 部喜剧和 4 部悲剧，但出于"淑女"观和宫廷礼制的要求，她的作者身份在相当长的时间里仍然是一个秘密，以至于读者纷纷认定，"'他'必定是一位阅历广泛、人情老到的先生。"③ 从小说的全名可以看出，伯尼的小说都与"少女涉世"这个话题

---

① Epstein, Julia, "Marginality in Frances Burney's Novels," *The 18th Century Novel*, edited by John Richetti, Shanghai: Shanghai Foreign Language and Education Press, 2000, p. 199.

② 刘意青，《18 世纪英国文学史》（增补版），北京：外语教学与研究出版社，2006 年，第 219 页。

③ 同 2，第 222 页。

有关，或者说都体现了作者对女性经验的聚焦和对"婚恋小说"（courtship no-vel）的关注。① 在她的 4 部小说中，前两部是她进入宫廷之前完成的，也是最著名、女性意识最鲜明的。其中，书信体小说《伊芙莱娜》是她的早期代表作，是在"没人提携、没人伸手、不为人知"的情况下面世的，② 但是却轰动一时，无论自命高雅的贵族还是流通图书馆的下层读者都争相阅读，到年底就刊印了 4 版。该小说兼有理查逊严肃的道德主题，又有菲尔丁喜剧性的世相全景，可以说堪与理查逊和菲尔丁的作品媲美，因此，该小说得到了文化名流约翰逊博士等人毫不吝啬的赞誉。

　　第四位勤奋著述的女作家是夏洛特·史密斯（Charlotte Smith，1749 ~ 1806），"蓝袜子"系列里经受生活磨难最多的一位。她是最早靠写作谋生的职业作家之一：早婚多育，受尽虐待，而且经济拮据，衣食不保，只能背水一战，靠笔杆子挑起独自抚养子女的重担。和伯尼少年老成（26 岁时出版早期代表作）不同，写作伊始时，史密斯夫人已经年近四十，是一位自立自强的母亲形象，因此她的处女作《艾米琳：古堡孤女》（Emmeline, or the Orphan of the Castle，1788）比伯尼的处女作沉郁得多。此后，除了游记、随笔和儿童文学作品外，她还相继发表了 3 部小说：《艾思琳达》（Ethelinde，1789），《戴斯蒙德》（Desmond，1792），和《老宅》（The Old Manor，1793）。正如副标题"古堡孤女"所示，史密斯夫人的成名作直接指向弱女子的悲惨遭遇：哥特式城堡代表的恐怖世界取代了伯尼笔下的伦敦花花世界，而且女主人公孤立无援，走投无路，没有父亲或威拉斯牧师那样的"父亲替身"（fatherly figure）给予她庇护和教诲，因此对于她，生活就是接连不断的折磨和噩梦。但是，艾米琳成熟冷静，谨言慎行，精于俗务，和另两位女伴一道成功地解除了痛苦的婚姻，并夺回了淑女名份和巨额遗产，实在像作者一样是一位饱尝艰辛的过来人形象，而非伊芙莱娜那样初次涉世的少女样子。对于史密斯夫人而言，写作不仅是谋生的唯一手段，更是表述女性意识、体验艰难时世中女性生存之道的途径。

　　正如先前的《天路历程》（1678）与后来的《造谣学校》（The School for Scandal，1777）一样，莎拉·菲尔丁的早期代表作《大卫·辛普尔历险记》

---

① Epstein, Julia, "Marginality in Frances Burney's Novels," *The 18th Century Novel*, edited by John Richetti, Shanghai: Shanghai Foreign Language and Education Press, 2000, p. 198.

② Burney, Frances, *Memoirs of Doctor Burney*, New York: New York State University Press, 1975, Vol. 2, 143.

给人物贴上了道德标签，如辛普尔（纯朴，Simple）、奥吉尔（傲气，Orgueil，法语）、斯巴特（诽谤，Spatter）和瓦尼西（粉饰，Varnish）等，于是道德寓意和人物形象便浮出字面，使该小说俨然一则道德寓言——莎拉径直称自己的文字是"道德罗曼司"（moral romance）。① 该小说以善感的辛普尔为主人公，通过他的眼光来展现人性的伪善、贪婪、奸诈和暴虐，塑造了以主人公为代表的悲天悯人的道德典范，字里行间流露出对惟利是图的商业文明和"经济个人主义"的抵制，可以说是一部《克林克》似的情感主义小说。

辛普尔的天真质朴、重情轻利与弟弟丹尼尔的虚伪狡诈、嫉妒自私恰成对比。弟弟伪造遗嘱侵吞家产后，伤心的辛普尔只好云游四方，去寻访真情和友谊，仿佛一位多情的吉诃德，于是小说里便走马观灯似地展现出一副小型的世相全景图。在股票交易所，有财有势的人才是"好人"，因此，那里只有拜金主义和由此而生的尔虞我诈。结婚前夕，商人的女儿弃他而去，追随了一位丑陋的年长巨贾，于是辛普尔再度心碎，只好继续漂泊。在伦敦，他结识了"傲气"先生、"诽谤"先生、"粉饰"先生等"正人君子"，却发现他们与善良和善感无缘，都是些损人利己的家伙。一次次更换住所，辛普尔瞅见的都是对利益的追逐和相互倾诈，明白了芸芸众生皆为"名利"二字的道理。一次次漂泊和失望的情节安排，不只是为了赚取眼泪，更包含了作者对世态和伦理的思量，以及与项狄家宅里的轻松游戏"划清界限"的勇气。不过，真正的爱情和幸运的财富最终还是降临了：辛普尔和卡米拉、瓦伦丁和辛西娅喜结连理。不然，莎拉"贫而［安］乐、富而有礼"的理想就会被斯摩莱特甚至斯威夫特似的愤世嫉俗所取代。② 刚过而立之年且蒸蒸日上，莎拉绝不会如此绝望。

该小说和《奥鲁诺克》一样，都以男性为主人公，似乎不太能体现女性意识。但耐人寻味的是，辛普尔"却有鲜明的女性特征，而且他的人生轨迹和诸多女性［的］故事相交。"③ 他遇到的第一个女人是珠宝商的女儿南妮，一位个人利益的"经济学家"。在犹太阔老的财富和心上人的爱情之间，她先是"没了主意"，可一想到窘迫和奢华的天壤之别，她就迅即投入

---

① 刘意青，《18 世纪英国文学史》（增补版），北京：外语教学与研究出版社，2006 年，第 231 页。

② 同 1，第 234 页。

③ 黄梅，《推敲 '自我'：小说在 18 世纪的英国》，北京：生活·读书·新知三联书店，2003 年，第 393 页。

了阔老的怀抱，说"如果嫁给了自己喜欢的人，就得放弃一切出人头地的念想；……哦，我连想想都绝对忍受不了。"①（36 页）辛普尔遇见的第二个女人是命运不济的辛西娅，一位追求独立和学识却饱经磨难的知识女性。在做针线活儿和读书以穷究事理之间，她不畏家人的阻挠选择了后者，而且当一位家产殷实的绅士带着屈尊垂爱的神情前来求婚时，她对传宗接代的职责报以轻蔑，不愿为了衣食无忧失去求学的自由。可是，等待她的命运就是当一个高等仆人："我对你没有什么要求，只要你和我退居乡下，去照顾我的家。我必须告诉你，我喜欢一切井井有条，还喜欢精美的吃喝，从小就习惯于别人顺着我的脾气。"（109 页）简·爱的影子隐约可见，但是辛西娅也付出了巨大的代价：父亲取消了给她的遗产，收留她的夫人也肆虐无常，叫她满腹辛酸。

闯入辛普尔云游历程的第三个女人是走投无路的卡米拉，一位不堪忍受继母虐待而与哥哥离家出走的真正淑女。在伦敦流浪途中，她饱经磨难，不禁对落难淑女的孤独感慨万千："朋友们和旧相识都羞于和我们相识，……男人们觉得我们的处境使他们有自由向我们提出最可耻的建议；……虽然这世上到处都是人，不幸处在这种境地里的人却像在最荒凉的沙漠里一样孤独。"（169～170 页）和辛普尔的人生轨迹交叉的第四位女性是辛西娅的朋友伊莎贝尔，一位决定终生修行的法国贵族小姐。兄嫂一意追求伊莎贝尔的恋人，导致兄长误杀他人，只得出家为僧，而兄嫂自己也饮恨自尽，演绎了一场放纵情欲、背弃理智的悲剧。简而言之，在男性主人公的历史中，女性的经历占有极其重要的位置，"涉及女性经验的方方面面，并包含许多敏锐的观察和犀利的议论，"②可见，该小说表达女性意识的意图是确定无疑的。

在伯尼的《伊芙莱娜：少女涉世录》中，女主人公的背景是耐人寻味的：父亲贝尔蒙特爵士嫌嫁妆太少毁掉婚姻证书，将"非法的"妻子赶出门去；妻子难产，临终前将孩子托付给养父威拉斯牧师。因此，在得到父亲的认可（也就是小说结尾）之前，伊芙莱娜一直"有名无姓"（nameless），缺乏正当的身份和地位的语言标志。男性中心主义、拜金主义和等级制度，以及女主人公身份的悬疑和作者的女性意识，都隐藏在女主人公涉世之前的"前文本"

---

① Fielding, Sarah, *The Adventures of David Simple*, London: Oxford University Press, 1987. 以下相关引文出处相同，只注明页码。

② 黄梅，《推敲'自我'：小说在 18 世纪的英国》，北京：生活·读书·新知三联书店，2003年，第 393 页。

（pre‐text）里了。伊芙莱娜初入伦敦社会遇到了种种困难与尴尬，不只是因为她缺乏社交经验，在很大程度上更是因为她父姓的缺乏——要知道，对于"第二性"，拥有尊贵的父姓意味着拥有合法的地位、清白的历史、淑女的名份和生活的保障等等。出嫁前跟随父姓，出嫁后跟随夫姓，当时的西方女性没有独立的名份与相应的经济和社会地位。伊芙莱娜的姓氏问题其实就是女性身份和生存的问题，这个问题象征着女性在父权社会中整体的身份搁置和被"社会边缘化"的尴尬境地。① 她隐隐觉得，伦敦之行的"历史"使命是双重的：先要获得父亲的承认和相应的名份，解决女性的历史问题，再找到"理想的丈夫"，确保"职业"（当时许多女性以婚姻为第一职业）女性的地位和日后的生存境遇。

伯尼对女性身份搁置的问题的关注是一以贯之的，在第四部小说《流浪者》中，她"再次启用了一个'没有姓名'的女主人公，更是将副标题直接设为'女人的苦难'。"② 在小说的结尾，她道出了身份的搁置给女性生存造成的苦难，并对女性的自救提出了忠告：

至此，随着她的名字和家世得到承认，流浪者的苦难终于令人欣慰地告一段落。在过去流浪的日子里，她孑然一身，好比一个女鲁滨逊·克鲁索，没人帮助，没人保护，虽然身处茫茫人海，却如同那部小说里的主人公住在孤岛之上。无所作为，那就会沉沦，就会灭亡；要摆脱饥饿与死亡，要获得拯救，就要发掘独立存在与自己内心的资源。

在这样的处境下，女人身陷的苦难多么深重！名誉遭受贬损，尊严被人践踏，力量消耗殆尽，品格遭人毁谤，这样的事随时随地都可能发生！

但是，即使是这样的苦难也并非不可超越，靠着内心的勇气，持之以恒，谨小慎微，坚守原则，就能够获得力量，战胜沮丧，精神上永不言败，永远充满希望。（873 页）③

显而易见，作者把女性苦难的根源归咎于父姓的缺失和"家世"的悬疑，并像女性"生存手册"的作者一样指出了重返希望的途径，虽没有公布女人的

① Epstein, Julia, "Marginality in Frances Burney's Novels," *The 18th Century Novel*, edited by John Richetti, Shanghai: Shanghai Foreign Language and Education Press, 2000, p. 199.

② 刘意青，《18 世纪英国文学史》（增补版），北京：外语教学与研究出版社，2006 年，第 224 页。

③ 译自玛·安·杜迪（M. A. Doody）等编《流浪者》，牛津：牛津大学出版社，1991 年版，第 873 页。

"独立宣言",① 也不如 20 世纪的女权主义者那般具有颠覆性,却也鼓舞人心,在"强大的男权社会"中显示了女性意识的稳步觉醒,② 较之莎拉·菲尔丁和夏洛特·琳诺克斯已算得上"进步青年"了。

没有父姓,伊芙莱娜就没有自信。在伦敦社交场合经历了一系列挫折之后,她"懂事"地退守窗口,何时何地都不敢位居中心,这一方面是对现时身份的被迫认可,另一方面也是便于观察,尽快完成"教育"和"成长"的历程,因此她的"自我放逐"是迫不得已又像帕梅拉那样深谋远虑的(虽然她此时还不至于如此世故)。窗口是一个微妙的位置,既不在墙外的外部空间,也不在墙内社交场合的中心;若即若离的选择是伊芙莱娜对父姓和平等社交的欲望的潜意识流露。"她已经把选择窗口位置当作了一种象征姿态。"③ 和布朗顿们在一起,她常常"静静地坐在窗边";(197 页)在维拉斯的家里,她在窗边一呆就是一小时;在布里斯托,她叹息道,"既然我……是一个无足轻重的人,我就悄悄地在窗边坐下,不靠近任何人。"(266~267 页)浪漫少女的热烈情怀被身份搁置造成的自卑口吻取代了,顾影自怜、洁身自好的形象在轻描淡写中浮出字面。总而言之,她被动又主动地与所有人保持距离,既羡慕热闹的生活又投去不无挑剔的眼光,一时处在边缘又渴望回到中心。来伦敦之前"不识愁滋味"的懵懂少年,如今已"成长"为愁绪满怀、欲进又退的烦心女孩了。她不得不对自己另眼相看,拉开距离用第三人称来称呼自己,仿佛望着镜子里那个熟悉又陌生的自我。在自我意识的成长过程中,照镜子成了审视自我、完成身份构建必需的心理活动,格列佛在小人国和大人国就数次照镜子、看泉影;不过,伊芙莱娜的镜子是非视觉的——"自我对象化","用别人的眼光打量自己。"④ 她的自我意识的成长,也就是从"天真之歌"到"经验之歌"的演变。

既然父亲抛弃妻女造成的苦难如此深重,那么"认父"归宗、明了身份

① 刘意青,《18 世纪英国文学史》(增补版),北京:外语教学与研究出版社,2006 年,第 224 页。其实,小说结尾的三段话距离女人的"独立宣言"还远得很,因为小说中的"独立"指的是自强自立,不是颠覆男权思想、建立平等社会的意思,而且女人的苦难来自父姓的缺失,这样的论述本身就是对父权因而男权的承认和维护。伯尼的小说并无颠覆性,但比起其他"蓝袜子"已是相当进步了。

② 女性作家在 18 世纪的地位仍然很低,19 世纪的著名女作家乔治·艾略特也不得不采用男性名字来出版小说。这些事例说明,当时的男权意识是十分强大的。

③ 黄梅,《推敲'自我':小说在 18 世纪的英国》,北京:生活·读书·新知三联书店,2003 年,第 402 页。

④ 同 3,第 406 页。

的场面必定感人至深。站在已长大成人的女儿伊芙莱娜面前，捧着妻子要求他悔改的绝笔信，贝尔蒙特爵士老泪纵横，既为自己一时的自私忏悔不已，又替私生子（迈卡特内）"乱伦"和"弑父"未遂的恶行以及假贝尔蒙特小姐（保姆之女）的长期欺诈感到无限汗颜，其情其景赚来了不少眼泪，仿佛情感主义小说中的典型场景。迈卡特内转而追求同父异母的伊芙莱娜，这也是纲常紊乱的表现，而一切紊乱的根源在于父亲，这种情节安排暗示了作者质疑父权的潜意识：一度掌管统治权力的贵族之所以走向没落，不只是因为其经济实力的削弱，更与其道德败坏不无关系——B 君是因为帕梅拉的道德改造才维持了正当形象。作为道德力量，宗教起到了维护社会秩序的作用：威拉斯牧师收养了伊芙莱娜，并像帕梅拉的牧师父亲那样在回信中给予她谆谆教诲，保证了小说结尾伊芙莱娜作为纯洁淑女回归尊贵身份的喜剧。无论结尾的场景与理查逊有多么深的渊源，"女人的苦难"由父权造成，又由父权解除，这样的矛盾和悲喜剧本身就暗示了作者在女性意识觉醒后的困惑和女性身份先搁置、后依附的困境。

　　班恩的《奥鲁诺克》通过女性叙事者讲述男性主人公的悲惨命运，重点在于种族压迫下的男性经验；莎拉的《大卫·辛普尔》通过男性主人公的游历将众多女性的历史串联起来，重点在于各种女性经验及其给予男性的道德教训；琳诺克斯的《女吉诃德》则显然以女性为主人公，描述了不切实际的罗曼司的危害和贵族少女的荒唐经验；伯尼的《伊芙莱娜》也以女性为主人公，突显了女性意识的觉醒和女性从天真走向成熟的过程，并就女性在得到父权最终认可之前的自强提出了忠告；而史密斯夫人的《艾米琳》则具有《帕梅拉》的韧性和精明，呈现的是女性的成熟和"性别战争"的胜利。从历时的角度来看，在"她们自己的文学"中，女性经验愈来愈占据中心位置，而且后两位"蓝袜子"的女性意识更为明显，说明女性意识在稳步觉醒。尤其在史密斯夫人的笔下，过来人的体验和成熟取代了少女对爱情前程的朦胧瞻望，切切实实的女性经历也盖过了对女性自强的忠告。大致说来，"蓝袜子"的创作历程本身就是一段历时地从"天真之歌"走向"经验之歌"的女性经历，其中女性意识的觉醒预示着《简·爱》的诞生为期不远了。

余　语

18 世纪英国小说的基本走向

　　1688 年的"光荣革命"以后，随着资本主义的长足发展和世界工场的初步成型，英国进入了繁荣的"奥古斯都时代"（"1688～1789"），① 这一时代为小说这一新的艺术体裁的崛起奠定了坚实的物质和文化基础。工业革命的完成和工商经济的蓬勃发展将不列颠变成了"幸福之岛"，也使社会的中低阶层走向并非贵族专属的文学成为可能，而深受近代科学和理性主义鼓舞的启蒙运动者则创办了大量启迪民众智慧、普及平民思想的散文报刊，为小说培育了比诗歌和戏剧更广阔的读者市场。经济的迅速扩张要求文艺形式反映新兴阶级的共同利益和审美情趣，不再将文艺表现的内容锁定在王侯将相之家，而清教平民化理想更确定了小说真实地刻画"特定个人在特定时间、特定地点的特有经验"的基本宗旨。②

　　在这种新的意识形态的驱动下，英国小说的开拓者和奠基人顺应历史潮流，不再从神话传说和古代典籍中取材，去"虚构"有关诸神伟绩或英雄壮举的古老故事，而是将笔触转向普通市民的现实生活，以写实的手法"真实"地反映贵族生活圈以外的社会场景和"个人"奋斗的历史。在小说滋生出强烈的自我意识之前，多数小说家秉承柏拉图、贺拉斯以来的文艺功用观，特别注重小说的道德教诲功能，从资产阶级个人主义的角度"宣扬一种建立在理性基础上的善恶观。"③ 可以说，由于这些小说家把握了时代的主旋律，"教诲"、"真实"和"个人"成了当时英国小说创作的主要原则，即当代批评家仍然关注的"小说的目的、手段和来源这三大范畴"，在 18 世纪英国小说崛

---

① 安妮特・T・鲁宾斯坦，《英国文学的伟大传统》（上），上海：上海译文出版社，1998 年，第 284 页。

② 黄梅，《推敲'自我'：小说在 18 世纪的英国》，北京：三联书店，2003 年，第 7 页。

③ 殷企平、高奋等，《英国小说批评史》，上海：上海外语教育出版社，2001 年，第 22 页。

起时即已基本确立。①

经过几代作家的艰苦努力，英国小说从最初的散文故事、骑士传奇和宗教寓言等体裁中，发展出个人传记小说、游记讽刺小说、书信言情小说等重要形式，并以"散文体喜剧史诗"的形式确立了现代小说的基本形态，但迅即又在情感主义的实验小说中奇迹般地显现出"后现代"特征。此后，早期批判现实主义小说、哥特小说和女性小说同时涌现，在小说崛起后不久就形成了百花齐放的局面。随着本体形式的演变，承载着 18 世纪英国社会意识和作者认识论痕迹的小说人物，也谱写了英国小说史上第一部脉络清晰的形象演化史，将人性的推求推向深入。

18 世纪上半叶，英国工商业的发展和海外殖民的兴盛，使笛福对资本主义的崛起充满乐观精神，因此，作为社会意识的载体，笛福笔下的主要人物本质上都是"经济人"，他们的"历史"就是新兴资产阶级为实现原始资本的积累而努力奋斗的历史。但政治的腐败、人性的堕落和理性的滥用，并没有逃脱小说家的敏锐观察，这些社会弊端造就了激愤的"人类憎恨者"斯威夫特。他笔下的群体人物就是种种突出的社会弊端的化身，而主要人物最初也是"经济人"，但经过数次异化，蜕变成了愤世疾俗的"政治人"。作为这一时期主要的小说人物类型，纯粹"经济人"和蜕变而来的"政治人"反映了小说家对同一时期社会现实的截然不同的认识论，是经济个人主义和理性主义的互相对立的两个镜像。

到 18 世纪中叶，道德改良和人性净化成为横扫一时的社会话题，于是作为改良范本的"道德模范"应运而生。理查逊笔下的主角本质上都是旨在树立光辉榜样的"道德人"，但作为具有些微圆形特征的虚构存在，他们已隐隐表露出小说家从内部现实主义的角度塑造人物形象的自觉意识。而菲尔丁则对人性持"自然"的态度，认为现实的人本质上是善良的，但总是免不了无关紧要的瑕疵，所以他笔下的主要人物都是瑕不掩瑜的"自然人"。作为两种不同的人性认识论的产物，"道德人"演绎的是道德向善的喜剧，而"自然人"表演的是借用"道德谨慎"克服人性弱点的滑稽剧。只是社会的腐败终究让菲尔丁认识到了人性堕落的普遍性，因而他晚期的作品走向了悲剧。

18 世纪下半叶的钟声刚刚敲响，成形不久的英国小说就开始在"后现代"叙事游戏和对理性主义的怀疑中超越自身。在理性主义支配下的滑稽行为中，

① 殷企平、高奋等，《英国小说批评史》，上海：上海外语教育出版社，2001 年，第 14 页。

斯特恩塑造的人物却演绎着情感主义的人生，是不时掬下一把热泪的"善感的人"。作为社会转型期小说家对人性认识论又一次呼应的结果，"善感的人"承载的是反理性、重情感的社会思潮。这种倾向不仅推进了理查逊开创的传统，也在格雷的诗歌、哥尔斯密的小说以及后来的部分女性小说当中都得到了呼应。此后，虽然小说家的声名不及前人，但"出品"的数量大幅度增长，涌现出哥特小说和"蓝袜子"系列小说等前无来者的类型，在 18 世纪下半叶达到了首度繁荣，为 19 世纪各类小说的登峰造极奠定了基础。

  从外部现实与自我的关系来看，18 世纪英国小说人物类型的演化显示出一条清晰可辨的线索："经济人"和"政治人"都是以外部现实为导向的人，"道德人"是企图协调外部现实与自我关系的过渡类型，而"自然人"和"情感人"则是以自我为导向的人，是"以人为本"的历史趋势的产物。尽管掩盖在复杂的文学现象中，这种由外而内的转变趋势是对文学由神学向人学发展的总趋势的印证，预示着浪漫主义、意识流和荒诞派等更关注自我的小说流派在遥远未来的诞生。就小说创作而言，18 世纪末的最后 30 年是一段风气多变、众声喧哗的岁月。早期批判现实主义小说、哥特小说和女性小说各领风骚，仿佛在外部现实与内心意识之间再度推求，又积极介入意识形态的论争和社会关系的调整，为小说在 19 世纪的空前繁荣奠定了思想、主题和艺术的基础。就在这保守又激进的文化氛围里，瓦尔特·司各特（1771～1832）和简·奥斯丁（1775～1817）已经成长起来，成为世纪之交的主要传承者。

附录一

19 世纪（哈代）小说中的人性推求

哈代"性格与环境小说"中的人性悲剧

当 D. H. 劳伦斯幻想着通过两性交流疗治人类在工业文明中遭受的心理创伤时，在多塞特田园牧歌中长大的托马斯·哈代（Thomas Hardy, 1840~1928）则远离都市的"愤怒与喧嚣"，将目光转向了小农经济和宗法制度解体时英国西南部乡村一幕幕个人与社会的悲剧。在社会思潮风起云涌的年代，他先后接受了达尔文"生物进化论"、斯宾塞"社会进化论"和叔本华"内在意志论"的洗礼，逐步形成了自己的"进化向善论"（evolutionary meliorism）思想，以及兼有自然主义、现实主义和宿命论色彩的小说风格。正如半个世纪后福克纳精心地构筑个人的"约克纳帕塔法世系，"哈代以虚构的具有浓郁乡村特色的"威塞克斯"为故事背景，以两性关系、心理追求和伦理道德为题材，创作了一系列生动反映乡村变迁和人物性格的乡土小说，成为现代主义兴起前夕英国最后一位杰出的现实主义小说家。在他的三类小说中，他自己命名的"性格与环境小说"（"novels of character and environment"）引发了传统卫道士有关婚姻伦理和宗教制度的普遍争议，甚至蒙上了类似劳伦斯小说的"诲淫"恶名，但这些作品无疑最能体现作者敏锐的生活感悟、成熟的创作思想与高超的小说艺术。无论如何，这些小说中在个人"性格"与外部"环境"的驱使下与社会习俗、婚姻伦理、宗教制度和新的生产方式抗争的人物形象，构成了19 世纪末英国小说人物最真实、最具乡土生活气息的典型。

从弥漫着欢快气息的试笔之作《绿阴下》（*Under the Greenwood Tree*, 1872）开始，哈代就初步形成了独树一帜的将人物心理融入景物描写的刻画方式，并确立了在三角关系中展现人物性格和精神追求的叙事模式。在第二部同类小说《远离尘嚣》（*Far from the Madding Crowd*, 1874）中，主要人物

（爱慕虚荣的女农场主芭斯谢巴、风流中士特洛伊、天真女仆范妮、物质主义者博德伍德、忠厚管家加布里）正是在这种类似"方阵舞"结构的叙事模式中演绎自己主要由"性格"决定的人物命运。与前一部小说有所不同的是，在自然法则的操纵下，适者生存的喜剧掩盖不了"性格"偏执者走向灭亡的现实，因而"荷兰派乡村画"蕴涵的欢快气息很快就被"弥漫开来"的悲剧气氛笼罩。小说中"性格"能顺应"环境"变迁的只有羊倌加布里，他凭着自己的精明能干挽救了芭斯谢巴的农场，因而在"玫瑰之战"中最终赢得了芭斯谢巴的芳心和农场。而在追逐爱情的"尘嚣"中，一味听任"性格"驱使的人物则无法获得上帝恩赐，而是遭受了或死或疯的悲惨命运，因此小说结尾时，个别人物的大团圆不免笼罩在多数人物的悲剧气氛中。这些人物虽然形象不够鲜明，也缺乏心理深度，但其刻画方式和表现艺术着实为哈代后来的悲剧小说开创了先河。

在第三部同类小说《还乡》（*The Return of the Native*，1878）中，哈代结合外部"环境"刻画人物"性格"的小说艺术日臻成熟，而日趋饱满和个性化的人物形象也在"环境"的衬托下显示出一定的心理深度。小说中，社会"环境"与个人"性格"的尖锐矛盾贯穿了主人公艺术形象和悲剧命运的整个发展历程，为作者最成熟的同类作品确立了二元对立的内在结构。作为第一组对立面，爱慕虚荣的游苔莎独立不羁，毫无在荒原上安身立命的意图，而艾登荒原则显得阴森压抑，沉郁冷漠。虽然是荒原之子，这个充满浪漫色彩的女人却激情洋溢，连"头发上都有神经贯通"，而且她毫不掩饰女人的正常欲求，即使嘴唇也是"为接吻而生"。对于追求个性解放的她，艾登荒原是一个风气闭塞、落后守旧的穷乡僻壤，"叫一个充溢着激情的女人忧郁沉闷。"显然，故事开始时"环境"就已经与"性格"发生冲突，而且这种冲突必将左右她的最后命运。面对"环境"的压制，游苔莎竭力反抗，这种反抗表现为"异教的眼神"和离经叛道的行为。她用针刺痛修女的胳臂，使得讲道现场一片混乱，这种放肆是她对宗教机构的蔑视，而婚前抛弃贫穷的情人、婚后又同获得丰厚遗产的第三者私奔的行为，则是她对婚姻道德和社会习俗的否定。但在作者的宿命论中，她对包括宗教教义和伦理道德在内的外部"环境"的反抗不幸导致了她溺水身亡的悲剧。

作为第二组对立面，实用主义的游苔莎与理想主义的克林在婚姻中产生了矛盾。"征服者威廉"的女性崇拜者企图借助与珠宝商的联姻逃离艾登荒原，到朝思暮想的巴黎去享受"都市快乐的残渣余沥"，而厌倦了都市喧嚣的克林却深受空想社会主义思想的影响，决计献身艾登荒原的教育事业。丧失了意想中的"使用价值"，婚姻加入了抑制双方"性格"的外部"环境"，促生了双方"悲剧的诞生"。不过，正如游苔莎悲剧的先期原因在于第一组对立，克林悲剧的另一个根源则在于随后的第三组对立：克林的教育理想与农民的蒙昧无知相去甚远。在落后的艾登荒原，力图振兴教育的克林扮演着普罗米修斯的角色，但他没能尊重客观现实（社会现状和自身眼疾）制定的自然法则，因此他的英雄角色讽刺性地发生了扭转：如同俄迪普斯获悉自身过失后的遭遇，克林洞察到自身理想的盲目时也不幸眼瞎。"性格"与"环境"、理想与现实之间的巨大反差，使得曾经雄心勃勃的克林最终"不能在人生舞台上光荣前进，只能不丢脸地退出人生舞台，"因此，克林实际上扮演了"普罗米修斯和戏讽原始英雄观念的双重角色"。①

在人物塑造上，这部小说的重要成就还在于对融合了人物"性格"的自然"环境"的细致描述。在作者的笔下，一景一物都像是具有灵性的生命实体，而伫立在荒原上的人物也与自然水乳交融，形成一种主客体合一的独特景象。但艾登荒原不仅是人物"性格"外化的载体，它本身就是大自然"内在意志"的化身，仿佛冥冥之中掌管人物命运的"超灵"。对于那些违背自然"意志"的人，它意味着悲剧，而对于那些忠实相伴的人，它就开辟幸福的通途。因此，在这部弥漫着乡土气息的小说中，"无意识的自然"被作者通过"联想能力"赋予了"内在意志"，② 成为"时空和现代观念的视觉对应物"，③ 或者对小说主要人物来说，荒原本身就是对立的人物。

应该指出，《远离尘嚣》和《还乡》中的人物虽然"性格"鲜明，但刻画深度明显不够，而且他们的"性格"多外化在外部"环境"中，本身不免受到鼎盛时期现实主义小说普遍描绘的"典型环境"的压制。因而在现代主义文学的前夕，"性格"的前景化与"环境"的背景化势在必行，由外而内、突显人物内心的刻画方式期待"性格人物"的诞生。上帝说，"要有人"，于是亚当出现了；哈代说，"要有亨切德"，于是"性格人物"应运而生。

为哈代小说中人物形象的发展揭开这崭新一页的，是第四部同类小说

① Brooks, Jean R. , "*The Return of the Native*: a Novel of Environment", *Modern Critical Views*: *Thomas Hardy*, edited by Harold Bloom, New York: Chelsea House Publishers, 1987, p. 62.

② Page, Norman, "*Art and Aesthetics*", *The Cambridge Companion to Thomas Hardy*, edited by Dale Kramer, 上海：上海外语教育出版社，2000 年 12 月，p. 39.

③ 同 1, p. 55.

《卡斯特桥市长：一位性格人物的生死》（*The Mayor of Casterbridge: The Life and Death of a Man of Character*, 1886）。在这部充满"巧合"（chance）的力作中，人物形象历史性地超越了荒原景象，而且人物"性格"的展示过程堪比莎翁经典悲剧的五幕式情节结构。主人公亨切德是哈代笔下第一个高大的悲剧人物，也是英国小说史上少数堪与莎翁悲剧英雄媲美的"性格人物"之一。他走向没落和灭亡的主要原因同样不在命运不济，而在自身"性格"的弱点——男性自我的孤独与占有欲。小说开始时，亨切德就在男性自我的冲动中犯下了贻误终生的过失：他破落不堪，乘着酒性把妻子苏珊和女儿伊丽莎白卖给了水手纽森。在男性中心主义日渐式微的语境中，把妻女当作累赘贱卖，表面上体现了男权统治地位的复归，但"实际上是驱逐了内心的女性自我，驱逐了感情、温柔和忠诚"，① 正如理查逊笔下的那夫勒斯在强暴克拉丽莎的同时践踏了自己的女性自我一样。酒醒之后，亨切德意识到内心的空荡，承受着孤独的折磨和道德败坏的恶名。如同康拉德笔下的吉姆爷，他从此笼罩在负罪的阴影中，开始了挽救男性荣誉的艰难历程，但"性格就是命运"，② 他始终没能逃脱"性格"缺陷带来的恶运。在适者生存的"环境"里，他只有"按照男性的生存模式努力奋斗"，③ 在创造商业神话的同时掩盖或补偿女性自我的缺失。

　　将近二十年后，奋发图强的亨切德重振男性的雄风，以成功粮商的身份当上了卡斯特桥的市长，但他仍旧保留了旧式农民刚愎自用、粗鲁蛮横但又诚恳耿直、自尊自傲的双重"性格"。在接二连三的"巧合"中，这位强健的男性在"性格"的偏执中逐步"阉割和毁灭了自己"。④ 通过与患难之中结识的露西塔的婚姻，他本可以恢复自我的完整，但由于妻子杳无音讯，他在婚姻道德的约束下只能与露西塔若即若离，无法将情感的互补上升为合法的两性关系。当身穿丧服的妻子带着女儿回到卡斯特桥时，亨切德内心压抑已久的自我欲望得到了实现的机遇。为了掩盖道德过失，也出于男性自我的需求，他抛弃情人露西塔，千方百计恢复同苏珊和伊丽莎白的合法关系。亨切德似乎重构了完整

① Showalter, Elaine, "The Unmanning of the Mayor of Casterbridge", *Modern Critical Views: Thomas Hardy*, edited by Harold Bloom, New York: Chelsea House Publishers, 1987, p. 177.

② Poupard, Dennis, "Thomas Hardy", *20th – Century Literary Criticism*, Vol. 10, Detroit: Gale Research Company, 1983, p. 214.

③ 同 1, p. 177.

④ Hardy, Evelyn, "*Thomas Hardy: a Critical Biography*", London: The Hogarth Press, 1954, p. 342.

的自我，但不幸的是，随着妻子不久病故，踌躇满志的他再次丧失了女性自我。在随之而来的"巧合"中，他的男性自我和父系权力开始解体，直至"在一定意义上失去了男性雄风。"①

当亨切德懊恼不已地发现伊丽莎白竟然不是自己生命的延续时，情形急转直下，男性个人主义转向了普遍的人性特征：孤独感愈强，占有欲愈强。虽然他自私地隐瞒了伊丽莎白的身份，可屋漏偏逢阴雨天，他那女性自我的替身（露西塔）竟然弃他不顾，心甘情愿地沦为风流倜傥的贴身管家法伏里的囊中之物，给本已孤独的男性自我沉重一击。亨切德妒火中烧，开始排挤和报复曾经坦诚地视若知己的法伏里和露西塔，偏执地走向孤独的深渊。雪上加霜的是，当纽森奇迹般地回到卡斯特桥认领女儿时，孤立无援的亨切德几乎走到了绝望的边缘；虽然狡黠地骗走了纽森，他还是伤心透顶地发现，最后的精神寄托被由于自己的大意而丧妻的情敌法伏里夺去。虎落平阳，灾祸接踵而至。由于卖粥老妇的揭发，亨切德终于身败名裂，为自己的卖妻行为付出了沉痛的代价。在卡斯特桥上，他从河中漂浮的讽刺塑像中看到了已空无所有的自我的躯壳，一个女性自我已经丧失、男性自我已经解体的镜像；在别人看来，曾经高大的身影也"只剩下一身旧衣服"。出于男性的自尊和农民的狭隘，固执的亨切德拒绝了善解人意的伊丽莎白和理智的法伏里的接济，在荒原农舍中绝食，孤独地合上了"性格"悲剧的帷幕。

当然，亨切德的灭亡不仅是个人"性格"的悲剧，而且也是英国农村旧式农民和落后生产方式的悲剧。作为守旧的农民，他早已跟不上生产方式的变革，计算粮食袋数时只知道"用粉笔划道道，划得一排排的"。他故步自封，不仅缺乏科学的经营理念，而且不懂现代的管理方法，致使"用他的麦子做成的面包总免不了耗子的气味"，因而在社会进化的过程中，他无法逃脱没落的命运。而朝气蓬勃的法伏里则精明能干，富有科学头脑，代表了新兴的生产方式和经济秩序。在笃信"社会进化论"的作者看来，旧式的农民败给新生的力量，曾经的辉煌走向最终的败落，这就是大自然的"内在意志"。在情感与理性的矛盾中，作者通过这位悲剧英雄的形象既寄托了对小农经济解体时旧式农民悲惨遭遇的深切同情，又表达了对"性格人物"不能适应社会进化的惋惜之情。在背景化的"环境"衬托下，"性格人物"的悲剧具有突出的文学

---

① Showalter, Elaine, "The Unmanning of the Mayor of Casterbridge", *Modern Critical Views*：*Thomas Hardy*, edited by Harold Bloom, New York：Chelsea House Publishers, 1987, p. 179.

价值和广泛的社会意义。

"哈代喜欢女人"，① 这是不争的事实。作为"依照女性传统进行创作的男性小说家"，② 哈代在个人的性格悲剧中塑造完孤独男性的复杂形象后，就开始在社会的道德悲剧中刻画纯洁女性的艺术形象。在《德伯家的苔丝：一位忠实展现的纯洁女人》（*Tess of the D' Urbervilles：a Pure Woman Faithfully Presented*，1891）中，女性的悲剧已不再局限于荒原或个人，而是把批判的矛头转向了社会习俗和宗教伦理，因而具有广泛的社会批判意义。如果说亨切德主要是没能摆脱"性格"的宿命，那么苔丝就主要是没能逃脱"环境"的宿命，她的"堕落"是社会习俗和宗教伦理压制人性的必然结果，在一定意义上构成了"无产阶级姑娘被资产阶级男人勾引"的阶级和性别的悲剧。③

出生贫寒的苔丝是一个生存错位的过渡性人物。她接受了基础教育，在家说荒原土语，在外则能说通用英语，这种话语的变异实际上暗示了苔丝夹杂在两种生存状态间的艰难与尴尬。确实，她一直挣扎在两种生活方式之间，起先由于年轻貌美，有幸成了衰亡的德伯家族与新兴的乡村士绅之间"正在消失的历史联系"，④然后又因为"资产阶级男人"的沾污和宗教伦理的迫害，最终由"纯洁女人"沦为了"淫荡的杀人犯"。她处在个人精神独立和家庭生存依赖的夹缝中，又缺乏明确的历史意识，因而不免对新近发现的家族历史充满朦胧的向往，但由于赶车时心不在焉，全家人的宝贝老马死于车祸。这样，迫于家庭生计，苔丝勉强踏上了攀亲联姻的路途，去实现父母再续历史的厚望。但事与愿违的是，改名换姓而来的远亲亚雷本质上是一个力比多旺盛的花花公子，与苔丝期待中的理想原型相去甚远，因此，苔丝陷入了充当家庭拯救者又面临亵渎危险的困境。亚雷并非而且无意充当德伯家族的"历史联系"，他在性本能的驱使下只对孤苦但美丽的"无产阶级姑娘"兴趣浓厚，而苔丝追求的则是以纯洁爱情为基础的平等婚姻。即使遭到强暴，敢于蔑视传统道德的苔丝也没有在精神上屈服，为家庭的生存去谋求农业资本家的情妇或妻子的身份。在家族的历史重任和亚雷的享乐主义之间，弱小的苔丝进行了帕梅拉式的

---

① Howe, Irving, *Thomas Hardy*, New York：Collier, 1973, p. 108.

② Showalter, Elaine, "The Unmanning of the Mayor of Casterbridge", *Modern Critical Views：Thomas Hardy*, edited by Harold Bloom, New York：Chelsea House Publishers, 1987, p. 179

③ 张玲，"译本序"，张谷若译《德伯家的苔丝》，北京：人民文学出版社，1996 年，第一页。

④ Gordon, Jan B., "Tess's Journey", *Modern Critical Views：Thomas Hardy*, edited by Harold Bloom, New York：Chelsea House Publishers, 1987, p. 117.

抗争，这种抗争显示了她坚定的追求和崇高的人性，也导向了对维多利亚时期宗教制度和婚姻道德的批判。

在世俗的父母看来，两性关系正是借以实现家族梦想的机遇，而对传统道德而言，未婚先孕意味着一段耻辱的个人历史，但追求情感纯洁的苔丝没有向"环境"屈服，没有出卖自己独立的人格。遭到教会的拒绝后，苔丝大胆地代行牧师职责，将自己洗礼的婴儿埋葬，这种异教行为是对宗教虚伪和冷漠的讽刺与抗议。在奶牛场，苔丝摆脱了毫无历史意识的亚雷，与虔诚善良的安玑共坠情网，但安玑强烈的历史意识却加剧了苔丝肉体与精神的分裂。违背家庭意愿的安玑是一个"精神上的孤儿"，[1] 他虽然说服了父母和兄长接受卑微但纯洁的苔丝，但本人并未摆脱传统伦理道德的束缚，而是把女性贞节的个人历史看作婚姻的必备条件。虽然自己也有并不光彩的历史，但是当纯洁的苔丝以诚相待时，贞操观念根深蒂固的安玑却对苔丝的历史无法释怀。在历史意识的束缚下，安玑无法与苔丝共同"创造一个没有时间的世界"，[2] 而是把眼前的苔丝看作与过去的苔丝截然不同的人。过去与现在、肉体与精神无可置疑地发生了断裂，安玑的内心矛盾在他那麦克白似的梦游过程中表露无疑。肉体与精神合一、历史无关外物的梦想不幸破灭，苔丝为自己的坦诚和历史付出了沉痛的代价。为了回避婚姻伦理的压抑，安玑远走巴西，而苔丝却没能像帕梅拉那样以连绵的书信证明自己的清白，以恳切的言辞挽救过去与现在断裂的悲剧。

当安玑意识到，迂腐的道德观念和宗教信仰扼杀了自己与苔丝的纯真爱情时，他已无法改变苔丝的命运。本能主义的亚雷虽然摇身一变成了牧师，但仍然经受不住苔丝美貌的引诱，乘安玑久无音讯而苔丝全家露宿街头时诱使苔丝做了自己的情妇。为了拯救家庭，苔丝终于屈服于"环境"的压力，作践了自己的灵魂。但是，"做历史的奴隶等于当两次囚徒。"[3] 安玑的归来唤醒了苔丝纯洁的灵魂，在已无法洗清肉体污浊的困境中，她杀死了创造她羞辱历史的恶棍亚雷，去同心爱的安玑共唱精神与肉体合一、过去与现在相连的短曲欢歌。在古老的巨石阵，"纯洁女人"的悲剧终于同德伯家族的历史一道化作了既往的故事。

苔丝的"堕落"是婚姻道德、宗教制度和自然意志的悲剧。社会"环境"

---

① Gordon, Jan B. , "Tess's Journey", *Modern Critical Views：Thomas Hardy*, edited by Harold Bloom, New York：Chelsea House Publishers, 1987, p. 123.

② Ibid, p. 123.

③ Ibid, p. 125.

（安玑的贞操观念）与遗传"宿命"（亚雷的本能主义）合谋，导致了苔丝肉体与精神的分裂。不过，在挑战社会传统的作家笔下，这位"淫荡的杀人犯"无疑是可歌可泣的"纯洁女人"。虽然作品笼罩在主人公的悲剧气息中，但笃信进化的作者并不厌世，在苔丝受刑时，他让安玑同苔丝的妹妹继续"携手向前"。

如果说《德伯家的苔丝》是男性小说家"依照女性传统创作"的经典，那么哈代的小说封笔之作《无名的裘德》（*Jude the Obscure*，1895）则是将女性传统纳入男性模式的佳作："从根本上说，《无名的裘德》是一部完全没有女主角的作品。它只有一个男主角。"① 虽然这部小说的确描绘了两个性格鲜明的女性人物，但她们主要是作为男主角的两个对立的自我出现，起到将男主角内心矛盾具像化的功能。中心人物裘德自幼怀有基督式博爱精神和远大理想，憧憬着到基督寺（牛津）献身神学研究和教义传播的崇高事业，因此，即使寄人篱下，他也孜孜不倦地攻读神学著作和拉丁文献。但具有戏剧性和讽刺性的是，他的世俗自我被第一个重要的女性人物唤醒，妨碍了他实现远大抱负的进程。当他在马车上专心攻读时，猪倌之女阿拉贝拉俗不可耐地把死猪的脏物扔到他的身上，并把他逐步拖入婚姻的陷阱。这种行为不仅是对宗教圣洁的亵渎和嘲弄，而且从此诱发了裘德遗传本能的萌动，迫使他在本能冲动的驱使下情非所愿地成为"假酒窝"和"假发辫"的奴隶。本我与超我分道扬镳，裘德在世俗与神圣之间进行艰难的抉择。正如汤姆·琼斯在毛丽和沃特斯太太的"爱情炮火"里释放本我的能量，裘德在他厌恶的阿拉贝拉的圈套中也发泄了积蓄已久的本能。不管如何，裘德生理上需要的是阿拉贝拉，因此实际的婚姻只存在于裘德与阿拉贝拉之间，而裘德内心也产生了理想主义与"自然"主义的冲突。不仅如此，阿拉贝拉还充当了裘德最终背弃宗教信仰的先导。第二次婚姻后，成了狂热基督徒的她与裘德重逢时竟再次燃起了世俗的欲焰。在神与人、灵与肉之间，她毫不迟疑地选择了后者，还露骨地说，"感情就是感情！我不愿再做一个缩手缩脚的伪君子。"在自然主义的宿命中，肉体战胜性灵，裘德及其本我难逃淫秽的恶名。

小说中的另一个女性人物淑是裘德的精神自我。正如阿拉贝拉用脏物亵渎基督神灵，淑也偷偷地把玩维纳斯雕像，在异教的偶像崇拜中否定了基督教

---

① Alvarez, A. , "Novels: Thomas Hardy's 'Jude the Obscure'", 20th – *Century Literary Criticism*, Vol. 10, Detroit: Gale Research Company, 1983, p. 222.

义，因此，她的出现也是裘德最终背弃虚伪神学的动因。她与表兄的相知和共生是精神的融合，而不是感官的交流。在爱上她本人之前，裘德先爱上了她的照片，而第一次见到裘德时，"她与其说观察他的模样，不如说观察他凿石头时飞舞到太阳光柱中的微尘颗粒。"他们结合的原动力不是性本能的互补，而是精神的同一，因而法律上已婚的她背着费劳孙从师范学校逃向裘德，就像裘德无助地向她求取心灵的慰籍。他们在婚姻生活中享受到的唯一真正的狂喜不是来自感官交流，而是源自集市上玫瑰花的清香激起的颤栗，因此，注重身体交流的劳伦斯惋惜地说，他们的"真正婚姻在玫瑰花中"。①实际上，淑只是裘德精神自我的镜像，而不是具体可感的本能载体，因而在裘德看来，她最典型的模样总是如同幽灵。从阿拉贝拉身边回来的裘德站在淑的跟前时，"淑像幻影一样站在他的跟前——眼神中含着凶险和焦虑，如同在梦中一样。"即使共同度过多年的风雨后，裘德仍然只能叫她"精灵，而不是女人"。在追求本我与超我合一的裘德看来，作为妻子的淑仍然是一个没有躯体的观念，而裘德本人也只是一个不懂得真爱、只需要被爱的自恋者。裘德永远需要她，因为他从未真正得到她。裘德爱他，因为他爱自己。他内心有一种与她灵犀相通的自恋情节，潜意识中把她当作了精神追求转移的对象。对于淑，自然的性欲与伦理道德中的贞节观念产生了矛盾，因此，对肉体既信仰又厌恶的她永远不能在两性交流中达到忘我的境地。自我中心的"淑根本不是新型女性"，②"新型女性"只是一种表象；就本质而言，她是"一个精神分裂、性心理错乱的女人"。③

　　自我的双重性容易导致自我的毁灭。生理上无能的淑并不需要与费劳孙的婚姻，而精神上孤独的淑却渴望与裘德的精神结合，借以回避与费劳孙的生理联系。当孩子被阿拉贝拉的儿子"时间老人"绞死后，淑认定是上帝在惩罚她破坏了婚姻道德，于是她只好麻木地回到费劳孙的身边。趁裘德酒醉，阿拉贝拉再次同他结为合法夫妻，赢得了本能主义的最终胜利。而心力憔悴的裘德则一病不起，带着未能跨进大学和宗教大门的终生遗憾离开了人世。裘德的悲

　　① Lawrence, D. H., "Male and Female", *A Norton Critical Edition：Thomas Hardy—Jude the Obscure*, edited by Norman Page, New York：W. W. Norton & Company, 1978, p. 432.

　　② Cockshut, A. O. J., "The Pessimists," *20ᵗʰ – Century Literary Criticism*, Vol. 10, Detroit：Gale Research Company, 1983, p. 232.

　　③ Guerard, Albert J., "Hardy's Portrait of Sue Bridehead," *A Norton Critical Edition：Thomas Hardy—Jude the Obscure*, edited by Norman Page, New York：W. W. Norton & Company, 1978, p. 444.

剧本质上源自他的孤独：在社会中孤独，因为他的追求使他脱离了自己的阶级，但他又未能跨入上层社会；在与阿拉贝拉的婚姻中孤独，因为世俗的她对裘德的崇高追求漠不关心；在与淑的结合中也孤独，因为自恋的她性情冷淡，无法同裘德共享真正的两性关系。生活中的两个女人只作为裘德自我分裂的外化载体而存在，只在与裘德的关系中存在，因而自身并无充分的自在理由。

小说中，哈代对社会制度和宗教伦理的批判达到了巅峰，对自然主义（遗传本能）的接受也过于坦率，因而在传统卫道士中间引发了一场强劲的讨"哈"之风。东边日出西边雨，正如菲尔丁历史性地由戏剧转向小说一样，被误读的哈代决然续写伟大的诗人生涯。

哈代的"性格与环境小说"具有浓厚的自然主义色彩，因此在社会习俗和宗教伦理的压制下，小说中的主要人物多具有双重性格，既不是完美无暇的圣徒，也不是罪行滔天的恶棍。小说中的主要人物有别于其他 19 世纪作家笔下循规蹈矩或纯粹自然主义的主人公，他们往往具有鲜明的"性格"，或在"环境"和自然法则的"重压下""优雅"地走向自己的宿命，或向传统的伦理道德和宗教制度发出最后的悲鸣。痛苦是人性和社会造成的，悲剧的责任由"性格与环境"共同分担。哈代悲观却不厌世，他只是让悲剧通过"恐惧和怜悯"来"净化"社会。

附录二

20 世纪（贝克特）小说中的人性推求

走向缺场：贝克特荒诞小说对人的解构

现代主义小说塑造的"反英雄"形象巩固了文学由神学向人学的转变，但并未对人物这一小说要素的地位构成真正的威胁，而在后现代主义小说中，躯体的蜕变、语言的解体和逻辑的崩溃则导致了人物的逐步消解，这一现象将小说人物推向了覆灭的边沿。以戏剧《等待戈多》闻名的"荒诞派"作家萨缪尔·贝克特（Samuel Beckett，1906～1989）就是讨伐小说人物的第一名主将。在"虚无就是最真实的存在"这一思想的指导下，① 他在转向戏剧之前就操起"无关外物"的创作大业，对小说人物进行史无前例的"文字革命"，② 成为第一个重要的后现代小说家。受"习惯能"的驱使，③ 他义无返顾地将小说探索的重心从清晰可感的"大世界"转向了混沌不清的"小世界"，④ 并冷峻地剔除人物的物质外壳，让那些孜孜不倦地探求自我的残障癫痴在语言和逻辑的混乱中承受无法言说的精神痛苦，由逐渐失去理性的虚无主义者蜕化成在意义缺失的困境中绝望地喊着"我思故我在"的"原生动物"，⑤从而完成对小说人物的历史性解构。于是，贝克特笔下残缺不全的行而上人逐渐失去了认

① Beckett, Samuel, *Murphy*, London：Pan Books Ltd, 1980, p. 138 有关该小说的引文（成段者注明页码）全部出自这一版本，并由笔者自己翻译，其余类同。

② 陆建德，"自由虚空的心灵——萨缪尔·贝克特的小说创作"，柳鸣九主编，《从现代主义到后现代主义》，北京：中国社会科学出版社，1994 年 11 月，第 152 页。

③ Frye, Northrop, "The Nightmare Life in Death", *Modern Critical Views：Samuel Beckett*, edited by Harold Bloom, New York：Chelsea House Publishers, 1985, p. 17.

④ 王雅华，"大世界与小世界的对立"，《外国文学评论》，北京：中国社科院外文所，2001 年第 3 期，第 66 页。外国评论多采用"宏宇宙"（macro - cosmos）、"微宇宙"（micro - cosmos）的说法。

⑤ Beckett, Samuel, *The Unnamable*, London：Calder &Boyars Ltd, 1975, p. 38.

知的主体性，只能在反理性、反逻辑的语言垃圾中探寻自我的本质和存在的意义。由于承载着太多的人类意识和现代经验，这些高度异化的小说人物远远超出仅仅涉及性格发展层面和形象高大与否的人物概念，完全不能用传统小说中的人物类型进行定义，倾向于成为脱离了物质性的抽象符号。

"剥开洋葱的理想内核"，① 探索"表皮和突发癫痫"掩盖下自我存在的本质和荒诞形态，② 这是贝克特"文字革命"的宗旨。作为无关紧要的"表皮"，外在于自我的物质躯壳成了其"革命"的首要目标。在第一部长篇小说《莫菲》（*Murphy*，1938）中，贝克特就已经将"革命"的重心从按照自然法则运行的"宏宇宙"转向反理性的"微宇宙"，并着重表现主人公脱离物质存在、奔向绝对虚空的心灵历程。虽然缺少传统小说人物常有的清晰可辨的外部特征，莫菲在贝克特的荒诞小说中仍然是生理最健全的主角。他是一个被"牛顿定律"和"非牛顿定律"撕裂的唯我论者，逃避"宏宇宙"星体的追逐，在"微宇宙"的混沌中寻求虚空，这就是他物质存在的"轨迹"。

在福柯看来，这个严重异化的精神分裂症患者只是不懈地追求绝对自由的自我的具像。在"宏宇宙"无法获得向往已久的虚空时，他只能用毛巾胡乱地把自己绑在摇椅上，祈求在躯体的短暂宁静中实现飞天的夙愿。当幻觉求之不得时，他只有脱离原有的"轨迹，"逃到恍若隔世的精神病院，在安东的"微宇宙"中寻觅没有秩序、没有自我的本真世界。当他从安东的眼神中发现自己已不被感知时，他意识到自己进入了梦寐以求的太虚幻境：

…莫菲开始看到虚空，看到那没有色彩的幻像，那是有生以来如此少有的恩赐，是被感知而非感知（权且滥用一个细微的差别）的缺场。…并非感官本身被闲置时的麻木的平静，而是种种实在之物让位于或者也许就是等于这虚空之物时来临的绝对的平静。（138 页）

然而，"绝对的平静"转瞬即逝，永久占有虚空的唯一手段只能是物质存在的终结，因此，莫菲在"美妙的煤气"爆炸中化作了"绝对自由的尘埃"。当"尘埃"撒向人来人往的肮脏地面和水流不息的抽水马桶时，莫菲终于回归了"创世"前的宁静与"黑暗"。物质的灭亡是通向虚无的捷径。

在实验之作《瓦特》（*Watt*，1953）当中，小说人物的后现代特征（不确定性）首次突显出来。"牛顿定律"荒诞不经，小说人物也被"革命"得失去

---

① Beckett, Samuel, *Proust*, London：Chatto & Windus, 1931, p. 16.
② Beckett, Samuel, *Proust*, London：Macmillan, 1965, p. 78.

了维度。中心人物诺特（Knott，not？knot？）是一个从不露出尊容却又无所不在的幽灵，他像一团迷雾笼罩着自己的"大宅门"，让里面的一切不可理喻地存在。不现实体的他自身就是一个悖论：他唯一的确定性就是那难以确定的食欲——靠他那"无可名状"的残羹冷炙活命的狗群要么即刻撑死，要么不久就化作一堆饿鬼。这个否定一切（包括自身）的虚无存在是贝克特对人类理性和存在本质进行"革命"的工具。替诺特照料狗务的林奇（Lynch）既没有合理的存在理由，也没有正常的存在形式，但他却不绝如缕地在交配中延续荒谬的物质存在。另一个杂役瓦特（Watt = what）三番五次经受认知危机的折磨，最终也在荒诞中消解了自身的物质存在：从他人的视野里彻底消失，只剩下"漫长而乏味的帽子和行囊的梦"。① 在这无法言喻的世界里，没有物质性的诺特成了在困境中苦苦求索的行而上人的镜像，成了剥夺人类语言和理性的非人；可能具有存在形式的林奇则是"酷刑"下的畸形产物，是无限猥琐、不求自我的行而下人；而在语言和逻辑的崩溃中挣扎着认知这个世界的瓦特，也落得个"不被感知也就不存在"的结局。不（被）感知直指存在的虚无。

从三部曲的第一部《莫洛伊》（Molloy，1954）开始，贝克特对小说人物的肢解更显冷峻与残酷。当莫菲尚可逃向反理性、反逻辑的精神病世界，而瓦特还能独自乘车前往未知的归宿时，这部小说的两位主要人物已被迫踏上漫漫征途，去寻觅那早已衰亡、早已解体的物质和意义的源头——"母亲"。虽然既不知母亲的死活，也不知故乡的方向，瘸腿的莫洛伊仍然哆嗦着踏上了旅途。但颇具讽刺意味的是，母亲早已堕落成"排泄失禁"的"无性"动物，②堕落成白痴的植物性存在。虽然如此，形而上的莫洛伊必须走向"单卵单胎的妓女，"去寻觅"非人非兽的自己"的源头。在不见天日的森林里，他经受了肢体僵硬、五官退化的折磨，表现出越来越多的低等动物的存在特征。饥渴时，他掏出鹅卵石放入口中吸吮；摔入水沟里，他就嚼着嘴边的水草；来到亡犬主人的家中，他被莫名其妙地当作爱犬抚养，并同性别不明的主人干着动物的勾当。终于蜕化得如同"爬虫"，莫洛伊只能在"无可指涉"的森林里匍匐前行，向着那"氨气熏天"的房间蠕动，直到不明所以地回到那生育自己的"肛门"。

在小说的第二部分，莫兰鬼使神差地接到尤迪（类似诺特和戈多）寻找

① Beckett, Samuel, *Watt*, New York：Gross Press, 1959, p. 245.

② Beckett, Samuel, *Molloy*, New York：Gross Press, 1958, p. 66.

素不相识的莫洛伊的命令。事实上，寻找莫洛伊的旅程就是寻觅"母亲莫洛伊或莫洛丝"的艰难旅途，就是一段消解自我、通向虚无的探索征程。经过一年的跋涉，原本健全的莫兰一无所获，只得瘸着腿，拄着雨伞，孤零零地回到家，却发现一切都已败落，正如莫洛伊爬回"肛门"却发现那儿原是"臭烘烘"的虚空。剥开理性的"表皮"，莫兰发现，真实的自我只不过是莫洛伊的翻版。奥德塞之旅成了蜕化之途，无尽的荒诞促成了人物存在的虚空。

在《马洛纳之死》（*Malone Dies*，1956）中，病卧床塌的马洛纳已被"革命"得肢体不全，唯独眼睛尚可观察琢磨不透的灰色墙壁和窗外依稀的狭小星空，只有手指尚可抓住残短的铅笔写下临终前的缥缈思绪。在他极其简单的"财产清单"中，① 最重要的莫过于带拐的木棍和时常丢失的铅笔——借助木棍，行动不便的马洛纳可以控制仅有的身外之物，勾取维持生命的流质食物或推开桌上的夜壶；借助铅笔，患了记忆缺失症的他可以涂写掩盖自身虚空的虚构故事，记录生命陨落前夕的短暂历史。木棍行而下地将人物简化成"盘子和夜壶"这"两极"间的肠道（"重要的是进食和排泄"），而铅笔则行而上地将人物拽入探寻意义的旋涡。即将"尘归尘"的马洛纳被贝克特抽干了历史，变成空洞的几乎纯粹物质的残缺存在，失去了确认自身存在意义的依据。在"活还是不活"已不"是个问题"的时候，他只能在贝克特慷慨恩赐的这两种"财产"的协助下竭力挣扎，在"自动写作"中描摹这狭小的世界，定位自己的物质存在，并以虚构他人故事的手段填补自身意义的虚空。但是，随着生命的终结，虚无笼罩了一切。

在三部曲的最后一部《无可名状的人》（*The Unnamable*，1958）当中，小说人物被消解得到达了极限，只剩下一个无形的、没有任何确定性的"思维着的脑筋"，成为作者实现"真正的虚空无关外物"的构想的最纯粹工具。这个无名无姓的它受"声音"的驱使，在"无话可说却不得不说"的困境中思考自我的本质，然而"词语"的无能使它构造自身存在方式的努力化作徒劳，因此它只能在"无可名状"的状态中竭力构想存在的历史和意义，在"无法继续"和"必须继续"的矛盾中没完没了地"继续"行而上人对自我和意义的探索。物质性被作者当作无关的"外物"和"表皮"从人物身上革除待尽，而读者也坠入了文学史上最难以卒读的文字游戏的泥潭。

综观这些荒诞小说，贝克特笔下的人物显示出一种越来越缺乏传统小说中

---

① Beckett, Samuel, *Malone Dies*, New York: Gross Press, 1975, p. 10.

人物具有的物质性的明显趋势。在作者的"垂直"挖掘下，他们逐步蜕去了物质存在的形式，由比较健全的唯我论者蜕化成形式难以确定的"肉团，"并最终演变成几乎没有物质实体的抽象意念，将日益虚无的"反英雄"推向登峰造极的"反人物"。

作为认知工具，具有稳定的内部结构的语言在现象和认知主体之间架起了一道意义的桥梁。当不可理喻的外部现象无法纳入固有的语言结构时，认知主体的地位就会发生动摇，而丧失认知功能的语言本身也会解体，这样，作为认知结果的意义将会混沌一片，甚至荡然无存。在贝克特的荒诞小说中，企图用"词语之网"捕捉万千现象的瓦特是最早陷入语言危机的人物。他一向指望语言能履行指涉现实的功能，将万物分门别类并冠以相符的名称，但在诺特的"大宅门"，他饱受名实危机的煎熬：

因为那不是一只罐，他越看、越想，就越肯定是那样，那根本不是一只罐。它像一只罐，它几乎就是一只罐，但它不是一只人们对它说罐、罐就能心安理得的罐。即使它丝毫不差地具有罐的一切功能，履行了罐的一切义务，那也无济于事，它不是一只罐。（81页）

对全然不解符号奥妙的瓦特而言，诺特那"无可名状"的罐"与现实的罐在本质上有着毫厘之差"，因而通常指涉"现实的罐"的语言符号不能指涉诺特的罐。这样，在瓦特贫乏的想象中，能指与所指脱节，理性的语言无法指涉非理性的现实。随着指涉过程的崩溃，期待名实相符的瓦特不禁"痛苦万分"，成为贝克特笔下语言解体的第一个受害者。语言能力不断退化，瓦特不仅头脑中出现了记忆空缺（小说中常有单词和句子的缺失），而且到小说第三章时，他的言语也跟着紊乱起来，字母顺序和词汇序列常被颠倒，原本表意的话语成了空无所指的噪音。除了对主体地位的撼动，语言的解体还直接造成了主体不能透过表象看到现实本质的后果。在车站望见远处的人影时，瓦特已不再关注人的本质，"因为瓦特关注的……根本不是那人影实际上是什么，而是那人影究竟显得像什么。"失去认知能力的瓦特不再感知，也不被感知，因而在他者的视野中，瓦特"在还是不在"已不"是个问题"。至此，贝克特似乎已回答了自己在人物能指符号中的巧妙设问（Watt = what, Knott = not）：语言瓦解，人将不人。

随着语言的崩溃，行而上人必须直面的将是更加惨烈的意义虚空。当莫洛伊终于来到母亲的房间时，作为意义之源的母亲却稀里糊涂地用丈夫的专用符号 Dan（Da + n, Da = Daddy）称呼儿子，而儿子也愤恨地用任意符号 Mag

（Ma＋g，Ma＝Mummy）称呼母亲。在贝克特拿手的语言游戏中，母亲被抹除了在荒诞现实中充当逻格斯的资格和能力，而在逻格斯的参照下产生的意义也逐步化作虚无。当儿子发明一套最原始的符号系统（用指关节敲击头颅一至五下）同她进行最起码的交流时，这位给予了儿子以物质的母亲依然迷惑不解，因为她已经丧失"二以上的记数能力"。只有当儿子以暴力强化这种简单语言（用拳头猛击她的头颅）时，母亲才依稀明白儿子的基本意图。随着语言能力的丧失，母亲蜕化成"白痴的植物性存在"，将儿子寻觅存在意义的征途化作了虚无之旅。同样，在儿子贫乏的头脑里，语言作为能指早已蜕变成"冰冷的词语"，中断了与所指的指涉关系。没有了有效的认知工具，他在寻母途中只会发现"世界也消亡了"，只剩下"无名的事物"和"无物的名字"。没有活的语言，意义就不复存在。

　　无独有偶，莫兰寻找"莫洛伊或莫洛丝"的旅程也是一段通向意义虚无和逻格斯解体的征程，因为逻格斯所在的场所（莫洛伊所在的市镇）早已在贝克特屡试不爽的文字游戏（Bally，Ballyba，Ballybaba）中化作了一团迷雾，而且莫兰启程时，他寻找的意义之源已经分解：

　　事实是有三个，不，四个莫洛伊。我体内的莫洛伊，我构想的莫洛伊，加伯构想的莫洛伊，以及那在某处等着我的血肉之人。此外，如果不是因为加伯原原本本地传送尤笛的指令的话，我还要加上尤笛构想的莫洛伊。（115 页）

指涉过程分崩离析，一个能指指向四个所指，真实的现实迷失在莫兰的胡猜乱想中。这发生在语言和现实之间的表征危机将莫兰的寻求之旅化作了于虚无处寻觅意义的迷途。终于，在自我毁灭的路途中，莫兰露出了"母亲莫洛伊"的内外特征。祛除语言"表皮"，莫兰的"理想内核"跟"母亲"毫无二致；寻找"母亲"就是毁灭自我，走向虚无。

　　在三部曲的第二部中，奄奄一息的马洛纳没有历史，因而失去了确认自身存在意义的依据。空洞的他只能凭借语言的虚构功能断断续续地确立自身的主体地位，在语言垃圾中顽强地发掘存在的意义。行将就木时，他必须完成的人生课题除了描述"财产清单"外，就是在讲述"现在的状况"的同时虚构"三个故事"。在第一个故事中，萨泊斯卡特（Saposcat，Sapo"智慧"＋Scat"粪肥"）夫妇只能"从无能的前景中攫取生存的力量"，而怪癖的儿子萨泊也对生存在疯狂的世界感到绝望。凭借虚构，马洛纳似乎获得了生命的延续："在不再存在的门槛上"，他似乎"成功地成了另一个人"，但故事的无聊和死亡的阴影时时打断他的美梦。毕竟，语言的虚构不等于真有其事。在第二个故事里，萨泊常到农场屠夫家，透过虚空的意识和半明半暗的光线观察全家人的活动和动物死亡的情形。这个故事稍显流畅、平和，似乎作者偶有回光返照时的短暂宁静，但这"虚无的智慧"仍然无法驱除作者心中"要命的厌倦"。死神将至，再善于虚构的马洛纳也不免觉得，自己只是"一个衰老的胚胎"。

对成年萨泊的荒唐外貌进行一番描述后，马洛纳讲起了最后一个故事。正如莫菲躺在摇椅中感受无物的逍遥，麦克曼在泥地里恣意爬滚，任凭倾盆大雨浇灌也心无旁骛地独自感受那无物的空灵。在精神病院，麦克曼与老妇莫尔有过一段污浊的恋情，并从耳环上的耶稣受难像看到不祥的征兆。死亡临近，马洛纳急于讲完最后的故事。终于，随着主体的衰亡，第三个故事匆匆结束：

（莱缪尔再也不会碰任何人了，）或用手斧或用锤子或用棍子

或用拳头或在意念中在梦中我是说再也不会他再也不会

或用铅笔或用棍子或

或灯光灯光我是说

那儿再也不会他再也不会

再也不会任何东西

那儿

再不（117 页）

在主体消亡的瞬间，虚构和现实融为一体，化作包容一切的虚空飞向那"不留下阴影的铅色光芒"，飞向那飘渺、极乐的宁静。语言终究没能阻挡死亡和虚无的前进步伐。

实际上，故事中的萨泊和麦克曼只是马洛纳借助语言虚构的一面"镜像"，透过它，叙事者仿佛窥见了自己扭曲的自我。在灰飞烟灭之前照镜自顾，在主体坍塌之时直面惨淡的自我，这就是形而上人"无能的前景"。然而，人物的解体并未就此终结。到三部曲的尾曲，主体性完全丧失，自我已变得"无可名状"，所谓的人物只能在外在的"冰冷词语"的操纵下发出不属于自己的"声音"。像本源不明的回声一样，它在灰暗的虚空中随风飘荡，全然不解"现在何地，现在何人，现在何时"。失去时空意识和主体意识，它无法确定自我的存在，只有在"我，说我"的言语行为中制造自我存在的假象。语言沦为暴虐的身外之物，自我消散在琢磨不透的灰暗中，现象在没有认知工具的现实中化作虚无，这是行而上人最惨不忍睹的现状。随着语言的彻底外化，"人说话"变作了"话说人"，存在彻底失去了意义，"反人物"也终于侵占了小说人物的位置。

从新古典主义到批判现实主义，除了斯威夫特笔下的格列佛等少数超前的异化人物，西方小说中的主要人物基本上都是理性的动物。在科学成就的鼓舞下，他们无不把理性当作一切事物的准绳，因而他们的行为必定合乎一定的逻辑。而在现代主义时期，高大的"英雄"让位于怀疑上帝的"反英雄，"他们时常沉溺在非理性的意识旋涡中，失去了"超人"的气魄，但其理性特征绝没有到达崩溃的边沿。只有在后现代主义文学中，牛顿、笛卡儿标举的理性才真正发生动摇，渐渐失去了知识的依据的崇高地位，让位于极端悲观论者、彻底怀疑论者热烈欢呼的反理性。在贝克特的荒诞小说中，世界已变得不可理喻，理性也荡然无存，而逻辑思维更无益于人物的认知活动；相反，在无法摆脱的认知困境中，这些颓废的家伙只有绝圣弃智，去虚无中寻求绝对的自由和宁静。

从牛顿定律支配下的"星系"逃往精神病院后，贝克特第一部长篇小说中的虚无主义者就初尝了没有理性和逻辑的甜美滋味。在这混乱的潜意识世界，莫菲以焕然一新的眼光看到了令他心旷神怡的真谛：万物无序，无知即是本真。当他与病人安东对弈时，他发现固有的对弈规则对安东毫无约束：安东似乎具有常人不可企及的智慧，他时而莫名其妙地摆子布阵，时而旁若无人地弃棋不顾，而绞尽脑汁的莫菲竟然不得不推杆认负。摆脱逻辑的桎梏，莫菲顿悟到，精神病院以外的理性世界不过是一场"巨大的失败"，而一己独享的混沌天地才值得狂热的拥抱。对他而言，反理性是通向空灵的坦途。

在贝克特的第二部小说中，瓦特莫名其妙地卷入了诺特那无法归于理性的荒诞世界。在"大宅门"的里里外外，他发现了许多用理性和逻辑无法解开的怪结（knot，Knott），但他没能走向空灵，而是陷在逻辑困境中苦苦挣扎。刚来到"大宅门"，他就被"突发癫痫"缠在解不开、理还乱的怪结中：

看前门锁着，瓦特就走向后门。…看后门也锁着，瓦特就回到前门。看前门还是锁着，瓦特就回到后门。看后门现在开着，哦，不是敞开着，…瓦特可以进屋了。瓦特真纳闷，后门刚才还关着，现在却开了。（36 页）

面对这疯狂、怪异的现象，瓦特企图拨开层层迷蒙的表象，凭着那被荒谬蚕食待尽的理性和逻辑直抵事物的本质，还事物以秩序和规则。然而，在贝克特屡试不爽的"排列"（permutation）游戏中，瓦特无法抵达理性的彼岸，而是陷入了无边无际的逻辑困境：尽管他力图穷尽产生一种表象的所有可能因素，在连绵不绝的推理中找到表象背后的实质和秩序，但他却总是发现，这些可能因素难以确定，甚至被其他表象彻底否定。具有讽刺意味的是，即使他偶尔能摆脱思维的困境，出路也往往在于最原始的现存方法，而不是穷尽所有合乎逻辑的推理过程后才能发现的最玄妙的法则。专吃诺特剩饭的狗群的排列问题就是小说中最冗长、最复杂的困境之一，但不幸的是，这个问题的解决之道与深奥的逻辑推理了然无涉。仅存的理性被蚕食，"大宅门"里的现象无法归于秩序和结构。对瓦特而言，无逻辑才是解决疑难杂症的妙方。

贝克特对排列组合游戏情有独钟，他津津有味地用它蚕食小说人物的理性。在海边的洞窟里，莫洛伊卷入了比瓦特的认知危机更复杂、更虚无的逻辑游戏：十六颗石头如何在一张嘴和四个口袋中不定数量地循环吸吮和存放。荒谬的是，无论吸吮和存放的模式怎样变换，无论人类的逻辑推理怎样严密，这个给莫洛伊带来"无限紧张和巨大恐惧"的游戏不仅本身没有意义（人岂能以石为食？），而且也必定在无须逻辑思维指使的行为中终结：

而我最终想出的办法就是扔掉所有的吮石，只留下一颗，这吮石我一会儿放这个口袋，一会儿放那个口袋，当然，这吮石我不久就掉了，或是扔了，或是送人了，或是吞食了。(74 页)

复杂的逻辑游戏终究归于虚妄，莫洛伊只有弃绝仅剩的理性意识，沉入非理性的深潭。不过，深谙游戏功用的贝克特对这种游戏乐此不疲，他还让莫兰在寻找莫洛伊未果后的归途中学会了衬衣的种种穿法。

面对无法言喻的现实，长久以来人类顶礼膜拜的理性和逻辑显得这么无能和虚妄，在理性和逻辑基础上建立的知识和意义的大厦也顷刻坍塌。困境和解体是存在的现状，走向"无可名状"是必然的过程，不感知、不存在是人类的宿命。"反人物"遇上了登上后现代小说舞台的良机。

综观贝克特的荒诞小说，人物的演化呈现出这样一条清晰的脉络：伴随物质的消解、语言的崩溃和理性的解体，愈来愈萎缩的小说人物失去了认知世界的工具，没有了阐释万千表象的依据，他们的宿命就是走向虚无。莫菲尚具有传统小说人物常有的确定的外部特征，他追求虚空直至灰飞烟灭，是作者"文字革命"初期的行而上人。瓦特则具有明显的后现代小说的人物特征，作为语言危机和逻辑危机的受害者，他始终深陷在认知的无能和意义的迷乱中，只能在不感知和不被感知的状态中延续行而上人的存在。莫洛伊和莫兰退却了更多外部世界的物质特征，经过虚空的洗礼，终于堕落成爬回解体的"子宫"去探询自我本质的原始"爬虫"。忘却了历史的马洛纳几乎断绝了与外界的联系，他只能匆匆虚构别人因而也是自己的存在历史，来填补行而上人无法直面的意义缺场。而无可名状的人已消解得几乎没有了物质存在，它只能在自我缺失的绝境中苟延残喘，在说别人的"词语"的过程中寻觅自己的"声音"。这些人物由肌体的萎缩迈向自我的虚妄和意义的虚无，迈向无边无际的荒诞和无以复加的解体。他们的消解历程不仅给读者展现了一幅人类严重异化的凄惨图景，一部行而上人在荒诞中探询自我和意义的辛酸历史，而且展示了极端怀疑论者笔下新型小说人物的登场过程，历史性地完成了小说人物由神、英雄到反英雄和反人物的演变。至此，消解人物的"文字革命"大功告成，贝克特只能转向戏剧，再把不朽的行而上的精神安放在丑陋怪诞、非残即痴的躯壳中，直观而恐怖地展示在笃信语言和理性的观众眼前。

参考书目

一、英文原著

Abrams, M. H. , *A Glossary of Literary Terms*, Beijing: Foreign Language Teaching and Research Press, Thomson Learning, 2004.

Anderson, Howard, "*Tristram Shandy* and the Reader's Imagination," *Tristram Shandy*, ed. Howard Anderson, London: W. W. Norton, 1980.

Battestin, Martin C. , "Henry Fielding," *Dictionary of Literary Biography*, Vol. 39, edited by Martin C. Battestin, Michigan: Gale Research Company, 1985.

Bloom, Harold, "Introduction," *Modern Critical Views: Moll Flanders*, edited by Harold Bloom, New York: Chelsea House Publishers, 1987.

Burke, Edmund, *Reflections on the Revolution in France*, Indianapolis: Harkett, 1987.

Cash, Arthur, *Sterne's Comedy of Moral Sentiments*, Pittsburg: Pittsburg University Press, 1966.

Cuddon, J. A. , *A Dictionary of Literary Terms*, London: Andre Deutsch, 1979.

Doody, Margaret Anne, *The Wanderer*, Oxford: Oxford University, 1991.

——, Margaret Anne, "Samuel Richardson," *Dictionary of Literary Biography*, Volume 39, edited by Martin C. Battestin, Michgan: Gale Research Company, 1985.

——, Margaret Anne, "Samuel Richardson: Fiction and Knowledge," *The Cambridge Companion to the Eighteenth Century Novel*, edited by John Richetti, Shanghai: Shanghai Foreign Language Teaching and Education Press, 2000.

Epstein, Julia, "Marginality in Frances Burney's Novels," *The Cambridge Companion to the 18th Century Novel*, edited by John Richetti, Shanghai: Shanghai Foreign Language and Education Press, 2000.

Fielding, Henry, "Preface to *Joseph Andrews*," *Dictionary of Literary Biography*, Vol. 39, edited by Martin C. Battestin, Michgan: Gale Research Company, 1985.

Fielding, Sarah, *The Adventures of David Simple*, London: Oxford University Press, 1987.

Flynn, Carol Houlihan, *Samuel Richardson: a Man of Letters*, Princeton: Princeton University

Press, 1982.

Ford, Boris, ed. , *The Pelican Guide to English Literature*, Vol. 3, "from Donne to Marvell", England: Penguin Books, 1956.

Ghent, D. Van, "Henry Fielding: The Novel, the Epic and the Comic Sense of Life," *The English Novel*, London: Routledge & Kegan Paul Ltd. , 1972.

——*The English Novel: Form and Function*, New York: Harper & Row, 1967.

Holliday, Carl, *English Fiction*, New York: the Century Co. , 1912.

Howe, Irving, *Thomas Hardy*, New York: Collier, 1973.

Hunter, J. Paul, "The Novel and Social \ Cultural History," *The Cambridge Companion to the Eighteenth Century Novel*, edited by John Richetti, Shanghai: Shanghai Foreign Language Education Press, 2002.

Kinkead – Weekes, Mark, *Samuel Richardson: a Dramatic Novelist*, London: Methuen & Co. Ltd. .

Landa, Louis A. , "Jonathan Swift," *A Norton Critical Edition: Gulliver's Travels*, edited by Robert A. Greenberg, New York: W. W. Norton & Company, 1978.

Leavis, F. R. , *The Great Tradition*, London: Chatto & Windus, 1948.

Lee, William, "The Biographer's View," *Daniel Defoe: The Critical Heritage*, edited by Pat Rogers, London: Routledge & Kegan Paul Ltd. , 1972.

Locke, John, *An Essay Concerning Human Understanding*, London: Routledge & Kegan Paul Ltd. , 1972.

Mckillop, Alan Dugald, *The Early Masters of English Fiction*, Oxford: Greenwood Press Publishers, 1979.

Monk, Samuel Holt, "The Pride of Lemuel Gulliver," *A Norton Critical Edition: Gulliver's Travels*, edited by Robert A. Greenberg, New York: W. W. Norton & Company, 1985.

Neil, S. Dianna, *A Short History of the English Novel*, London: Jarrolds Publishers, 1951.

New, Melvyn, *Tristram Shandy as a Satire*, Gainesville: University of Florida Press, 1969.

Peck, H. Daniel, "Robinson Crusoe: The Moral Geography of Limitation," *Modern Critical Views: Daniel Defoe*, edited by Harold Bloom, New York: Chelsea House Publishers, 1987.

Price, Martin, "The Divided Heart: Defoe's Novels," *Modern Critical Views: Daniel Defoe*, edited by Harold Bloom, New York: Chelsea House Publishers, 1987.

Rawson, C. J. , "Gulliver and the Gentle Reader," *A Norton Critical Edition: Gulliver's Travels*, edited by Robert A. Greenberg, New York: W. W. Norton & Company, 1985.

Richetti, John J. , "The Dialectic of Power," *Modern Critical Views: Moll Flanders*, edited by Harold Bloom, New York: Chelsea House Publishers, 1987.

Richardson, Samuel, *Clarissa*, New York: Penguin Books, 1985.

Rogers, Pat, "Daniel Defoe," *Daniel Defoe: the Critical Heritage*, London: Routledge & Kegan Paul Ltd., 1972.

Showalter, Elaine, *A Literature of Their Own: British Women Novelists from Bronte to Lessing*, Beijing: Foreign Language Teaching and Research Press, 2004.

Swearingen, James E., *Reflexivity in Tristram Shandy*, Boston: Yale University Press, 1977.

Sterne, Laurence, *A Sentimental Journey*, London: Penguin Classics, 1982.

—— *The Life and Opinions of Tristram Shandy, Gentleman*, London: Penguin Classics, 2003

Thackeray, W. M., *Laurence Sterne and the Argument About Design*, London: Chatto & Windus, 1982.

Watt, Ian, "Individualism and the Novel," *Modern Critical Views: Robinson Crusoe*, edited by Harold Bloom, New York: Chelsea House Publishers, 1988.

—— "Robinson Crusoe as a Myth," *A Norton Critical Edition: Robinson Crusoe*, edited by Michael Shinagel, New York: W. W. Norton & Company, 1975.

Woolf, Virginia, "Robinson Crusoe," *A Norton Critical Edition: Robinson Crusoe*, edited by Michael Shinagel, New York: W. W. Norton & Company, 1975.

二、中文译著

［英］阿克尼斯特著，戴镏龄等译，《英国文学史纲》，北京：人民文学出版社，1980 年。

［美］安妮特·T·鲁宾斯坦著，陈安全等译，《英国文学的伟大传统》（上），上海：上海译文出版社，1998 年。

［英］丹尼尔·笛福原著，吕韦运改写，《鲁滨逊漂流记》，上海：上海人民美术出版社，2002 年。

［英］丹尼尔·笛福著，梁遇春译，《摩尔·弗兰德斯》，北京：人民文学出版社，1982 年。

［英］丹尼尔·笛福著，天一、定九译，《罗克珊娜》，广州：花城出版社，1984 年。

［英］亨利·菲尔丁著，《弃儿汤姆·琼斯的历史》，萧乾、李从弼译，北京：人民文学出版社，1994 年。

［英］杰弗里·乔叟著，黄杲炘译，《坎特伯雷故事》，南京：译林出版社，1999 年。

［英］理查逊著，吴辉译，《帕梅拉》，南京：译出版社，1998 年。

［英］劳伦斯·斯特恩著，蒲隆译，《项狄传》，南京：译林出版社，2006 年。

［英］乔纳森·斯威夫特著，杨昊成译，《格列佛游记》，南京：译林出版社，1995 年。

［英］斯摩莱特著，杨周翰译，《蓝登传》，上海：上海译文出版社，1980 年。

［美］W·C·布斯著，华明、胡苏晓、周宪译，《小说修辞学》，北京：北京大学出版社，1989 年。

［美］伊恩·P·瓦特著，高原、董红钧译，《小说的兴起》，北京：生活·读书·新知三联书店，1992 年。

［英］约翰·班扬 原著，王汉川 译注，济南：山东画报出版社，2002 年。

三、中文原著

侯维瑞主编，《英国文学通史》，上海：上海外语教育出版社，1999 年。

侯维瑞、李维屏，《英国小说史》，南京：译林出版社，2005 年。

胡振明，《对话中的道德建构——十八世纪英国小说中的对话性》，北京：对外经济贸易大学出版社，2007 年。

黄梅，《推敲'自我'：小说在 18 世纪的英国》，北京：生活·读书·新知三联书店，2003 年。

蒋承勇，《英国小说发展史》，杭州：浙江大学出版社，2006 年。

李维屏，《英国小说艺术史》，上海：上海外语教育出版社，2003 年。

李维屏，《英国小说人物史》，上海：上海外语教育出版社，2008 年。

刘文荣，《英国十九世纪文学史》，北京：中国社会科学出版社，2002 年。

刘意青，《女性心理小说家塞缪尔·理查逊》，北京：北京大学出版社，2007 年。

刘意青主编，《英国 18 世纪文学史》，北京：外语教学与研究出版社，2006 年。

陆建德，《破碎思想体系的残篇》，北京：北京大学出版社，2001 年。

王佐良、何其莘，《英国文艺复兴时期文学史》，北京：外语教学与研究出版社，2006 年。

杨周翰，《十七世纪英国文学》，北京：北京大学出版社，1985 年。

殷企平、高奋、童燕萍，《英国小说批评史》，上海：上海外语教育出版社，2001 年。

四、国内主要期刊论文

杜维平，《不仅仅是玩笑——〈项狄传〉宗教主题初探》，《解放军外国语学院学报》2004 年第 3 期。

韩加明，《菲尔丁在中国》，《四川外语学院学报》2006 年第 4 期。

胡振明，《多重矛盾中的'美德楷模'——〈帕梅拉〉中的对话性》，《外国文学研究》2007 年第 6 期。

黄梅，《〈项狄传〉与叙述的游戏》，《外国文学评论》2002 年第 2 期。

李会芳，《沃波尔的〈奥特朗托城堡〉及其文化意味》，《外国文学评论》2007 年第 4 期。

李维屏、杨理达，《英国第一部实验小说〈项狄传〉评述》，《外国语》2002 年第 4 期。

刘戈，《理查逊与菲尔丁之争——〈帕梅拉〉和〈约瑟夫·安德鲁斯〉的对比分析》，《外国文学评论》，2004 年第 3 期。

刘戈，《试析斯摩莱特小说中的罗曼司因素——以〈蓝登传〉为例》，《解放军外国语学院学报》2007 年第 2 期。

刘戈，《〈项狄传〉与 18 世纪英国小说传统》，《解放军外国语学院学报》，2005 年第 5 期。

吕大年，《理查逊和帕梅拉的隐私》，《外国文学评论》2003 年第 1 期。

吕大年，《18 世纪英国文化风习考——约瑟夫和范妮的菲尔丁》，《外国文学评论》2006 年第 1 期。

颜静兰，《'独行怪侠'斯特恩〈项狄传〉诡异创作风格浅析》，《国外文学》2003 年第 1 期。

杨理达，《论 17 世纪的性格特写和散文人物》，李维屏主编，《英美文学论丛 5》，上海：上海外语教育出版社，2006 年。

朱卫红，《〈多情客游记〉与感伤主义小说的伦理价值》，《外国文学研究》2007 年第 5 期。

后 记

　　2002 年至 2005 年，我在上海外国语大学攻读英美文学方向博士学位，期间承蒙导师的厚爱，参与了教育部博士点基金项目的科研工作，主要撰写了关于 18 世纪英国小说的章节，约 6 万字。虽不是第一次承担研究和写作工作，心里也觉得忐忑不安，惟恐完不成任务拖累了导师，于是借阅、复印、购买了关于 18 世纪英国小说的不少书籍，像往常一样独自住在学生宿舍，专心硬啃起来，读一周文本，写一周文字，如此反复 4 个多月，赶在毕业论文开题前夕完成了初稿。

　　回想起来有些后怕，几十本书怎么啃过来的呢？将近一百五十个日夜的伏案又怎么熬过来的呢？学生食堂的粗茶淡饭竟能提供如此多的能量，让我们的脑筋运转得飞快，结出这思维的果实。外出读书的益处就是能静下心来，专心致志地从事学习和研究。日子艰难而贫困，但我获益匪浅。导师的信任使我了解了整整一个世纪的英国小说，弥补了以前阅读的不足，为现在的教学和科研工作也奠定了良好的基础。

　　回到长沙后，我以此为基础，申报了省社科基金课题和省教育厅课题，以为完成课题是轻而易举的事。不想在参与各类重点学科和工程验收的过程中，本人花费了太多时间，而且累坏了身体，拖延了课题研究的进度，可谓苦不堪言。2008 年 6 月，眼看结题期限来临，乘着基本停课的时机开始勤奋写作，不顾酷热连续伏案三个月，连续数日足不出户是家常便饭。就这样痛并煎熬着，到 9 月初新学期开学，稿子基本完成时，方得以稍事放松，直奔岳麓山顶纵目远眺。

　　同事们外出游山玩水，奥运会进行得如火如荼，这时节我却在耕耘，却在苦想，作"思想者"状。有时忆起鲁迅先生的话："我把喝咖啡的时间都用在写作上了。"有时玩味着黄梅研究员的措辞，想像她读书时头脑里有怎样精妙的思想和"时髦"的词汇在碰撞。有时又想起导师的话，"正当本书脱稿之际，喜讯传来……"如此个人成就与家庭幸福相生相长的境界实在令人羡慕，这境界不就是读书人希冀的吗？辛酸劳累自不待言，又觉后怕，新写的15万字，无一不是肺腑之言的外化。无形的脑海里竟能装下这许多复杂的思想，装下两个世纪前的旧事，又融入现今"80后"的少许妙语，真是奇妙。

困苦和小有成绩的时候，喜欢登到岳麓山顶，眺望着东方那熟悉又陌生的城市，那充满活力又拥塞不堪的丛林，惟恐辱没了那一方金色的牌匾，那一座神圣的殿堂。登高，眺望，冥想，直到轻轨下的身影、小区里的足迹历历在目，直到带着疲惫和希冀登上回乡列车的情形闪现脑海。想起他乡求学的历程，我不禁心生百味，发出"逝者如斯夫"的感慨。世间万物，无非时空的痕迹啊！

完成初稿以来，快一年过去了，期间推迟课题结项，按照湖南师范大学出版基金匿名评审专家的意见进行了多次修订和打磨。本人实在笨拙，著作等身是不可企及的。有生之年能留下两三本值得后人细读的小书，也就心满意足，实在不敢贪多。

但愿尚有余力弥补多年来对妻儿和父母的愧疚。衷心感谢给予过大力支持的家人、导师、同学、同事，尤其是教育部高校社科发展研究中心的领导和湖南师范大学出版基金评审委员会及匿名评审专家！

曹　波

2009 年 6 月 26 日

长沙岳麓山下